rororo

«Jan Seghers schreibt den perfekten Krimi.» (Der Tagesspiegel)

Jan Seghers alias Matthias Altenburg wurde 1958 geboren. Der Schriftsteller, Kritiker und Essayist lebt in Frankfurt am Main. Nach dem Erfolg von «Ein allzu schönes Mädchen» und «Die Braut im Schnee» ist «Partitur des Todes» sein dritter Kriminalroman um den Kommissar Robert Marthaler. Der vierte Band der beliebten Reihe, «Die Akte Rosenherz», erscheint im Januar 2010.

Für die «Partitur des Todes» erhielt Jan Seghers den «Offenbacher Literaturpreis» sowie den «Burgdorfer Krimipreis».

Jan Seghers

Partitur des Todes

Roman

Rowohlt Taschenbuch Verlag

Dieses Buch ist ein Roman.
Alle Figuren und Ereignisse sind frei erfunden.
«Bis zum Äußersten erkundet,
wird die Realiät phantastisch.»
(Fritz Mirau)

Veröffentlicht im Rowohlt Taschenbuch Verlag,
Reinbek bei Hamburg, August 2009
Copyright © 2008 bei Rowohlt Verlag GmbH,
Reinbek bei Hamburg
Umschlaggestaltung any.way, Hamburg,
nach einem Entwurf von PEPPERZAK BRAND
(Abbildung: Bernd Ebsen)
Satz Janson PostScript (PageOne)
Gesamtherstellung CPI – Clausen & Bosse, Leck
Printed in Germany
ISBN 978 3 499 24535 0

The past is never dead;
it's not even past.

Das Vergangene ist niemals tot;
es ist nicht einmal vergangen.

William Faulkner,
Requiem für eine Nonne

Erster Teil

Es war nichts Ungewöhnliches, was im Morgengrauen des 19. Oktober 1941 in der Liebigstraße im Frankfurter Westend geschah. Dergleichen passierte im Herbst dieses Jahres in vielen deutschen Städten und Dörfern. Und doch war es ein Ereignis, welches das Leben des zwölfjährigen Georg in wenigen Minuten von Grund auf veränderte.

Am Abend zuvor hatte ihm seine Mutter überraschend mitgeteilt, dass er die Nacht bei dem befreundeten Ehepaar im Haus gegenüber verbringen werde, weil sie und der Vater am nächsten Morgen frühzeitig zu einem Verwandtenbesuch aufbrechen würden. Georg hatte seine Waschtasche und einen Schlafanzug eingepackt, dann war er in sein Zimmer gegangen, um zu lesen. Kurz vor Mitternacht klopfte es an seiner Tür. Als er sich von seinen Eltern verabschiedete, bemerkte er, dass sowohl Vater als auch Mutter unruhig wirkten und ihn länger als sonst in die Arme schlossen. Weil er wusste, dass sie ihm nicht die Wahrheit sagen würden, stellte der Junge keine Fragen. Sein Vater öffnete die Tür zur Straße, warf einen Blick auf die umliegenden Häuser, dann gab er seinem Sohn ein Zeichen. Georg überquerte die Fahrbahn und schaute sich nicht mehr um.

Geweckt wurde er von dem Lärm, der mit einem Mal von der Straße heraufdrang. Einen Moment lang wusste er nicht, wo er sich befand. Er tastete wie gewohnt nach dem Schalter der Nachttischlampe, aber seine Hand griff ins Leere. Georg strich mit den Fingerspitzen über die Bettdecke und merkte, dass es nicht seine eigene war. Dann öffnete er die Lider und versuchte, seine Augen an die Dunkelheit zu gewöhnen. Als er die Umrisse der großen Standuhr erkannte, begann er sich zu erinnern. Er stieg aus dem Bett, ging zum Fenster, schob die Vorhänge ein wenig beiseite und sah hinunter auf die noch dunkle Straße. Zwei Autos – eine Limousine und ein kleiner Lieferwagen – standen mit eingeschalteten Scheinwerfern und geöffneten Türen vor dem Haus, in dem Georg und seine Eltern lebten. Sämtliche Fenster der Wohnung waren erleuchtet. Rechts und links neben dem Eingang konnte man zwei uniformierte Männer erkennen. Beide hatten Gewehre in der Hand.

Zuerst verließ seine Mutter das Haus. Sie hatte ein Kopftuch umgebunden und trug zwei schwere Taschen. Ein Mann ging dicht neben ihr her, packte sie schließlich am Oberarm und drängte sie auf die Ladefläche des Lieferwagens.

Dann kam sein Vater, gefolgt von einem kleinen Mann, der mit Hut und Mantel bekleidet war. Beide standen im hellen Rechteck der Eingangstür. Georg sah, wie sein Vater sich umdrehte und ins Haus zeigte. Der kleine Mann schüttelte den Kopf. Er nahm einem der Uniformierten das Gewehr ab, packte es am Lauf, holte aus und versetzte Georgs Vater mit dem Kolben einen Stoß in den Rücken. Georg öffnete den Mund, aber er schrie nicht. Er sah, wie sein Vater ins Taumeln geriet und vornüber auf die Straße fiel. Er sah, wie der kleine Mann das Gewehr zurückgab und dem Uniformierten zunickte. Dann merkte der Junge, dass seine nackten Füße in einer Pfütze standen. Er hatte alles richtig gemacht. Er hatte gewusst, dass er nicht schreien durfte. Aber sein Wasser hatte er nicht halten können.

Die nächsten vierundsechzig Jahre seines Lebens würde Georg bemüht sein, mit dieser Nacht auch seine Eltern zu vergessen.

Eins Als Monsieur Hofmann an diesem Morgen versuchte, ein Stück von dem großen luftgetrockneten Schinken abzuschneiden, das er für Mademoiselle Blanche mitnehmen wollte, rutschte die Klinge ab und fuhr ihm geradewegs in die Hand. Reglos sah er zu, wie sich das Blut in seiner Handfläche sammelte und auf die Tischplatte tropfte. Er griff nach einem sauberen Geschirrtuch und wickelte es um die Wunde. Dann ging er ins Badezimmer, setzte sich auf den Rand der Wanne und wartete einen Moment. Schließlich nahm er ein großes Pflaster aus dem Spiegelschrank und klebte es zwischen Daumen und Zeigefinger der linken Hand. Ein kleines Missgeschick, mehr nicht. Als die Spuren des Unfalls beseitigt waren, hatte er diesen auch schon fast wieder vergessen.

Kaum eine Zeit im Jahr mochte Monsieur Hofmann lieber als den zu Ende gehenden Mai und den beginnenden Juni. Endlich konnte man sicher sein, dass die kalten Tage vorüber waren und der Winter keine unverhoffte Kehrtwende mehr machen würde. Der Himmel über Paris war so blau, wie er nur vermochte, das Grün der Bäume war noch frisch, und die kühlen Winde, die vom Kanal herüberwehten, machten das Atmen leicht. Mit einem Satz: Das Wetter war so gemäßigt, wie es einem Mann seines Alters guttat.

Heute war Sonntag, der 29. Mai des Jahres 2005. Monsieur Hofmann war aufgeregt und guter Dinge. Am Abend würde er zum ersten Mal in einem Fernsehstudio sitzen und Auskunft über sich geben. Noch wusste er nicht, welche Folgen dieser Tag für ihn haben sollte. Dennoch hatte ihn eine kleine Unruhe erfasst, die er sowohl mochte, als auch zu unterdrücken suchte.

Er war noch ein halbes Stündchen früher aufgestanden als sonst, hatte die grünen Fensterläden geöffnet und einen ersten Blick über die Dächer der Stadt und über den Père Lachaise geworfen, wo die hellen Steine der Grabmale in der Sonne leuchteten. Er war in die Küche gegangen, hatte den Kessel mit Wasser gefüllt und auf den Herd gestellt. Als er sich rasiert und die Zähne geputzt hatte, hatte er den Kopf gehoben und gelauscht. Für einen Moment hatte er befürchtet, zum ersten Mal vergessen zu haben, den Herd einzuschalten, aber dann hatte ihm das Pfeifen des Kessels signalisiert, dass er noch Herr seiner Sinne war und das Wasser zur gewohnten Zeit heiß.

Die erste Tasse Kaffee hatte er im Stehen getrunken, dann war er zurück ins Bad gegangen, um eine Dusche zu nehmen. Er war stolz darauf, dass man ihn schon immer als reinlich bezeichnet hatte, und versuchte, diesem Ruf auch im Alter gerecht zu werden. Seine Hosen waren stets frisch gewaschen, seine Hemden gebügelt und die Schuhe geputzt. Umso mehr ärgerte er sich nun, als er entdeckte, dass ein wenig von dem Blut auf seine Hose getropft war, sodass er sich noch einmal umkleiden musste.

Schließlich setzte er seinen Strohhut auf, zog die Wohnungstür hinter sich ins Schloss, stieg die vier Stockwerke hinab und betrat eine Minute später die Place Nadaud, an der er seit über dreißig Jahren wohnte.

Wie nahezu jeden Morgen begann er seinen Gang durchs Viertel mit einem Besuch im *Journal*, einer Bar gegenüber der Metro-Station. Als er sah, dass Sandrine die Morgenschicht hatte, lächelte er und nickte ihr zu. Wie immer nahm er die neueste Ausgabe von *Le Monde* vom Haken, bestellte eine Tartine und einen Milchkaffee und war bereits in die Lektüre vertieft, noch bevor ihm Sandrine das Gewünschte gebracht hatte. Im Fernseher, der unter der Decke befestigt war, lief die Wiederholung eines Fußballspiels vom Vorabend, aber keiner der wenigen Gäste, die sich im *Journal* befanden, schaute hin. Als er sein Frühstück beendet hatte, legte Monsieur Hofmann die Zeche und ein Trinkgeld, das er bereits abgezählt hatte, auf den kleinen Plastikteller, grüßte noch einmal und machte sich auf den Weg.

Er lief die schattige Avenue Gambetta hinab und bog an deren unterem Ende ab in den breiten Boulevard de Ménilmontant. Vor ihm ging eine junge Frau mit dunkler Haut. Sie trug ein blaues Kostüm mit weißen Punkten. Sie hielt die Hand eines kleinen schwarzen Mädchens, das sich gelegentlich zu Monsieur Hofmann umwandte. Er lächelte der Kleinen zu, aber ihr Gesicht zeigte nur ungerührte Neugier. Der Alte warf einen kurzen Blick auf die Beine der Mutter, dann dachte er an den Tod.

Er dachte an seine Beerdigung und an die Freunde und Bekannten, die an seinem Grab stehen würden. Er hoffte, dass es an diesem Tag nicht regnen würde und sich niemand beeilen musste, nach Hause zu kommen. Die Sonne sollte scheinen, aber es sollte auch einen Baum geben, unter dem man im Schatten zusammenrücken konnte. Nachher sollte man gemessenen Schrittes den Friedhof verlassen und irgendwo noch gemeinsam etwas trinken, um ein paar Erinnerungen an den Verstorbenen auszutauschen. Man sollte den Tag seiner Beerdigung als einen schönen Tag im Gedächtnis behalten. So wünschte es sich Monsieur Hofmann.

Ein paar Menschen würden um ihn trauern, aber man würde dem Viertel nicht anmerken, dass gerade jemand gestorben war, der hier seit Jahrzehnten gelebt hatte. Am nächsten Morgen würden die Händler wieder ihre Marktstände aufbauen, die Pizzaboten würden mit ihren roten Mopeds durch die Straßen flitzen, die Afrikaner von der Straßenreinigung würden mit ihren Besen die Bürgersteige fegen und die Restaurantbesitzer ihre Stühle auf die Straße stellen. Alles würde so weitergehen wie bisher.

Beunruhigte ihn dieser Gedanke? Ja und nein. Monsieur Hofmann war davon überzeugt, dass nur derjenige das Leben zu schätzen wusste, der sich seiner Endlichkeit bewusst war. Wenn man jung war, musste man gelegentlich an den Tod denken, um vor lauter Übermut nicht einfältig zu werden. Wenn man alt war, musste man an ihn denken, um seine Tage zu genießen und nicht griesgrämig zu werden. Dennoch bedauerte er manchmal, nicht an das ewige Leben zu glauben. Obwohl es hier im Quartier wahrscheinlich mehr Gotteshäuser, mehr Kirchen, Synagogen, Moscheen und Tempel als irgendwo sonst in der Stadt gab, gehörte er keiner Religionsgemeinschaft an und glaubte weder an die Wiederauferstehung des Leibes noch der Seele. Er glaubte, dass man nur wenige Spuren hinterließ und dass auch diese Spuren rasch verblassten. Monsieur Hofmann war fünfundsiebzig Jahre alt, erfreute sich guter Gesundheit und hoffte, noch lange zu leben. Dennoch gab es einen Wunsch, der größer war als dieser. Was auch geschehen würde, er wollte vor seiner Freundin Mademoiselle Blanche sterben.

Er verließ sein Viertel nur noch selten, machte aber einmal im Jahr, immer um Ostern herum, eine Rundreise über die Friedhöfe der Stadt, um die Gräber jener Frauen und Männer zu besuchen, die ihm in den vergangenen Jahrzehnten nahegestanden hatten. Die meisten von ihnen waren Kellner und Tänzerinnen gewesen. Monsieur Hofmann hatte bis vor wenigen Jahren ein kleines Revuetheater am Fuße des Montmartre betrieben, und so war es nur natürlich, dass sich sein Bekanntenkreis aus Menschen zusammensetzte, die in derselben Branche arbeiteten wie er selbst.

Mademoiselle Blanche war eines der ersten Mädchen gewesen, das damals bei ihm angefangen hatte. Sie kamen aus allen möglichen Gegenden des Landes nach Paris, manche auch aus Belgien, aus Deutschland oder aus den Kolonien, und träumten davon, ihr Glück in einer der bekannten Ballettkompanien von Paris zu machen. Schließlich mussten die meisten von ihnen einsehen, dass sie dazu nicht begabt genug waren, und so verdingten sie sich in einem der zahllosen Varietés, wo sie Abend für Abend vor einem vorwiegend männlichen Publikum tanzten und sich auszogen. Madeleine war nicht mal zwei Wochen bei ihm gewesen, als sie bereits das erste Mal in sein Bett gekrochen war. Sie hatte leuchtende, dunkle Augen und eine Haut von der Farbe einer hellen Esskastanie. Vor allem aber war sie nicht so dünn wie die anderen Tänzerinnen gewesen, und genau das hatte ihm gefallen. «Ich schlafe mit dir, weil ich dich mag», hatte sie gesagt, «und wenn ich dich irgendwann einmal nicht mehr mag, wird damit Schluss sein. Du wirst andere Frauen haben, ich will es nicht wissen. Aber wenn du irgendwann gehen willst, möchte ich die Erste sein, die es erfährt.» Sie hatte recht gehabt. Er hatte mit anderen Frauen geschlafen und sie mit anderen Männern. Auseinandergegangen waren sie nie, auch wenn jeder, bis heute, seine eigene Wohnung behalten hatte. Irgendwann hatten sie wohl auch angefangen, einander zu lieben. Aber sie hatten den Zeitpunkt versäumt, es sich gegenseitig einzugestehen. Sie hatten sich vom ersten Tag an geduzt, dennoch hatte sie darauf bestanden, dass er sie, wie alle anderen es ebenfalls tun mussten, Mademoiselle Blanche nannte. So kam es, dass sie bald auch in seinen Gedanken nur noch diesen Namen trug. Sie hingegen nannte ihn Georges.

Kurz bevor er die Kreuzung an der Metro-Station «Belleville» erreicht hatte, blieb Monsieur Hofmann unter dem Schatten einer Kastanie stehen. Seine Freundin saß bereits auf einem der Stühle vor dem Café *La Veilleuse*, wo sie sich seit vielen Jahren jeden Vormittag trafen. Vor ihr auf dem runden Tisch standen eine Tasse Espresso und ein Glas Wasser. Er wusste, dass Mademoiselle Blanche ihn längst gesehen hatte, aber, weil es zu ihrem täglichen Ritual gehörte, so tat, als habe sie ihn noch nicht bemerkt. Erst als er näher kam, schloss sie die Augen und wartete, dass er sie auf beide Wangen küsste. Dann sah sie ihn lächelnd an und sagte: «Das ist das Schönste, was ich habe, mein kleiner Georges, wenn ich dich nicht hätte …»

Und auf diese Worte freute er sich, seit er am Morgen aufgewacht war.

«Was ist mit deiner Hand?»

«Nichts. Ein Missgeschick. Ich habe mich geschnitten.»

«Wie fühlst du dich heute?», fragte sie.

«Gut», antwortete er. Und nach einem kurzen Zögern: «Offen gesagt bin ich ein wenig nervös.»

«Wegen deiner Kleinen?»

«Was meinst du?»

«Was meinst du, was meinst du», äffte sie ihn nach. «Du weißt genau, was ich meine. Deine Journalistin meine ich.»

Er wusste, dass Mademoiselle Blanche ihre Verärgerung nur spielte. Aber es gefiel ihm, dass sie tat, als sei sie eifersüchtig.

«Wirst du reden?», fragte sie.

«Ich weiß nicht», sagte er, «vielleicht ja, vielleicht auch nicht.»

«Du kennst meine Meinung», sagte sie.

«Ja», erwiderte er, «ich kenne deine Meinung.»

«Und was ist in deiner Tüte?»

«Ein Stück Schinken. Für dich.»

«Ah, mein kleiner Georges, du bist so gut zu mir. Wenn ich dich nicht hätte …»

«Was dann?»

«Dann hätte ich wohl einen anderen.»

Zwei Etwa zur selben Zeit stand im Osten von Paris eine junge Frau am gekippten Schlafzimmerfenster einer riesigen Altbauwohnung und schaute hinaus auf die Avenue Raphael und den kleinen Park, wo die Kindermädchen auf den Bänken saßen, miteinander plauderten und gelegentlich ihre Zöglinge ermahnten. Valerie war siebenundzwanzig Jahre alt, unverheiratet, kinderlos und arbeitete für den Fernsehsender *arte*. Sie sah das Karussell mit den Pferden und Schwänen, das sich in der Morgensonne drehte, sah den Puppenspieler, der gerade seine hölzerne Kulisse aufbaute, und die beiden alten Damen, die ein Taxi herbeizuwinken versuchten.

Dann wandte sie sich um und warf einen raschen Blick ins Zimmer, wo Victor noch immer unter seiner Decke lag und schlief.

Valerie spürte, wie sich ihre Haut kräuselte, als die Gardine ihre nackten Beine streifte. Sie sah, wie eine große Limousine am Rand des Parks anhielt, ein uniformierter Chauffeur ausstieg und zwei Kindern die Tür öffnete. Und mit einem Mal fühlte sie sich so fremd, wie sie sich nie zuvor gefühlt hatte. Es war nicht ihr Viertel, auf das sie schaute; es war nicht ihr Bett, in dem sie aufgewacht war; und es war nicht ihr Mann, mit dem sie hier die Nacht verbracht hatte. Sie dachte kurz nach, dann fasste sie einen Entschluss.

«Ich gehe», sagte sie.

Und weil Victor nicht reagierte, wiederholte sie ihre Worte noch einmal lauter: «Ich gehe, hast du gehört?»

Unwillig drehte sich der schlafende Victor auf die andere Seite und verkroch sich noch tiefer unter seine Decke.

«Hör mir zu, Idiot. Ich habe gesagt: Ich gehe.»

Ohne sie anzusehen, streckte er seinen Arm nach ihr aus: «Komm», murmelte er. «Komm zurück ins Bett. Wir haben noch Zeit.»

Sie raffte ihre Sachen zusammen, die sie am Vorabend neben dem Bett hatte fallen lassen, ging ins Badezimmer, zog sich an, nahm ihre Handtasche von der Garderobe und schlug die Wohnungstür hinter sich ins Schloss. Barfuß lief sie die breiten Marmortreppen der drei Stockwerke hinab. Erst als sie im Erdgeschoss angelangt war, zog sie ihre Schuhe an. Neugierig äugte der Concierge aus seiner Loge.

«Bonjour, mein Herr», sagte Valerie und lächelte dem Pförtner zu.

Der Mann nickte stumm.

«Wir kennen uns nicht», fuhr sie fort. «Als ich mich gestern Abend gemeinsam mit Monsieur Foret an Ihnen vorbeischlich, waren Sie wohl gerade ein wenig eingenickt ... Nein, nein, niemand macht Ihnen einen Vorwurf. Aber tun Sie mir doch einen Gefallen. Bestellen Sie bitte Madame, wenn sie heute Nachmittag von ihrer Reise zurückkommt, einen schönen Gruß. Unbekannterweise. Sagen Sie ihr, ich hätte in ihrem Bett ganz miserabel geschlafen, und ... dass es gewiss nicht wieder vorkommt.»

Der Concierge schaute sie unverwandt an. Sie zwinkerte ihm zu, wünschte ihm einen schönen Tag und verließ das Haus. Beflügelt von ihrem eigenen Mut, lief sie, ohne sich umzuschauen, auf die Fahrbahn. Jemand hupte, sie hörte das Kreischen von Bremsen, dann starrte sie durch die Windschutzscheibe den fluchenden Fahrer an, dessen Wagen nur wenige Zentimeter vor ihr zum Stehen gekommen war. Als sie die andere Straßenseite erreicht hatte und auf dem Bürgersteig stand, zitterte sie. Valerie ging in den Park und setzte sich auf eine freie Bank. Sie kramte in ihrer Tasche nach Zigaretten, musste aber feststellen, dass sie die Packung auf Sandrine Forets Nachttisch hatte liegen lassen. Valerie ließ ihre Hände auf die Knie sinken, starrte minutenlang auf den Boden, dann begann sie zu weinen.

Vor zwei Jahren, sie hatte gerade ihr Studium beendet und begonnen, für ein paar kleine Zeitungen zu schreiben, hatte sie zum ersten Mal eines von Victors Konzerten besucht. Den Bleistift in der Hand, den Block auf den Knien, hatte sie in der ersten Reihe gesessen und ihn unverwandt angestarrt. Obwohl seit seiner Kindheit im Geschäft, galt er noch immer als hoffnungsvoller Nachwuchspianist. Damals war kaum ein Artikel über ihn erschienen, in dem nicht von seinem «jungenhaften Charme» und dem «gewinnenden Lächeln» die Rede war, auch wenn längst neue Wunderkinder die Bühne betreten hatten. Dass die Kritiker ihn noch immer ausnehmend freundlich behandelten, lag wohl nicht zuletzt an Sandrine, deren Ruf als Musikwissenschaftlerin ihren Mann vor den Härten der Branche schützte.

Valerie war an diesem Abend nach Hause gefahren und hatte unentwegt an ihn gedacht. Sie hatte die halbe Nacht im Bett gelegen und seinen Namen geflüstert. Dann war sie aufgestanden und hatte eine Kritik über sein Konzert geschrieben, die so witzig, so treffend formuliert, aber zugleich auch von einer so verletzenden Schärfe war, dass der Redakteur ihr am nächsten Morgen zwar gratulierte, zugleich aber darauf bestand, den Text vor der Veröffentlichung vom Justiziar des Blattes absegnen zu lassen.

Zwei Tage später war der Artikel erschienen: Wort für Wort so, wie sie ihn geschrieben hatte. Schon als sie am späten Vormittag beim Frühstück saß, klingelte immer wieder das Telefon. Niemand aus dem Kreis ihrer Freunde und Bekannten, der sie nicht zu dem gelungenen Coup beglückwünschen wollte. Endlich war das Denkmal vom Sockel gestoßen, endlich hatte sich mal jemand nicht von Forets Charme übertölpeln lassen, endlich war mal jemand nicht vor dem Ruf und Einfluss seiner Frau in die Knie gegangen.

Gegen Mittag, Valerie hatte gerade geduscht, läutete es an der Tür. Sie ging in die Diele, drückte auf den Öffner, dann lief sie zurück, um sich rasch einen Bademantel überzuziehen. Als sie wieder in den Flur kam, stand er vor ihr: Victor Foret – mit einem großen Blumenstrauß in der Hand. Er schaute sie lange an, dann lächelte er: «Ja, das habe ich mir gedacht. Ich habe mir gedacht, dass Sie die Frau sind, die diesen Artikel geschrieben hat. Sie haben links in der ersten Reihe gesessen, nicht wahr? Sie haben mich angehimmelt wie eine Vierzehnjährige. Ich wusste nicht, dass Sie Journalistin sind, aber ich habe mir gedacht, dass wir uns wiedersehen würden. So oder so.»

Zwei Minuten später lag ihr Bademantel auf dem Boden und sie mit Victor im Bett. «Wie hast du mich überhaupt gefunden?», fragte sie, als er sich Stunden später von ihr verabschiedete. «Wer solche Texte schreibt», sagte er, «sollte entweder ein Pseudonym benutzen oder nicht im Telefonbuch stehen.»

Victor ließ nicht locker. Zweimal täglich rief er an. Sie legte auf. Immer wieder lud er sie zum Essen ein, sie lehnte ab. Acht Wochen lang versuchte sie, sich dagegen zu wehren, dann gab sie auf. Sie war die Geliebte eines verheirateten Mannes. Sie liebte Victor Foret, wie sie keinen Menschen zuvor geliebt hatte. Mehrmals in der Woche trafen sie sich – immer tagsüber, immer heimlich. Mal bei ihr, mal in einem Hotel, mal in der leerstehenden Wohnung von Freunden. Sie spielten ihr Spiel. Ein Spiel, das beiden gefiel. Die Heimlichkeit erhöhte den Reiz, und jede Trennung machte die beiden umso begieriger auf das nächste Wiedersehen.

«Was hältst du davon, wenn ich mich scheiden lasse?», fragte er irgendwann.

«Nichts», sagte sie.

«Warum nicht?»

«Weil dann Schluss ist mit uns.»

«Also liebst du mich nicht.»

«Doch.»

«Aber?»

«Nichts aber. Wie es ist, ist es schön.»

Je mehr sie sich zierte, desto öfter sprach er davon. Schließlich tappte sie in die Falle. Schließlich sagte sie ja. Ja, lass dich scheiden. Ja, ich will deine Frau werden. Ich will es, wie ich nichts sonst auf der Welt will.

Es war der Anfang vom Ende. Nun war er es, der immer neue Gründe fand, seine Scheidung hinauszuzögern. Gründe, die Valerie zunächst plausibel erschienen, die sie bald aber als Ausreden durchschaute. Sie bekam Angst, dass er ihr entgleiten würde. Sie bedrängte ihn, sich häufiger zu treffen, endlich mal ein ganzes Wochenende oder wenigstens eine Nacht miteinander zu verbringen. Sie sprach davon, eine gemeinsame Wohnung zu nehmen. Und dass sie Kinder von ihm haben wolle. Sie beging jeden Fehler, den man begehen konnte. Sie machte sich klein und versuchte, ihm selbst jene Wünsche zu erfüllen, die er nie geäußert hatte. Dann wieder entzog sie sich für Tage, nahm das Telefon nicht ab und öffnete nicht die Tür. Sie zog alle Register. Schließlich drohte sie ihm sogar, seiner Frau die Wahrheit zu sagen.

Dann trennte sie sich von ihm.

Und lag schon eine Woche später wieder mit ihm im Bett. So ging es weiter. Sie drehten sich im Kreis. Jeder neuen Trennung folgte eine neue Versöhnung. Zunächst nahmen ihre Freundinnen Anteil, trösteten sie, gaben Ratschläge. Bald aber winkten sie nur noch ab, reagierten gelangweilt auf die immer selben Geschichten. Und schließlich gab es keine mehr, die nicht auf Victor Foret schimpfte, den Monsieur Arsch, von dem sie, Valerie, sich wie eine dumme Gans behandeln lasse, und, wenn man recht bedenke, sich von Anfang an habe behandeln lassen. Valerie weinte. Und versprach, dass es diesmal endgültig sei. Schluss, aus, perdu. Jetzt habe man ihr die Augen geöffnet. Jetzt gebe es kein Zurück mehr. Adieu, Monsieur Arsch!

Aber sobald der Wind sich wieder gedreht hatte, kam ihr die Kritik aus dem Freundeskreis wie Verrat vor. Ein Verrat an ihr und an ihrem Geliebten. Nun verbat sie sich die Einmischungen, bestand darauf, ihr Leben so zu leben, wie sie es für richtig hielt, und wies jeden Einwand gegen die Art ihrer Beziehung ein für alle Mal zurück. So hatte es nicht ausbleiben können, dass die Zahl ihrer Freundinnen im Verlauf des letzten Jahres von Monat zu Monat kleiner geworden war. Inzwischen gab es keine mehr, die den Namen noch verdient hätte.

Valerie saß auf der Bank in dem kleinen Park an der Avenue Raphael und achtete nicht auf die neugierigen Blicke der Kinder. Sie weinte. Aber noch im Weinen begann sie den Grund dafür bereits zu vergessen. Sie schluchzte ein letztes Mal, dann stand sie auf, warf ihr Taschentuch in einen Abfalleimer und machte sich auf den Weg.

Am frühen Abend desselben Tages stand Monsieur Hofmann vor seinem Haus an der Place Nadaud und versuchte, ein freies Taxi heranzuwinken. Obwohl er wusste, dass es viel Geld kosten und dass er sein Ziel mit der Metro gewiss schneller erreichen würde, freute er sich über den Luxus, sich einmal quer durch Paris chauffieren lassen zu dürfen – vom Nordosten bis ganz in den Südwesten nach Issy, wo der Fernsehsender *arte* seinen Sitz hatte.

Vor zwei Wochen hatte sich die junge Journalistin bei ihm gemeldet und gefragt, ob sie einen kleinen Film über ihn drehen dürfe und ob er darüber hinaus bereit sei, für ein Live-Interview ins Studio zu kommen. «Warum ich?», hatte er gefragt. «An mir ist nichts Besonderes.» Genau darum gehe es, hatte Valerie geantwortet, die Sendung heiße «Nachbarn wie du und ich», man zeige Menschen in ihrem Viertel, ihr ganz normales Leben, ihren Alltag, ihre Freuden und Sorgen.

Außerdem müsse sie widersprechen, denn sie habe die Erfahrung gemacht, dass an jedem Menschen etwas Besonderes zu entdecken sei, war man nur bereit, genau hinzuschauen. «Ja», hatte er zögernd gesagt, «vielleicht haben Sie recht.» Ein Honorar gebe es im Übrigen auch, nicht gerade üppig, aber groß genug – und nun hatte sie gelacht –, dass er sie davon zum Essen einladen könne.

Misstrauisch musterte der Taxifahrer seinen Fahrgast, so, als wolle er sich überzeugen, ob Monsieur Hofmann auch wirklich in der Lage sei, eine so lange Reise zu bezahlen. Schließlich ließ er ihn einsteigen. Weil die Ringautobahn wie immer um diese Zeit verstopft war, nahmen sie den Weg durch die Stadt. Sie fuhren über die Place de la Bastille, überquerten wenig später die Seine, ließen den Gare d'Austerlitz links liegen, kamen durch Montparnasse und waren nach fast einer Stunde an der Stadtgrenze angelangt. Noch einmal zwanzig Minuten später hatten sie die Rue Marceau in Issy und damit ihr Ziel erreicht. Monsieur Hofmann bezahlte den Fahrpreis, ließ sich eine Quittung geben und stieg aus. Dann betrat er das Gebäude und meldete sich beim Pförtner.

Kurz darauf kam Valerie bereits durch die Eingangshalle auf ihn zugestürmt. «Los, los. Wir müssen uns beeilen. Unser Beitrag läuft schon.»

Sie führte ihn in die Maske, wo man ihn vor einen großen Spiegel setzte, ihm einen Frisierumhang umband, die Augenbrauen ein wenig zupfte, sein Gesicht puderte und ihm mit einem Kamm noch rasch durch die Haare fuhr.

Als sie das Studio betraten, war Monsieur Hofmann erstaunt über die zahlreichen Menschen, die sich dort aufhielten. Es wurde fast ebenso viel deutsch wie französisch gesprochen, und alle konnten scheinbar mühelos von der einen in die andere Sprache wechseln. Obwohl Valerie drängte, ging Monsieur Hofmann reihum und begrüßte, wie er es gelernt hatte, ohne Unterschied alle mit Handschlag: die Aufnahmeleiterin, die Kameraleute, die Beleuchter, die Tonleute und die Kabelträger. Er merkte, dass man hinter seinem Rücken über ihn lächelte, aber es war ihm egal. Ein junger Mann zog ein dünnes Kabel unter Monsieur Hofmanns Jackett hindurch und klipste ihm ein winziges Mikrophon ans Revers. Dann bat Valerie ihn, auf einem der beiden Sessel Platz zu nehmen, die in der Mitte des Studios aufgebaut waren. Sie selbst setzte sich auf den anderen, schlug die Beine übereinander und schaute auf den Monitor, der vor ihnen auf dem Boden stand. Es liefen gerade die letzten Szenen des Films, den sie und ihr Team über Monsieur Hofmann gedreht hatten.

«Noch eine Minute», rief eine Männerstimme aus der Dunkelheit des Studios. Und kurz darauf: «Ruhe, bitte! Noch dreißig Sekunden.»

Mademoiselle Blanche saß auf dem Sofa ihrer kleinen Wohnung in Belleville und schaute auf den Fernseher. Sie hatte überlegt, ein paar Freundinnen für diesen Abend einzuladen, war dann aber zu dem Entschluss gekommen, sich die Sendung alleine anzuschauen. Unwillkürlich musste sie lächeln, als Georges nun direkt in die Studiokamera schaute. Und fast hätte sie die Hand gehoben, um ihm zuzuwinken. Sie fand, dass er gut aussah, und sie war stolz auf ihn. Unter all den Männern, die ihr Avancen gemacht hatten, hatte sie ausgerechnet diesen dünnen, kleinen Mann erwählt, um mit ihm ihr Leben zu verbringen. Und sie hatte es bis heute nicht bereut.

«Gerade noch haben wir Sie auf den Straßen von Belleville gesehen», sagte Valerie, «jetzt begrüßen wir Sie als Gast in unserem Studio. Und mit Ihnen begrüßen wir unsere Zuschauer in Frankreich und in Deutschland. Wie geht es Ihnen, Monsieur Hofmann?»

«Gut, danke. Ich bin ein bisschen nervös.»

«Eine sehr persönliche Frage gleich zu Beginn: Sind Sie ein glücklicher Mensch?»

«Ich bin zufrieden, ja. Man sagt, das Alter sei nichts für Feiglinge. Aber noch bin ich gesund. Und manchmal bin ich auch glücklich.»

«Sie tragen keinen typisch französischen Namen. Ich nehme an, Sie stammen aus dem Elsass oder aus Lothringen?»

Mademoiselle Blanche hielt den Atem an. Sie sah, wie Georges mit sich kämpfte.

«Nein, weder noch.»

«Sondern?», fragte Valerie.

Er zögerte lange, bis die Redakteurin schließlich nachhakte: «Möchten Sie, dass wir über etwas anderes reden?»

«Nein. Es ist nur so, dass ich noch nie mit jemandem darüber gesprochen habe. Ich war Deutscher.»

Mademoiselle Blanche atmete durch. Die Bombe war geplatzt. Jetzt gab es kein Zurück mehr.

«Sie *waren* Deutscher?»

«Ja.»

«Aber jetzt sind Sie Franzose?»

Georges nickte.

«Warum haben Sie Deutschland verlassen?»

«Bis ich zwölf war, habe ich in Frankfurt gelebt.»

«Heißt das, Sie und Ihre Eltern haben während des Krieges das Land gewechselt?»

«Nein, ich bin ohne meine Eltern gekommen. Nachbarn haben mich nachts bis zur Grenze gebracht. Dort haben mich Freunde meines Vaters in Empfang genommen. Ich habe auf einem Bauernhof in der Picardie gelebt. Erst nach dem Krieg bin ich nach Paris gekommen.»

«Und Ihre Eltern?»

Georges' Gesicht wirkte für einen Moment wie versteinert.

Er senkte den Blick und schaute mit leeren Augen vor sich auf den Boden. Er schüttelte den Kopf.

«Ich weiß es nicht.»

«Sie wissen es nicht?»

«Nein, ich habe nie wieder von ihnen gehört.»

Valerie war sichtlich irritiert. Man merkte ihr an, dass das Gespräch in eine Richtung lief, mit der sie selbst nicht gerechnet hatte. Nun war sie es, die lange überlegte, bis sie die nächste Frage stellte.

«Monsieur Hofmann, sind Sie Jude?»

«Meine Eltern waren Juden.»

«Also sind auch Sie Jude.»

«Ja. Ja, ich bin Jude.»

«Und Sie haben nie in Erfahrung bringen können, was aus Ihren Eltern geworden ist?»

«Ich wollte es nicht wissen. Ich habe versucht, sie zu vergessen. Ich habe mehr als sechzig Jahre versucht zu vergessen, dass ich Jude bin und dass ich Eltern hatte.»

Valerie schaute ihren Studiogast fassungslos an. «Aber Sie ahnen es. Sie ahnen, was mit Ihren Eltern geschehen ist, nicht wahr?»

Georges nickte und schwieg.

«Und das hat Sie nicht interessiert?»

Nun schüttelte er den Kopf und lächelte sie an. «Nein, das ist es nicht», sagte er. «Das verstehen Sie nicht. Ich glaube nicht, dass Sie das verstehen können.»

«Dann versuchen Sie bitte, es uns zu erklären.»

«Meine Eltern haben mich belogen. Sie haben gesagt, sie würden Verwandte besuchen. Sie haben mich verlassen. So habe ich das gesehen. Sie haben mich weggeschickt.»

«Und Ihnen damit wahrscheinlich das Leben gerettet.»

«Ja.»

«Aber statt ihnen dankbar zu sein, haben Sie versucht, Ihre Eltern zu vergessen.»

«Ja. So war es. Ich wollte weder etwas von den Juden, noch wollte ich etwas von den Nazis wissen. Ich wollte ein normales Leben führen. Ich war ein Kind, und ich wollte genauso leben wie all die französischen Kinder in meiner Umgebung. Das kann man falsch finden, aber so war es.»

«Sprechen Sie noch gelegentlich deutsch?»

«Früher, wenn deutsche Touristen in unsere Revue kamen, habe ich mit ihnen deutsch gesprochen. Jetzt gibt es nur noch wenige Gelegenheiten. Aber ich lese noch immer gerne in Grimms Märchen. Manchmal auch in den Eichendorff-Gedichten. Und …»

«Und?»

«Und ich höre Schuberts Lieder.»

«Waren Sie jemals wieder in Deutschland?»

Georges reagierte ungewöhnlich heftig: «Nein, nie. Niemals würde ich dieses Land wieder betreten.»

«Aber Ihnen ist schon klar, dass sich in Deutschland vieles geändert hat.»

«Ja. Natürlich. Ich bin nicht dumm. Trotzdem.»

«Und über all das haben Sie in dieser langen Zeit mit niemandem geredet?»

«Nein, nie, außer … außer mit meiner Frau.»

Mademoiselle Blanche stutzte. Sie starrte auf den Bildschirm. Für einen Moment wusste sie nicht, wen Georges damit meinte. Erst dann begriff sie, dass sie selbst es war, die er gerade zum ersten Mal als seine Frau bezeichnet hatte.

Auch Valerie reagierte verwundert: «Davon haben Sie mir gar nichts erzählt. Ich wusste nicht, dass Sie verheiratet sind.»

«Wir sind nicht verheiratet. Wir leben in verschiedenen Wohnungen. Trotzdem ist sie meine Frau. Und meine Geliebte.»

«Das haben Sie schön gesagt. Trotzdem: Warum haben Sie sich entschlossen, nun doch über Ihre Herkunft zu sprechen?»

«Ich glaube, es liegt an Ihnen.»

«An mir?»

«Nein, nicht an Ihnen persönlich, aber am Fernsehen. Es ist, als würde man zu allen und zu keinem sprechen.»

«Und warum nach all den Jahren gerade jetzt?»

Er dachte nach. Dann antwortete er mit großer Bestimmtheit: «Weil man ja doch nicht vergessen kann.»

«Was meinen Sie damit?»

«Ich meine, dass man es versuchen kann, aber es geht nicht. Man kann nicht vergessen. Das ist es, was ich sagen wollte.»

Das rote Licht der Kamera war kaum erloschen, als die Tür des Studios geöffnet wurde. Der Redaktionsleiter stürmte herein, kam auf Monsieur Hofmann zu und reichte ihm beide Hände: «Das war großartig, mein Herr. Ich bewundere Ihren Mut. Sehr authentisch, sehr ehrlich. Meinen Glückwunsch!»

Dann legte er seine Rechte auf Valeries Schulter: «Ein Glanzstück, meine Liebe, brillante Gesprächsführung. Das ist die Sorte Journalismus, die wir brauchen.»

Monsieur Hofmann begriff nichts von dem, was der Mann sagte. Er war erschöpft. Zugleich war er aufgedreht. Er wünschte sich, neben Mademoiselle Blanche im Sessel zu sitzen, ihre Hand zu halten und zu schweigen. Gerne hätte er jetzt mit ihr zusammen eine Flasche Rotwein getrunken. Er nahm seinen Strohhut, setzte ihn auf und bat darum, dass man ihm ein Taxi rufe.

«Ich begleite Sie zum Ausgang», sagte Valerie.

Während sie nebeneinander hergingen, redete sie unentwegt auf ihn ein.

«Was ist mit Ihnen?», fragte Monsieur Hofmann.

«Was soll mit mir sein?»

«Sie sind heute anders. So … verrückt.»

Sie blieb stehen und schaute ihn an: «Merkt man mir das wirklich an?»

«Entschuldigen Sie, vergessen Sie, was ich gesagt habe, ich wollte nicht indiskret sein.»

«Nein, ist schon in Ordnung. Ich bin wirklich ein wenig verrückt», sagte sie. Und nach einer kurzen Pause: «Ich habe mich getrennt.»

«Von Ihrem Mann?»

Sie lachte: «Nein, nur von Monsieur Arsch. Es ist alles in Ordnung. Eigentlich geht es mir sogar richtig gut.»

Der alte Mann hob die Brauen. Er wusste nicht, was er noch hätte sagen sollen.

Sie standen bereits am Rand der Straße, um auf das Taxi zu warten, als sie jemanden rufen hörten.

«Monsieur Hofmann ... Sind Sie Monsieur Hofmann?»

Der Pförtner war aus seiner Loge gekommen und winkte ihm zu: «Hier ist jemand am Telefon für Sie. Man sagt, es sei dringend.»

Monsieur Hofmann folgte dem Mann, der ihm den Hörer reichte. Dann meldete er sich mit seinem vollen Namen.

«Ja», sagte er, «der bin ich ... Ja, das ist richtig.» Dann hörte er schweigend zu.

Nach einer Weile nahm er den Hörer vom Ohr und bat den Pförtner um etwas zum Schreiben. Als er den Stift entgegennahm, zitterte seine Hand. Er kritzelte etwas aufs Papier, dann legte er den Hörer auf die Gabel.

«Jetzt muss ich Ihnen dieselbe Frage stellen, die Sie mir gestellt haben», sagte Valerie. «Was ist mit Ihnen los? Sie sind mit einem Mal ganz blass geworden.»

«Es war eine Frau.»

«Und? Was wollte sie? Kannten Sie die Frau?»

«Nein. Sie sagt, sie habe einen Brief für mich. Nein, keinen Brief, sondern einen Umschlag, einen alten, dicken Umschlag. Sie will ihn mir nicht schicken. Sie sagt, ich soll ihn mir abholen.»

«Eine Verrückte?»

«Nein», erwiderte Monsieur Hofmann mit großer Bestimmtheit. «Sie klang sehr vernünftig. Sie sagt, der Umschlag stamme von meinem Vater.»

Valerie konnte ihre Überraschung nicht verbergen: «Von Ihrem Vater?»

«Ja. Sie sagt, auf dem Umschlag stehe mein Name, der Name meines Vaters und das Wort Auschwitz.»

Drei Das Taxi hielt vor dem Eingang des Studios an; Valerie gab dem Fahrer zehn Euro und schickte ihn wieder fort. Plötzlich legte sie großen Wert darauf, Monsieur Hofmann mit ihrem Wagen nach Hause zu bringen. Auf der Fahrt versuchte sie, mehr über den Anruf der fremden Frau zu erfahren. Aber er hatte bereits alles gesagt, was er wusste.

«Hat sie erzählt, wie sie in den Besitz des Umschlags gekommen ist?»

«Nein.»

«Kannte sie Ihren Vater?»

«Davon hat sie nichts gesagt.»

«Hat sie ihren Namen genannt?»

«Natürlich. Sie heißt Christine Delaunay.»

«Sagt Ihnen der Name etwas?»

«Nein.»

«Warum hat sie sich erst jetzt bei Ihnen gemeldet?»

«Ich weiß es nicht.»

Als sie an der Place Nadaud angekommen waren, redete Valerie immer weiter auf ihn ein. Obwohl er müde war, wäre es ihm unhöflich vorgekommen, einfach auszusteigen. Schließlich sah er keine andere Möglichkeit, als sie auf ein Glas Wein in seine Wohnung einzuladen.

Er bat sie, die Flasche zu öffnen, während er nach nebenan ging, um den großen Michelin-Atlas zu holen. Nebeneinander saßen sie am Wohnzimmertisch und suchten den Ort, den die Frau ihm genannt hatte. Er hieß Savigny und lag etwa sechzig Kilometer westlich von Paris im Wald von Rambouillet. «Fahren Sie ganz durch das Dorf hindurch», hatte die Frau gesagt, «dann biegen Sie links ab in eine kleine Straße.

Die Straße endet an einem See. Fahren Sie rechts in den Waldweg, bis es nicht mehr weitergeht. Dort steht mein Haus.»

«Wann sind Sie mit ihr verabredet?»

«Sie sagt, ich könne morgen im Laufe des Tages kommen, egal wann. Sie sei immer zu Hause.»

«Soll ich Sie hinbringen? Wollen wir gemeinsam dorthin fahren?»

«Das würden Sie machen?»

«Ja. Und ich würde gerne ein Kamerateam mitnehmen, um die Übergabe des Umschlags zu filmen.»

«Das ist die Bedingung?», fragte er.

Sie lächelte: «Das ist die Bedingung.»

Er überlegte einen Moment, dann stimmte er zu. Alle anderen Möglichkeiten, an diesen Ort zu gelangen, wären entweder zu umständlich oder zu teuer gewesen.

Valerie machte keine Anstalten, den Abend zu beenden. Während Monsieur Hofmann noch immer an seinem ersten Glas Wein nippte, hatte sie den Rest der Flasche bereits ausgetrunken.

«Sie sollten Ihren Wagen lieber stehen lassen», sagte der alte Mann. «Vielleicht ist es besser, Sie bleiben heute Nacht hier. Ich hole Ihnen eine Decke und einen Schlafanzug, dann können Sie sich auf das Sofa legen.»

Ohne zu widersprechen, nahm sie das Angebot an. Als Monsieur Hofmann zehn Minuten später aus dem Badezimmer kam, schlief sie bereits fest.

Am nächsten Mittag verließen sie die Nationalstraße 10 und fuhren in den Wald von Rambouillet. Mit jedem weiteren Kilometer wurden die Straßen und Orte kleiner. Fast hätten sie das Hinweisschild nach Savigny übersehen. Nach fünf Minuten erreichten sie das Dorf, das nur aus wenigen Häusern bestand, von deren Bewohnern keiner zu sehen war. Am Ende der Straße entdeckten sie einen Peugeot Kombi mit der Aufschrift des Fernsehsenders.

«Das Team wartet schon auf uns», sagte Valerie.

Sie blendete kurz auf, zum Zeichen, dass ihre beiden Kollegen ihnen folgen sollten, dann fuhr sie langsam an dem Wagen vorbei.

«Da ist der See, von dem Madame Delaunay gesprochen hat», sagte Monsieur Hofmann.

Sie bogen nach rechts in einen schmalen, geschotterten Waldweg. Valerie machte eine Bewegung mit dem Kopf: «Da … das muss es sein.»

Sie hielten vor einer hohen Mauer aus Naturstein, in die ein großes Gittertor eingelassen war. Hinter der Mauer sah man die Kronen einiger alter Laubbäume. Valerie stieg aus, um das Tor zu öffnen.

«Meine Güte, das ist kein Haus, das ist ja ein Château!»

Sie fuhren über einen langen gepflasterten Weg, der sie direkt auf das Gebäude zu führte. Nun sah es auch Monsieur Hofmann. Am Ende des Weges lag ein kleines Jagdschloss, dessen Fassade fast vollständig von wildem Wein überwuchert war. Eine Doppeltreppe führte hinauf zur Eingangstür.

«Das Beste wird sein, wenn Sie die Dame vorwarnen.»

«Vorwarnen?», fragte Monsieur Hofmann.

Valerie ging um den Wagen herum und öffnete die Beifahrertür. «Dass Sie das Fernsehen mitgebracht haben», sagte sie.

Der alte Mann stieg aus und machte ein paar Schritte auf das Haus zu. Dann schaute er sich noch einmal um. Valerie nickte ihm zu. Er stieg die Treppen hinauf und drückte auf den Klingelknopf. Fast unverzüglich wurde die Tür geöffnet. Vor ihm stand eine junge Frau in einer Kittelschürze.

«Madame Delaunay?», fragte er.

Die Frau lachte. «Nein, ich bin nur die Hausangestellte. Madame erwartet Sie bereits.»

Sie durchquerten die Eingangshalle und betraten einen spärlich möblierten Salon. Auf der anderen Seite des Raumes sah man eine geöffnete Tür, die ins Freie führte. Monsieur Hofmann folgte dem Hausmädchen auf die riesige Terrasse, die im hellen Licht der Mittagssonne lag. Dann sah er Christine Delaunay. Sie saß unter einem Sonnenschirm. Er schätzte sie auf Ende sechzig, Anfang siebzig, etwa im gleichen Alter wie er selbst, vielleicht ein paar Jahre jünger. Ihre Haare waren frisch frisiert, sie trug ein auberginefarbenes Kleid und über den Schultern eine helle Stola. Neben ihr auf dem kleinen Tisch standen zwei frische Kaffeetassen und eine Schale mit Gebäck. Madame Delaunay saß in einem elektrischen Rollstuhl.

Sie lächelte Monsieur Hofmann an und zeigte auf den freien Stuhl. «Kommen Sie, nehmen Sie Platz. Ich habe mich auf Ihren Besuch gefreut.»

«Ich habe noch jemanden mitgebracht», sagte er.

Sie sah ihn fragend an.

«Das Fernsehen. Sie wollten dabei sein. Ich hoffe, es stört Sie nicht.»

Madame Delaunay schien einen Augenblick zu überlegen. Dann wandte sie sich an das Hausmädchen: «Claudine, zeig den Herrschaften bitte den Weg.»

Während die Fernsehleute ihre Geräte aufbauten, begann Christine Delaunay ihren Besucher auszufragen.

«Sie haben wirklich ein Revuetheater betrieben?»

«Ja, das habe ich. Fast vierzig Jahre lang.»

«Und es sind dort Tänzerinnen und Sänger aufgetreten?»

«Jeden Abend.»

«Auch solche, die man kennt?»

«Auch solche.»

«Charles Trenet ... kannten Sie ihn?»

«Ja. Aber es war nur ein kleines Cabaret, wissen Sie. Wenn jemand berühmt war, konnten wir ihn nicht mehr bezahlen.»

Doch damit gab sich die alte Dame nicht zufrieden. Ihre Augen leuchteten. Ihr Interesse war geweckt. Sie nannte Namen und wollte Einzelheiten wissen.

«Also kannten Sie Trenet?»

«Ja. Wenn er einen Auftritt im *Olympia* oder im *Bobino* hatte, kam er manchmal hinterher mit ein paar Freunden zu uns.»

«Wussten Sie, dass er noch bis vor kurzem gelebt hat? Man hat seine Urne in Narbonne beigesetzt, im Grab seiner Mutter.»

«Nein, das wusste ich nicht.»

«Und Brassens? Kam er auch?»

«Ja, gelegentlich. Einmal ist er mit Léo Ferré bei uns aufgetreten. Sie wollten keine Gage für ihren Auftritt haben. Sie ließen hinterher einen Hut herumgehen, um Geld für die streikenden Arbeiter bei Renault zu sammeln.»

«Ferré hatte einen Affen, nicht wahr?»

«Ja, eine Schimpansin. Wie hieß sie noch? Ich habe es vergessen.»

«Sie hieß Pépée.»

«Ja. Pépée!», sagte Monsieur Hofmann.

Er war erstaunt. Es schien keine Geschichte über die Chansonniers der letzten siebzig Jahre zu geben, die Christine Delaunay nicht kannte. Sie wusste, dass Jacques Brel als Fünfundzwanzigjähriger seine Frau und die drei Töchter verlassen hatte, um nach Paris zu gehen. Sie wusste, dass die Mutter von Barbara eine Jüdin aus Odessa war und dass Brassens im Krieg als Zwangsarbeiter in einer deutschen Flugzeugfabrik gearbeitet hatte. Eine Frage allerdings schien sie mehr zu interessieren als alles andere.

«Und die Piaf?», fragte sie mit kaum verhohlener Neugier. «Haben Sie auch die Piaf getroffen?»

Monsieur Hofmann schüttelte den Kopf. «Nein. Ein gemeinsamer Freund wollte uns bekannt machen. Aber es war zu spät. Sie starb, bevor es dazu kam. So blieb mir nichts anderes, als zu ihrem Begräbnis zu gehen.»

«Sie waren dabei, als Edith Piaf beerdigt wurde?»

«Ja, warum verwundert Sie das?»

«Aber dann hätten wir uns ja treffen müssen. Ich war ebenfalls dort.»

Monsieur Hofmann schaute seine Gastgeberin ungläubig an. «Aber es waren an diesem Tag vierzigtausend Menschen auf dem Père Lachaise. Wie hätten wir uns da treffen sollen?»

Jetzt sah er, dass sie lächelte.

«Es war ein Scherz», sagte sie. «Ich wollte nur sehen, ob Sie die Wahrheit sagen.»

Monsieur Hofmann mochte die alte Dame. Sie hatte höfliche Umgangsformen, sie konnte mit einem Fremden plaudern, ohne dass peinliche Pausen entstanden, und sie konnte scherzen, ohne ihr Gegenüber zu verletzen. Wie er selbst schien sie noch ganz dem alten Jahrhundert anzugehören.

Offensichtlich hatte Madame Delaunay beschlossen, das Fernsehteam vollständig zu ignorieren. Sie hatte weder Valerie noch die beiden Männer begrüßt, sie hatte ihnen nichts zu trinken angeboten, sie hatte sie bis zu diesem Moment nicht mal eines Blickes gewürdigt.

So war es Valerie, die jetzt versuchte, auf sich aufmerksam zu machen. Sie hatte die Hand gehoben und schaute Christine Delaunay an.

«Wir sind so weit», sagte sie. «Wir können anfangen zu drehen. Wenn Sie jetzt so freundlich wären, uns zu berichten, was es mit dem Umschlag für Monsieur Hofmann auf sich hat.»

Die alte Frau nickte. «Gut. Das Fernsehen ist so weit. Aber das Fernsehen wird sich einen Moment gedulden müssen. Bevor ich Ihnen den Umschlag gebe, werde ich eine Geschichte erzählen. Sie dauert nicht lang. Alles, was Sie jetzt hören, habe ich von meinem Vater erfahren. Er hat es mir erzählt, als ich noch fast ein Kind war.»

Christine Delaunay griff nach ihrer Kaffeetasse, führte sie zum Mund, setzte sie aber wieder ab, ohne getrunken zu haben. Dann begann sie mit ihrem Bericht.

«Als mein Vater von den Deutschen verhaftet wurde, war er ein kräftiger Mann von Mitte dreißig. Er war Sportler; er hat gerudert und Tennis gespielt. Mein Vater kam aus einer wohlhabenden Familie. Uns allen ging es gut – dieses Haus hier war sein Elternhaus. Nach seiner Verhaftung brachte man ihn ins Lager Drancy, weil er Geld für die Résistance gesammelt hatte. Er war verraten worden von jemandem, den er für seinen Freund gehalten hatte. Schon zwei Wochen später wurde er in einem Eisenbahnwaggon nach Auschwitz gebracht. Es war einer der letzten Konvois, die das Lager in Richtung Osten verließen», erklärte sie und schloss dann die Augen.

«Da mein Vater sowohl französisch als auch polnisch, aber auch deutsch und ein wenig ungarisch sprach, schickte man ihn nicht wie die meisten anderen sofort ins Gas, sondern setzte ihn als Dolmetscher ein. Es ging ihm besser als den meisten anderen Häftlingen, und immerhin hat er überlebt. Aber als er zurückkam, war er eine lebende Leiche. Man hat ihn zugrunde gerichtet. Weniger durch das, was man ihm angetan hat, als durch das, was er mitansehen musste.

Dann ist die Rote Armee nach Westen vorgerückt; die Zustände im Lager wurden immer chaotischer. Jetzt hatte es die SS eilig. Sie wollten die Spuren verwischen. Sie haben die Krematorien abgebaut und sie in andere Lager geschafft. Im Januar 1945 haben sie Auschwitz geräumt. Die Gefangenen wurden nach Westen getrieben. Zurück blieben nur die, die zu krank oder zu schwach waren. Und die, die sich um die Kranken kümmerten.»

Erst jetzt öffnete Christine Delaunay wieder die Augen. Ihr Gesicht hatte sich verändert. Sie war blass und wirkte noch schmaler als zuvor. Nun wandte sie sich wieder an Georges Hofmann.

«In diesen letzten Tagen lernten sich unsere Väter kennen. Ihr Vater hat als Häftling im Krankenbau gearbeitet. Dort hatte er sich bei einem der Patienten angesteckt. Er litt unter Fieber und schwerem Durchfall und wurde von Stunde zu Stunde schwächer. Er wusste, dass er nicht überleben würde. Als die Rotarmisten Auschwitz bereits erreicht hatten, starb er.»

Christine Delaunay beugte sich nach vorne und griff unter den Tisch. Sie zog einen dicken braunen Umschlag hervor und streckte ihn Georges Hofmann entgegen.

«Das hier hat er meinem Vater gegeben. Er hat ihn gebeten, es Ihnen auszuhändigen, wenn es ihm irgendwann gelingen sollte, Sie ausfindig zu machen. Das ist alles, was ich weiß. Ich habe keine Ahnung, was sich in dem Umschlag befindet.»

Reflexartig hatte Georges Hofmann den Umschlag an sich genommen, hielt ihn jetzt aber in den Händen wie einen ganz und gar fremden Gegenstand, wie etwas, das ihn nichts anging.

«Und meine Mutter?», fragte er mit einer Stimme, die so leise war, dass man sie kaum verstand.

«Ihre Eltern waren zunächst im Ghetto von Lodz. Später hat man sie nach Auschwitz gebracht. Gleich nach der Ankunft sind sie getrennt worden; Ihr Vater hat Ihre Mutter nie wiedergesehen.»

Georges Hofmann nickte. Nichts von dem, was er gehört hatte, überraschte ihn wirklich. Er hatte sich all die Jahrzehnte dagegen gewehrt, über das Schicksal seiner Eltern nachzudenken. Aber jetzt war es, als habe er die Wahrheit immer gewusst.

«Und was ist aus Ihrem Vater geworden?», fragte er.

«Zwei Jahre lang hat mein Vater kein einziges Wort gesagt. Er war stumm wie ein Fisch. Dann hat er geredet, geredet, geredet. Anschließend ist er wieder in sein Schweigen verfallen.»

«Er lebt nicht mehr?»

«Nein. Meine Eltern sind 1960 bei einem Autounfall ums Leben gekommen. Wir waren auf dem Weg in die Bretagne, als ein Wagen mit Urlaubern uns die Vorfahrt genommen hat. Seitdem», sagte sie und tippte mit beiden Händen auf die Armlehnen ihres Rollstuhls, «brauche ich dieses Ding hier.»

Monsieur Hofmann starrte auf das braune Päckchen. Er merkte, dass seine Hände zitterten. Er las seinen Namen, der mit brauner Tinte auf die Vorderseite geschrieben war. Dann drehte er den Umschlag um. Dort stand in der gleichen Schrift: Arthur Hofmann, Auschwitz.

Valerie kramte in ihrer Handtasche, dann hielt sie ihm ein kleines Taschenmesser hin. Er schaute sie an, dann schüttelte er den Kopf. «Nein», sagte er. «Bitte machen *Sie* das!»

Valerie wartete, bis die Kamera neu eingerichtet war, dann nahm sie den Umschlag, legte ihn auf den Tisch und schlitzte ihn mit einer raschen Bewegung auf. Kurz darauf hielt sie ein dickes, in Wachspapier eingeschlagenes Bündel in der Hand, das sie an Monsieur Hofmann weitergab.

Der alte Mann war nervös. Vorsichtig, als könne eine Gefahr von dem noch immer unbekannten Inhalt des Päckchens ausgehen, faltete er das Wachspapier auseinander. Vor ihm lag ein Stapel vergilbten Papiers. Die ersten Seiten waren leer. Dann gab es solche, die bis an die Ränder mit einer kleinen Handschrift bedeckt waren. Er versuchte, die Schrift zu entziffern. Aber obwohl er die Buchstaben und Zahlen lesen konnte, verstand er nichts von dem, was dort stand. Es war eine sinnlose Aneinanderreihung von Zeichen. Er schaute Valerie an, aber auch sie schüttelte den Kopf. Sie wirkte enttäuscht.

Monsieur Hofmann hob den Stapel an und drehte ihn um. Vier Worte standen dort, diesmal in einer großen, geschwungenen Schrift, vier Worte, die er sofort verstand, denn es war die Sprache seiner Kindheit.

«*Das Geheimnis einer Sommernacht*», sagte er auf Deutsch. Dann schaute er lächelnd in die Runde.

Die anderen sahen ihn ratlos an.

Flüchtig blätterte er nun den Stapel loser Blätter durch. Sie waren mit Noten bedeckt.

«Es ist eine Partitur», sagte er. «Die Partitur einer kleinen Operette. Und das ist ihr Titel: *Das Geheimnis einer Sommernacht.*»

Noch immer lächelte er.

«Was heißt das?», fragte Valerie. «Ich habe nie von einer Operette gehört, die so heißt.»

«Nein», erwiderte Monsieur Hofmann, «Sie können nichts davon gehört haben. Niemand hat bisher davon gehört.»

«Heißt das, Ihr Vater hat sie komponiert?»

Der Alte schüttelte den Kopf.

«Nein», sagte er. «Es ist eine Operette von Jacques Offenbach.»

Valerie schaute ihn zweifelnd an. Sie wartete, dass Georges Hofmann weitersprach, aber er saß nur da und genoss seine Freude – seine Freude über das, was er in den Händen hielt.

«Pardon, Monsieur, aber es gibt kein Werk von Jacques Offenbach mit diesem Titel.»

«Wie Sie sehen, gibt es eins. Mein Vater hat Offenbachs Musik über alles geliebt. Wo auch immer er hinkam, hat er in Archiven, Bibliotheken und Antiquariaten gestöbert, um irgendeine Handschrift des Komponisten, die Erstausgabe einer Partitur oder auch nur einen alten Programmzettel zu finden. Eines Abends, es war wohl schon während des Krieges, kam er nach Hause. Er war auf einem seiner Streifzüge gewesen. Ich habe ihn selten so glücklich gesehen. Er hatte bei einem Trödler dieses Manuskript gefunden; und er hat sofort gesehen, dass es sich um die Handschrift Jacques Offenbachs handelte. ‹Es wird eine Zeit kommen, da man diese Musik wieder spielen wird›, sagte er zu meiner Mutter und mir, ‹und dann werden wir bei der Uraufführung in der ersten Reihe sitzen.›»

Noch immer war Valeries Skepsis nicht völlig gewichen. Allerdings schien sie jetzt Witterung aufgenommen zu haben.

«Aber das würde bedeuten, dass er das Manuskript mit ins Lager genommen hat und dass er es dort während der ganzen Zeit hat verstecken können. Ich bezweifle, dass so etwas möglich war.»

Jetzt schaltete sich Christine Delaunay ein. Zum ersten Mal sprach sie Valerie direkt an: «Sie haben keine Ahnung, meine Liebe. Zum Glück richtet sich die Wirklichkeit nicht danach, was man im Fernsehen für möglich oder für unmöglich hält. Aber hätten Sie sich auch nur ein wenig mit der Geschichte der Lager beschäftigt, dann wüssten Sie, dass es dort alles gab. Es gab Bordelle; es wurden Kinder geboren; und manchmal hat jemand überlebt, der schon unter einem Berg von Leichen gelegen hatte. Verstehen Sie: Es gab wirklich alles.»

Valerie blickte zu Boden. Offensichtlich hatte sie die Schärfe in Madame Delaunays Ton überrascht. Ihr nächster Einwand kam bereits deutlich kleinlauter. «Aber was, wenn es sich bei dem Manuskript um eine Fälschung handelt?», fragte sie.

«Nein», sagte Monsieur Hofmann, «dafür kannte sich mein Vater zu gut aus. Auf eine Fälschung wäre er niemals hereingefallen.»

«Aber ist Ihnen klar, was das hieße? Wenn die Partitur wirklich echt ist, dann wäre das eine Sensation. Dann würden Sie einen riesigen Schatz in Händen halten. Dann wären Sie ab sofort ein reicher Mann.»

Der Alte schaute sie an, als begriffe er ihre Worte nicht.

«Eine neuentdeckte Operette von Jacques Offenbach wäre wahrscheinlich Millionen wert. Die Musikverleger würden sich um die Rechte reißen. Ein solches Werk, wenn es denn etwas taugt, würde in der ganzen Welt gespielt.»

Monsieur Hofmann hatte keine finanziellen Sorgen, und er hatte nie darüber nachgedacht, was er tun würde, wenn er mit einem Mal wirklich reich wäre. Es war eher ein Gedanke, der ihn beunruhigte.

«Es freut mich, dass mein Vater diese Blätter hat retten können», sagte er. «Dass er sie bei sich haben konnte, dort, wo er war.»

«Würden Sie mir das Manuskript für einen Tag überlassen?», fragte Valerie. «Ich würde es gerne einem Freund zeigen, der viel von Musik versteht.»

«Was für einem Freund?»

«Er ist Pianist. Ich habe Ihnen von ihm erzählt.»

Monsieur Hofmann hob die Augenbrauen: «Sie meinen ... Monsieur Arsch?»

Valerie lachte: «Ja», sagte sie, «den meine ich.»

Die Nachricht schlug ein wie eine Bombe. Bereits am nächsten Tag brachten sämtliche Agenturen die Meldung von der wiederentdeckten Operette des weltberühmten Komponisten. Der Fernsehsender *arte* zeigte noch am selben Abend in einer Sondersendung den kleinen Film, den Valeries Team in Savigny gedreht hatte. Die Telefone in der Redaktion läuteten unentwegt. Es meldeten sich Journalisten und Theaterleute. Fünf Musikverlage gaben ihr Interesse kund, die Rechte am *Geheimnis einer Sommernacht* zu vertreten.

Valerie wurde von sämtlichen Aufgaben freigestellt, um die Geschichte der verlorengeglaubten Partitur weiterzurecherchieren. Wieder bat sie Monsieur Hofmann um ein Treffen, dem dieser widerstrebend, aber freundlich wie immer zustimmte.

Sie saß bereits im *Journal* an der Place Nadaud und wartete auf den alten Herrn. Als er zur Tür hereinkam, stand sie auf, um ihn zu begrüßen. Sie streckte ihm beide Hände entgegen.

«Ist es nicht phantastisch ... Es ist, wie Sie gesagt haben; das Manuskript ist echt. Und Sie werden in Kürze berühmt sein.»

In ihrem Überschwang schien sie nicht zu bemerken, dass Monsieur Hofmann ihre Hochstimmung keineswegs teilte. Aber auch bei ihm hatten sich nach der Sendung zahlreiche Anrufer gemeldet. Und bereits am Morgen hatte ihm eine Fotografin vor seiner Haustür aufgelauert und ihn gebeten, mit ihr auf den Friedhof Montmartre zu fahren, wo er vor dem Grab Jacques Offenbachs für sie posieren sollte.

Er setzte sich auf die Bank neben Valerie, behielt aber seinen Strohhut auf, als wolle er damit zeigen, dass er nicht daran interessiert war, dieses Treffen länger als nötig auszudehnen.

«Sie glauben also inzwischen auch, dass es sich nicht um eine Fälschung handelt?», fragte er.

«Ja. Als wir aus Savigny zurück waren, habe ich sofort Victor angerufen, Sie wissen schon, meinen Monsieur ...»

«Ich weiß.»

«Seine Frau ist Musikwissenschaftlerin. Ich habe mir einen Termin bei ihr geben lassen und sie gestern Morgen im Institut besucht.»

«Sie haben *was* gemacht? Sie waren bei der Frau des Mannes, dessen Geliebte Sie bis vor zwei Tagen waren? Und hat die Frau gewusst, mit wem sie spricht?»

«Nein, natürlich nicht», erwiderte Valerie.

Monsieur Hofmann nickte und schwieg.

«Wir sind sofort ins Musikarchiv der Bibliothèque Nationale gefahren und haben das Manuskript mit den dort lagernden Handschriften verglichen. Es besteht keinerlei Zweifel an der Echtheit. Es handelt sich um eine frühe Operette Jacques Offenbachs.»

«Ich habe einen Fehler gemacht», sagte Monsieur Hofmann unvermittelt.

Valerie sah ihn erstaunt an.

«Ich hätte mich niemals auf Sie einlassen sollen.»

«Aber wieso nicht? Alles läuft doch prächtig. Kommen Sie, lassen Sie uns darauf anstoßen; ich lade Sie zu einem Glas Champagner ein.»

«Es rufen mich Leute an, denen ich nie meine Nummer gegeben habe. Ich stehe nicht im Telefonbuch; trotzdem werde ich belästigt. Kollegen von Ihnen lungern vor meiner Wohnung herum. Selbst hier in der Bar ist bereits nach mir gefragt worden.»

«Aber freuen Sie sich denn gar nicht? So oder so, Ihr Leben wird sich ändern. Sie können jetzt nicht mehr so tun, als sei nichts geschehen.»

«Genau das werde ich aber tun.»

«Ich fürchte, das wird nicht möglich sein.»

«Was soll das heißen?»

«Wir haben viele Anfragen erhalten, man will mit Ihnen verhandeln. Ich möchte Ihnen einen Vorschlag machen. Ich möchte Sie einladen zu einer Reise.»

«Zu was für einer Reise?»

«Ich möchte, dass wir beide nach Frankfurt fahren, um dort ein paar Nachforschungen anzustellen. Wir könnten die Gelegenheit nutzen, um einige deutsche Musikverleger zu treffen, die sich bereits bei mir gemeldet haben. Wir könnten schon morgen früh ...»

«Nein!»

Erschrocken sah Valerie Monsieur Hofmann an. Noch nie hatte sie eine solche Schärfe in seiner Stimme wahrgenommen. Dennoch wollte sie noch einen zaghaften Versuch unternehmen, ihn umzustimmen.

«Aber würde es Ihnen denn keine Freude machen, die Orte Ihrer Kindheit wiederzusehen ...»

«Ich habe gesagt: Nein! Es kommt überhaupt nicht in Frage, und ich bitte Sie, dieses Thema nicht noch einmal anzusprechen!»

Valerie tat, als sei sie enttäuscht. Sie schwieg einen Moment, dann wagte sie einen neuen Vorstoß.

«Und was, wenn ich alleine fahren würde?»

«Bitte sehr. Auch wenn ich Ihren Wunsch nicht verstehe. Aber abhalten kann ich Sie wahrscheinlich doch nicht.»

«Dann müssten Sie mir allerdings das Manuskript noch eine Weile überlassen.»

«Warum machen Sie sich nicht einfach eine Kopie?»

«Es wäre besser, ich könnte die Handschrift mitnehmen. Einer der Interessenten hat bereits betont, dass er das Original sehen will, um es auf seine Echtheit zu prüfen.»

Monsieur Hofmann überlegte. «Gut», sagte er schließlich widerstrebend. «Nehmen Sie es mit; aber passen Sie gut darauf auf. Es ist das einzige Andenken an meinen Vater, das ich habe.»

Valerie war aufgestanden. Jetzt beugte sie sich über seinen Kopf, nahm ihm den Strohhut ab und gab ihm einen Kuss auf die Stirn.

«Sie sind ein Schatz», sagte sie. «Ich werde morgen den ersten Zug nehmen. Ich werde Sie regelmäßig von unterwegs anrufen und Sie auf dem Laufenden halten.»

«Ja», sagte er. «Das ist zu befürchten.»

Zweiter Teil

Eins Der Mann war immer noch da. Er hatte schon vor einer Stunde dort unten auf der Bank gesessen, und es sah aus, als habe er sich seitdem keinen Millimeter von der Stelle gerührt.

Eva Helberger hatte die Gardine beiseitegeschoben und schaute aus dem Fenster ihrer Dachwohnung am Frankfurter Schaumainkai. Sie sah, was sie immer dort sah. Die gestutzten Platanen, deren Blätter sich lautlos bewegten, das kleine Restaurantboot, das direkt neben der Brücke vor Anker lag, die Spaziergänger am Ufer, die ihre Hunde ausführten, die Skateboarder und Fahrradfahrer. Und die vielen buntgekleideten Läufer, die hier zu jeder Jahreszeit ihr Training absolvierten. Nur im Herbst, wenn es draußen kälter und die Tage kürzer wurden, nahm ihre Zahl ab. Aber schon kurz nach Weihnachten und in den ersten Wochen des neuen Jahres waren sie alle wieder da; dann hatten sie gute Vorsätze gefasst und liefen wieder unermüdlich den langen asphaltierten Weg auf und ab.

Auf der anderen Seite des Flusses leuchteten die Fassaden der Hochhäuser in der Nachmittagssonne, ein Flugzeug kreuzte den Himmel, und auf dem Main zog langsam ein riesiger Lastkahn vorüber. Auf der Untermainbrücke staute sich der Verkehr, während ein Rettungswagen mit eingeschaltetem Blaulicht und Martinshorn im dichten Gedränge der Autos versuchte, eine Lücke zu finden.

Eva Helberger zwinkerte kurz dem halbnackten Dolf Lundgren zu, der ihr seit Jahren von dem Plakat an ihrer Zimmerwand zulächelte. Dann gähnte sie. Zum Kaffee hatte sie ein trockenes Stück Streuselkuchen gegessen, dann war sie ins Wohnzimmer gegangen, hatte sich in den Sessel gesetzt, den Fernseher eingeschaltet und war schon nach kurzem vor einer der Talkshows eingeschlafen. Als sie wieder aufgewacht war, hatte sie auf die Uhr gesehen. Es war 15.49 Uhr gewesen. Und jetzt war da immer noch dieser Mann.

Sie stand am Fenster, lehnte ihre Stirn an die kalte Scheibe und versuchte nachzudenken. Vielleicht wartete der Mann auf jemanden. Vielleicht war er mit einer Frau verabredet, und diese Frau hatte sich verspätet. Oder er war ein Tourist, der den ganzen Tag durch die Straßen gelaufen war, sich nun auf diese Bank ans Flussufer gesetzt hatte, um auszuruhen und um die Aussicht auf die Stadt und die letzten Sonnenstrahlen zu genießen. Aber Touristen sind neugierig, dachte Eva Helberger. Sie schauen sich um. Sie haben Fotoapparate dabei. Sie telefonieren. Sie tragen Taschen oder Rucksäcke mit sich herum. Und sie sind meistens in Gruppen unterwegs. Dieser Mann aber tut nichts. Er sitzt einfach nur da und schaut immer in dieselbe Richtung.

Egal, dachte sie, wer auch immer er sein mag, es geht mich nichts an.

Dann wandte sie sich um, ging zurück ins Zimmer, setzte sich an den Tisch, öffnete den kleinen Holzkasten, zog eines von den Zigarettenpapierchen hervor, verteilte ein wenig Tabak und die letzte Portion Marihuana darauf und drehte sich eine Zigarette.

Sie warf einen Blick auf den Aschenbecher und zählte die Kippen, die sich im Laufe des Tages dort angesammelt hatten. Es waren sieben. Sieben von den kurzen Sticks hatte sie seit dem späten Vormittag bereits geraucht. Sie legte das Feuerzeug, das sie bereits in der Hand gehalten hatte, wieder beiseite, stand auf und ging ins Badezimmer. Sie drehte das warme Wasser auf, zog sich aus, schaute kurz in den Spiegel und lächelte sich zu.

Eva Helberger überlegte, wann sie zuletzt mit einem Mann geschlafen hatte. Es war sieben, vielleicht auch schon acht Monate her. Sie hatte in einem Café in der Nähe des Doms gesessen, wo sie manchmal am Anfang des Monats hingen, um einen Cappuccino zu trinken. Der Mann war direkt auf sie zugekommen und hatte gefragt, ob er sich zu ihr setzen dürfe. Er war Vertreter für Arzneimittel und kam aus Koblenz. Dass er keinen Ehering trug, hatte nichts zu bedeuten. Männer legten ihre Ringe immer ab, wenn sie jemanden kennenlernen wollten. Sie war mit allem einverstanden gewesen, was er vorschlug: als er sie zum Essen einlud, als er anschließend in eine Bar zum Tanzen gehen wollte und als er sie bat, noch mit in sein Hotelzimmer zu kommen. Als sie sich zwei Stunden später wieder angezogen hatte, wollte er wissen, ob er ihr ein bisschen Geld geben solle. Es war das erste Mal gewesen, dass man ihr diese Frage stellte, aber sie hatte genickt. Dann hatte er ihr seine Nummer aufgeschrieben. Eva Helberger hatte den Zettel eine Weile lang hin- und hergeräumt, schließlich hatte sie ihn weggeworfen. Den Namen des Mannes hatte sie vergessen. Aber sie erinnerte sich an seine Abschiedsworte. «Du riechst gut», hatte er gesagt und ihr einen Kuss auf den Hals gegeben.

«Du meinst mein Parfüm?», hatte sie gefragt.

«Nein, ich meine deine Haut.»

Jetzt ging sie ins Wohnzimmer, schaltete den CD-Spieler ein und drehte die Lautstärke auf. Als kurz darauf die Stimme J. J. Cales erklang, begann sie mitzusingen. Seit über zwanzig Jahren hörte sie fast nie etwas anderes. Nur manchmal, wenn sie sehr guter Laune war, legte sie eine Live-Aufnahme mit den Stücken Bob Marleys auf und rückte den Tisch ein wenig zur Seite, um Platz zum Tanzen zu haben. Dann dachte sie zurück an die nächtlichen Feste, die sie damals in Göttingen gefeiert hatten, als sie für ein paar Wochen zu den Hausbesetzern in die alte Augenklinik gezogen war. Es gab keine Zeit in ihrem Leben, an die sie sich lieber erinnerte.

Sie steckte die Marihuana-Zigarette an, nahm den Aschenbecher mit ins Badezimmer, stellte ihn auf den Rand der

Wanne und stieg ins Wasser. Eva Helberger schloss die Augen. Sie überlegte, welcher Tag heute war. Donnerstag? Oder doch erst Mittwoch? Nein, es war bereits Donnerstag. Donnerstag, der 2. Juni. Es war ihr Hochzeitstag. Oder musste man sagen: Es würde ihr Hochzeitstag sein, wenn sie nicht längst geschieden wären? Wahrscheinlich würde er am Abend wieder anrufen, Wolfgang, der A-13-Lehrer, der Gute, der Langweiler, ihr größter Irrtum. Er würde wissen wollen, wie es ihr gehe und ob sie denn halbwegs zurechtkomme, finanziell; würde dann noch ein wenig mit ihr plaudern, um unweigerlich auf die Frage zuzusteuern, ob es momentan einen Mann in ihrem Leben gebe, oder, wenn sie verneinte, ob sie nicht doch einmal gemeinsam ausgehen wollten.

Jedenfalls war sie froh, rechtzeitig daran gedacht zu haben. So würde sie das Telefon einfach läuten lassen und darauf hoffen, dass er es morgen nicht noch einmal versuchte.

Sie nahm einen letzten Zug, inhalierte tief, genoss das kleine Schwindelgefühl und tauchte den Joint kurz ins Badewasser, wo die Glut zischend erlosch. Dann warf sie die achte Kippe in den Aschenbecher.

Als sie sich angezogen hatte und vor dem Spiegel stand, um sich eine dicke Linie Kajal um die Augen zu ziehen, hielt sie kurz inne und hörte den Lieblingszeilen in ihrem Lieblingsstück zu. «Please, please, please, if you're down on your knees, carry on, carry on», sang J. J. Cale, und Eva Helberger sang leise mit. Sie wartete, bis das Lied zu Ende war. Dann schaltete sie die Musikanlage aus, steckte ihr Portemonnaie und den Schlüsselbund ein und lauschte für einen Moment an der noch verschlossenen Wohnungstür, um sicherzugehen, dass sie im Treppenflur niemandem begegnen würde. Sie wohnte seit zwanzig Jahren in dem Haus, das direkt an der Ecke lag, wo Schaumainkai und Schweizer Straße aufeinandertrafen. Der Hausbesitzer, ein Anwalt, der im zweiten Stock seine Kanzlei betrieb, wäre sie schon lange gerne losgeworden, um das

Dachgeschoss zu sanieren und hinterher für den doppelten Preis weiterzuvermieten. Er hatte ihr eine Ersatzwohnung in einem Neubauviertel angeboten, er hatte ihr Geld geben wollen, und schließlich hatte er ihr sogar mit einer Zwangsräumung gedroht, aber sie dachte nicht daran, freiwillig das Feld zu räumen. Die Wohnung war preiswert, und sie lag so günstig, dass sie alle Supermärkte, Ärzte und die U-Bahn in weniger als zehn Minuten erreichte. Und der Mann, der ihr das beste Marihuana der Stadt verkaufte, wohnte gleich um die Ecke.

Eva Helberger stieg die vier Stockwerke hinab, verließ das Haus und lief am Museumsufer mainaufwärts. Ein paar hundert Meter weiter bog sie nach rechts in die Schulstraße. Vor dem dritten Haus auf der linken Seite blieb sie stehen. Sie drückte auf den Klingelknopf der Erdgeschosswohnung. Dreimal kurz, einmal lang. Kurz darauf sah sie, wie sich hinter einem der Fenster die Gardine bewegte.

Als sie in den Hausflur kam, war die Wohnungstür bereits geöffnet. Ein schlanker, knapp fünfzigjähriger Mann mit langen Haaren streckte den Kopf heraus.

«Ich brauch was», sagte sie.

«Ich brauch was, ich brauch was», blaffte er sie an. «Soll ich dir vielleicht ein Megaphon leihen? Komm gefälligst rein.»

Sie drückte sich an ihm vorbei in die Diele und wartete, bis er die Tür hinter sich geschlossen hatte. «Ich brauch was», sagte sie noch einmal.

«Natürlich brauchst du was, sonst wärst du wohl kaum hier, oder? Also … wie viel?»

«Zwanzig Gramm!»

Der Mann ließ sie stehen und verschwand in einem der Zimmer. Eine halbe Minute später kam er zurück und hielt ihr ein Plastiktütchen hin. «Macht hundertsechzig», sagte er.

«Wieso hundertsechzig?»

«Zwanzig mal acht sind hundertsechzig.»

«Vorigen Monat waren es noch sieben Euro.»

«Aber jetzt ist Juni, und das Gramm kostet acht. Was ist nun?»

«Können wir's auch anders regeln?», fragte Eva Helberger.

Der Langhaarige schaute sie an. Dann begann er zu grinsen.

«Du hast extra noch geduscht, stimmt's? Hab ich's doch gleich gerochen. Nee, du, ich hab im Moment keinen Bock auf dich. Ich bin versorgt, verstehst du. Meine Kleine liegt nebenan und pennt. Willst du sie sehen? Also, entscheide dich: Entweder du zahlst oder du verschwindest wieder.»

Eva Helberger nickte. Sie zog ihr Portemonnaie hervor, zählte das Geld ab und gab es ihm. Zwei Sekunden später hörte sie bereits, wie die Tür hinter ihr ins Schloss fiel.

Als sie wieder am Schaumainkai angekommen war, überquerte sie die Straße und stieg die Treppen zum Mainufer hinab. Sie öffnete die kleine Plastiktüte und sog den Duft der getrockneten Hanfblüten ein. Sie lächelte. Wenigstens schien der Stoff etwas zu taugen. Sie überlegte, ob sie sich gleich hier auf die Wiese setzen und eine weitere Marihuana-Zigarette rauchen sollte, entschied dann aber zu warten, bis sie wieder zu Hause war.

Sie ging zu dem am Ufer liegenden Boot, auf dem ein junger Anatolier sein kleines Restaurant betrieb. *Sultans Imbiss* stand auf dem Schild, das an der Außenwand angebracht war. Unter Deck setzte sie sich an einen der fünf Tische, die um diese Tageszeit allesamt noch frei waren.

«Eigentlich ist noch zu», sagte Erkan Önal, der seinen Kopf aus der Kombüse streckte. Dann zwinkerte er ihr zu. «Aber Mikrowelle geht. Was soll's denn sein?»

Eva Helberger bestellte eine türkische Pizza und eine Cola light. Während des Essens blätterte sie unkonzentriert in

einer Zeitschrift, die auf dem Tisch gelegen hatte. Sie über-
flog einen Artikel, in dem es um die Frage ging, ob das Ab-
schmelzen der Polkappen Auswirkungen auf den Blutdruck
habe. Dann betrachtete sie die Fotos einer Modemesse in Madrid, wo nur Models mit Übergewicht und in völlig zerlump-
ter Bekleidung auf den Laufsteg durften.

Als sie den letzten Bissen in den Mund gesteckt hatte,
schaute sie nach draußen. Für einen Moment vergaß sie zu
kauen.

Da saß er immer noch.

Sie hatte den Mann fast vergessen. Aber er saß immer noch
auf seiner Bank. Es gab keinen Zweifel. Es war derselbe Mann,
den sie schon zweimal vom Fenster ihrer Wohnung aus beobachtet hatte. Jetzt schien er sie direkt anzuschauen. Rasch
wandte sie den Kopf in eine andere Richtung.

«Der hockt da schon die ganze Zeit», sagte der junge Wirt,
«komischer Typ.»

Eva Helberger nickte.

Dann hatte sie es eilig, zu bezahlen. Als sie das Boot verlassen und gerade den asphaltierten Weg betreten hatte, stand
der Mann plötzlich auf. Wieder schaute er direkt in ihre Richtung.

Er war dunkel gekleidet und nicht sehr groß. Obwohl er
schlank war, wirkte er kräftig. Sie sah es aus dem Augenwinkel,
tat aber, als würde sie ihn nicht bemerken.

Sie hatte einen Entschluss gefasst. Sie würde so schnell wie
möglich nach Hause gehen. Dort würde sie telefonieren.

Zwei Der Kriminalpolizist Kai Döring saß an seinem Schreibtisch im Büro der Mordkommission, hatte einen lauwarmen Hot Dog mit extra vielen Röstzwiebeln aus der Schachtel genommen und wollte gerade den ersten Bissen zu sich nehmen, als sein Telefon läutete.

«Nun hör dir das an», sagte er zu seinem Kollegen Sven Liebmann, der ihm gegenübersaß und auf der Tastatur seines Computers tippte. «Jedes Mal, wenn ich etwas essen will, klingelt dieses Scheißding.»

«Das liegt aber nicht daran, dass dein Telefon so oft läutet, sondern daran, dass du dauernd isst.»

«Nun nimm schon ab … bitte …!», sagte Döring. Dann biss er sicherheitshalber in seinen Hot Dog und machte eine bedauernde Geste, um zu zeigen, dass er mit vollem Mund ja nun wirklich nicht telefonieren könne.

Sven Liebmann verdrehte die Augen und griff nach dem Hörer.

«Was … Wer? Ja, ich sitze an Herrn Dörings Apparat. Ich muss nachschauen, ob ich ihn finde … Ich habe nicht verstanden; würden Sie Ihren Namen bitte wiederholen … Sie wollen Kai Döring persönlich sprechen. Gut, Moment bitte. Ich sehe nach.»

Sven Liebmann legte eine Hand über die Sprechmuschel und grinste seinen Kollegen an: «Eine Dame. Für dich. Sie will nur mit Kai reden.»

«Wie heißt sie?», fragte Döring leise und wischte sich mit dem Handrücken über den Mund.

«Helberger. Eva Helberger.»

«Oh Gott, nein. Nein, auf keinen Fall. Ich bin nicht da,

hörst du. Sag ihr, dass ich schwerkrank bin. Nein, sag ihr besser, dass ich tot bin. Sag irgendwas. Wimmel sie ab.»

Sven Liebmann wandte sich wieder der Anruferin zu: «Hören Sie ... Wie bitte? Ob ich mit jemandem gesprochen habe? Ja, ich habe mit unserer Sekretärin gesprochen ... Nein, das war keine Männerstimme. Kai Döring ist nicht da. Ich habe gerade erfahren, dass er krank ist ... Nein, ich weiß nicht, was er hat ... Ich kann ihm einen Zettel auf den Tisch legen, dann wird er Sie anrufen, wenn er wieder ins Büro kommt.»

Sven Liebmann hatte einen Kugelschreiber in der Hand und begann nun, kleine Strichmännchen auf seine Schreibtischunterlage zu zeichnen.

«Es ist dringend? Wenn es dringend ist, dann werden Sie wohl mit mir vorliebnehmen müssen. Jetzt sagen Sie mir doch endlich, was passiert ist ... Was? Einen Mann? Sie haben einen Mann gesehen. Gut. Und was ist mit diesem Mann? ... Er sitzt auf einer Bank. Ich verstehe. Schon seit Stunden.»

Kai Döring sah seinen Kollegen an und stopfte sich den letzten Bissen seines Hot Dogs in den Mund. Dann nahm er die Serviette und säuberte seine mit Ketchup verschmierten Hände.

«Was macht denn dieser Mann ...? Ja. Ja, das habe ich begriffen. Er saß dort, bevor Sie eingeschlafen sind. Er saß dort, als Sie wieder aufgewacht sind. Dann sind Sie aus dem Haus gegangen, haben etwas gegessen, dabei haben Sie den Mann wiedergesehen. ... Ja? Gut, der Mann ist aufgestanden, als er Sie gesehen hat. Und jetzt sitzt er wieder da.»

Kai Döring schüttelte den Kopf, dann tippte er sich an die Stirn.

«Aber was sollen wir machen?», fragte Sven Liebmann. «Sollen wir den Mann festnehmen, weil er auf einer Bank am Mainufer sitzt? Wie stellen Sie sich das vor?»

Obwohl er für seinen Langmut bekannt war, merkte man

seiner Stimme jetzt an, dass die Frau am anderen Ende der Leitung seine Geduld strapazierte.

«Der Mann wirkt bedrohlich? Aber wenn ich Sie richtig verstanden habe, hat er nichts getan ... Was hat er? Einen stechenden Blick? Nein, das ist kein Grund, ihn zu überprüfen ... Sicher bin ich bereit, Ihre Adresse aufzuschreiben. Gut. Ja. Ja, das habe ich ... Natürlich ist die Polizei für ihre Bürger da, für wen denn sonst ... Ja, wir sind immer für die Mitarbeit der Bevölkerung dankbar. Aber wir können nicht eingreifen, wenn jemand auf einer Bank sitzt. Nein, ich werde nicht frech ... Was? Hören Sie, ich verbitte mir ...»

Plötzlich verstummte Sven Liebmann. Er hatte den Hörer vom Ohr genommen, hielt ihn aber noch immer in der Hand.

«Sie hat aufgelegt», sagte er. «Aber vorher hat sie mich noch ignorante Bullensau genannt.»

Kai Döring hatte die Augen niedergeschlagen. «Sven, entschuldige.»

«Wer ist diese Frau?»

«Entschuldige, Sven, bitte. Wenn ich geahnt hätte ...»

«Ich habe gefragt, wer diese Frau ist. Woher kennst du diese Eva Helberger?»

«Sie ist verrückt», sagte Döring, traute sich aber noch immer nicht, seinen Kollegen anzuschauen.

«Das hab ich selbst gemerkt. Also ...?»

«Sie ruft mich immer wieder an. Sie beobachtet ständig irgendetwas Verdächtiges. Frag die Kollegen aus Sachsenhausen. Auch dort ist sie bekannt. Sie meldet Vorfälle, die keine sind.»

«Und ... weiter?»

«Sie ist eine Kifferin. Sie leidet unter Verfolgungswahn. Sie hat sich die Birne weich gekifft.»

«Ich will wissen, woher du sie kennst.»

«Eva Helberger hat für uns gearbeitet.»

«Sie hat ... was? Sie war Polizistin?»

«Nein. Aber sie stand auf unserer Liste. Sie hat in Göttingen gelebt und dort eine Zeit lang in einem besetzten Haus gewohnt. Die Kollegen dort haben sie abgeschöpft. Sie hat Namen genannt und Bescheid gesagt, wenn irgendwelche Aktionen geplant waren. Dafür hat sie Geld bekommen.»

«Aber das war in Göttingen. Was hat das alles mit dir zu tun?»

«Nichts. Irgendwann ist sie aufgeflogen. Sie ist aus dem Kreis der Hausbesetzer bedroht worden und musste die Stadt verlassen. Man hat ihr geholfen, in Frankfurt eine neue Wohnung zu finden.»

«Das erklärt noch nicht, warum sie dich Kai nennt.»

«Ich habe sie zufällig kennengelernt. In einer Kneipe. Ich hatte mit ihr zu tun. Okay?»

«Was?», setzte Sven Liebmann nach.

«Was was?»

«Was du mit ihr zu tun hattest.»

Kai Döring druckste. Er war jetzt aufgestanden und schaute schweigend aus dem Fenster.

«Du hast mit ihr geschlafen, stimmt's? Du hattest ein Verhältnis mit ihr.»

Döring bejahte, ohne sich umzudrehen. «Verdammt nochmal, ja!», sagte er schließlich. «Ja, ich hatte was mit ihr. Bist du jetzt zufrieden? Die Kleine ist bullenverrückt, verstehst du?»

«Nein», sagte Sven Liebmann, «verstehe ich nicht.»

«Sie steht auf Uniformen. Sie drückt sich überall dort herum, wo viele Polizisten sind. Auf Demonstrationen, bei Großveranstaltungen. Sie geht in unsere Kneipen, und sie kommt ins Präsidium, wenn *Tag der offenen Tür* ist. Schließlich hat sie sich sogar bei uns beworben.»

Kai Döring wartete auf eine neue Attacke von seinem Kollegen, aber es kam nichts mehr. Schließlich sagte er zögernd: «Sven!»

«Was?»

«Sag mir einfach, was ich falsch gemacht habe. Ich kapiere es nicht. Ich habe mit einer Frau geschlafen, das alles ist viele Jahre her. Später habe ich es bereut; so etwas kann passieren. Was daran findest du eigentlich so empörend?»

Sven Liebmann schien zu überlegen. Dann schaute er Kai Döring an: «Du hast recht. Eigentlich ist nichts dabei. Ich glaube, ich bin nur beleidigt, weil ich von all dem nichts wusste.»

«Das ist alles?»

«Ja ... das heißt ...»

«Was?»

«Wirklich empörend finde ich, dass du dir genüsslich einen Hot Dog reinschiebst, während ich mit dieser Verrückten telefonieren muss.»

Drei Robert Marthaler lag auf dem Sofa seiner Wohnung im Großen Hasenpfad. Er war eingeschlafen und hatte gerade angefangen zu träumen, als es an der Tür klingelte.

In seinem Traum hatten Tereza und er einen Ausflug in die Berge unternommen. Sie kletterte einen steilen Abhang hinunter, während er auf der Straße stand und ihr immer wieder zurief, sie solle vorsichtig sein. Doch sie hatte gelacht und zu ihm heraufgewinkt. Sie bewegte die Lippen, aber er konnte nicht hören, was sie sagte. Dann war sie ins Rutschen geraten. Sie versuchte sich an den trockenen Büschen festzuhalten, aber sie rutschte immer weiter.

Und jetzt klingelte es an der Tür. Marthaler hatte Mühe, wach zu werden, trotzdem war er froh, nicht mehr zu träumen. Er ging in den Flur und schaute durch den Spion, aber er konnte niemanden sehen. Dann hörte er jemanden klopfen.

«Du sollst aufmachen.» Es war die Stimme eines Kindes.

Marthaler öffnete die Tür und erkannte den kleinen Jungen, der vor zwei Wochen mit seiner Mutter in die Wohnung im ersten Stock gezogen war.

«Ich soll zu dir kommen», sagte der Junge.

«Du sollst zu mir kommen? Wer hat das gesagt?»

Statt zu antworten, schob sich der Junge an Marthaler vorbei in die Wohnung.

«Ich habe dich etwas gefragt.»

«Meine Mutter hat gesagt, ich soll zu dir kommen.»

«Und warum sollst du zu mir kommen?»

«Sie muss weg. Ich kann nicht alleine bleiben.»

Marthaler war zu überrascht, als dass ihm sofort eine Erwiderung eingefallen wäre.

«Ich habe Hunger», sagte der Junge.

«Auch das noch ... Ich kann dir ein Brot machen. Mit Käse oder Wurst. Oder mit Marmelade. Oder magst du lieber einen Apfel? Und ein bisschen Suppe von gestern ist auch noch da.»

«Spaghetti.»

«Spaghetti? Ich muss nachsehen, ob ich welche habe ... Und wann kommt deine Mutter wieder?»

«In einer Stunde.»

Marthaler schaute auf die Uhr. Es war kurz vor halb sechs. Um sieben waren sie im Weißen Haus in der Günthersburgallee verabredet. Charlotte von Wangenheim, die neue Chefin der Mordkommission, hatte ihren Antrittsbesuch angekündigt und darum gebeten, sich nach Dienstschluss zu treffen. So würde er trotz seines freien Tages nochmal aus dem Haus müssen.

«Dann muss deine Mutter aber pünktlich sein. Hast du denn einen Schlüssel für eure Wohnung?»

«Nee. Dafür bin ich noch zu klein. Den würde ich verschlampen», sagte der Junge.

«Und wie heißt du?»

«Benni. Ich will Spaghetti.»

Marthaler war in die Küche gegangen und schaute in den Vorratsschrank.

«Also heißt du Benjamin. Es sind keine Spaghetti mehr da. Dann musst du doch etwas anderes essen. Hast du noch Geschwister, Benni?»

«Ja, drei. Aber die wohnen nicht bei uns.»

«Was hältst du davon, wenn ich dir ein Brot mache?»

«Ich will Spaghetti.»

«Gut. Pass auf, du setzt dich jetzt hier hin und wartest auf mich. Ich werde in den Keller gehen und schauen, ob dort noch welche sind.»

Marthaler nahm sein Schlüsselbund und verließ die Wohnung. Fünf Minuten später war er wieder da, aber der Junge war verschwunden.

«Benni, wo bist du?», rief er. «Ich hab noch ein Päckchen gefunden.» Dann hörte er ein Geräusch aus dem Schlafzimmer.

Benni stand vor Marthalers Nachttisch und hatte die Schublade herausgezogen.

«Sag mal, was soll das? Du kannst hier nicht einfach in der Wohnung rumschnüffeln.» Marthaler schaute sofort nach, ob seine Dienstwaffe noch da war. Sie lag unversehrt in ihrem Holster.

«Kannst du mir sagen, was das soll?»

Der Junge schaute Marthaler an, ohne zu antworten. Dann ging er an ihm vorbei ins Wohnzimmer und setzte sich in den Sessel.

«Warum ist dein Fernseher nicht an?», fragte er.

«Weil ich nicht ferngesehen habe, als du geklingelt hast. Möchtest du ein wenig schauen?»

Der Junge lächelte.

Marthaler schaltete das Gerät ein und gab Benni die Fernbedienung. Er war froh, dass der Junge abgelenkt war, solange er selbst in der Küche die Nudeln zubereitete.

Er setzte Wasser auf, dann nahm er eine Tube mit Tomatenmark und bereitete eine Soße zu. Kurz darauf hörte er aus dem Wohnzimmer das Geräusch von Schüssen und quietschenden Reifen. Der Junge starrte mit offenem Mund auf den Bildschirm, wo gerade ein Mann einer Frau ein Messer an die Kehle hielt. Marthaler nahm die Fernbedienung und suchte ein anderes Programm. Sofort begann der Junge zu protestieren.

«He, was soll das? Ich will das sehen.»

Marthaler merkte, wie er wütend wurde. Bevor er noch etwas erwidern konnte, langte Benni nach der Fernbedienung, die Marthaler bereits in seiner erhobenen Rechten in die Luft hielt. Im nächsten Moment durchfuhr ihn ein stechender Schmerz. Marthaler schrie auf.

Der Junge hatte ihn mit großer Kraft in die linke Hand gebissen.

«Verdammt, du kleines Miststück!»

Er gab dem Jungen eine Kopfnuss, dann lief er ins Badezimmer, um die Wunde zu kühlen. Als er gerade einen feuchten Lappen um seine Hand legte, hörte er den Kurzzeitwecker läuten.

Schon an der Tür sah er, was passiert war. Die Tomatensoße stand noch auf dem Herd und warf dicke Blasen. Überall waren rote Flecken: an der Wand, auf dem Boden, auf der Arbeitsplatte.

Marthaler fluchte. Er nahm den Topf vom Herd, dann goss er die Nudeln ab und bereitete dem Jungen sein Essen. Wortlos stellte er den Teller auf den Tisch im Wohnzimmer, wo Benni wieder mit starrem Blick auf den Bildschirm schaute.

Marthaler machte sich daran, die Küche zu säubern. Als er fertig war, merkte er, dass auch auf dem Teppich im Flur Spuren der Tomatensoße waren. Er hatte sie offensichtlich an seinen Schuhsohlen durch die Wohnung getragen. Er rutschte auf den Knien herum und versuchte, den Boden mit einem feuchten Schwamm zu säubern. Aus den dunkelroten Flecken wurden hellrote Flecken. Schließlich gab er auf. Er schaute auf die Uhr. Es wurde langsam knapp, er musste noch duschen und sich umziehen.

Als er das Badezimmer wieder verließ, war es bereits kurz nach halb sieben. Wenn er noch pünktlich sein wollte, musste er sich beeilen.

«Was ist nun mit deiner Mutter? Hat sie ein Telefon? Weißt du ihre Nummer?»

Benni zeigte keine Regung. Der Teller mit den Spaghetti stand fast unberührt neben ihm auf dem Tisch.

«Und warum isst du nichts? Die Nudeln werden doch kalt», sagte Marthaler.

«Schmecken nich», erwiderte der Junge, ohne seine Augen vom Fernseher abzuwenden.

«Weißt du was, du wirst jetzt mit mir ins Polizeikommissariat kommen. Irgendwer muss sich dort um dich kümmern. Ich werde deiner Mutter einen Zettel an die Tür hängen, damit sie weiß, wo sie dich abholen kann. Schalt den Fernseher aus und komm!»

Zu Marthalers Verwunderung gehorchte der Junge sofort. Er lächelte. Offensichtlich schien er sich auf das unverhoffte Abenteuer zu freuen.

Als sie gerade das Haus verlassen wollten, wurde die Tür von außen geöffnet. Es war Bennis Mutter. Sie war blass und wirkte verstört. Sie sah Marthaler kurz an, dann senkte sie den Blick.

«Entschuldigung», sagte sie.

«Ich geh mit dem Mann», sagte Benni. «Wir gehen zur Polizei.»

«Nein», erwiderte Marthaler, «jetzt ist deine Mutter ja da. Du gehst mit ihr. Ich habe es eilig.»

Der Junge begann laut zu weinen. Er warf sich auf den Boden und schrie. Gleich würde die alte Hausmeisterin den Kopf aus der Tür strecken. Marthaler wollte ihr nicht begegnen und beeilte sich, das Haus zu verlassen. Bevor die Tür hinter ihm ins Schloss fiel, hörte er noch, wie Bennis Mutter ihm ein «Danke» nachrief. Dann machte er sich auf den Weg zur U-Bahn.

Vier Schon bald nach Einweihung des neuen Polizeipräsidiums waren in den Büros der Ersten Mordkommission so viele Mängel aufgetreten, dass Marthaler darauf bestanden hatte, mit seinen Leuten umzuziehen. Das große, weißgetünchte Gebäude im Nordend, das sie das Weiße Haus nannten, war eigentlich nur als Ausweichquartier gedacht gewesen. Inzwischen fühlten sich die Mitarbeiter von MK I hier allerdings so wohl, dass sie nicht daran dachten, das schöne Bürgerhaus wieder gegen den seelenlosen Klotz des Präsidiums zu tauschen.

Robert Marthaler betrat den Besprechungsraum des Kommissariats und traute seinen Augen nicht. Sämtliche Tische waren zur Seite gerückt worden; die Stühle standen übereinandergestapelt in einer Ecke. An den Wänden hingen Bilder, die bisher nicht dort gehangen hatten. Es waren die Porträts sämtlicher Präsidenten der Bundesrepublik. Dazwischen Fotos von berühmten Filmdetektiven. Marthaler erkannte Humphrey Bogart, Peter Falk als Inspektor Columbo, Jean Gabin als Kommissar Maigret und Special Agent Dale Cooper aus der Serie «Das Geheimnis von Twin Peaks».

In der Mitte des Raumes stand Charlotte von Wangenheim, die ab morgen die Leiterin beider Mordkommissionen sein würde, und sah Marthaler erwartungsvoll an. Dann begann sie zu lächeln.

«Der Hauptkommissar macht Augen wie ein Kind unterm Weihnachtsbaum», sagte sie. «Ich dachte, wir bringen mal ein wenig Leben in die heiligen Hallen. Die Präsidenten sind als Nachhilfe in Staatsbürgerkunde gedacht. Den berühmten Detektiven wollen wir alle gemeinsam nacheifern. Was sagen Sie nun?»

«Ja», sagte Marthaler mit tonloser Stimme. «Sehr schön.» Dann zeigte er auf die Tische und Stühle. «Und was hat das zu bedeuten? Heißt das, wir sollen künftig im Stehen arbeiten?»

Die neue Chefin lachte. Sie trug ihr brünettes Haar halblang und hatte einen dunkelblauen Hosenanzug an.

«Nein» sagte sie. «Wir spielen ein Kennenlernspiel. So haben wir es immer in der FDJ gemacht, wenn jemand neu in unsere Gruppe kam.»

«In der FDJ?»

«Ja. Zonenkind bleibt Zonenkind. Oder wussten Sie nicht, dass ich aus dem Osten komme?»

Marthaler schüttelte den Kopf. «Nein, ich hatte keine Ahnung.»

«Wir haben eine Decke auf den Boden gelegt, uns alle daraufgesetzt und uns gegenseitig vorgestellt. Eine vorzügliche Idee, finden Sie nicht?»

«Ja», sagte Marthaler, weil er nicht wusste, was er sonst hätte sagen sollen.

Charlotte von Wangenheim ging an ihm vorbei in den Flur. Dann klatschte sie laut in die Hände: «Herbei, ihr Gendarmen!», rief sie. «Herbei!»

Einer nach dem anderen kamen die Kollegen aus ihren Büros. Zuerst betraten Sven Liebmann und Kai Döring den Raum. Jeder trug eine Wolldecke unter dem Arm. Beide grinsten Marthaler an, als sie sein immer noch verdutztes Gesicht sahen.

Dann kam Kerstin Henschel herein. «Hat jemand Manfred gesehen?», fragte sie. «Er ist heute den ganzen Tag nicht aufgetaucht. Und ans Telefon geht er auch nicht.»

Marthaler sah seine Kollegin an: «Wenn jemand wissen sollte, was mit ihm los ist, dann bist du das. Schließlich seid ihr befreundet.»

Kerstin Henschel zuckte mit den Schultern. «Ich werde es später nochmal versuchen», sagte sie.

Sie und Manfred Petersen, die für einige Zeit ein Paar gewesen waren, hatten sich irgendwann zerstritten, kamen aber inzwischen wieder so gut miteinander aus, dass sie sich ein Büro teilten und gelegentlich nach Feierabend oder am Wochenende gemeinsam kochten.

Zum Schluss erschien Elvira, Marthalers Sekretärin. Sie brachte zwei junge Männer mit, die Marthaler noch nie gesehen hatte. Beide wirkten eingeschüchtert. Verlegen lächelnd blieben sie neben der Tür stehen.

Marthaler wollte fragen, was die beiden Fremden hier zu suchen hatten, aber Charlotte von Wangenheim kam ihm zuvor: «Alle beisammen? Fein, fein, dann darf ich meine Assistenten um die Decken bitten.»

Döring und Liebmann breiteten die beiden Wolldecken aus, dann setzten sie sich auf den Boden. Zögernd nahmen nun auch die anderen Platz, bis sich ein großer Kreis gebildet hatte.

«Vorzüglich», sagte Charlotte von Wangenheim. «Und nun stellt sich jeder vor. Hauptkommissar Marthaler, Sie fangen an! Zuerst den Namen, das Alter und den Dienstgrad. Danach werde ich lautlos buchstabieren, und Sie sagen stopp! Ich werde die Stelle im Alphabet nennen, bei der ich gerade angelangt bin. Dann müssen Sie einen Satz bilden, in dem dieser Buchstabe dreimal am Anfang eines Wortes vorkommt. Haben das alle verstanden?»

Marthaler sah sich hilfesuchend um. Er hoffte, dass die anderen dieses Spiel ebenso albern fanden wie er selbst, aber niemand schien den Mut zu haben, dagegen zu protestieren.

«Gut», sagte er. «Ich heiße Robert Marthaler. Ich bin vierundvierzig Jahre alt. Hauptkommissar.»

«Sehr gut. Ich beginne zu buchstabieren. Achtung: A.»

Marthaler wartete eine Weile, dann sagte er stopp.

«R. Ich bin beim Buchstaben R angelangt. Sagen Sie Ihren Satz, Robert Marthaler!»

Er überlegte einen Moment. Dann fiel ihm ein Lied ein, das Hildegard Knef einmal gesungen hatte.

«Für mich soll's rote Rosen regnen», sagte er.

«Vorzüglich», sagte Charlotte von Wangenheim. «Und sehr poetisch. Wenn Ihnen nichts eingefallen wäre, hätte ich ausgeholfen: Robert radelt rund um Frankfurt. Denn ich habe gehört, dass Sie gerne Rad fahren.»

Marthaler nickte stumm. Er war froh, dass er es hinter sich hatte. Zugleich war er erstaunt, dass die neue Chefin sich bereits über ihn erkundigt hatte.

Als Nächstes kam Sven Liebmann an die Reihe. Er musste drei Worte finden, die mit S anfingen.

«Siebzig Soldaten sündigen seit sieben Stunden.»

Charlotte von Wangenheim war begeistert. «Entzückend. Das ist sechsmal der Anfangsbuchstabe S. Vorbildlich, das war mehr als verlangt. Und sehr aufschlussreich, wenn ich mir diese Bemerkung gestatten darf.»

Den meisten schien das Spiel zunehmend Spaß zu machen. Reihum stellten sich die Kollegen vor. Immer wieder hörte man Flüstern und leises Gelächter. Erst als Elvira an die Reihe kam und Kai Döring ihr den Buchstaben Q unterjubelte, gab es Widerspruch.

«Q ist unfair», sagte sie. «Q geht nicht.»

Doch Charlotte von Wangenheim hatte ihre eigenen Regeln: «Q ist schwierig, aber Q gilt. Nur X und Y werden übersprungen. Also, Ihr Satz bitte!»

Elvira überlegte lange. «Ich quäle Quallen in Quala Lumpur», sagte sie schließlich.

«Sehr interessant. Allerdings schreibt man Kuala Lumpur nicht mit Q, sondern mit K. Aber ich denke, wir sollten das gelten lassen. Was meint die Jury?»

Die anderen stimmten zu. Und Marthaler merkte, dass auch er sich inzwischen so weit auf die Sache eingelassen hatte, dass er beifällig nickte.

«Dann ein Wort zu unseren Neulingen», sagte Charlotte von Wangenheim und lächelte den beiden jungen Männern aufmunternd zu. «Die beiden kommen aus Wolfhagen am Habichtswald und sollen für einige Zeit ein wenig Metropolenluft schnuppern. Und da der Herr Hauptkommissar ja ebenfalls seine Wurzeln im schönen Norden unseres Landes hat, dachte ich mir, ihr alle hier könntet die zwei ein wenig unter eure Fittiche nehmen.»

Marthaler hasste es, wenn man sich in die Angelegenheiten seiner Abteilung einmischte. Dennoch protestierte er nicht. Tatsächlich hatte er in letzter Zeit oft Sehnsucht nach seiner alten Heimat. Und obwohl er wusste, wie schwierig es war, in einem Team wie dem ihren die persönlichen Zu- und Abneigungen auszubalancieren, überwog sofort seine Neugier auf die beiden jungen Kollegen.

«Fein», sagte Charlotte von Wangenheim, «dann sollen sich unsere Novizen doch gleich mal vorstellen: Kollege Delius!»

«Ich heiße Kurt Delius, bin achtundzwanzig Jahre alt, Kriminalkommissar. Vielleicht sage ich noch mein Hobby?»

«Bitte!»

«Ich spiele gerne Tennis.»

«Kollege Delius untertreibt. Wie man mir erzählt hat, ist er ein hervorragender Tennisspieler. Man darf ihn mit Fug und Recht einen Crack nennen. Sagen Sie uns, welchen Spitznamen man Ihnen gegeben hat.»

«Man nennt mich Center-Kurt.»

«Center-Kurt. Danke schön. Kollegin Elvira, Sie buchstabieren.»

Kaum hatte Delius erfahren, dass er den Buchstaben K zu bedienen hatte, kam auch schon sein Satz: «Kollege Kurt kann nicht nur Tennis spielen, Kollege Kurt kann auch Karate.»

Von allen Seiten hörte man Gelächter.

«Bitte!» Wieder klatschte Charlotte von Wangenheim in die Hände. «Ruhe bitte! Wir wollen doch bald fertig werden. Also dann: Kollege Becker ...»

«Mein Name ist Horst Becker. Wie der Kurt bin ich auch achtundzwanzig Jahre und ebenfalls Kriminalkommissar. Aber wir sind keine Zwillinge. Ich bin verheiratet. In meiner Freizeit baue ich Modellflugzeuge. Deshalb nennt man mich auch Flieger-Horst.»

Kaum hatte Delius angefangen zu buchstabieren, schon sagte sein Freund stopp.

«Ich bin nur bis B gekommen. Du musst einen Satz mit drei Bs sagen.»

«Gut, also ... Bäcker backen Brötchen. Also ich meine jetzt Bäcker mit ä.»

«Ja, das haben Sie schön gesagt. Jetzt also ich. Damit wir irgendwann mal nach Hause kommen! Mein Name ist Charlotte von Wangenheim. Auf das ‹von› pfeife ich. Ihr könnt mich Charlotte nennen oder einfach Lotte. Ich bin Kriminalrätin, Jahrgang 73, unverheiratet. Und das Buchstabieren übernimmt jetzt unser Rosenkavalier.»

Wieder wurde rundum gekichert. Nur weil alle ihn anschauten, merkte Marthaler, dass er gemeint war. Er kam bis zum Buchstaben F.

«Einen Moment», sagte Charlotte. «Also gut: F. Dann möchte ich sagen: Nun forsch, frischauf zum fröhlichen Verbrecherfangen! Verbrecher natürlich mit Vogel-F!»

Marthaler setzte sich auf den Beifahrersitz und schloss die Wagentür. Sven Liebmann, der vor kurzem nach Neu-Isenburg gezogen war, wo er sich eine kleine Eigentumswohnung gekauft hatte, hatte angeboten, ihn mit nach Hause zu nehmen.

«Was war jetzt das?», fragte Liebmann, kaum, dass er den Schlüssel im Zündschloss gedreht hatte.

«Was meinst du?», erwiderte Marthaler.

«Die Vorstellung, die man uns da gerade geboten hat. Seltsame Nummer, oder?»

Marthaler hatte Charlotte von Wangenheim vor diesem Abend erst zweimal getroffen. Einmal während einer Sitzung im Landeskriminalamt, das andere Mal vor wenigen Wochen, als der Polizeipräsident ihn in sein Büro gerufen und sie als die künftige Chefin der Mordkommission vorgestellt hatte. Er wusste, dass sie als Überfliegerin galt. Es hieß, sie habe die Ausbildung als Beste ihres Jahrgangs abgeschlossen. Obwohl sie noch jung war, hatte sie rasch Karriere gemacht. Mit wem man auch sprach, überall wurde sie gelobt. Allein das hatte Marthalers Vorbehalte geweckt. Wer keine Gegner hat, hat seine Freunde nicht verdient, hatte er gedacht. Jetzt war er froh, dass er sein Misstrauen für sich behalten hatte.

«Jedenfalls ist sie anders, als ich sie mir vorgestellt habe», sagte er.

Sven Liebmann stimmte ihm zu. «Ja, nicht wahr. Das geht mir genauso. Sie ist weniger sachlich, als ich dachte. Weniger bürokratisch als die anderen, die man uns bisher so vor die Nase gesetzt hat.»

Ihr letzter regulärer Chef war Hans-Jürgen Herrmann gewesen. Er war vom Dienst suspendiert worden, nachdem er in Verdacht geraten war, im Fall einer ermordeten Frau Beweismittel unterschlagen und die Ermittlungen behindert zu haben. Das Verfahren gegen ihn hatte sich lange hingezogen. Schließlich hatte man ihn vor einiger Zeit aus dem Polizeidienst entlassen. Alle waren zufrieden mit dieser Entscheidung, jedes andere Ergebnis wäre nicht zu rechtfertigen gewesen. Herrmanns Posten war seit seiner Suspendierung nur übergangsweise besetzt worden.

«Und wie findest du ... Charlotte?», fragte Marthaler.

Liebmann schaute kurz zu ihm rüber, dann lächelte er. «Meinst du ... als Frau?»

«Nein ... ja, ich weiß nicht. Ich will einfach wissen, was du von ihr hältst.»

Liebmann zuckte mit den Schultern und schnaufte. Auch er hatte offensichtlich Mühe, sich ein Urteil zu bilden. «Ehrlich gesagt, finde ich sie ziemlich witzig. Jedenfalls für eine Polizistin. Und ...»

«Und was?»

«Und ziemlich charmant.»

Wieder warf Liebmann einen Blick in Marthalers Richtung, als wolle er überprüfen, wie seine Worte auf den Kollegen wirkten.

«Ja», sagte Marthaler, «charmant ist wohl der richtige Ausdruck.»

Dann bat er Liebmann, ihn an der Mörfelder Landstraße rauszulassen. Er wollte die letzten Meter zu Fuß laufen.

Als er gerade die Haustür geöffnet hatte, hielt Marthaler inne. Er hatte ein Geräusch gehört, das hinter ihm aus der Dunkelheit kam. Er wandte sich um, konnte aber niemanden sehen. Vielleicht hatte er sich getäuscht. Von unten näherte sich ein Auto, fuhr am Haus vorbei und verschwand hinter der Kurve am oberen Ende der Straße. Wieder war alles ruhig.

Dann hörte er das Geräusch von neuem. Ein Rascheln. Vielleicht ein Tier, das sich unter den Büschen des Vorgartens zu schaffen machte.

Aber da war noch etwas anderes. Eine Art Schnaufen, als ob ein Mensch schwer atmete.

Marthaler klemmte die Fußmatte zwischen Tür und Rahmen, dann betrat er die Rasenfläche, um nachzuschauen. Zwischen den Sträuchern lag jemand auf dem Boden. Ein Mann, der offensichtlich hier geschlafen hatte und jetzt im Begriff war aufzuwachen. Sein Kopf lag auf einer gefüllten Plastiktüte.

«Ist alles in Ordnung?», fragte Marthaler. «Kann ich Ihnen helfen?»

Schwerfällig drehte der Mann seinen Kopf in Marthalers Richtung. Sein Gesicht war in der Dunkelheit nicht zu erkennen. Er trug einen dichten Bart, und die langen Haare hingen ihm in die Augen.

Marthaler beugte sich zu ihm hinunter, fuhr aber im selben Augenblick zurück. Von dem Mann ging ein unerträglicher Gestank aus. Er roch nach Urin, nach Alkohol, nach Schweiß und Erbrochenem. Ein Obdachloser, dachte Marthaler, ein betrunkener Stadtstreicher, der hier sein Nachtlager aufgeschlagen hat.

«Soll ich Hilfe holen?», fragte er noch einmal.

Mühsam erhob sich der Mann. Er kehrte Marthaler den Rücken zu. Er nahm seine Plastiktüte und brummte etwas Unverständliches. Dann zog er schwankend davon. Marthaler schaute dem Mann nach, bis er in der Dunkelheit verschwunden war.

Er ging die Treppe hinauf, dann betrat er leise die Wohnung. Alles war dunkel. Er nahm an, dass Tereza bereits schlief. Sie hatte am Nachmittag einen Arzt-Termin gehabt, wollte danach aber nochmal ins Städel, um weiter an den Vorbereitungen für ihre nächste Ausstellung zu arbeiten. Wahrscheinlich war sie spät nach Hause gekommen und gleich darauf ins Bett gegangen.

Marthaler ging ins Wohnzimmer, holte ein Glas aus dem Schrank und öffnete eine Flasche Rotwein. Er setzte sich in seinen Sessel.

Er nahm die *Rundschau* und blätterte sie durch. In einer Kleinstadt in Brandenburg war ein Baby an einer Bushaltestelle zurückgelassen worden. In Bielefeld hatten drei Jugendliche einen Behinderten überfallen und ihn mit seinem Rollstuhl in einen Teich gestoßen. In der Pfalz war ein sechsundsiebzigjähriger Rentner bewusstlos am Straßenrand in seinem Auto aufgefunden worden; er hatte mehr als fünf Promille Alkohol im Blut. Und in der Nähe von Paris war das Manuskript einer verloren geglaubten Operette des Komponisten Jacques Offenbach gefunden worden.

Marthaler faltete die Zeitung zusammen. Er trank sein Glas aus, dann ging er ins Bad. Als er ins Schlafzimmer kam, sah er, dass Tereza nicht da war. Er schaute auf die Uhr; es war fast halb zwölf.

Es hatte einige Zeit gebraucht, bis er Tereza überzeugt hatte, bei ihm einzuziehen. Und noch einmal so lange hatte es gedauert, bis sie sich in seiner Wohnung nicht mehr wie ein Gast bewegte. Und auch er selbst hatte anfangs Mühe gehabt, sich daran zu gewöhnen, nicht mehr der Alleinherrscher über sein Apartment zu sein. Inzwischen war ihm allerdings Terezas Gegenwart so vertraut, dass er sofort unruhig wurde, wenn sie einmal nicht zur üblichen Zeit nach Hause kam.

Er legte sich ins Bett, merkte aber, dass er nicht schlafen konnte. Er stand noch einmal auf, ging in den Flur und überprüfte den Anrufbeantworter. Es waren keine neuen Nachrichten gespeichert. Er wählte Terezas Nummer, aber es meldete sich niemand.

Schließlich nahm er zwei Schlaftabletten und legte sich wieder hin.

Fünf Als es an der Tür klingelte, war Marthaler sofort wach. Im Zimmer war es noch dunkel. Er streckte die rechte Hand aus und atmete durch. Tereza lag neben ihm. Irgendwann in der Nacht war sie nach Hause gekommen, ohne dass er es bemerkt hatte. Unter der Decke spürte er ihre warme Schulter. Sie hatte ihm den Rücken zugedreht und schlief. Er hörte sie leise atmen.

Er ging ans Wohnzimmerfenster und schob die Gardine zur Seite. Auf dem Bürgersteig stand Sven Liebmann in der Dämmerung und winkte ihm zu. Mehr war nicht nötig. Marthaler wusste, dass etwas passiert war und dass er sich beeilen musste. Er hob seine rechte Hand und spreizte die Finger zum Zeichen, dass er fünf Minuten brauche.

Dann ging er zurück ins Schlafzimmer, um sich anzuziehen. Tereza drehte sich verschlafen zu ihm um. Dann öffnete sie die Augen. «Robert, lass uns reden, ja.»

«Schlaf weiter», sagte er leise, «es ist noch früh. Ich habe einen Einsatz.»

Er griff in die Schublade, um seine Dienstwaffe herauszunehmen. Er stutzte. Dann begann er zu fluchen.

«Verdammt nochmal, diese kleine Mistkröte.»

Tereza setzte sich auf.

«Entschuldige, ich wollte dich nicht wecken.»

«Was ist passiert?», fragte sie.

«Dieser kleine Mistkerl war hier, Benni, der Junge aus dem ersten Stock. Er wollte, dass ich ihm Spaghetti koche. Er hat meine Münze geklaut, das alte Zehn-Mark-Stück, das mir mein Vater geschenkt hat. Wie ich solche kleinen Blagen hasse ...»

Marthaler ging ins Badezimmer. Er drückte sich einen Strang Zahncreme auf den Zeigefinger, lutschte ihn ab und spülte sich den Mund aus. Als er schon an der Wohnungstür war, stand Tereza hinter ihm.

«Wann kommst du wieder?», fragte sie, ohne ihn anzusehen.

«Ich weiß nicht», sagte er und strich ihr übers Haar.

Jetzt merkte er, dass sie weinte.

«Was ist mit dir ...?»

Tereza schaute stumm zu Boden und schüttelte den Kopf.

«Entschuldige, aber ich muss los. Wir reden, wenn ich zurück bin, ja? Geh wieder schlafen!»

«Was ist passiert?», fragte Marthaler, als er sich in Liebmanns Wagen setzte.

«Ich weiß nicht. Es wurde ein Leichenfund gemeldet. Ich habe Rufbereitschaft. Es ist von mehreren Toten die Rede. Ich dachte, es ist besser, wenn du gleich mitkommst.»

«Wo?»

«Am Main. Wir sind in fünf Minuten da. In der Zentrale haben sie etwas von einem Boot gesagt. Ein Boot an der Untermainbrücke.»

Die Stadt war noch leer. Sie umrundeten den Kreisel am Schweizer Platz und fuhren weiter Richtung Fluss.

«Sind die Weißen schon benachrichtigt?»

«Nein. Ich dachte, das überlasse ich dir.»

«Gut», sagte Marthaler. «Das machen wir, wenn wir wissen, was los ist.»

Liebmann wusste, dass Marthaler gerne als Erster am Tatort war, dass er sich gerne ein Bild machte, bevor der Schauplatz für Stunden von der Spurensicherung blockiert wurde.

Dann sahen sie die flackernden Lichter der Rettungswagen. Die Kollegen der Schutzpolizei hatten bereits die Straße gesperrt.

Sie hielten einfach am Rand der Fahrbahn und stiegen aus. Als einer der Uniformierten protestierend auf sie zukam, zeigte Liebmann seinen Ausweis und übergab ihm seine Autoschlüssel.

«Wo müssen wir hin?»

«Da runter.» Der Schutzpolizist zeigte auf die Steintreppe, die hinunter zum Mainufer führte.

«Verdammt», fluchte Marthaler, «hier geht es ja zu wie auf dem Jahrmarkt.»

Drei Notarztwagen standen dicht beieinander auf dem asphaltierten Weg. Überall liefen Rettungssanitäter herum. Auf der Brücke staute sich der Verkehr, und am Geländer hatten sich bereits zahlreiche Schaulustige eingefunden.

«Bitte, Sven», sagte Marthaler, «sorg dafür, dass die Brücke geräumt wird. Ich will, dass die Leute dort oben verschwinden. Und halt uns die Presse vom Leib. Keine Fotoapparate, keine Filmkameras. In spätestens einer Stunde, wenn der Berufsverkehr einsetzt, ist hier die Hölle los.»

Sven Liebmann schüttelte den Kopf. «Robert, das wird nicht gehen. Wenn wir die Brücke sperren, wird der Verkehr in diesem Teil der Stadt zusammenbrechen. Damit machen wir das Chaos perfekt.»

«Gut … mach es so, wie du es für richtig hältst. Aber dann müssen Planen aufgespannt werden. Wir müssen in Ruhe arbeiten können. Ohne die Gaffer.»

Marthaler bahnte sich einen Weg zu dem kleinen Boot, das direkt am Ufer festgemacht hatte. Als er gerade an Bord gehen wollte, kam ihm ein Mann mit einer schwarzen Tasche entgegen. Es war einer der Notärzte. Sein Gesicht war fast so weiß wie sein Kittel.

«Und?», fragte Marthaler.

Der Arzt sah ihn mit leeren Augen an. «Alle tot», sagte er.

«Wie viele?»

«Fünf.»

«Was ist passiert?»

«Schussverletzungen.»

«Gibt es für euch hier noch etwas zu tun?»

Der Mann schüttelte den Kopf.

Augenblicklich begann Marthaler zu brüllen. «Dann raus hier, verdammt nochmal. Alle raus! Was habt ihr dann noch hier zu suchen? Die Leute sind tot.»

Er wartete. Kurz nacheinander verließen drei Männer und eine Frau das Boot. Sie trugen die leuchtenden Westen der Rettungssanitäter. Die Frau wollte sich beschweren, aber Marthaler brachte sie mit einem Blick zum Schweigen.

Am Eingang zum Unterdeck blieb er stehen. Er schloss die Augen und zählte bis zehn. Dann warf er einen ersten Blick auf den Tatort.

Er griff in die Tasche seines Jacketts und zog das kleine Diktaphon hervor. Seit einiger Zeit hatte er sich angewöhnt, seine Beobachtungen auf Band zu sprechen. So musste er sich später nicht auf sein Gedächtnis verlassen. Und er hatte gemerkt, dass es ihm half, den Anblick am Schauplatz eines Verbrechens besser zu verkraften. Wenn er beschreiben musste, was er sah, war es einfacher. Er hatte etwas zu tun.

Er schaltete das Gerät ein und begann zu sprechen.

«Es ist Freitag, der 3. Juni 2005. Es ist fünf Uhr und sieben Minuten. Es ist frisch, aber nicht kalt. Ich befinde mich auf einem kleinen Boot, das direkt neben der Untermainbrücke liegt; es nennt sich *Sultans Imbiss*, anscheinend eine Art schwimmendes Restaurant. Der Gastraum ist ungefähr zweieinhalb Meter breit und vier Meter lang. Rechts und links des schmalen Mittelganges befinden sich auf jeder Seite drei Tische. Ich sehe halbvolle Gläser und benutzte Teller. Ich sehe fünf Personen ... Nach Angaben des Notarztes sind alle fünf tot.»

Einen Moment hielt Marthaler inne. Er stoppte das Band,

kramte in seinen Taschen und merkte, dass er wieder vergessen hatte, ein Päckchen Einmalhandschuhe einzustecken. Er seufzte und machte sich daran, das erste Opfer zu inspizieren. Dann schaltete er das Diktaphon wieder ein.

«Neben mir rechts sitzt ein Mann. Sein Oberkörper ist über den Tisch gebeugt, sein Kopf liegt auf der Tischplatte. Der Mann hat dunkles Haar, nein, sein Haar ist an vielen Stellen bereits grau. Alter … schwer zu schätzen. Irgendwas zwischen Anfang und Ende fünfzig. Der Mann ist schlank und gut gekleidet. Seine Arme befinden sich unter dem Oberkörper. Am oberen Hinterkopf hat er eine deutlich erkennbare Schusswunde. Wahrscheinlich aufgesetzt.»

Marthalers Mobiltelefon läutete. Er zog es hervor, schaltete es aus und ließ es zurück in seine Jackentasche gleiten.

«Dem Mann gegenüber sitzt eine Frau. Sie ist deutlich jünger, vielleicht Ende dreißig, Anfang vierzig. Sie hat mittellanges Haar, mittelblond. Auch sie trägt teure Kleidung. Sie sitzt aufrecht, die Lehne der Bank im Rücken. Ihr Kopf ist nach hinten übergekippt, der Mund offen. Beide Arme hängen am Körper herab. Einschuss auf der mittleren oberen Stirn. Ein Teil der Schädeldecke fehlt. Sie trägt eine Goldkette mit Anhänger. Neben ihr, auf der Fensterseite der Bank, befindet sich eine Handtasche. Auf dem Tisch steht ein Glas mit einem Rest Rotwein.»

Marthaler beugte sich kurz hinunter, um den Boden zu untersuchen.

«Unter dem Tisch liegt ein weiteres Weinglas. Es ist zerbrochen, der Wein ausgelaufen. Der gegenüberliegende Tisch auf der anderen Seite ist leer.»

Er ging zwei Schritte weiter in den Raum hinein. Vorsichtig setzte er einen Fuß vor den anderen, um keine Spuren zu zerstören. Wieder machte er eine Pause, bevor er sein Diktat fortsetzte.

«Zweiter Tisch links. Das nächste Opfer. Eine Frau, frischgefärbte Haare. Wahrscheinlich Ende sechzig, vielleicht etwas jünger. Einfach, aber gepflegt gekleidet. Ich sehe sie von hinten. Ihr Oberkörper ist halb aus der Bank herausgerutscht, der Kopf zeigt seitlich nach unten. Der rechte Arm hängt in den Gang, die linke Hand ruht in ihrem Schoß. Einschuss in der rechten Schläfe. Riesige Ausschusswunde auf der linken Seite. Es sieht aus, als ob ihr Hirn … ach, verflucht!»

Marthaler kniff die Lider zusammen. Er atmete mehrmals tief durch. Erst dann sprach er weiter.

«Ihre Brille ist verrutscht. Ihr gegenüber am selben Tisch ein Mann. Sein Gesicht kann ich nicht sehen. Graues Haar. Wohl etwa im Alter wie die Frau, möglicherweise etwas älter. Beigefarbener Blouson, dunkelbraune Stoffhose. Rentnerkleidung. Der Mann kauert in der Bank, dem Raum abgewandt, die Arme über dem Gesicht und dem vorderen Teil des Kopfes verschränkt. Es sieht aus, als habe er sich verkriechen wollen, als habe er sich schützen wollen. Man hat ihm direkt von oben in die Schädeldecke geschossen. Auf dem Tisch liegen zwei Mobiltelefone und eine schwarze Herrentasche mit einer Handgelenkschlaufe. Es stehen zwei kleine Teller auf dem Tisch mit … ich weiß nicht, mit was … mit Essensresten. Und zwei Teegläser. Nachtrag: Auf der Bank neben der Frau ebenfalls eine Handtasche, groß, beige. Die Tasche steht auf einem Kleidungsstück, vielleicht einer Art Regenjacke.»

Marthaler arbeitete schnell und konzentriert. Wie immer, wenn er mit einem neuen Fall befasst war, vergaß er alles, was um ihn herum vorging. All seine Sinne waren darauf ausgerichtet, jede Einzelheit des Tatortes in sich aufzunehmen. Nichts, was von Bedeutung war, sollte ihm entgehen.

So hatte er auch jetzt nicht gehört, dass jemand an Bord gekommen war. Erschrocken fuhr er herum, als er hinter sich eine Stimme hörte.

«Verdammt nochmal, Robert, was treibst du hier?» Es war Walter Schilling, der Chef der Spurensicherung. «Kannst du mir sagen, was das soll? Kannst du nicht warten, bis wir unsere Arbeit getan haben?»

Einen Moment lang fühlte sich Marthaler wie ein Kind, das man beim heimlichen Naschen erwischt hatte.

«Verdammt, Walter. Willst du, dass ich einen Herzinfarkt kriege?»

«Ich will, dass du hier verschwindest, aber schleunigst», erwiderte Schilling.

«Fünf Minuten. Ich bin gleich fertig. Gib mir noch fünf Minuten, bitte!»

Walter Schilling wusste, dass es wenig Zweck hatte, gegen Marthalers Starrsinn zu argumentieren. «Fünf Minuten», sagte er, «keine Sekunde länger! Und bitte: Fass nichts an, trampel hier nicht rum! Und noch etwas, Robert ...»

«Was?»

«Das nächste Mal möchte ich umgehend von euch benachrichtigt werden. Und nicht zufällig aus der Zentrale erfahren, dass hier irgendwo ein dicker Fall auf mich wartet. Ist das klar? Und sollte das noch einmal schiefgehen, werde ich eine Dienstaufsichtsbeschwerde gegen dich einreichen, hast du verstanden?»

Marthaler sah seinem Kollegen nach. Im nächsten Augenblick hatte er ihn bereits vergessen. Wieder wandte er sich dem Gastraum zu, wieder sprach er in sein Diktaphon.

«Das letzte Opfer. Ein Mann. Anscheinend saß er am letzten Tisch rechts, zur Uferseite hin. Auf dem Tisch zwei Teller und zwei Bestecke. Jetzt liegt der Mann im Gang, Kopf und Oberkörper in einer riesigen Blutlache, der Kopf nach rechts gedreht. Der Mann liegt auf dem Rücken. Er ist zwischen einsfünfundsiebzig und einsachtzig groß, kräftiger Typ, längeres Haar, brünett mit grauen Strähnen, hohe Stirn. Dürfte etwa fünfzig sein, vielleicht jünger. Hellblaues Hemd, dunkelgrauer, lässiger Anzug. Wirkt ein wenig ungepflegt – soweit man das in diesem Zustand sagen kann. Alles in diesem Bereich ist voller Blut, der Boden, der Tisch, die Bank, überall Blutspritzer an den Wänden, auch an der Tür, die zum vorderen Teil des Bootes führt. Die Glasscheibe dieser Tür ist zerbrochen. Es liegen Glasscherben auf dem Boden. Man sieht blutige Sohlenabdrücke, die aber auch von den Sanitätern stammen können. Es sieht ... grauenhaft aus.»

Er ging in die Hocke und schaute dem Toten ins Gesicht. Plötzlich stutzte er. Der Mann kam ihm bekannt vor. Er erinnerte ihn an jemanden. Marthaler schloss kurz die Augen, um zu überlegen. Vergeblich versuchte er, sich das tote Gesicht lebendig vorzustellen. Vorsichtig hob er den Kopf des Opfers ein wenig an, ließ ihn aber noch im selben Moment wieder zu Boden sinken. Er stand auf und atmete durch. Er brauchte einen Moment, um seine Nerven unter Kontrolle zu bringen, dann diktierte er weiter.

«Der Hals des Mannes ist auf der rechten Seite aufgerissen, wie es aussieht, durch einen Schuss. Wahrscheinlich wurde die Halsschlagader getroffen. Er ist offensichtlich verblutet ... Nein, ich ergänze: Es gibt einen zweiten Einschuss, Jackett und Hemd sind unterhalb der linken Brusthälfte versengt, ein gezielter Schuss in die Herzgegend.»

Kurz war Marthaler versucht, die Tür zum vorderen Teil des Bootes zu öffnen und dort seine Inspektion fortzusetzen. Aber er wollte die Geduld Walter Schillings und seiner Kollegen nicht weiter strapazieren.

«Das ist fürs Erste alles», sagte er ins Mikrophon. «Fünf Tote, jedes Opfer gezielt erschossen. Alle bislang namenlos. Ob es eine Beziehung zwischen ihnen gab, ist unklar. Täter unbekannt. Tatwaffe bisher unbekannt. Motiv unbekannt. Raubmord unwahrscheinlich. Das Ganze ist ...»

Mitten im Satz brach er ab. Er schaltete das Diktaphon aus. Es war zu früh, um irgendeinen Schluss zu ziehen aus dem, was er bisher gesehen hatte.

«Das Ganze ist ein riesiger Haufen Mist», sagte er.

Walter Schilling stand an der Kaimauer und schaute ihn an. «Hast du hier schon mal gegessen?», fragte er.

Marthaler schüttelte den Kopf.

«Der beste Döner zwischen Hanau und den Rocky Mountains. Mit einer Joghurt-Chili-Soße, die du nie wieder vergessen wirst. Was ist mit Erkan?»

Marthaler schaute seinen Kollegen fragend an. Schilling zeigte auf das Schild: «*Sultans Imbiss*. Inhaber: Erkan Önal» stand dort.

«Ist er ... Ich meine ... ist er unter den Opfern?»

«Wenn du mir sagst, wie er aussieht ...»

«Ende zwanzig. Dunkle, krause Haare. Klein, schlank. Zarter Typ.»

«Nein», sagte Marthaler. «Dann war er nicht dabei. Jedenfalls nicht unter denen, die ich gesehen habe.»

«Du meinst, es gibt noch mehr Tote?»

«Ich meine gar nichts», erwiderte Marthaler. «Ich frage mich nur gerade, wo dein Erkan sich aufhält, wenn er nicht auf seinem Boot ist.»

Walter Schilling zuckte mit den Schultern. «Ich werde mich hüten, dir deine Arbeit abzunehmen», sagte er. «Es reicht ja wohl, dass *du* den Kollegen ins Handwerk pfuschst.»

«Walter, bitte! Ich wollte mir nur so rasch wie möglich ein Bild machen.»

«Und?»

«Ein Bild habe ich, aber keine Erklärung. Erinnerst du dich an den sechsfachen Mord im Kettenhofweg?»

«Das war dieses Edelbordell», sagte Schilling, «stimmts? Es war Anfang der Neunziger, aber ich war nicht dabei. Ich hatte Urlaub. Vier tote Prostituierte und das Ehepaar, das den Club betrieben hat.»

«Ja. Damals waren es sechs Opfer. Erdrosselt mit einem Kabel. Es war einer der größten Mordfälle, die wir nach dem Krieg hatten.»

«Der Täter hieß Eugen Berwald», sagte Sven Liebmann, der jetzt zu den beiden Kollegen hinzugetreten war, «ein Russlanddeutscher. Er hat es auf die *Mass Murderers Hit List* geschafft. Allerdings ist er damit nur im Mittelfeld gelandet.»

«So etwas gibt es?», fragte Schilling. «Eine Hitparade der erfolgreichsten Mörder?»

«Ja, in den USA gibt es so etwas», erwiderte Marthaler. «Und auf diese Liste könnte es unser Täter hier ebenfalls schaffen. Allerdings wurde Berwald bereits kurz nach der Tat festgenommen. Wenn uns das in diesem Fall ebenfalls gelingen soll, solltest du dich jetzt langsam an die Arbeit machen.»

Marthaler sah, wie der Chef der Spurensicherung nach Luft schnappte. Walter Schilling wollte gerade seiner Empörung freien Lauf lassen, aber Marthaler kam ihm zuvor. «Es sollte ein Scherz sein, Walter. Sonst nichts. Ich weiß, dass ich es war, der dich aufgehalten hat. Aber wir müssen so rasch wie möglich herausbekommen, wer die Toten sind. Tu mir einen Gefallen und schau als Erstes nach, ob sie Ausweispapiere dabeihaben. Und gib mir sofort Bescheid, wenn du etwas gefunden hast.»

Schilling verdrehte die Augen, dann wandte er sich ab. Marthaler setzte noch einmal nach: «Ach Walter, das mit der Dienstaufsichtsbeschwerde …»

«… war kein Scherz», sagte Schilling, ohne sich noch einmal zu seinem Kollegen umzudrehen. «Das war überhaupt kein Scherz.»

Marthaler ging ein paar Schritte beiseite, um den Weg für die Leute der Spurensicherung frei zu machen. Dann legte er den Kopf in den Nacken und schaute hoch zur Brücke. Seine Befürchtung hatte sich bestätigt. Es war nicht einmal eine halbe Stunde vergangen, seit er am Tatort angekommen war, aber bereits jetzt herrschte ein Gedränge wie während des Mainuferfestes. Schulter an Schulter standen die Neugierigen am Geländer. Immer wieder sah man das Blitzen von Fotoapparaten und Handykameras. Er hörte den Lärm der Motoren und das wütende Hupen der Autofahrer, die im Stau standen und nicht wussten, warum. Auch das würde sich bald ändern. In Kürze würde die Nachricht in allen Redaktionen angelangt und in allen Autoradios zu empfangen sein.

Zwei Boote der Wasserschutzpolizei waren dicht an das Heck von *Sultans Imbiss* herangefahren. Jetzt bauten vier Beamte ein Gestell auf und versuchten, daran eine Plane zu befestigen, sodass wenigstens der Blick von der Brücke auf den Schauplatz versperrt sein würde.

Sechs «Wir brauchen einen Ort, wo wir in Ruhe reden können», sagte Marthaler. «Hast du die anderen benachrichtigt?»

Sven Liebmann zeigte mit dem Kinn ein paar Meter flussaufwärts. «Ich habe uns ein Zelt aufbauen lassen. Kerstin und Kai sind schon da. Die beiden Neuen habe ich nicht erreicht. Keine Ahnung, wo die wohnen. Bei Petersen ist niemand ans Telefon gegangen. Und Charlotte ist gestern Abend noch nach Wiesbaden gefahren. Sie haben heute Morgen eine Sitzung. Aber sie hat versprochen, sich zu beeilen.»

«Verdammter Mist, so geht das nicht», sagte Marthaler. «Das ist keine Sache für vier Leute; wir brauchen alle verfügbaren Kräfte.»

Liebmann zuckte die Schultern. «Solange wir noch nichts wissen, muss es so gehen. Hier trampeln sich schon genug Leute auf den Füßen rum. Wenn die Spurensicherung fertig ist, werden wir klüger sein. Dann können wir immer noch Verstärkung anfordern.»

«Du hast recht», erwiderte Marthaler. «Und es ist zu befürchten, dass in Kürze hier sowieso die Jungens vom LKA auf der Matte stehen werden.»

Sie hatten das kleine Zelt fast erreicht, als Marthaler innehielt. Aus dem Augenwinkel hatte er ein starkes Blitzlicht bemerkt. Er schaute hoch zur Straße, wo zwei Männer an dem metallenen Geländer standen. Der eine trug eine große Kamera, der andere schaute hinunter zu den Polizisten und winkte ihnen zu. Marthaler kannte ihn. Es war Arne Grüter, der Chefreporter des *City-Express*.

«Schon wieder diese Ratte. Wieso ist der schon hier? Wie ist der durch die Absperrung gekommen?»

«Solche Typen riechen das Blut», sagte Liebmann. «Und wenn sie es gerochen haben, finden sie immer einen Weg.»

«Warte, den knöpf ich mir vor.»

«Nein, Robert, das wirst du nicht tun.» Sven Liebmann hielt seinen Kollegen am Ärmel fest. «Du weißt genau, dass er versuchen wird, dich zu provozieren. Du würdest ihm einen Gefallen tun. Du kommst jetzt brav mit und lässt ihn in Ruhe.»

Widerstrebend gab Marthaler nach. Er hatte sich schon einmal von Arne Grüter zu einer unbedachten Bewegung hinreißen lassen und war dabei fotografiert worden. Einen Tag später war das Bild im *City-Express* erschienen. Man hatte ihn als den «Prügelbullen von Frankfurt» bezeichnet.

Kai Döring und Kerstin Henschel saßen nebeneinander auf einer Bank in dem kleinen Zelt. Vor ihnen auf dem Tisch standen zwei Plastikbecher mit dampfendem Kaffee und eine Thermoskanne.

Döring schaute Liebmann an. «Hast du's ihm schon gesagt?», fragte er.

«Nein, dazu war noch keine Zeit.»

«Was gesagt?»

Marthaler schaute fragend zwischen seinen Kollegen hin und her.

«Später, Robert», erwiderte Liebmann. «Berichte erst, was passiert ist.»

Im selben Moment, als Marthaler sich setzte, spürte er seine Erschöpfung. Die Anspannung der letzten Stunde schlug um in eine nervöse Müdigkeit. Seine Glieder waren schwer, und in seiner rechten Gesichtshälfte begann es zu zucken. Jetzt bereute er, gestern Abend die beiden Schlaftabletten genommen zu haben.

«Was ist mit dir los, Robert?», fragte Kerstin Henschel. «Dein Gesicht ist ganz grau.»

«Nichts. Ich habe schlecht geschlafen. Gebt mir einen Kaffee; dann wird es gehen.»

Kai Döring holte aus seiner Aktentasche zwei weitere Plastikbecher. Er füllte sie und stellte sie auf den Tisch vor seine Kollegen.

«Was ist nun mit Petersen?», fragte Marthaler. «Wieso ist er nicht hier? Habt ihr ihn inzwischen erreicht? Irgendwo muss er schließlich stecken. Wir brauchen alle verfügbaren Leute.»

Kerstin Henschel schüttelte den Kopf. Man sah ihr an, dass sie sich Sorgen machte. «Ich bin gestern Abend noch bei ihm zu Hause vorbeigefahren. Alle Fenster waren dunkel. Ich habe geklingelt, aber er hat nicht geöffnet. Und ans Telefon geht er immer noch nicht.»

«Kann es sein, dass er krank ist?»

«Vorgestern war er noch gesund. Allerdings war er sehr ... schweigsam.»

Marthaler hatte den Eindruck, dass Kerstin Henschel mehr wusste, als sie sagen wollte. «Wenn du etwas weißt, musst du es uns sagen», forderte er sie auf. «Er kann nicht einfach dem Dienst fernbleiben.»

«Robert, ich habe keine Ahnung, wo er ist, aber ich werde es herausfinden. Im Moment können wir nicht mehr machen. Deshalb schlage ich vor, dass wir jetzt einfach anfangen.»

Marthaler nippte an seinem Kaffee und wartete. Als niemand mehr etwas zu dem Thema sagen wollte, begann er mit seinem Bericht.

«Fünf Tote. Wahrscheinlich zwei Paare und ein einzelner Mann. Ich nehme an, sie alle waren Gäste von *Sultans Imbiss*. Sie wurden erschossen. Vier Kopfschüsse. Der einzelne Mann hat eine Verletzung am Hals und einen Schuss in den Oberkörper abbekommen. Vielleicht ist er verblutet, vielleicht ist er auch ins Herz getroffen worden.»

«Weiß man schon, wer die Opfer sind?», fragte Döring.

«Nein. Aber ich denke, das wird sich rasch klären lassen. Ich hoffe, dass Schilling und seine Leute Ausweispapiere finden.»

«Das heißt, du gehst nicht von einem Raubmord aus?», fragte Kerstin Henschel.

Marthaler machte eine hilflose Geste. Es war zu früh, um über ein Motiv zu spekulieren, trotzdem war es wichtig, sich rasch eine Vorstellung davon zu machen, was der Mörder mit seiner Tat bezweckt haben könnte.

«Ich habe Schmuck und Handys gesehen. Es gab Handtaschen, die nicht aussahen, als habe sie jemand durchsucht. Nein, es wirkte nicht wie ein Raubmord. Jedenfalls nicht wie ein gewöhnlicher. Nicht wie einer, bei dem jemand auf Geld oder Wertsachen aus war.»

«Hast du eine Vorstellung, wann es passiert sein könnte?»

«Ein paar Stunden ist es sicher her. Das Blut des Mannes war bereits angetrocknet. Ich würde sagen: nicht vor zweiundzwanzig Uhr gestern Abend, aber auch nicht nach Mitternacht.»

«Dann ist der Täter längst über alle Berge. Jetzt noch eine Ringfahndung einzuleiten, würde also nichts bringen.»

«Nein, sicher nicht. Jedenfalls nicht, solange wir nicht wissen, wen wir überhaupt suchen. Dieser Mann mit der Halsverletzung ...»

Marthaler brach mitten im Satz ab. Während auf dem Main langsam ein Lastkahn vorüberzog, starrte er durch die offene Tür des Zeltes hinüber auf die Häuser am anderen Ufer. Aber er schaute mit stierem Blick, ohne etwas zu sehen.

«Robert ...»

«Was?»

«Du wolltest etwas sagen.»

«Ja, entschuldigt. Ich wollte sagen, dieser Mann kam mir bekannt vor.»

«Du kennst ihn?»

«Nein, das ist es nicht. Es ist, als hätte ich ihn vor langer

Zeit einmal gekannt. Wie einen ehemaligen Freund, den man seit sehr vielen Jahren aus den Augen verloren hat. Und an den man fast ebenso lange nicht mehr gedacht hat.»

«Jemand, mit dem du studiert hast?», fragte Kerstin Henschel weiter.

«Ja. Ich weiß nicht. Jedenfalls ein Gesicht aus der Vergangenheit.»

«Gut. Dann überleg weiter. Vielleicht erfahren wir schon bald von Schilling die Lösung. Meinst du, die Leute haben sich untereinander gekannt?», fragte Sven Liebmann.

Marthaler dachte einen Moment über die Frage nach. Aber je länger er versuchte, sich darüber klar zu werden, desto unsicherer wurde er.

«Nein», sagte er schließlich. «Mein erster Eindruck war der: Da sind zwei Paare und ein Mann. Drei Parteien, die nichts miteinander zu tun haben.»

«Das heißt?», wollte Liebmann wissen. Als niemand reagierte, gab er sich selbst die Antwort: «Das heißt, sie haben zufällig dort zusammengesessen. Sie haben gegessen und getrunken und sind dann genauso zufällig zu Opfern eines Verbrechens geworden. Was soll das für einen Sinn ergeben?»

«Es kann durchaus Sinn ergeben», widersprach Kerstin Henschel. «Was du sagst, muss nicht für alle stimmen. Einen muss der Mörder gemeint haben. Mindestens auf einen muss es ihm angekommen sein.»

Kai Döring war aufgestanden. Unruhig ging er in dem kleinen Zelt auf und ab. Wie immer, wenn er seine Erregung nicht unterdrücken konnte, sah man seine Sommersprossen leuchten.

«Was soll das alles? Wir ergehen uns in Spekulationen. Wir sitzen hier rum und reden und reden, während ein Mörder frei herumläuft. Vielleicht waren es sogar zwei oder drei Täter. Das alles können wir nicht wissen. Also lasst uns endlich etwas tun.»

«Nein», erwiderte Marthaler. «Wir sollten uns die Zeit nehmen, einen Moment darüber nachzudenken. Da draußen herrscht schon genug Lärm und Hektik. Und wenn wir hier gleich rauskommen, wird es noch schlimmer werden. Die Journalisten werden sich auf uns stürzen. Für ein paar Minuten müssen wir uns noch zur Ruhe zwingen.»

«Was ist eigentlich mit dem Wirt? Mit dem Betreiber von *Sultans Imbiss*?», fragte Kerstin Henschel.

«Genau das ist die Frage. Er heißt Erkan Önal. Schilling kennt den Mann. Seine Beschreibung trifft auf keines der Opfer zu. Aber wo war Erkan Önal, als die Morde auf seinem Boot passierten? Und wo ist er jetzt?»

«Entweder sollte er ebenfalls getötet werden und ist dem Mörder entwischt ...», sagte Sven Liebmann. Aber diesmal war er es, der sich selbst ins Wort fiel. «Nein, das ist Quatsch, dann hätte er sich sicher bei uns gemeldet.»

«Oder?», fragte Marthaler.

«Oder er ist selbst der Täter und ist *uns* entwischt. Dann wird er jetzt sicher nicht zu Hause sitzen und auf uns warten.»

«Er muss ja gestern gar nicht selbst gearbeitet haben. Vielleicht hat er einen Angestellten», gab Kerstin Henschel zu bedenken.

«Das lässt sich herausbekommen. Aber irgendjemand muss hier gewesen sein und die Gäste bedient haben. Und dieser Jemand ist verschwunden.»

«Also?», fragte Kerstin Henschel nach.

«Also müssen wir nach diesem Jemand suchen», sagte Kai Döring.

«Das ist eine der ersten Sachen, die wir tun werden», sagte Marthaler. «Zwei Leute müssen Önals Adresse ausfindig machen und dort hinfahren. Wenn er daheim ist, muss er sofort ins Weiße Haus zur Vernehmung gebracht werden. Wenn nicht, schreiben wir ihn zur Fahndung aus. Zweitens brauchen wir rasch die ersten Ergebnisse der Spurensicherung. Jemand von uns muss Schilling deswegen nerven. Ich habe meinen Teil dafür heute bereits getan. Drittens müssen wir herausfinden, ob es Zeugen gab. Vielleicht hat sich schon jemand gemeldet. Wenn nicht, müssen wir uns an die Medien wenden und um Mithilfe der Bevölkerung bitten. Viertens: Was ist mit der Tatwaffe? Schilling fragen! Wenn sie nicht auf dem Boot gefunden wurde, muss eine Suchaktion eingeleitet werden. Fünftens müssen die Angehörigen der Opfer verständigt werden. Sechstens möchte ich jetzt gerne wissen, was Sven mir schon längst gesagt haben sollte.»

Liebmann und Döring sahen einander an. Liebmann grinste und schüttelte stumm den Kopf. Dann streckte er den Zeigefinger aus und zeigte auf seinen Freund. Kai Döring verzog das Gesicht.

«Es ist so … Wir hatten gestern einen Anruf. Eine Frau, die ich kenne. Sie wohnt hier gleich gegenüber … Sie hat etwas gesehen, aber sie ist verrückt, sie ruft immerzu irgendwen an …»

«Weiter, Kai! Komm zur Sache!», drängelte Marthaler. «Du warst es, der gefordert hat, dass wir endlich an die Arbeit gehen.»

«Sie wollte mich sprechen. Sie hat gemeldet, dass ein Mann hier unten auf der Bank sitzt. Er hat wohl über längere Zeit hier gesessen. Er kam ihr verdächtig vor. Sie sagte, er habe einen stechenden Blick. Was hätten wir denn machen sollen? Wir konnten ihn ja schlecht verhaften.»

Einen Moment lang herrschte Schweigen.

«Stopp mal», sagte Kerstin Henschel. «Verstehe ich das richtig: Hier ist ein paar Stunden vor der Tat ein verdächtiger Mann gesehen worden? Diese Beobachtung hat man euch gemeldet, und ihr habt den Hinweis ignoriert? Ist euch überhaupt klar, was das heißt?»

Sowohl Döring als auch Liebmann schauten betreten zu Boden.

«Das heißt, dass wir die Tat womöglich hätten verhindern können, wenn ihr ...»

Kai Döring ging in Verteidigungsstellung: «Kerstin, bitte. Die Frau ist eine schwere Kifferin. Sie sieht überall Gespenster. Du glaubst nicht, wie oft sie sich auf den Revieren herumtreibt, um irgendetwas zu melden ...»

Marthaler hob die flache Hand zum Zeichen, dass er etwas sagen wollte. Er sprach langsam und leise: «Wir werden das überprüfen. Wir können nur hoffen, dass es stimmt, was Kai über diese Frau sagt, und dass wir Kollegen finden, die das bezeugen. Aber wie auch immer, wenn die Presse herausfindet, dass wir Hinweise auf ein bevorstehendes Verbrechen hatten und diesen Hinweisen nicht nachgegangen sind, dann ist das eine Bombe, die uns um die Ohren fliegen wird. Wir müssen so rasch wie möglich mit der Frau sprechen. Und bis wir mehr wissen, müssen wir die Sache vertraulich behandeln. Zu keinem ein Wort, ist das klar?»

«Robert, das ist nicht dein Ernst», empörte sich Kerstin Henschel. «Du kannst eine solche Sache doch nicht unter den Teppich kehren ... Damit machst du dasselbe ...»

«Ich will gar nichts», fiel ihr Marthaler ins Wort. «Nichts, außer ein wenig Zeit gewinnen, um über die Angelegenheit nachzudenken. Wir haben jetzt anderes zu tun, als uns eine Schlacht mit der Presse zu liefern. Ich weiß nicht, was wir tun werden. Aber bis ich es weiß, bleibt die Sache unter uns. Das gilt auch für dich. Hast du das verstanden?»

Kerstin Henschel knurrte eine unverständliche Antwort. Alle merkten, wie es in ihr arbeitete. Marthaler schaute sie unverwandt an. Schließlich erwiderte sie seinen Blick: «Okay», sagte sie, «ich kann damit leben. Wenn du mir versprichst, dass die Sache schnell in Ordnung gebracht wird.»

«Das verspreche ich dir. Ich denke, es ist Kais Aufgabe, die Frau umgehend aufzusuchen.»

Kai Döring nickte.

«Gut, dann tu das. Kerstin wird schauen, ob es Neuigkeiten von Schillings Leuten gibt. Sven und ich werden versuchen, Erkan Önal zu finden. Danach treffen wir uns im Präsidium. Ich wette, da geht es schon jetzt zu wie in einem Bienenstock.»

Alle vier hatten das Zelt verlassen und standen vor dem Eingang. Sofort sahen sie, wie von der Uferstraße wieder fotografiert wurde.

«Eins noch», sagte Kerstin Henschel, «wer hat die Toten überhaupt entdeckt?»

Die vier Polizisten schauten sich ratlos an. Keiner wusste eine Antwort. Niemand hatte bislang daran gedacht, in der Zentrale nachzufragen, um zu erfahren, von wem der Notruf gekommen war.

Sieben Mühsam versuchte Valerie, wach zu werden. Es war, als schwebe sie unter Wasser in einem tiefen See. Sie wollte an die Oberfläche, aber sie hatte keine Kraft. Irgendwer, irgendetwas zog sie immer wieder nach unten. Alles fühlte sich schwer an. Ihre Lider, ihr Kopf, ihr Körper, ihre Beine. Schwer und dumpf.

Endlich gelang es ihr, die Augen zu öffnen. Aber sie konnte nichts sehen. Um sie herum war alles dunkel. Sie hatte den Eindruck, nie zuvor eine so undurchdringliche Finsternis wahrgenommen zu haben.

Valerie wusste nicht, wo sie war. Sie lag auf dem Rücken. Sie hatte starke Kopfschmerzen.

Irgendetwas war mit ihrem Mund. Die Haut ihres Gesichts spannte. Sie konnte nur durch die Nase atmen. Jetzt merkte sie, dass man sie geknebelt hatte. Ihr Mund war mit einem breiten Klebeband verschlossen worden, das man ihr mehrmals um den gesamten Kopf geschlungen hatte.

Sie wollte sich von dem Knebel befreien, aber es gelang ihr nicht. Sie war gefesselt. Man hatte sie zu einem Bündel verschnürt.

Sie versuchte, sich freizustrampeln, rollte ihren Körper von rechts nach links, aber die Fesseln lockerten sich nicht. Immer wieder warf sie sich hin und her, aber je mehr sie sich anstrengte, desto straffer schien sich das Seil zu spannen.

Sie konnte sich nicht bewegen, konnte nichts sehen, konnte nicht schreien. Sie war hilflos. Ausgeliefert.

Ihr Atem ging immer schneller. Ihr Herz raste. Ihr Magen begann zu krampfen.

Wenn mir jetzt schlecht wird, dachte sie, wenn ich mich

jetzt übergeben muss, dann werde ich sterben. Niemand wird mir helfen. Ich werde ersticken.

Valerie schloss die Augen. Sie zwang sich, tief und langsam zu atmen. Sie musste ruhiger werden.

Ihre rechte Hand fühlte sich taub an. Die Fesseln schnitten ihr tief ins Handgelenk. Mit den Fingerspitzen der Linken tastete sie über den Boden. Er war glatt und kühl. Metall, dachte sie. Ich liege auf lackiertem Metall. Es ist die Ladefläche eines Lieferwagens.

Sie merkte, dass sie wieder müde wurde. Nein, ermahnte sie sich, nein, du musst jetzt wach bleiben. Du musst wissen, was geschehen ist. Du musst dich erinnern.

Aber sie war erschöpft. Ihr fiel ein Satz ein, den sie einmal gelesen hatte: «Eine Mischung aus Angst und Müdigkeit ist das stärkste Schlafmittel.»

Du musst dich erinnern! Du hast dir in Paris ein Ticket gekauft. Es hat lange gedauert, bis der Zug endlich losfahren konnte. Irgendetwas war auf der Strecke. Du hast telefoniert. Aber du bist in Frankfurt angekommen.

Das war das Letzte, was sie dachte: Du bist angekommen. Dann fielen ihr erneut die Augen zu.

Acht Liebmann und Marthaler liefen an *Sultans Imbiss* vorbei, dann stiegen sie die steile Steintreppe zur Brücke hinauf. Hinter der Absperrung warteten die Reporter. Sogar ein Filmteam hatte bereits seine Kamera aufgebaut. Als die Journalisten die beiden Polizisten kommen sahen, begannen sie alle gleichzeitig, ihre Fragen zu rufen.

«Geh schon vor zum Wagen», sagte Marthaler zu seinem Kollegen. «Versuch, Erkan Önals Adresse herauszufinden. Ich komme sofort nach.»

Während Liebmann sich einen Weg durch die Menge bahnte, hob Marthaler beide Hände, um die Leute von der Presse zur Ruhe zu bringen. Er wusste: Auch wenn es bislang nur wenige Erkenntnisse gab, war es besser, den Journalisten schon jetzt ein paar Informationen zu geben und sie so für eine Weile loszuwerden. Andernfalls würden einige von ihnen versuchen, den Ermittlern auf Schritt und Tritt zu folgen.

«Bevor ich Ihnen mitteile, was passiert ist, möchte ich Sie um Verständnis bitten, dass ich noch nicht viel sagen kann. Wir stehen erst ganz am Anfang. Aber ich verspreche Ihnen, wir werden Sie umgehend informieren, wenn wir mehr wissen.»

Eine ältere Reporterin, die für die *Deutsche Presse Agentur* arbeitete und in seiner Nähe stand, wandte sich an einen jüngeren Kollegen: «Was ist denn mit dem los, hat der Kreide gefressen?»

Marthaler beschloss, die Bemerkung zu überhören. Sein Verhältnis zu den Journalisten galt als gespannt. Alle wussten das. Dennoch war fast immer er es, mit dem sie reden wollten.

«Auf dem kleinen Boot dort unten hat vergangene Nacht ein Verbrechen stattgefunden», sagte er.

«Das wissen wir», rief eine Männerstimme aus der zweiten Reihe.

Marthaler ließ sich nicht irritieren. «Es hat fünf Tote gegeben», fuhr er fort.

«Das wissen wir auch», sagte dieselbe Stimme.

«Alle fünf Opfer wurden erschossen.»

«Nun mal Butter bei die Fische!», rief der Mann.

Marthaler schwieg. Er wandte sich von der Menge ab. Für einen Moment sah es so aus, als wolle er seine Erklärung damit beenden. Schließlich waren es die Journalisten selbst, die ihren Kollegen zur Ruhe brachten. Marthaler grinste in sich hinein.

«Gut ... ich sehe, das Eigeninteresse überwiegt. Über die Identität der Toten können wir noch keine Angaben machen. Auch das Motiv ist bislang unklar. Eine Tatwaffe wurde noch nicht gefunden. Das ist alles, was ich Ihnen bis jetzt sagen kann.»

Direkt vor ihm stand eine junge Frau mit dünnem, blondem Haar. Sie hatte einen Block und einen Stift in der Hand. Ihre Stimme war leise. Sie schaute Marthaler nicht an, als sie ihre Frage stellte: «Stimmt es, dass es so aussieht, als habe man die fünf Leute hingerichtet?», fragte sie.

Für drei Sekunden war Marthaler sprachlos. «Wer sagt so etwas?», fragte er barsch.

Sofort merkte er, dass seine Reaktion verräterisch gewesen war. Vielleicht war es das, was die Journalisten an ihm mochten, dass er nicht unverbindlich bleiben konnte, dass er sich leicht aus der Reserve locken ließ. Nur so hatten sie etwas zu berichten, nur so bekamen sie ihre Bilder.

«Also stimmt es?», wisperte die Frau. Sie hatte Marthaler für einen kurzen Augenblick angeschaut. Er hatte bemerkt, dass sie schielte.

«Ich habe gefragt, wer eine solche Information verbreitet hat.»

Jetzt meldete sich die *dpa*-Reporterin zu Wort: «Nun kommen Sie, hier wimmelt es von Polizisten und Sanitätern, da spricht sich so etwas herum. Sagen Sie einfach ja oder nein.»

Die Frau hatte recht. Es gab keine Möglichkeit mehr, dieses Detail unter Verschluss zu halten.

«Ja», sagte er, «es ist ein Verbrechen, das mit äußerster Brutalität und Kaltblütigkeit ausgeführt wurde. Die fünf Opfer wurden aus nächster Nähe erschossen. Man muss davon ausgehen, dass jeder Schuss tödlich sein sollte. Wer auch immer das getan hat: Er wollte, dass diese fünf Menschen sterben. Das Wort Hinrichtung ist in diesem Zusammenhang allerdings Unfug.»

Wieder kam eine Frage aus der Gruppe der Journalisten. «Was ist mit dem Wirt von *Sultans Imbiss*? Ist er unter den Opfern?»

«Dazu kann ich im Moment noch nichts sagen. Sie müssen Geduld haben. Es wird ganz sicher noch heute eine Pressekonferenz geben.»

«Wann? Um wie viel Uhr?»

«Auf jeden Fall haben Sie alle noch Zeit, ausführlich zu frühstücken», sagte Marthaler.

Dann ging er ohne ein weiteres Wort zum Wagen, wo Sven Liebmann auf ihn wartete.

Eine Viertelstunde später hatten sie die Adresse gefunden, unter der Erkan Önal gemeldet war. Sie befand sich in einem Häusergeviert in der oberen Burgstraße. Beide Zufahrten zu dem Innenhof waren durch eine Schranke versperrt. Sven Liebmann parkte den Wagen vor einem Geschäft, in dem neue und gebrauchte Musikinstrumente angeboten wurden.

Hinter einem unansehnlichen Siedlungsblock stand eine Anlage alter Mietshäuser aus rotem Backstein. Manchmal, wenn Marthaler nach Feierabend auf die Berger Straße zum Einkaufen ging, nahm er den kleinen Umweg durch diesen

Hof. Hier wohnten viele Familien, die irgendwann aus der Türkei oder aus Italien nach Frankfurt gekommen waren. Fast immer sah man Wäsche auf den Leinen, dazwischen Kinder, die unter den hohen Platanen im Sandkasten spielten oder auf ihren Rollern über den Parkplatz fuhren. Aus den offenen Fenstern hörte man das Geklapper von Geschirr, die fremde Musik und die Stimmen der Bewohner, die sich noch immer in der Sprache ihrer Herkunftsländer unterhielten. Es roch nach Zwiebeln und Knoblauch, und jedes Mal hatte Marthaler das Gefühl, für einen Moment einzutauchen in eine Welt, die anders war als jene, die ihn täglich umgab, die kleiner war, weniger anonym und schon deshalb friedfertiger. Aber nun kam er als Polizist hierher, und er wusste, dass auch dieser Ort für ihn niemals mehr derselbe sein würde wie zuvor.

Auf dem Parkplatz stand ein fast neuer Toyota Avensis. Im Heckfenster waren zwei Wimpel angebracht. Einer zeigte die türkische Flagge, der andere das Emblem des Fußballvereins «Galatasaray Istanbul». Marthaler ging um den Wagen herum. Auf dem Armaturenbrett lag ein brauner Umschlag mit der Adresse von *Sultans Imbiss*.

«So ganz schlecht scheint er jedenfalls nicht zu verdienen», sagte Sven Liebmann mit Blick auf das Auto. «Vielleicht ist er ja doch zu Hause.»

Als Marthaler gerade auf den Klingelknopf drücken wollte, wurde die Haustür von innen geöffnet. Ein Mädchen mit dunklen Haaren und einem großen Schulranzen auf dem Rücken huschte an ihnen vorbei ins Freie. Im Treppenhaus stand eine junge Frau im Bademantel und rief dem Mädchen etwas nach. Bevor sie in der Wohnung verschwinden konnte, hatte Liebmann seinen Ausweis gezückt.

«Sind Sie Frau Önal? Wir würden gerne Ihren Mann sprechen.»

«Der ist nicht da», sagte die Frau zögernd, aber in akzentfreiem Deutsch. «Ist etwas passiert?»

«Dann müssen wir mit Ihnen sprechen», sagte Marthaler.

«Sagen Sie mir, um was es geht.»

«Bitte, lassen Sie uns in der Wohnung reden.»

Die Frau nickte. Ihre Augen waren gerötet. Es sah aus, als habe sie geweint. Sie führte die beiden Polizisten ins Wohnzimmer, wo eine alte Frau im Sessel saß und auf den laufenden Fernseher schaute.

«Das ist Erkans Großmutter. Sie schläft nicht mehr, seit ihr Mann vor einem halben Jahr gestorben ist. Nehmen Sie Platz, ich ziehe mir rasch etwas an.»

Marthaler und Liebmann setzten sich nebeneinander auf die Couch. Die Großmutter wandte ihren Blick vom Bildschirm ab und schaute die Männer an. Sie schien sich nicht über den fremden Besuch zu wundern.

«Sprechen Sie deutsch?», fragte Liebmann. «Wir sind auf der Suche nach Ihrem Enkel. Wissen Sie, wo er ist?»

«Ja. Deutsch», sagte die Alte lächelnd. Dann wandte sie sich wieder dem Fernseher zu.

Fünf Minuten später kam Erkan Önals Frau zurück. Sie hatte jetzt eine Jeans und ein Sweatshirt an.

«Kann ich Ihnen etwas anbieten?», fragte sie. «Möchten Sie etwas trinken?»

«Nein, danke», sagte Sven Liebmann.

«Ja, gerne», sagte Marthaler.

Die junge Frau lachte. «Mögen Sie einen Mokka?»

Beide Polizisten nickten.

Die junge Frau sagte ein paar Worte auf Türkisch. Die Großmutter erhob sich und schlurfte davon.

«Sagen Sie mir, was mit Erkan ist! Wo ist er?»

«Wir wissen nicht, wo Ihr Mann sich aufhält, aber wir müssen ihn dringend sprechen. Ich muss Sie bitten, uns ein paar Fragen zu beantworten», sagte Marthaler. «War das Mädchen mit dem Schulranzen Ihre Tochter?»

Frau Önal schaltete den Ton des Fernsehers aus und setzte sich.

«Ja, sie ist unsere Älteste.»

«Sie haben noch ein Kind?»

Frau Önal lächelte. «Ja, nein, wir haben noch zwei kleinere. Es sind Zwillinge. Neun Wochen alt. Sie schlafen nebenan.»

Sie zeigte auf ein gerahmtes Foto, das auf dem Fernseher stand. Es zeigte die lachenden Eltern, wie sie im Innenhof vor ihrem neuen Auto standen. Jeder hatte eines der Babys auf dem Arm. Zwischen ihnen stand ihre schulpflichtige Tochter.

«Wann haben Sie Ihren Mann zuletzt gesehen?»

«Gestern Mittag. Er ist mit der U-Bahn in die Stadt gefahren. Wir haben gegen Abend noch einmal telefoniert.»

«Ist Ihnen bei diesem Gespräch irgendetwas aufgefallen? War er anders als sonst? Hat er gesagt, wann er nach Hause kommt?»

«Er hat gesagt, dass es wohl später würde. Normalerweise macht er gegen dreiundzwanzig Uhr Schluss. Aber jemand hatte am Nachmittag angerufen und noch für den späten Abend einen Tisch bestellt.»

«Aber er ist heute Nacht gar nicht nach Hause gekommen?»

«Nein. Um vier Uhr bin ich aufgewacht und habe die Zwillinge gefüttert. Er war nicht da. Ich habe versucht, ihn anzurufen, aber er hat sich nicht gemeldet.»

Erkan Önals Großmutter brachte zwei Tassen Mokka und stellte sie auf den Tisch. Dann setzte sie sich wieder in ihren Sessel und schaute auf den stummen Bildschirm des Fernsehers.

«Haben Sie finanzielle Probleme?», fragte Sven Liebmann.

Die junge Frau sah ihn mit unbewegter Miene an: «Was soll die Frage?»

«Geben Sie mir bitte eine Antwort!»

«Sie meinen, weil wir Türken sind, müssen wir entweder arm sein oder reiche Teppichhändler.»

«Der Wagen ist fast neu und war bestimmt nicht billig.»

«Wir haben das Auto gekauft, um Erkans Großmutter aus der Türkei holen zu können. Wir haben einen Kredit aufgenommen, den wir abbezahlen. So, wie es alle anderen auch machen. Erkan ist fleißig.»

«Ist Ihr Mann bedroht worden? Kann es sein, dass man versucht hat, Schutzgeld von ihm zu erpressen?»

«Nein. Das hätte ich gemerkt. Aber ...»

«Aber was?»

«Sie haben vorhin gefragt, ob Erkan gestern am Telefon anders war als sonst ...»

«Und?»

«Er hat etwas gesagt. Er hat erzählt, dass draußen ein Mann auf einer Bank sitzt. Ein komischer Typ, hat er gesagt, der schon seit Stunden dort sitzt.»

Marthaler und Liebmann wechselten einen raschen Blick.

«Hat er den Mann gekannt, hat er ihn beschrieben? Hat er vielleicht mit dem Mann gesprochen? Versuchen Sie bitte, sich zu erinnern.»

Frau Önal überlegte. Dann schüttelte sie den Kopf. «Nein, das ist alles. Mehr weiß ich nicht.»

Plötzlich wurde die Großmutter in ihrem Sessel unruhig. Sie zeigte auf den Bildschirm. Dann sagte sie aufgeregt ein paar türkische Worte. Marthaler meinte, mehrmals das Wort Erkan zu verstehen.

Dann sahen sie, was die alte Frau aufgeschreckt hatte. Im Fernsehen lief eine Nachrichtensendung; es wurden Bilder von *Sultans Imbiss* gezeigt. Man sah die Polizeiwagen und die Fahrzeuge der Rettungsmannschaften.

Erkan Önals Frau war aufgesprungen und hatte den Ton

wieder eingeschaltet. Im selben Moment hörte man Marthalers Stimme, wie er den Journalisten erzählte, dass auf dem
Boot fünf Tote gefunden worden waren.

Die junge Frau begann zu schreien. Ihr Blick wechselte has-
tig zwischen dem Fernsehbild und den beiden Polizisten in
ihrem Wohnzimmer hin und her.

«Sagen Sie mir, was passiert ist», schrie sie. «Was ist mit
Erkan? Wieso sagen Sie mir nicht die Wahrheit?»

Marthaler war aufgestanden und ging einen Schritt auf sie
zu. Er legte ihr eine Hand auf die Schulter, um sie zu beruhigen. Sie schüttelte ihn ab. «Lassen Sie mich in Ruhe», fauchte
sie ihn an. «Sagen Sie mir die Wahrheit.»

«Bitte, Frau Önal, wir sagen die Wahrheit. Wir wissen
nicht, was mit Ihrem Mann ist. Aber auf dem Boot ist ein Verbrechen geschehen. Und Ihr Mann ist verschwunden. Wir
müssen ihn finden.»

«Dann finden Sie ihn!», sagte sie mit leiser Stimme. Sie
hatte sich in den Sessel fallen lassen. Sie weinte. «Finden Sie
ihn, bitte!»

«Haben Sie eine Ahnung, wo er sein könnte? Kann es sein,
dass er bei Freunden ist?»

Die Frau reagierte nicht. Sie hatte die Augen niedergeschlagen und schluchzte stumm vor sich hin.

«Wenn er sich meldet, geben Sie uns bitte sofort Bescheid.
Haben Sie mich verstanden?»

Aber jetzt gab Sven Liebmann seinem Kollegen ein Zeichen. Es hatte keinen Zweck, weiter auf die Frau einzureden.
Sie mussten sie alleine lassen. Alleine mit der Großmutter und
den beiden Neugeborenen.

«Mist», sagte Marthaler, als sie wieder auf dem Hof standen, «wir haben etwas vergessen. Wir brauchen ein Foto von
Erkan Önal. Für den Fall, dass wir ihn zur Fahndung aus-
schreiben müssen.»

Liebmann fasste in die Innentasche seines Jacketts, zog etwas daraus hervor und hielt es Marthaler hin. Es war ein Porträtfoto des Mannes, den sie suchten.

«Was ist das? Du hast doch nicht etwa …?»

«Es lag auf dem Tisch», sagte Liebmann. «Als die Oma uns den Kaffee gebracht hat, ist es zu Boden gefallen. Ich habe es aufgehoben … und, na ja …»

Neun Auf der Adickesallee bogen sie rechts ab und fuhren in die Polizeimeister-Kaspar-Straße, die erst wenige Jahre zuvor diesen Namen erhalten hatte.

«Der hat sich auch nicht immer an die Vorschriften gehalten», sagte Sven Liebmann und zeigte mit dem Kopf auf das Straßenschild.

«Was meinst du?», fragte Marthaler.

«Otto Kaspar, ein Kollege, der während der Nazi-Zeit einigen Frankfurter Juden das Leben gerettet hat. Kennst du die Geschichte nicht?»

Marthaler erinnerte sich, etwas darüber gelesen zu haben, hatte es aber wieder vergessen.

«Die Polizei musste damals die Einträge in den Einwohnerlisten durchforsten, um auch jene Juden ausfindig zu machen, die nicht Mitglied der Jüdischen Gemeinde waren. Otto Kaspar stieß auf den Namen der Familie Senger aus der Kaiserhofstraße. Er hat den Eintrag im Melderegister gefälscht und so verhindert, dass die Leute ins Konzentrationslager geschickt wurden.»

«Und woher weißt du das?»

«Ein Sohn dieser Familie ist später Schriftsteller geworden; er hieß Valentin Senger. Er hat einen Roman geschrieben, in dem er die Geschichte von Otto Kaspar erzählt.»

«Willst du damit sagen, dass man nach dir auch eine Straße benennen sollte, weil du dich ebenfalls nicht an die Vorschriften gehalten hast, als du das Foto von Erkan Önal geklaut hast?»

Marthaler schaute Liebmann an. Aber statt einer Antwort bekam er nur ein breites Grinsen.

Sie fuhren auf den Hof des Präsidiums und dann in die Tiefgarage.

Als sie bereits im Aufzug standen und darauf warteten, dass die Tür sich hinter ihnen schloss, sahen sie, wie eine dunkelblaue Limousine und zwei Begleitfahrzeuge mit eingeschalteten Scheinwerfern die Rampe hinunterkamen.

«Oh je», sagte Liebmann, «sieht ganz so aus, als ob wir hohen Besuch kriegen.»

«Dann wissen wir ja, was auf uns zukommt», erwiderte Marthaler. «Wir sollten uns wappnen.»

Am Eingang zur Kantine begegnete ihnen Kai Döring. Er trug ein Tablett, auf dem zwei Flaschen Cola und ein Teller mit drei belegten Brötchen standen.

«Schön, dass du an uns gedacht hast», sagte Sven Liebmann.

«Sehr witzig», erwiderte Döring. «Seht zu, dass ihr euch beeilt, in fünfzehn Minuten beginnt unsere Sitzung. Der Präsident lässt bitten. Das wird der ganz große Bahnhof heute Morgen.»

«Was ist mit der Frau, mit Eva Helberger? Hast du mit ihr gesprochen?»

Döring schaute sich um. Dann senkte er die Stimme: «Nein, sie war nicht da.»

«Was soll das heißen, sie war nicht da?», fragte Liebmann. «Dann ruf sie an, frag die Nachbarn! Wir müssen sie finden, sie ist im Moment unsere wichtigste Zeugin.»

Döring war rot geworden. Er hatte Mühe, seinen Ärger zu verbergen. «Ich habe einen Fehler gemacht, Sven, aber ich bin nicht blöd. Ich habe im Haus herumgefragt. Eine Nachbarin hat gesehen, wie Eva Helberger gestern Abend das Haus verlassen hat. Mit einer Reisetasche.»

«Na prima. Und was machen wir jetzt? Sollen wir nach ihr fahnden lassen? Sollen wir Interpol einschalten?»

«Ich weiß es nicht. Ich weiß nicht, wo sie hingefahren ist. Ich weiß nicht, wie lange sie wegbleibt. Ich habe keine Handynummer von ihr. Wir können nichts machen. Ich kann euch nur versprechen, dass ich an der Sache dranbleibe.»

Marthaler und Liebmann hatten sich bereits abgewandt, als Kai Döring sie noch einmal ansprach: «Übrigens ... habt ihr schon gehört ... es gibt ein Gerücht.»

«Was für ein Gerücht?», fragte Marthaler.

«Unter den Opfern soll ein Staatssekretär sein.»

«Sag bitte, dass das nicht wahr ist. Wie heißt er?»

«Gottfried Urban. Er hat im Innenministerium gearbeitet. Du müsstest ihn eigentlich kennen.»

Marthaler erinnerte sich, den Namen bereits gehört zu haben. Wahrscheinlich war er dem Staatssekretär auf irgendeiner Sitzung in der Landeshauptstadt begegnet.

«Wenn das stimmt, kann es sich nur um den Mann handeln, der gleich rechts neben dem Eingang von *Sultans Imbiss* saß. Sein Gesicht lag auf dem Tisch, ich konnte es nicht sehen. Er hatte einen aufgesetzten Schuss in den Hinterkopf bekommen. Ihm gegenüber saß eine deutlich jüngere Frau.»

«Du meinst ...?»

«Gar nichts», sagte Marthaler. «Ich kann mir nur ausmalen, wie unsere Sitzung gleich ablaufen wird. Es wird um Politik gehen, weniger um die Ermittlungen. Wie auch immer, wir holen uns jetzt erst was zu essen.»

Döring zuckte mit den Achseln. «Gut. Hauptsache, ihr beeilt euch!» Er grinste und tippte sich mit dem Mittelfinger der rechten Hand auf die Nasenwurzel.

Marthaler stand vor der Auslage, ohne sich entscheiden zu können. Er hatte Hunger, aber keinen Appetit. Schließlich bestellte er nur ein Brötchen mit Käse und eine Tasse grünen Tee.

Zehn Minuten später betraten sie den Besprechungssaal des Polizeipräsidenten. Der Raum war bereits gefüllt. Es herrschte Unruhe. Alle verfügbaren Mitarbeiter beider Mord-kommissionen waren anwesend. Jeder versuchte ein paar In-formationen über das Verbrechen auf dem Restaurantboot zu erhaschen. Marthaler wollte sich gerade in eine der hinteren Ecken des Raums verdrücken, als ihm Charlotte von Wangen-heim zuwinkte. Er winkte einfach zurück, wandte sich rasch ab und begann mit einem Kollegen zu plaudern, der zufällig neben ihm stand und den er nur flüchtig kannte. Ab und zu warf er einen verstohlenen Blick in Richtung des Podiums.

Rechts neben Charlotte saß Arthur Sendler, einer der dienstältesten Juristen der Frankfurter Staatsanwaltschaft. Zu ihrer Linken nahm jetzt der Polizeipräsident Platz. Gabriel Eissler schaute auf die Uhr, dann klopfte er mit der Spitze des Zeigefingers an das Mikrophon, das man vor ihm aufgestellt hatte. Für einen Moment verstummten alle Gespräche, und sämtliche Augen wandten sich dem Podium zu. Als Eissler ge-rade seine Durchsage machen wollte, trat der Leiter der Pres-seabteilung von hinten auf ihn zu, beugte sich herunter und flüsterte ihm etwas ins Ohr.

Eissler stand auf und begrüßte einen Mann, der jetzt die Bühne betreten hatte. Den Mann als groß und kräftig zu be-schreiben, wäre einer bewussten Untertreibung gleichgekom-men. Er war über zwei Meter groß, wog deutlich über hundert Kilo, war Anfang dreißig, hatte aber bereits schütter werden-des, dunkles Haar, das er auf seinem breiten Schädel nach hin-ten gekämmt hatte. In dem Porträt, das Marthaler neulich mit wachsendem Widerwillen in einer Illustrierten gelesen hatte, wurde er «der Superbulle» und «die Wunderwaffe» genannt. Obwohl Mitarbeiter des Landeskriminalamtes, war Oliver Frantisek weder einer einzelnen Abteilung zugeordnet noch einem direkten Vorgesetzten unterstellt. Von seinen Kollegen hatte er den Spitznamen «Special Agent O.» erhalten. Aus dem Zeitschriftenartikel hatte Marthaler erfahren, dass Fran-tisek in seiner Jugend geboxt hatte, später Landesmeister im

Kugelstoßen geworden war, sein Juraexamen mit Auszeichnung bestanden hatte und als einer der besten Schützen der hessischen Polizei galt. Man hatte ihn Praktika beim FBI, bei New Scotland Yard und bei der Moskauer Polizei absolvieren lassen. Er war bereits eine Legende, bevor er noch richtig angefangen hatte zu arbeiten. Und Marthaler hatte den Verdacht, dass das Landeskriminalamt ihn zu dieser Legende hatte machen wollen.

Wieder sah der Hauptkommissar, wie seine neue Chefin ihm zuwinkte – nun schon deutlich ungeduldiger. Diesmal konnte er nicht mehr so tun, als habe er das Zeichen nur als einen freundlichen Gruß verstanden. Sie wollte, dass er nach vorne kam und sich auf den letzten freien Platz in der ersten Reihe setzte. Ihm blieb nichts anderes übrig, als ihrer Aufforderung Folge zu leisten. Als Charlotte gerade ein paar Worte an ihn richten wollte, war aus den Lautsprechern die Stimme des Polizeipräsidenten zu hören.

«So, ich denke, wir sind nahezu vollständig.» Gabriel Eissler hatte sich über das Mikrophon gebeugt und schob nun den Steg seiner randlosen Brille mit dem Mittelfinger nach oben auf die Nasenwurzel. Jetzt erst fiel Marthaler auf, dass es diese Geste war, die Kai Döring vorhin nachgeahmt hatte.

«Bevor wir mit unserer Sitzung beginnen», fuhr der Polizeipräsident fort, «darf ich Ihnen aber noch einen Gast ankündigen, den ich Sie bitte, besonders herzlich zu empfangen. Wir haben heute die Ehre, unseren obersten Dienstherrn, den Innenminister Roland Wagner, begrüßen zu dürfen.»

Er war es also, der in dem dunklen Wagen gesessen hatte, den sie vorhin in die Tiefgarage hatten kommen sehen. Rundum war ein Raunen zu hören, das Marthaler nicht zu deuten wusste.

«Der Minister wird hoffentlich in wenigen Augenblicken hier eintreffen», sagte Gabriel Eissler. «Wie ich höre, telefoniert er in dieser Minute noch mit Berlin.»

«Von wegen», murmelte eine Kollegin, die neben Marthaler saß. «Der Minister telefoniert nicht, der Minister lässt sich schminken.»

Marthaler sah seine Nachbarin fragend an.

«Ja. Man sagt, er absolviert keinen öffentlichen Auftritt, ohne sich vorher die Augenbrauen nachziehen und das Gesicht frisch pudern zu lassen. Schon für den Fall, dass irgendwo eine Kamera in der Nähe ist.»

Tatsächlich betrat Roland Wagner in diesem Moment den Saal. Es wurde verhalten applaudiert. Als der Minister an Marthaler vorbeikam, sah dieser, dass seine Kollegin recht hatte. Der Politiker war frisch geschminkt.

Obwohl schon längst niemand mehr klatschte, machte Wagner eine Geste, als müsse er den Beifall seiner Anhänger zum Verstummen bringen. Erst dann setzte er sich auf seinen Platz zwischen dem Polizeipräsidenten und Oliver Frantisek. Da die drei sich weder zunickten noch die Hände reichten, nahm Marthaler an, dass sie sich heute Morgen bereits gesehen hatten. Also hatte man den Ablauf dieser Sitzung bereits festgelegt, bevor noch mit den ermittelnden Beamten vor Ort gesprochen worden war. Am liebsten wäre Marthaler aufgestanden und hätte den Saal verlassen. Die Schwänzeltänze, die sie hier gleich vorgeführt bekommen würden, würden nichts anderes bewirken, als sie von ihrer Arbeit abzuhalten.

Ohne dazu aufgefordert worden zu sein, ergriff der Minister das Wort. Er sprach von einem verabscheuungswürdigen Verbrechen, von der Trauer um die fünf Opfer und versicherte ihren Angehörigen das Mitgefühl und die großzügige Unterstützung der Behörden und der Landesregierung. Dann sprach er nur noch über seinen Staatssekretär Gottfried Urban, über dessen Verdienste und über den großen Verlust, den seine Ermordung für das Land bedeute.

Obwohl Marthaler den Minister unverwandt anschaute, hörte er nicht hin, was dieser sagte. Stattdessen versuchte er, sich ein Bild von dem Mann zu machen, der sein oberster Vorgesetzter war, der im gleichen Alter war wie er selbst und der ihm doch so unendlich fremd vorkam. Das schmutzigblonde Haar des Ministers war in der Mitte sorgfältig gescheitelt und reichte an den Seiten bis knapp über die Ohren. Er wirkt wie ein Bauernbursche, dachte Marthaler. Ein Bauernbursche, den man in einen Anzug gesteckt hat und der nun bemüht ist, niemanden merken zu lassen, dass ihm dieser Anzug nicht passt. Er lächelt wie ein unsicherer Mensch, der die Macht eines Amtes braucht, weil er ohne sie verloren wäre. Marthaler wusste, wie unberechenbar Menschen waren, bei denen sich Rücksichtslosigkeit und Unsicherheit trafen. Und dass der Minister nur wenig Skrupel kannte, hatte er in der Vergangenheit schon öfter bewiesen.

«Wir werden Ihnen jede Hilfe zukommen lassen. Sie haben in jeder Hinsicht Rückendeckung: finanziell, politisch und personell. Und wie Sie sehen, haben wir Ihnen bereits einen unserer besten Leute mitgebracht, der den Fall in die Hand nehmen wird.» Bei diesen Worten zeigte Roland Wagner auf den neben ihm sitzenden Hünen Oliver Frantisek.

«Vielen Dank», sagte Marthaler leise, aber doch laut genug, dass es in seiner Umgebung alle hatten hören können.

Der Minister zog die Augenbrauen hoch: «Höre ich Kritik aus Ihren Worten, Herr …?»

«… Hauptkommissar Robert Marthaler. Das sind mein Dienstgrad und mein Name. Ich habe mich nur bedankt.»

Der Minister schaute mit leeren Augen in den Saal. Dann machte er sich eine kurze Notiz.

«Die Aufklärung eines solchen Verbrechens hat höchste Priorität», fuhr Roland Wagner fort. «Trotzdem muss ich darauf bestehen, dass in diesem Fall mit dem größten Fingerspitzengefühl ermittelt wird. Das sind wir Gottfried Urban und seiner Familie schuldig. Und ich muss weiterhin darauf bestehen, dass alle mit dem Fall befassten Kolleginnen und

Kollegen alle Ergebnisse der Ermittlungen an ihre Vorgesetzten weitergeben, damit ich mich jederzeit über den Stand der Dinge informieren lassen kann. Es werden keine Erklärungen an die Presse abgegeben, die nicht zuvor mit mir oder einem meiner Leute abgestimmt wurden. Sind wir uns darüber einig?»

Niemand reagierte. Ganz offensichtlich waren die anwesenden Kollegen irritiert über das Ansinnen des Ministers. Auch Marthaler dachte einen Moment darüber nach, ob es irgendein Gesetz oder eine Verordnung gab, die es Roland Wagner erlaubte, eine solche Forderung zu stellen. Er kam zu keinem Ergebnis.

«Nein. Wir sind uns nicht einig», sagte Marthaler.

Im Saal hörte man verhaltenes Gelächter. Dann herrschte Stille.

Der Minister zeigte sein weißes Gebiss. Es sollte wie ein Lächeln aussehen. Dann schaute er kurz den Polizeipräsidenten an.

«Kann ich Ihnen helfen, Herr Hauptkommissar Robert Marthaler?», fragte Roland Wagner, wobei er die letzten vier Worte überdeutlich betonte.

Marthaler dachte einen Moment über seine Antwort nach. «Ja», sagte er. «Sie würden mir am meisten helfen, wenn Sie nicht versuchen würden, mir zu helfen.»

Das Gelächter wurde lauter. Marthaler merkte, dass er die Kollegen auf seiner Seite hatte. Allerdings schien der Minister sich dadurch nicht erschüttern zu lassen.

«Dann darf ich Sie vielleicht um *Ihre* Hilfe bitten. Helfen Sie mir, Ihre Antwort zu verstehen.»

Wieder wurde gelacht. Dieser Punkt ging an Roland Wagner. Eins zu eins, dachte Marthaler.

«Darf ich davon ausgehen, dass Sie den Staatssekretär Gottfried Urban gut kannten?»

«Das dürfen Sie!» In der Stimme des Ministers hörte man

Stolz. «Wir waren weit mehr als nur Kollegen, wir waren Freunde.»

«Gute Freunde?», fragte Marthaler.

Der Minister zögerte. Ihm war anzumerken, dass er es nicht gewohnt war, mit allzu konkreten Nachfragen konfrontiert zu werden.

«Okay», sagte er und versuchte zu lachen. «Es scheint Ihnen schwerzufallen, Ihre Rolle zu verlassen. Aber es beginnt, mir Spaß zu machen, also spielen wir das Spiel ruhig weiter. Ja, wir waren gute Freunde. Wir kennen uns seit unserer Schulzeit. Wir sind, Entschuldigung, wir *waren* im selben Tennisverein. Unsere Familien sind mehrmals gemeinsam in Urlaub gefahren.»

«Herr Minister, Sie wissen, dass wir die meisten Mordfälle aufklären?»

Gabriel Eissler wurde zunehmend unruhig. Man sah, dass er das Verhalten seines Hauptkommissars missbilligte und kurz davor war, diesen zur Ordnung zu rufen. Aber der Innenminister legte dem Polizeipräsidenten für einen Moment seine Hand auf den Unterarm, um zu zeigen, dass er keine Hilfe brauchte, dass er selbst die Situation im Griff hatte.

«Das weiß ich», sagte er. «Und dafür bin ich Ihnen unendlich dankbar.»

Gelächter. Eins zu zwei.

«Dann wissen Sie vielleicht auch, dass die Täter in der überwiegenden Zahl der Fälle im Umfeld der Opfer zu finden sind?»

«Natürlich weiß ich das. Dafür muss man allerdings nicht Innenminister werden. Dafür reicht es, ab und zu ein paar Krimis im Fernsehen zu schauen.»

Gelächter. Eins zu drei.

«Wenn ich Sie richtig verstanden habe, gehörten Sie zum persönlichen Umfeld des Opfers», sagte Marthaler.

Schweigen. Zwei zu drei.

«Wenn ich meine Arbeit als Ermittler ernst nehme, muss ich mir anschauen, welches Verhältnis Sie zu dem Opfer hatten. Gab es Konkurrenz? Gab es Streit? Eifersüchteleien? Gemeinsame Leichen im Keller? Kurz gesagt: Gab es bei Ihnen, Herr Minister, ein Motiv?»

Schweigen. Drei zu drei.

«Wenn all das stimmt, was ich gerade erläutert habe», sagte Marthaler, «dann frage ich Sie, Herr Minister, wie Sie darauf kommen, dass wir ausgerechnet Ihnen die Ergebnisse unserer Ermittlungen weitergeben werden?»

Totenstille. Vier zu drei.

Marthaler hatte gewonnen. Trotzdem hatte er das Gefühl, der augenblickliche Sieger in einem Spiel zu sein, das er auf lange Sicht nur verlieren konnte.

«Gut», sagte Roland Wagner, ohne weiter darauf einzugehen, was Marthalers Fragen und Schlussfolgerungen zu bedeuten hatten. «Gut. Jetzt wissen alle, was sie zu tun haben. Es gilt, was ich gesagt habe: oberste Priorität, äußerstes Feingefühl.»

Der Innenminister erhob sich von seinem Stuhl, lächelte, machte eine angedeutete Verbeugung und hatte kurz darauf den Saal bereits verlassen.

Es war, als würden alle Anwesenden im selben Moment aufatmen. Für ein paar Sekunden schien niemand zu wissen, wie es jetzt weitergehen sollte. Als Gabriel Eissler gerade wieder das Wort ergreifen wollte, hob Sven Liebmann beide Arme zum Zeichen, dass er einen Antrag zur Geschäftsordnung habe.

«Ich möchte protestieren gegen dieses Verfahren», sagte er. «Es geht nicht, dass wir durch solche Sitzungen von unserer Arbeit abgehalten werden. Es geht nicht, dass ein Landesminister hier auftaucht und die gerade beginnenden Ermittlungen behindert, indem er irgendwelche Verlautbarungen abgibt. Es geht auch nicht, dass dieser Mann dann einfach wieder verschwindet, obwohl wir ihn womöglich als Zeugen vernehmen müssten.»

Das Gesicht des Polizeipräsidenten hatte sich gerötet. Es sah aus, als würde Eissler im nächsten Moment einen Wutanfall bekommen. Aber schließlich stimmte er zu.

«Ja», sagte er. «Sie haben recht. Ich habe die Situation falsch eingeschätzt. Ich hätte verhindern müssen, dass ein Politiker versucht, so direkten Einfluss auf unsere Arbeit zu nehmen.»

Rundum wurde beifällig genickt. Es gehörte zu Eisslers Qualitäten, dass er seine Fehler nicht nur einsah, sondern auch zugeben und korrigieren konnte.

«Ich möchte nicht, dass wir durch diese Dinge noch mehr Zeit verlieren», sagte er. «Ich werde Sie jetzt alleine lassen. Charlotte von Wangenheim wird die weitere Sitzung leiten. Sie ist es auch, die ich mit der Bildung einer SoKo beauftragt habe. Und ich werde mich jetzt beeilen, dem Minister mitzuteilen, dass er sich für unsere Fragen zur Verfügung halten soll.»

Wieder war Gabriel Eisslers Brille ein Stück nach unten gerutscht, wieder schob er sie mit der Spitze seines Mittelfingers zurück. Er ließ seinen Blick durch den Saal schweifen, dann schaute er auf einen Punkt an der gegenüberliegenden Wand. «Ich fürchte allerdings, dass der Innenminister sowieso in meinem Büro auf mich wartet, um sich mit mir über das Verhör zu unterhalten, das der Kollege Marthaler mit ihm veranstaltet hat. Und ob es für den Hauptkommissar dann rote Rosen regnet, das wage ich doch sehr zu bezweifeln.»

Marthaler hatte keine Zeit, darüber nachzudenken, wieso sich seine Formulierung aus dem Kennenlernspiel bereits herumgesprochen hatte. Charlotte von Wangenheim forderte ihn auf, die Lage am Tatort zu schildern. Er beschränkte sich auf die wichtigsten Informationen.

Nach zehn Minuten beendete er seinen Bericht. Er hatte eine Skizze von *Sultans Imbiss* an die Tafel gezeichnet und die Lage der Opfer durch Kreuze markiert. «Fünf Tote. Den Namen Gottfried Urban kennen wir. Ob wir über die Identität der anderen Opfer inzwischen etwas wissen, kann uns Kerstin vielleicht beantworten.»

Kerstin Henschel hob den Kopf. Sie stand in der Nähe der Tür und hatte ihr Notizbuch in der Hand. Jetzt kam sie nach vorne und zeigte auf eines der Kreuze in Marthalers Zeichnung. «Opfer Nummer zwei heißt Susanne Melzer. Ausweis und Führerschein waren in ihrer Handtasche. Sie ist die Frau, die dem Staatssekretär gegenübersaß. Siebenunddreißig Jahre alt, gemeldet in Hofheim am Taunus. Ob sie etwas mit Gottfried Urban zu tun hatte oder nur zufällig zur selben Zeit auf dem Boot gegessen hat, wissen wir noch nicht.»

«Sie war seine Assistentin.»

Es war ein Mitarbeiter der Staatsanwaltschaft, von dem diese Information kam. Er hatte in der Mitte des Saals gesessen und war jetzt von seinem Platz aufgestanden. «Ich kenne die Frau vom Sehen. Wir wohnen in derselben Straße. Mehr weiß ich allerdings nicht über sie. Wir sind uns einmal zufällig im Innenministerium begegnet und haben uns kurz unterhalten.»

«Gut», sagte Kerstin Henschel, «dann sind wir damit einen kleinen Schritt weiter. Ebenfalls bekannt sind uns die Namen von Opfer Nummer drei und vier – das ältere Paar auf der linken Seite. Sie heißt Elfriede Waibling, sechsundsechzig Jahre, wohnhaft in Dietzenbach. Ausweis, Geld, Scheckkarte, Monatskarte des RMV – alles unversehrt in ihrer Handtasche. Der Mann am selben Tisch: Franz Helmbrecht, geboren 1932, wohnhaft in Frankfurt Schwanheim. Seine Brieftasche fand sich in der Innentasche seines Blousons, mit dem Ausweis. Keine Kreditkarten, aber ein nicht unerheblicher Geldbetrag: viertausenddreihundert Euro. Auch bei diesen beiden Opfern können wir noch nicht sagen, ob sie sich kannten. Es sei denn, es ist jemand im Saal, der wieder zufällig mehr weiß …»

Kerstin Henschel schaute sich um, aber niemand meldete sich. «Okay, das werden wir herausfinden.»

Dann zeigte sie auf das letzte Kreuz: «Opfer Nummer fünf: der Mann in der Blutlache. Das Verletzungsbild lässt darauf schließen, dass er sich dem Täter in den Weg gestellt hat. Aber: kein Name, kein Ausweis, keine Brieftasche, keine Erkenntnisse. Immerhin ein Schlüsselbund und knapp vierhundert Euro in bar. Robert, du hattest den Eindruck, den Mann zu kennen. Ist dir dazu inzwischen etwas eingefallen?»

Marthaler schüttelte den Kopf, ohne etwas zu sagen.

«Okay. Auch das wird sich klären. Wahrscheinlich hat er am letzten Tisch rechts gesessen. Dort war allerdings für zwei Personen gedeckt: vielleicht für einen weiteren Gast, der das Glück hatte, das Boot vor der Tat zu verlassen. Vielleicht für den Täter. Vielleicht hat aber auch der Wirt selbst hier gemeinsam mit unserem unbekannten Opfer gesessen. Wenn ich recht informiert bin, ist der Betreiber von *Sultans Imbiss* verschwunden.»

«Nein», sagte Sven Liebmann. «Ich habe gerade eine SMS erhalten. Erkan Önal ist auf der Maininsel unter der Alten Brücke gefunden worden. Schwer verletzt. Mehr weiß ich nicht.»

«Sonst noch was?», fragte Charlotte von Wangenheim.

«Nein», sagte Kerstin Henschel, «das ist bislang alles.»

«Gut. Dann lasst uns anfangen. Die Mordkommission I wird zur Kernmannschaft unserer ‹SoKo Sultan›. Damit sind die Kollegen der MK I von allen anderen Aufgaben entbunden. Unsere Zentrale ist das Weiße Haus in der Günthersburgallee. Ich selbst werde mich fürs Erste darauf beschränken, alle Aktivitäten zu koordinieren. Bei mir laufen die Informationen zusammen. Robert Marthaler wird die Ermittlungen leiten.»

Sie machte eine Pause und schaute in den Saal. Niemand reagierte. Trotzdem war deutlich, dass ihre Entscheidung bei einigen Kollegen Verwunderung auslöste. Schließlich war es Marthaler selbst, der das Wort ergriff. «Ich weiß nicht, ob das klug ist. Ich weiß nicht, ob das den Innenminister freuen wird.»

Charlotte von Wangenheim lächelte: «Es wird gemacht, wie ich gesagt habe. Es ist mir egal, ob das Roland Wagner passt oder nicht. Wir sind nicht dazu da, dem Innenminister eine Freude zu bereiten.»

Zehn «Zwei Stunden», schimpfte Marthaler. «Fast zwei Stunden hat diese verdammte Sitzung gedauert. Das sind hundertzwanzig Minuten, in denen nichts geschehen ist. Weitere hundertzwanzig Minuten Vorsprung für unseren Täter.»

Sie fuhren mit großer Geschwindigkeit über den Alleenring. Sie saßen zu viert im Wagen, den Marthaler steuerte. Neben ihm hatte Oliver Frantisek Platz genommen; auf der Rückbank saßen Sven Liebmann und Kai Döring.

«Wie fühlt man sich eigentlich, wenn man von allen als Siegertyp behandelt wird?», fragte Döring.

Niemand reagierte. Döring tippte seinem Vordermann vorsichtig auf die Schulter. «He, Supermann, dich meine ich.»

Frantisek drehte sich nicht einmal um. «Ich habe Hunger», sagte er leise.

«Dafür ist jetzt keine Zeit», meinte Marthaler. «Ich setze euch am Weißen Haus ab. Ich fahre weiter zum Mainufer, um zu sehen, was mit Erkan Önal ist. Wir müssen ihn so schnell wie möglich vernehmen. Ihr verteilt bitte die Aufgaben und macht euch an die Arbeit. Nehmt Kontakt zu den Angehörigen der Opfer auf. Seht zu, dass ihr unsere beiden Kollegen aus Nordhessen erreicht – Kurt und Horst. Sie sollen sich fürs Erste auf die Ochsentour konzentrieren: rund um den Tatort sämtliche Häuser abklappern und jeden Bewohner fragen, ob ihm irgendwas aufgefallen ist. Wenn möglich, treffen wir uns am Nachmittag zu einer Besprechung.»

Vor dem Weißen Haus stoppte Marthaler den Wagen. Er bat Frantisek, noch einen Moment sitzen zu bleiben, dann wartete er, bis Döring und Liebmann ausgestiegen waren.

Marthaler reichte Frantisek seine rechte Hand. «Ich heiße

Robert», sagte er. «Du hast gehört, dass ich die Ermittlungen leite. Wir besprechen alle gemeinsam, wie wir vorgehen. Wenn es zu keiner Einigung kommt, entscheide ich. Das heißt, es hat sich jeder an meine Weisungen zu halten. Das gilt auch für dich. Entweder wirst du Teil unseres Teams oder du bist draußen.»

Frantisek schaute mit feuchten Augen aus dem Fenster. Seine Mundwinkel zuckten, aber er schwieg.

«Hast du das verstanden?», fragte Marthaler.

Der Riese schnaufte. Dann schüttelte er den Kopf und stieg aus.

Zehn Minuten später hatte Marthaler die Alte Brücke erreicht. Sie trug ihren Namen, weil sie die älteste im Frankfurter Stadtgebiet war – auch wenn sich im Laufe der Jahrhunderte ihr Aussehen verändert hatte, weil sie immer wieder zerstört und neu aufgebaut worden war. Hochwasser und Eisgang hatten sie zum Einsturz gebracht. Im Dreißigjährigen Krieg war sie in Flammen aufgegangen und fast vollständig verbrannt, und noch am Ende des Zweiten Weltkriegs hatte die deutsche Wehrmacht sie gesprengt, um den Einmarsch der Alliierten aufzuhalten. Dennoch war bereits drei Tage später die gesamte Stadt von den Einheiten der US-Armee besetzt worden.

Erst kürzlich hatte Marthaler gelesen, dass auf der Alten Brücke in früheren Zeiten immer wieder Hinrichtungen stattgefunden hatten. Man hatte die zum Tode Verurteilten an Armen und Beinen gefesselt und dann in den Fluss geworfen, wo sie ertranken. Ihre Leichen wurden von der Strömung mitgerissen und meist erst außerhalb des Stadtgebiets wieder an Land geschwemmt, sodass man sich um ihre Bestattung nicht kümmern musste.

Marthaler ließ sein Auto am Straßenrand stehen. Er stieg aus und näherte sich der Stelle, wo man vor kurzem mit dem Neubau eines kleinen Museums begonnen hatte. Das Gebäude wurde mitten auf der Maininsel errichtet und sollte im nächsten Jahr eröffnet werden. Man würde es von der Brücke aus über einen schmalen Metallsteg erreichen.

Marthaler betrat eine schmale Wendeltreppe, über die man die Insel erreichte. Die Treppe gehörte zum Clubhaus des «Frankfurter Ruder-Vereins von 1865», das kurz nach dem Krieg unter einem der Brückenbögen errichtet worden war.

Die Insel war für die Öffentlichkeit gesperrt, weil sich dort ein kleines Schutzgebiet befand, wo zwischen den zahlreichen Pappeln und Weiden viele Vogelarten ihre Brutstätten und Rastplätze hatten.

Er lief in westlicher Richtung. Am Ende der Insel sah er eine Gruppe Leute stehen. Am Ufer hatten zwei Boote der Wasserschutzpolizei festgemacht. Marthaler nahm an, dass es sich um die Stelle handelte, wo man Erkan Önal gefunden hatte. Gerade war man dabei, den Körper des Verletzten auf eine Trage zu legen. Marthaler beschleunigte seinen Schritt. Als er fast angekommen war, begann er zu rufen. «Stopp, warten Sie, ich muss mit dem Mann reden.»

Ein Sanitäter drehte sich zu ihm um, schüttelte den Kopf und wandte sich wieder ab. Sonst nahm niemand Notiz von ihm.

«Lassen Sie mich bitte durch!»

«Verdammt nochmal, was soll das Geschrei?» Eine Ärztin hockte neben dem am Boden liegenden jungen Türken, der künstlich beatmet und durch Infusionsschläuche mit Medikamenten versorgt wurde. Sie schaute kurz zu Marthaler hoch. «Geben Sie Ruhe, Mann!», sagte sie. Eine Sekunde später schien sie ihn bereits vergessen zu haben.

Marthaler unternahm einen letzten Versuch: «Hören Sie, Erkan Önal ist unser einziger Zeuge. Wenn es eine Chance gibt, ihm ein paar Fragen zu stellen …»

Weiter kam er nicht. Jemand packte ihn am Arm. Er sah in

die Augen einer jungen Sanitäterin. «Der Mann kann nicht reden. Er ist nicht bei Bewusstsein. Kapieren Sie das endlich?» Ihre Stimme war leise, aber scharf. «Dass er überhaupt noch lebt, ist ein Wunder. Und jetzt halten Sie gefälligst Ihren Mund.»

Marthaler wollte gegen den Ton der Frau protestieren, aber sie kam ihm zuvor.

«Gibt es für Sie hier noch etwas zu tun?»

Marthaler schüttelte den Kopf. Beschämt sah er zu Boden. Er merkte, dass er zu weit gegangen war.

Die Frau setzte noch einmal nach. «Dann weg hier, verdammt nochmal. Verschwinden Sie! Was haben Sie dann noch hier zu suchen? Der Mann kann nicht reden.»

Erschrocken schaute Marthaler die Sanitäterin an. Erst jetzt erkannte er, dass es dieselbe war, die er ein paar Stunden zuvor mit ähnlichen Worten von Erkan Önals Restaurantboot vertrieben hatte.

«Entschuldigen Sie», sagte er. «Ich wollte mich nicht in Ihre Arbeit einmischen.»

Die Frau zog die Stirn in Falten. Immerhin schien sie seine Entschuldigung anzunehmen.

«Haben Sie einen Moment Zeit?», fragte er. «Können wir reden?»

Die Sanitäterin lächelte. «Das hört sich schon anders an. Aber, bitte! Wir reden ja bereits.»

Sie entfernten sich ein paar Meter von der Gruppe; dann stellte Marthaler seine Fragen: «Was ist mit dem Mann geschehen? Lässt sich absehen, wann er wieder zu Bewusstsein kommen wird? Wann kann ich mit ihm reden?»

«Ich weiß es nicht. Ich bin keine Ärztin. Trotzdem werde ich versuchen, Ihnen zu antworten. Wir haben ihm ein Narkosemittel gegeben. Es ist wichtig, dass er nicht zu Bewusstsein kommt. Er hat eine Schussverletzung im Oberkörper; außerdem hat er viel Blut verloren.»

«Das heißt, Sie haben ihn in ein künstliches Koma versetzt?»

«Ja. Man tut das, um Panikreaktionen nach einer schweren Verletzung zu vermeiden. Der Körper des Patienten muss entlastet werden. Erst einmal wird man den Mann jetzt operieren müssen. Erst dann kann man weitersehen.»

«Das heißt?», fragte Marthaler.

«Das heißt, dass es für eine Prognose zu früh ist. Je nachdem, wie der Heilungsprozess verläuft, wird man ihn danach versuchsweise und für kurze Zeit aus dem Koma aufwachen lassen. Aber selbst dann werden Sie noch nicht mit ihm sprechen können. Viele Patienten haben nach einer solchen Langzeitnarkose Halluzinationen, eine Folge der zugeführten Medikamente.»

Marthaler nickte. «Es wird sich also um mehrere Tage handeln?»

«Oder um Wochen. Je nachdem. Wenn er überlebt.»

«Haben Sie eine Vorstellung, wie Erkan Önal auf diese Insel gekommen ist?»

In den Augen der Frau blitzte Spott auf. «Der Polizist sind *Sie*, nicht ich.»

«Aber Sie haben eine Idee?»

«Ich nehme an, dass er versucht hat zu fliehen. Dass über Bord gesprungen ist. Ich habe die Schusswunden der anderen gesehen; die Opfer sind aus nächster Nähe getroffen worden. Bei ihm hier ...» – sie machte eine Kopfbewegung in Richtung der Trage – «... sieht es so aus, als habe die Kugel nicht mehr eine so große Kraft gehabt. Er war vielleicht schon im Wasser, als man vom Boot aus auf ihn geschossen hat.»

«Und dann hat er sich auf die Insel retten können, meinen Sie?»

Die Sanitäterin zuckte mit den Achseln. «Jedenfalls könnte es so gewesen sein.»

Marthaler stimmte zu. Die Frau hatte recht. Eine andere Erklärung gab es nicht.

«Darf ich Ihnen jetzt auch eine Frage stellen?»

«Natürlich, bitte, fragen Sie», sagte Marthaler.

«Warum tut jemand so etwas? Warum erschießt jemand fünf Menschen, die friedlich beim Essen sitzen?»

Nun war es Marthaler, der die Mundwinkel verzog. «Hören Sie, wenn ich es wüsste, dürfte ich es Ihnen nicht sagen. Aber ich weiß es nicht. Ich habe nicht die geringste Ahnung, was zu diesem Verbrechen geführt hat. Es ist zu früh. Wir stehen erst ganz am Anfang; und es wäre falsch, schon jetzt über ein Motiv zu spekulieren.»

«Meinen Sie, es war ein Verrückter?»

Bevor er noch darüber nachgedacht hatte, schüttelte Marthaler den Kopf. «Nein», sagte er. «Ein Verrückter war es ganz bestimmt nicht. Da bin ich mir sicher. Ich habe schon viele Tatorte gesehen, aber noch keinen, wo alle Spuren so deutlich darauf hinweisen, dass der Täter sehr genau wusste, was er tat.»

Die junge Frau sah ihn an. «Ja, dasselbe habe ich auch gedacht.»

Marthaler streckte der Frau seine Hand entgegen, um sich zu verabschieden. «Auf Wiedersehen», sagte er. «Und: danke!»

Die Frau nickte: «Wissen Sie, dass Sie recht sympathisch sind? Eigentlich.»

Verdutzt sah Marthaler sie an. Dann errötete er. «Ich verstehe nicht …»

«Schon gut», sagte sie. «Das habe ich mir gedacht.»

«Was haben Sie sich gedacht?»

«Dass Sie mit Komplimenten nicht umgehen können.»

Sie ließ den Hauptkommissar stehen und ging zurück zu den anderen. Jetzt hätte er sie gerne nach ihrem Namen gefragt, aber dafür war es zu spät.

Marthaler drehte sich um und machte sich auf den Weg zur Alten Brücke. Nach ein paar Metern blieb er stehen und schloss die Augen. Er wollte sich einen Moment Zeit nehmen, um nachzudenken. Vielleicht hatte die junge Sanitäterin recht, vielleicht war es doch wichtig, sich schon jetzt eine Vorstellung davon zu machen, was der Täter bezweckt haben mochte. Auch, wenn sie noch viel zu wenig wussten, auch, wenn sie nur spekulieren konnten. Marthaler nahm sich vor, das Thema auf der Sitzung am Nachmittag anzusprechen. Er wollte, dass jeder, der zur «SoKo Sultan» gehörte, eine These entwickelte, welches Motiv zu dem Verbrechen geführt haben könnte. Sie hatten gelernt, sich an die Fakten zu halten. Aber wenn es zu wenig Fakten gab, mussten sie andere Wege gehen, dann waren sie gezwungen, ihre Phantasie einzusetzen.

Plötzlich schreckte Marthaler zusammen. Er hatte ganz in der Nähe ein Geräusch gehört, zuerst ein Rascheln, dann ein Fauchen.

Im selben Moment spürte er einen heftigen Stoß gegen den rechten Oberschenkel. Er fuhr herum. Dann sah er es.

Hinter ihm war ein Höckerschwan aus dem Unterholz aufgetaucht, der sich in Kampfhaltung vor ihm aufgebaut hatte und der nun nochmals ansetzte, ihm mit einer seiner mächtigen Schwingen einen Schlag zu versetzen. Im letzten Moment gelang es Marthaler auszuweichen. Er sprang ein paar Meter zur Seite, um sich in Sicherheit zu bringen. Er sah, dass der Vogel kehrtmachte und sich schwerfällig in Richtung Ufer bewegte, wo seine Jungen auf dem Wasser schwammen.

Marthalers Bein schmerzte, als er die Wendeltreppe hinaufstieg.

«Haben Sie das gesehen?», fragte er den Schutzpolizisten, der oben auf der Brücke stand und den Zugang absicherte. Der Uniformierte grinste. «Dabei ist es ein so schöner Vogel», sagte er.

«Ja», erwiderte Marthaler, «ein schönes Monster.»

Vor *Sultans Imbiss* herrschte noch immer Hochbetrieb. Seit dem Morgen hatten die Kollegen der Spurensicherung ihre Suche auf weitere Teile des Mainufers ausgedehnt. Außerhalb der Absperrung hatten sich inzwischen einige Hundert Gaffer eingefunden. Es schien, als sei die halbe Stadt auf den Beinen, um ihre Neugier zu befriedigen.

Überall streiften Zeitungsreporter und Kameraleute umher und versuchten, an neue Informationen zu kommen. Wenn ihnen das nicht gelang, interviewten sie irgendwelche Passanten und baten um Stellungnahmen zu dem Ereignis. Am Abend würden die hilflosen Wortmeldungen dann als «Stimmen aus der Bevölkerung» über alle Sender gehen. Und Marthaler wusste schon jetzt, dass das Entsetzen in den Gesichtern kaum von der Sensationslust zu unterscheiden sein würde. Wieder würde Frankfurt als «brutalste Metropole der Republik» Schlagzeilen machen und als «Hauptstadt des Verbrechens» bezeichnet werden. Sofort würde es Forderungen geben, die Gesetze zu verschärfen, mehr Überwachungskameras einzusetzen und den Zuzug von Ausländern zu begrenzen. Und der Druck auf die Ermittler würde mit jeder Stunde zunehmen.

Marthaler stand auf dem Uferweg, fingerte in seiner Jackentasche, zog das fast leere Päckchen mit den Mentholzigaretten hervor und steckte sich eine an. Er wartete, bis Walter Schilling sich am Eingang des Restaurantbootes zeigte, dann winkte er dem Chef der Spurensicherung zu.

«Nicht du schon wieder», rief Schilling.

«Ich muss mit dir reden. Es dauert nicht lange. Und wenn wir das hinter uns haben, lad ich dich zum Essen ein.»

Schilling stöhnte. Aber er wusste, dass er gegen die Hartnäckigkeit des Hauptkommissars keine Chance hatte.

«Also?»

«Das frage ich dich», erwiderte Marthaler. «Und komm mir nicht wieder damit, dass du hier nur der Müllmann bist, der lediglich die Zigarettenkippen und Patronenhülsen einsammelt und in kleine Plastiktütchen verpackt.»

«Aber genau so ist es», sagte Schilling. Dann kratzte er sich über die linke Wange, wo sich unter seinem dunklen Bart eine Narbe befand. «Weißt du was: Bevor ich meine Frau kennenlernte, hatte ich zwei Freundinnen. Beide haben sich aus demselben Grund von mir getrennt. Beide haben behauptet, ich sei ein phantasieloser Langweiler. Und beide hatten recht. Ich liebe es, in Ruhe meine Arbeit zu tun, rechtzeitig Feierabend zu machen, die Pflanzen im Garten zu gießen, dann die Beine hochzulegen und über nichts mehr nachzudenken, was ich am Tag gesehen habe.»

«Walter, verdammt. Kein anderer hat sich so lange wie du am Tatort aufgehalten. Kein anderer hatte eine so gute Chance, sich vorzustellen, was hier geschehen ist. Du bist Teil des Teams. Also ...»

Marthaler spürte, wie sehr es Walter Schilling widerstrebte, über den Tathergang zu spekulieren. Trotzdem war er entschlossen, den Chef der Spurensicherung zu einer Einschätzung zu zwingen.

Es dauerte lange, bis Schilling endlich anfing zu reden. «Gut», sagte er schließlich, «ich werde dir berichten, was ich gesehen habe. Wir haben fünf Tote, alle sind nicht nur aus nächster Nähe erschossen worden, sondern wahrscheinlich auch kurz hintereinander. Der Täter ist an die Tische gegangen und hat einen nach dem anderen getötet: schnell, überlegt und ohne Skrupel. Vier Patronenhülsen haben wir gefunden. Sie stammen von Magnumgeschossen Kaliber .44, also aus einer ziemlich großen Waffe. Die Austrittswunden der Opfer sehen entsprechend aus. Und wir haben überall zerfetztes Gewebe gefunden. Der Täter hat sich nicht die Mühe gemacht, die Hülsen aufzusammeln und verschwinden zu lassen. Vielleicht hatte er dazu keine Zeit mehr, vielleicht war es ihm egal, dass wir sie finden würden. Wenn Letzteres zutrifft, geht er davon aus, dass wir die Munition keiner uns bekannten Waffe zuordnen können. Das heißt, die Waffe wurde illegal beschafft und wahrscheinlich zum ersten und letzten Mal benutzt. Ich glaube nicht, dass wir sie finden werden.»

Schilling machte eine Kopfbewegung in Richtung der Kaimauer, wo Marthaler erst jetzt die beiden Taucher bemerkte, die sich anschickten, ins Wasser zu steigen.

«Das heißt, er hätte mit den Patronenhülsen eine Spur hinterlassen und wusste gleichzeitig, dass wir mit dieser Spur nichts anfangen können?»

Schilling nickte. «Andere Möglichkeit: Er hat die Waffe gestohlen. Dann hätte er eine falsche Spur gelegt. Dann würden wir womöglich jemanden verdächtigen, in dessen Besitz sich die Tatwaffe früher einmal befunden hat. Aber das halte ich für unwahrscheinlich. Mehr dazu können wir erst sagen, wenn die Ballistiker ihre Arbeit getan haben.»

«Ich möchte, dass Sabato sich die Hülsen anschaut», sagte Marthaler. «So schnell wie möglich.»

«Aber dafür haben wir unsere Spezialisten in Wiesbaden», erwiderte Schilling.

«Trotzdem. Zuerst Sabato, dann die Leute vom LKA.»

«Wie du meinst; ich lasse sie ihm vorbeibringen.»

«Gut», sagte Marthaler. «Dann mach weiter.»

«Es haben ihn weder Geld noch Wertsachen interessiert. Uhren, Schmuck und Brieftaschen der Opfer hat er nicht angerührt. Einer der Toten ist noch nicht identifiziert. Ich nenne ihn mal den Dicken. Dass wir bei dem Dicken keine Ausweispapiere gefunden haben, kann ja einfach heißen, dass er keine dabeihatte. Allerdings steckten in seiner Hosentasche ein paar Geldscheine. Also frag mich nicht, worum es dem Täter ging. Ich habe keine Ahnung. Vielleicht wollte er eine Information, vielleicht wollte er jemanden zum Schweigen bringen, vielleicht hat er sich für irgendetwas gerächt.»

«Aber warum werden dann fünf Leute getötet und einer schwer verletzt?»

«Weil irgendwas aus dem Ruder gelaufen ist», sagte Schilling. «Es gibt zahlreiche blutige Sohlenabdrücke auf dem Boden. Einige davon dürfte der Täter hinterlassen haben. Oder aber ...»

«Oder was?»

«Oder aber sie stammen von dir.» Schilling grinste, als er in Marthalers verdutztes Gesicht schaute.

«Walter, ich habe die Spuren gesehen, ich war vorsichtig. Und vor mir waren die Sanitäter drin ...»

«Es war ein Witz, Robert. Was ich sagen will: Wahrscheinlich hat er zuerst den Dicken umgebracht, dessen Leiche wir im Gang gefunden haben. Möglicherweise hat es zwischen den beiden eine Auseinandersetzung gegeben. Der erste Schuss hat ihm die Halsschlagader aufgerissen, der zweite hat ihn ins Herz getroffen. Es sieht so aus, als sei der Täter dann Richtung Ausgang gelaufen, habe sich noch einmal umgedreht, um dann die vier anderen zu töten. Wann es Erkan Önal erwischt hat, kann ich dir nicht sagen.»

«Aber der, den du den Dicken nennst, war offensichtlich nicht alleine», sagte Marthaler. «Bei ihm am Tisch hat noch jemand gesessen. Es war noch eine weitere unbekannte Person auf dem Schiff.»

Schilling verdrehte die Augen. Marthaler sah ihn fragend an: «Habe ich was Falsches gesagt?»

«Allerdings. Wir haben es nicht mit einem Schiff zu tun, sondern mit einer wunderschönen, alten Pénichette.»

«Mit was?»

«Einer Pénichette. Ein französisches Hausboot, das sich Önal zu einem Restaurant umgebaut hat. Meine Frau und ich sind auf solchen Booten schon häufig durch die Picardie, durch das Loiretal und durch Burgund gefahren. Vielleicht solltest du irgendwann mal mit Tereza ...»

«Walter, bitte», unterbrach ihn Marthaler, «was ist mit der Person, die mit dem Dicken zusammen war?»

«Nichts. Ich weiß es nicht. Auch an diesem Platz haben wir Spuren gesichert und müssen sehen, was dabei herauskommt. Vielleicht war die unbekannte Person zum Zeitpunkt der Tat schon nicht mehr auf dem Boot. Vielleicht war es der Täter selbst, der dort gesessen hat. Keine Ahnung. Übrigens haben wir hinter dem Tisch etwas gefunden.»

«Nämlich?»

«Ein kleines Beutelchen mit einer farblosen, kristallinen Substanz.»

«Heroin?»

«Sieht so aus. Der Beutel war zwischen Sitzbank und Bordwand versteckt. Könnte allerdings sein, dass der Stoff dort schon länger lagerte. Vielleicht hat ihn jemand da gebunkert.»

Marthaler dachte nach. «Heroin wird aus Opium gemacht, stimmt's?»

«Unter anderem», sagte Schilling.

«Opium wird aus Schlafmohn gewonnen. Und Schlafmohn wächst, soviel ich weiß, in der Türkei.»

«Genau. Und Erkan Önal ist Türke», ergänzte Schilling. «Aber mach dir mal keine vorschnellen Hoffnungen. Wegen so einem Tütchen Stoff werden nicht fünf Leute umgebracht. Jedenfalls nicht auf diese Weise.»

Marthaler überlegte. Plötzlich schlug er sich mit der flachen Hand an die Stirn. «Verdammt, ich glaub, jetzt hab ich's. Wieso bin ich da nicht früher drauf gekommen?»

«Was hast du?», fragte Schilling. «Den Täter?»

«Nein. Der Dicke, er kam mir gleich bekannt vor. Ich glaub, jetzt weiß ich, wer er ist.»

«Aber du willst es lieber für dich behalten?»

«Nein. Aber mir fällt sein Name nicht ein. Und ich will erst sicher sein.»

Plötzlich hatte es Marthaler eilig. «Walter, ich muss los. Ich muss das überprüfen.»

Er drehte sich um und ließ den Chef der Spurensicherung kopfschüttelnd stehen.

«Und wann?», rief Schilling ihm nach.

«Was wann?»

«Wann du mich zum Essen einlädst, will ich wissen.»

Marthaler machte eine vage Handbewegung. Dann küsste er seine Fingerspitzen und pustete den Kuss in Schillings Richtung.

Elf Er fuhr die Tucholskystraße hinauf und hatte schon den Blinker gesetzt, um in den Großen Hasenpfad abzubiegen, als er fünfzig Meter vor sich den Mann auf dem Bürgersteig entdeckte. Der Mann hatte lange, ungepflegte Haare und trug trotz der hohen Temperaturen einen grünen Trenchcoat, der mit Flecken übersät war. In jeder Hand hielt er zwei prallgefüllte Plastiktüten. Mit schwerfälligen Schritten bewegte er sich vorwärts. Es sah aus, als sei er krank oder betrunken.

Marthaler drosselte die Geschwindigkeit seines Wagens. Als er den Mann erreicht hatte, fuhr er im Schritttempo neben ihm her. Dann ließ er die Scheibe auf der Beifahrerseite herunter. Der Mann schien das Auto nicht zu bemerken. Doch dann blieb er schwankend stehen und beugte sich zu Marthaler hinab.

Es war derselbe Obdachlose, der gestern Abend auf dem Rasen vor seinem Haus gelegen hatte.

«Brauchen Sie Hilfe?», fragte Marthaler.

Schweigend schaute ihn der Bärtige aus feuchten Augen an. Wieder ging ein fast unerträglicher Gestank von ihm aus, diesmal aber vermischt mit dem aufdringlichen Duft eines billigen Parfüms. Dann öffnete er den Mund, sodass Marthaler sein kaputtes Gebiss sehen konnte. Lautlos bewegte der Mann die Lippen und formte stumm ein zweisilbiges Wort. Marthaler war sich sicher, dass es das Wort «Arschloch» war. Ohne einen Laut von sich zu geben, hatte der Mann ihn Arschloch genannt. Und jetzt grinste er.

Für einen Augenblick war Marthaler versucht auszusteigen und den Mann zur Rede zu stellen; stattdessen ließ er die Scheibe hochfahren und fuhr weiter.

Als er den Wagen geparkt hatte und an der Haustür angekommen war, hatte er den Bärtigen bereits vergessen. Er öffnete den Briefkasten, sah die Post durch und stopfte sie in die Tasche seines Jacketts. Dann ging er in den Keller, um sich auf die Suche nach den Kartons mit den alten Fotos zu machen. Schon am Eingang fluchte er.

Hundert Mal hatte er sich vorgenommen hier aufzuräumen; hundert Mal hatte er es wieder verschoben. Inzwischen war der Raum so vollgestopft, dass man ihn kaum mehr betreten konnte. Mühsam kämpfte Marthaler sich durch die Berge von Kisten und alten Möbeln, von ausgemusterten Küchengeräten und Plastiksäcken, die sich hier im Laufe der Jahre angesammelt hatten. Immer gab es etwas, das zu schade war, um es wegzuwerfen, das man nur vorübergehend im Keller abstellen wollte, das dann aber doch in Vergessenheit geriet.

Endlich hatte er die rückwärtige Wand erreicht und stand vor dem Regal, auf dessen mittleren Brettern verstaubte Gläser mit eingemachtem Obst lagerten. Weiter oben hatte er alte Kissen, Schlafsäcke und Luftmatratzen verstaut. Die Kartons, nach denen er suchte, mussten sich irgendwo in einer der unteren Etagen befinden. Dort hatte er in Bananenkisten seine alten Schulhefte, seine Briefmarkenalben und Studienunterlagen gesammelt. Und eben auch die zahllosen Fotos, die er, statt sie in Alben einzukleben, in Schuhschachteln geworfen und kaum mehr angeschaut hatte.

Schließlich fand er, was er suchte. Es waren fünf mit inzwischen spröde gewordenen Einmachgummis verschlossene Kartons, die er übereinanderstapelte und nun zum Kellerausgang balancierte.

Als er die Wohnung betrat, spürte er, wie müde er war. Er stellte die Kartons auf den Tisch im Wohnzimmer; dann ging er zurück in den Flur und kontrollierte den Anrufbeantworter. Er hatte gehofft, dass Tereza sich gemeldet habe; schließlich hatte sie unbedingt mit ihm reden wollen. Aber es gab keine neuen Nachrichten.

Er legte die Aufnahme mit Chatschaturjans Violinkonzert in den CD-Spieler und drehte den Verstärker auf. Anschließend ging er in die Küche und kochte sich einen doppelten Espresso, den er noch im Stehen trank. Am Waschbecken ließ er Wasser in seine Hände laufen und benetzte sein Gesicht.

Noch immer erinnerte er sich nicht an den Namen des Toten. Aber als Walter Schilling ihn «der Dicke» genannt hatte, war ihm etwas eingefallen. Am Ende seiner Schulzeit hatte es einen Mitschüler gegeben, der diesen Spitznamen trug. Und nun war Marthaler fast sicher, dass es sich bei ihm um den Toten handelte. Sie waren nicht in derselben Klasse gewesen, aber im selben Jahrgang. Der Dicke war ein Einzelgänger gewesen mit vorstehenden Zähnen und einem Gesicht voller Aknenarben. Marthaler erinnerte sich, dass er ihn oft mit einem schwarzen Aktenkoffer auf dem Schulhof gesehen hatte. Und dass der Dicke ständig Cola getrunken hatte. Einmal hatten sie im Bus nebeneinandergesessen und nicht gewusst, was sie reden sollten. Marthaler war froh gewesen, als er endlich aussteigen konnte.

Jetzt fiel ihm ein, dass er dem Dicken Jahre später noch einmal begegnet war, an einer Autobahnraststätte auf dem Weg nach Frankreich. Marthaler hatte auf dem Parkplatz gestanden, als er bemerkte, dass ihn ein Mann anschaute. «Du erkennst mich nicht mehr, stimmt's», sagte der Mann. «Doch, aber …», antwortete Marthaler. «Gib's doch zu», erwiderte der andere, «du erkennst mich nicht. Ich bin der, den ihr nur den Dicken genannt habt. Und ich wette, du weißt auch jetzt noch nicht, wie ich heiße. Wahrscheinlich hast du es nie gewusst.» «Hilf mir!», sagte Marthaler. Der andere schüttelte den Kopf. «Nein», sagte er, «ich helfe dir nicht. Aber ich habe dich einmal sehr bewundert. Eine Zeit lang wollte ich sogar, dass wir Freunde werden. Ich glaube, du hast es nicht einmal bemerkt.» Dann lächelte er, drehte sich um und ging zu seinem Wagen.

Sie waren sich kein weiteres Mal begegnet. Und irgendwann hatte Marthaler auch diesen Vorfall wieder vergessen und danach zwei Jahrzehnte lang nicht mehr an den Dicken gedacht. Bis heute.

Er öffnete den ersten Schuhkarton und breitete die Fotos vor sich auf dem Tisch aus. Er hatte sie lange nicht mehr betrachtet. Es waren Bilder aus seiner Kindheit. Wie er mit seinen Eltern auf einer Fahrt in den Harz irgendwo an einem Waldrand Picknick machte und seine Mutter lachend auf den Kirschkuchen zeigte. Wie er mit seinem neuen Fahrrad vor dem Garagentor stand und zahnlos in die Kamera grinste. Wie sein Vater ihm half, in der alten Buche ein Baumhaus zu bauen. Wie er mit zwei Freunden am Ufer eines kleinen Flusses saß und sie ihre selbst gefertigten Angeln ins Wasser hielten.

Er merkte, wie ihm schwer ums Herz wurde. Er hatte eine Kindheit gehabt, die glücklicher nicht hätte sein können, aber all das war vorbei und würde nie mehr wiederkommen. Es war schön, daran zu denken, dennoch war es mit dem Schmerz verbunden, etwas für immer verloren zu haben.

Marthaler legte die Fotos zurück. Er durfte sich nicht in Erinnerungen verlieren.

Im dritten Karton fand er, was er suchte. Es waren die Bilder seiner Oberschulzeit. Erst jetzt wurde ihm bewusst, wie viele der damaligen Freunde er aus den Augen verloren hatte. Zu manchen hatte er noch eine Weile Kontakt gehalten, dann waren die gegenseitigen Besuche und Telefonate seltener geworden; schließlich wusste man nicht einmal mehr, wo der andere inzwischen wohnte, ob er verheiratet war, vielleicht Kinder hatte oder womöglich bereits gestorben war. Und Marthaler wunderte sich, wie fremd ihm der junge Mann geworden war, der ihm entgegenblickte, wenn er sich selbst auf diesen Fotos sah.

Dann sah er den Dicken. Es war eine große Schwarzweißaufnahme von der Abiturfeier. In der Mitte standen Marthaler und drei seiner Freunde; sie alle hielten Sektgläser in den Händen und prosteten sich zu. Er erinnerte sich nicht, wer das Foto gemacht hatte. Der Dicke stand ein wenig abseits im Vordergrund und lächelte in Richtung der Gruppe, die ihn nicht zu beachten schien. Während alle anderen Jeans und T-Shirts anhatten, trug der Dicke einen hellen Anzug, der ihm zu eng zu sein schien. In der Hand hielt er eine der kleinen Cola-Flaschen, die man in der Pausenhalle aus dem Automaten ziehen konnte.

Für Marthaler gab es keinen Zweifel mehr: Der Tote vom Boot war sein ehemaliger Mitschüler.

Er überlegte, wie er vorgehen sollte. Ohne den Namen zu kennen, würde er nicht weiterkommen. Er musste jemanden finden, der sich an den Dicken erinnerte, der wusste, wie er hieß. Dann fiel ihm etwas ein, das Elvira neulich erzählt hatte.

Marthaler schaltete seinen Computer an. Während er darauf wartete, dass sich die Verbindung zum Internet aufbaute, wählte er die Nummer seiner Sekretärin. Sie meldete sich sofort.

«Du hast mir etwas von einem Klassentreffen erzählt, das du organisiert hast. Dass du fast alle Mitschüler gefunden hast, weil es im Netz eine Seite gibt, über die ihr Kontakt miteinander haltet. Du musst mir helfen.»

«Willst du ebenfalls ein Treffen veranstalten?»

«Nein. Es geht um den unbekannten Toten von *Sultans Imbiss*. Ich kenne ihn; er ist mit mir zur Schule gegangen. Aber mir fällt sein Name nicht ein.»

«Verstehe», sagte Elvira, «die Seite heißt *Schoolfriends*. Schalt deinen Rechner ein und ...»

«Schon passiert.»

«Such die Seite, dann musst du dich anmelden.»

Marthaler folgte den Anweisungen auf dem Bildschirm.

Zwei Minuten später war er Mitglied bei *Schoolfriends*. Nach wenigen Sekunden erhielt er eine E-Mail mit seinem Passwort. Er loggte sich ein.

«Und jetzt?»

«Jetzt suchst du deine Stadt und dann deine Schule.»

«Moment ... Okay, hab ich.»

«Jetzt brauchst du nur noch deinen Abiturjahrgang einzugeben, und mit ein wenig Glück findest du den Mann.»

Auf der rechten Seite des Monitors erschien eine Liste mit Namen. An einige erinnerte er sich, an andere nicht. Er konzentrierte sich auf die Männernamen. Einen nach dem anderen klickte er an und schaute auf die Fotos. Dann hatte er den vorletzten Namen erreicht.

«Verdammt», schrie er ins Telefon.

«Was ist?», fragte Elvira.

«Verdammt, ich hab ihn. Es hat geklappt. Es ist der Dicke. Es ist unser Mann. Er hat zwei Bilder hochgeladen. Eines zeigt ihn als Schüler, das andere ist ein neueres Foto. Er heißt Achim Morlang.»

«Wenn du willst, kannst du ihm jetzt eine Nachricht schicken und darauf hoffen, dass er sich meldet.»

«Elvira, der Mann ist tot.»

«Es sollte ein Witz sein, Robert.»

«Gib den Namen bitte in unser System ein. Ich muss wissen, wo er gemeldet ist. Such auch nach Joachim Morlang. Er dürfte 1960 oder 1961 geboren sein. Zuerst will ich alle Adressen in Frankfurt und Umgebung haben. Wenn das nicht klappt ...»

«Mach halblang, Robert», sagte Elvira, «so häufig ist der Name Morlang nicht. Du kannst dranbleiben, ich schau gleich nach ...»

Vor Aufregung drückte Marthaler den Hörer so fest gegen sein Ohr, dass es schmerzte. Er hatte nicht einmal drei Minuten gewartet, als Elvira sich wieder meldete. «Hast du was zu schreiben … In ganz Deutschland gibt es 396 Personen, die den Nachnamen Morlang tragen, darunter kein einziger Achim und nur drei Mal einen Joachim. Der eine ist 1934 geboren und wohnt in Lübeck; der Zweite ist Jahrgang 1928 …»

«Elvira, bitte!»

«… und wohnt in Sömmerda. So … und jetzt kommt's: Der Dritte ist in Karben gemeldet, Ortsteil Petterweil, Riedstraße 1. Der Mann ist am 30. März 1961 geboren.»

«Haben wir sonst noch was über ihn?»

«Ja. Er ist vorbestraft. Wenn ich es richtig verstehe, war dieser Morlang Anwalt, hat aber irgendwann seine Zulassung verloren. Das ist alles, was ich auf die Schnelle herausbekommen habe.»

«Gut. Dann sag den anderen, dass ich später komme. Ich fahre zuerst nach Petterweil.»

Elvira kicherte. «Ich fürchte allerdings, dass Joachim Morlang im Moment nicht zu Hause sein wird.»

«Elvira, was soll das? Was ist mit dir los?»

«Nichts. Ich habe nur ein Glas Sekt getrunken.»

«Sekt? Am Mittag?»

«Ja. Und ich finde, dass du mir eigentlich zum Geburtstag gratulieren könntest.»

«Mist, Elvira, das habe ich völlig vergessen. Entschuldige, ich …»

Er hörte seine Sekretärin noch einmal kurz kichern, dann hatte sie aufgelegt.

Zwölf Über die Bundesstraße 3 fuhr Marthaler Richtung Norden. Nach zwanzig Minuten hatte er den Ortseingang von Petterweil erreicht. Auf dem Bürgersteig sah er zwei Frauen in Kittelschürzen stehen. Er hielt an und fragte nach der Riedstraße.

«Welche Nummer?», fragte die jüngere der beiden.

«Nummer 1», sagte Marthaler.

«Das ist das alte Gutshaus. Letzte Straße rechts. Da, wo der meiste Dreck liegt. Wollen Sie zu *ihm* oder zu *ihr*?»

Marthaler wusste nicht, was er sagen sollte. Er bedankte sich und fuhr weiter. Im Rückspiegel sah er die beiden Frauen lachen.

Den Wagen parkte er gegenüber der Toreinfahrt. Er überquerte die Straße und betrat den gepflasterten Innenhof einer alten Gutsanlage. Vergeblich suchte er nach einer Hausnummer oder einem Namensschild. Aus einem der Nebengebäude hörte er das gleichmäßige Bellen eines Hundes.

Das gelbverputzte Wohngebäude war fast quadratisch und hatte ein Walmdach, das mit dunkelroten Biberschwanzziegeln gedeckt war. Es war lange her, dass Marthaler ein so schönes Haus gesehen hatte. Aber es stimmte, das gesamte Anwesen war in einem Zustand, den man nur als erbarmungswürdig bezeichnen konnte. Der Putz des Haupthauses war vom Regen und den Abgasen verschmutzt, die Farbe der einstmals grünen Fensterläden abgeblättert, und die Fensterscheiben sahen aus, als seien sie seit Jahren nicht mehr gereinigt worden. Vor der Treppe aus rotem Sandstein türmten sich Plastiksäcke voller Müll, im Hof spross das Unkraut, und in dem verwilderten Obstgarten standen die Wracks zweier

Motorräder und eines verrosteten Volvos, auf dessen Dach eine dicke Katze lag, die jetzt zu dem fremden Besucher hinüberäugte.

Marthaler stieg die Stufen hinauf und klopfte an die Eingangstür.

«Hallo», rief er, «jemand zu Hause?» Niemand gab ihm Antwort.

Er rief noch einmal, dann drückte er die Klinke. Als sich die Tür öffnete, schlug ihm der Geruch von Alkohol und kaltem Rauch entgegen.

Er betrat einen kühlen, gefliesten Flur. Es dauerte einen Moment, bis sich seine Augen an die Dunkelheit gewöhnt hatten. Er lauschte, aber außer dem Bellen des Hundes war nichts zu hören.

Er tastete sich an der Wand entlang; am Ende des Ganges sah er einen schmalen Streifen Licht. Er ging darauf zu und stand wenig später in einer großen Wohnküche, in der es aussah, als habe dort eine Bombe eingeschlagen. Auf der Spüle stapelte sich schmutziges Geschirr, auf dem Tisch standen eine Pfanne und ein Teller mit den Resten einer warmen Mahlzeit. Überall standen leere Flaschen und Gläser, und über den Stuhllehnen hing Damenwäsche, die man dort offensichtlich zum Trocknen aufgehängt hatte.

Aus dem Nebenzimmer kam leise Musik. Er hörte jemanden hantieren. Dann eine brüchige Frauenstimme.

«Mausi, bist du's? Die Töle hat mich schon wieder geweckt. Gib dem Köter was zu fressen. Hast du dich rumgetrieben heut Nacht? Sei ein Schatz und mach deiner Kleinen einen Kaffee.»

Dann erschien die Kleine im Türrahmen. Sie war gut eins achtzig groß und bekleidet nur mit einem Slip und einem nabelfreien T-Shirt, das viel zu eng war für ihre großen Brüste, die sich unter dem Stoff abzeichneten. Auf dem T-Shirt stand das Wort «Beach-Bunny».

«Huuch», sagte sie, als sie Marthaler sah, «wen haben wir denn da?»

Marthaler merkte, dass ihre erstaunte Reaktion mindestens zur Hälfte gespielt war.

Er sagte seinen Namen. «Ich bin ein Schulfreund von Achim Morlang. Ich nehme an, er ist nicht zu Hause.»

«Nee, scheint nich so.»

«Dann würde ich gerne mit Ihnen sprechen. Aber Sie dürfen sich gerne vorher anziehen.»

Die Frau gähnte. «Nich nötig», sagte sie. «Nur wer guckt, kann was sehen.»

Marthaler wunderte sich, dass er keinerlei Scheu hatte, die halbnackte Frau anzuschauen. Sie hatte blondgefärbtes Haar, das ihr bis zu den Oberarmen reichte. Anscheinend hatte sie es nicht mehr geschafft, sich vor dem Zubettgehen abzuschminken. Wimperntusche und Lippenstift waren verschmiert. Sie wirkte müde und verkatert. Trotzdem hätte er aus dem Stand ein halbes Dutzend Kollegen nennen können, deren Schönheitsideal sie entsprach. Ihr Körper sah deutlich jünger aus als ihr Gesicht. Marthaler schätzte sie auf Mitte dreißig. Sie ist wie dieses Haus, dachte er, schön und verwahrlost zugleich.

«Sind Sie Frau Morlang?»

Sie öffnete den Mund und sah ihn an, als habe er gefragt, ob sie zum Frühstück gerne gebratene Warzenkröten esse. Der Hauptkommissar wiederholte seine Frage.

«Mit Achim verheiratet? Ich?»

Marthaler machte eine Handbewegung, als wolle er sagen: Sonst noch jemand hier?

«Nee, bin ich nich», sagte sie. «Aber was nich is, kann ja noch werden.»

Sie kicherte. Unvermittelt spitzte sie die Lippen und machte einen Kussmund. Es sah aus, als würde sie an einem Bonbon lutschen. Einen Moment starrte Marthaler sie an, bis er merkte, dass ihre Mimik nichts mit ihm zu tun hatte, dass es sich lediglich um einen Tick handelte.

«Aber Sie haben einen Namen?»

«Babs», sagte sie.

Gott ja, dachte Marthaler, auch das noch. «Und weiter?»

«Barbara Pavelic.»

«Sie stammen nicht aus Deutschland?»

«Doch. Aber mein Ex nich.»

Marthaler erinnerte sich, dass sie vor Jahren einen Mann mit dem Namen Pavelic festgenommen hatten, weil er im Verdacht stand, junge Frauen vom Balkan nach Deutschland zu verschleppen. Auf einem dieser Transporte war ein achtzehnjähriges Mädchen im Laderaum eines Lkw gestorben. Obwohl sie alle von Pavelics Schuld überzeugt gewesen waren, hatten sie ihn am Ende wieder laufen lassen müssen. Die Beweise gegen ihn hatten nicht ausgereicht.

«Wie lange sind Sie schon mit Morlang zusammen?»

«Zu lang», sagte sie. «Fünf Jahre.» Sie streckte ihre Arme in die Höhe, verschränkte die Hände über dem Kopf und streckte den Oberkörper. Wieder gähnte sie ausgiebig.

«Sie arbeiten nachts?»

«Von nix kommt nix.»

«Darf ich nach Ihrem Beruf fragen?»

«Tänzerin.»

«Striptease?»

Ihr Lachen ging in einen Husten über. «Seh ich nach klassischem Ballett aus?»

Sie drehte ihm den Rücken zu und machte sich an der Kaffeemaschine zu schaffen. Ohne dazu aufgefordert worden zu sein, räumte Marthaler einen der Küchenstühle frei und setzte sich. Dann sah er, dass ihren Hintern auf beiden Seiten die Tätowierung eines Auges zierte. Das eine Auge war offen, das andere geschlossen. Als sie jetzt ihr Gewicht vom rechten aufs linke Bein verlagerte, hatte Marthaler den Eindruck, als würde ihr Hintern ihm zuzwinkern.

«Sag einfach, was du willst, Bulle. Hat *er* was ausgefressen, hab *ich* was ausgefressen? Oder bist du scharf auf einen Freifick?»

Marthaler ignorierte ihre Fragen. «Wie kommen Sie darauf, dass ich Polizist bin?»

Während die Kaffeemaschine anfing zu arbeiten, öffnete Barbara Pavelic die Tür des Hängeschranks, nahm eine Schachtel Zigaretten und ein Plastikfeuerzeug heraus, dann kam sie zum Tisch und setzte sich Marthaler gegenüber. Sie schlug die Beine übereinander; einer ihrer Füße berührte sein Hosenbein. Erschrocken zuckte er zurück. Sie lächelte ihn herausfordernd an. Verwirrt wich er ihrem Blick aus und schaute auf ihren nackten Fuß. Der rote Lack auf den Zehennägeln war nur noch in Ansätzen zu erkennen.

Sie zündete sich eine Zigarette an, nahm einen tiefen Zug, erst dann gab sie Antwort: «Weil du aussiehst wie ein Bulle, weil du riechst wie ein Bulle und weil du fragst wie ein Bulle. Von wegen Schulfreund.»

«Dann brauche ich Ihnen meinen Ausweis ja nicht zu zeigen.»

«Lass stecken!», sagte sie schnaubend. «Was willst du?»

«Joachim Morlang ist tot.»

Sie hob kurz die Augenbrauen. In ihrem Gesicht arbeitete alles daran, nicht zu verraten, was sie bei dieser Nachricht empfand. Trotzdem hatte Marthaler den Eindruck, als habe sie Mühe, ein Lächeln zu unterdrücken.

«Wollen Sie nicht wissen, was passiert ist?», fragte er. «Sie wirken nicht sehr verwundert. Oder gar … betrübt.» Das Wort «traurig» wäre ihm angesichts ihrer Reaktion geradezu unsinnig vorgekommen.

«Irgendwann müssen wir alle gehen», sagte sie, «der eine früher, der andere später.»

«Ja, aber Joachim Morlang war Mitte vierzig. Das ist kein Alter, in dem man normalerweise stirbt.»

«Es geht nicht der Reihe nach. Das solltest du als Polizist doch wissen.»

Marthaler schlug mit der flachen Hand auf den Tisch. Die Frau fuhr zusammen.

«Verdammt nochmal, haben Sie noch was anderes im Hirn als dumme Sprüche?»

Ihre Lippen zitterten. Gleichzeitig sah Marthaler, wie ihre Augen blitzten und wie sie das Kinn trotzig nach vorne schob.

«Wo waren Sie gestern Abend zwischen zweiundzwanzig Uhr und Mitternacht?»

Sie lehnte sich zurück. Falsche Frage, dachte er. Sie zog ein letztes Mal an ihrer erst halb aufgerauchten Zigarette, drückte sie in einem der benutzten Teller aus und blies den Rauch in Marthalers Richtung. Dann setzte sie ein breites Lächeln auf.

«Im *Haferkasten*. Von acht bis vier. Ich hatte jede halbe Stunde Auftritt. Dann hab ich mir 'n Taxi genommen und bin heimgefahren. Die Quittung hab ich noch. Soll ich sie dir zeigen?»

Marthaler winkte ab. Er sah, wie es in der Frau arbeitete. Plötzlich wirkte sie beunruhigt. «Also hat man ihn umgelegt?», fragte sie.

«Er ist erschossen worden. Auf einem Boot am Main.» Wieder wartete Marthaler auf eine Reaktion; aber es kam nichts.

«Das wundert Sie nicht?», fragte er.

Sie gähnte.

«Wann haben Sie ihn zuletzt gesehen?»

«Gestern Abend. Er hat mich mit in die Stadt genommen. Wir haben noch Pizza gegessen.»

«Wann? Wo?», fragte Marthaler.

«So um sieben rum. Im *Vabene*.»

Marthaler kannte das Restaurant. Es war eine große Selbstbedienungspizzeria am Goetheplatz, wo jeden Abend Hunderte junger Leute auf viel zu weich gepolsterten Hockern saßen und mit viel zu stumpfen Messern an viel zu hart gebackenen Pizzen herumsäbelten. Tereza hatte ihn einmal dorthin mitgenommen und hinterher fast geweint, als er ihr sagte, was er von dem Laden hielt.

«Joachim Morlang ist Anwalt gewesen, nicht wahr?»

«Ja. Und damit hat er ständig dicke getan. Er hat's jedem erzählt, der's nicht hören wollte. Aber er hat schon lang nich mehr als Anwalt gearbeitet. Er hat nich mehr gedurft.»

«Warum hat man ihm die Zulassung entzogen?»

Sie zuckte mit den Schultern. Wieder formte sie einen Kussmund und ließ ihre Lippen arbeiten. «Was weiß ich ... keine Ahnung. Weil er ständig rumgetrickst hat. Darüber hat er nur geredet, wenn er besoffen war. Obwohl ... besoffen war er fast immer.»

«Früher hat er nur Cola getrunken», sagte Marthaler.

Zum ersten Mal zeigte die Frau eine Spur von Verwunderung: «Ihr wart also wirklich befreundet?»

Er schüttelte den Kopf. «Wir sind in dieselbe Schule gegangen, das ist alles.»

Fast schien es, als sei die Frau erleichtert darüber, recht behalten zu haben mit ihrer Vermutung, dass Marthaler sie belogen hatte.

«Und was hat er gemacht? Wovon hat er gelebt?», fragte er.

«Von mir. Und ...»

«Und?»

Barbara Pavelic überlegte. Dann verzog sie angewidert das Gesicht. «Er war ein Stinker», sagte sie.

«Ein *was*?»

«Ein Stinker, der jede Schweinerei mitgemacht hat, die man sich denken kann. Er hat die Luden beraten, er hat Autos verschoben, Papiere gefälscht, Leute unter Druck gesetzt, alles.»

«Hat er Ihnen gesagt, was er auf dem Boot wollte?»

«Nee, Mann, ich hab nich mehr hingehört, wenn er losgelegt hat», sagte sie. «Er hat irgendwas geschwafelt von einer großen Sache. Aber das tat er alle paar Wochen. Immer waren wir kurz davor, reich zu werden. Er wollte sich mit jemandem treffen … ich weiß nicht mehr.»

«Überlegen Sie bitte, es ist wichtig!»

Sie stand auf, ging zur Spüle, fischte eine der schmutzigen Tassen heraus, beäugte sie kurz und goss sich einen Kaffee ein. Marthaler war froh, dass sie ihn nicht fragte, ob er ebenfalls einen wolle. Sie blieb an der Spüle stehen und starrte ins Leere. Dann fuhr sie mit einer Hand unter ihr T-Shirt und kratzte sich zwischen den Brüsten.

«Es ging um eine Frau. Er wollte sich mit einer Frau treffen, mit einer Französin.»

«Was wollte er von ihr?»

«Mehr weiß ich nich, und ich bin froh, dass ich nich mehr weiß.»

«Hat Morlang ein Notizbuch geführt? Hat er irgendwo Adressen, Telefonnummern und Termine notiert? Gibt es einen Computer im Haus? Hat er Mails geschrieben? Wir müssen herausfinden, wer die Frau war, mit der er sich getroffen hat oder die er treffen wollte.»

«Er hat ein Büro … oben!», sagte sie.

Marthaler überlegte, ob er sich das Büro ansehen sollte. Aber wenn es dort oben genauso aussah wie hier in der Küche, würde er Stunden brauchen, bis er alles untersucht hatte. Er würde stattdessen Walter Schilling benachrichtigen und ihn bitten, zwei seiner Leute vorbeizuschicken.

Er sah Barbara Pavelic an. «Würden Sie mir verraten, warum Sie mit Morlang zusammen waren? Sie haben ihn einen Stinker genannt; sein Tod scheint Ihnen egal zu sein. Warum haben Sie sich nicht längst von ihm getrennt?»

Die Tänzerin schloss kurz die Augen. Sie schien zu bezweifeln, dass ein Polizist in der Lage war, ihre Erklärung zu verstehen. Trotzdem antwortete sie.

«Eine wie ich hat nur die Wahl zwischen kleinen Stinkern und großen Stinkern», sagte sie. «Achim war nur ein kleiner. Und er hat mich vergöttert. Jedenfalls hat er meine Titten vergöttert. Er hat mich nich geschlagen. Er hat mich bei sich wohnen lassen. Wenn er Geld hatte, war er großzügig. Und er hat eine Lebensversicherung auf mich abgeschlossen.»

«Eine Lebensversicherung zu Ihren Gunsten?»

«Ja, und ich frag mich schon die ganze Zeit, ob ich das Geld auch kriege, jetzt, wo er nich einfach gestorben ist, sondern umgelegt wurde.»

Marthaler wusste es nicht. «Jedenfalls wird es dauern, bis das entschieden ist. Wem gehört eigentlich dieses Haus?»

«Ihm», sagte sie. «Er hat es von einer Tante geerbt.»

«Und wer wird es jetzt bekommen?»

«Wahrscheinlich ich. Jedenfalls hat er das gesagt. Seine Eltern sind tot, und Geschwister hatte er keine.»

Marthaler stand auf. «Ziehen Sie sich bitte an», sagte er. «Und packen Sie ein paar Sachen. Denken Sie an Geld und Ausweispapiere. Ich bin gleich zurück.»

«He, was soll das? Willst du mich …?»

Er ging an ihr vorbei. «Tun Sie einfach, was ich Ihnen sage. In zwei Minuten bin ich wieder da.»

Sie rief ihm etwas nach, aber er ignorierte sie. Als er durch den Hof lief, hörte er, dass der Hund immer noch bellte. Er schloss den Kofferraum des Dienstwagens auf und nahm das Siegelband heraus. Dann ging er zum Haus und wartete.

Fünf Minuten später kam sie heraus. In der Hand hielt sie eine kleine Reisetasche. Sie hatte eine Jeans und eine Bluse übergezogen. An den Füßen trug sie ein Paar zerschlissene Turnschuhe.

«Was soll die Scheiße? Willst du mich verhaften? Ich hab nix mit dem Mord zu tun.»

«Nein, ich will Sie nicht verhaften. Aber ich muss das Haus versiegeln, bis wir es durchsucht haben.»

«Und wie lange soll das dauern?»

«Geben Sie mir den Schlüssel», sagte Marthaler. «Gibt es noch einen zweiten Eingang?»

Sie verneinte. Er verriegelte die Haustür und klebte ein Stück Siegelband über Schloss und Rahmen. Dann steckte er den Hausschlüssel ein. Er hielt Barbara Pavelic seine Visitenkarte hin. Als sie keine Anstalten machte, sie entgegenzunehmen, legte er sie auf die Treppenstufen.

«Und wo soll ich hin, du Stinker?», fauchte sie ihn an.

«Das weiß ich nicht», sagte Marthaler. «Sie können mich morgen anrufen, dann werde ich Ihnen sagen, ob wir mit unserer Arbeit im Haus fertig sind oder nicht. Vielleicht kennen Sie jemanden hier im Ort, wo Sie so lange unterschlüpfen können. Wenn Sie wollen, kann ich Sie aber auch mit in die Stadt nehmen.»

«Am Arsch die Räuber», sagte sie und zog ihr Handy hervor. «Lieber ruf ich mir ein Taxi.»

Jetzt war es Marthaler, der sie angrinste. «Wissen Sie was, ich glaube, Sie sind nur halb so ordinär, wie Sie gerne wirken möchten.»

Sie schaute ihn an. Für einen Moment hatte er sie aus der Fassung gebracht. Dann schüttelte sie den Kopf und sah zu Boden: «Tu mir einen Gefallen und verpiss dich», sagte sie leise.

Marthaler nickte. Dann ließ er sie stehen. Als er am Fuß der Treppe angelangt war, drehte er sich noch einmal um: «Und kümmern Sie sich um den Hund», sagte er. «Sonst lasse ich ihn abholen und ins Tierheim bringen.»

Dreizehn An dem kleinen Blumengeschäft, wo Rohrbach-straße und Martin-Luther-Straße einander kreuzten, hielt er an.

Die Verkäuferin mit ihrer grünen Schürze kam aus dem Hinterraum und strich sich mit dem Handrücken eine Haar-strähne aus dem Gesicht. Sie bemerkte seine Ratlosigkeit. «Für welchen Anlass soll's denn sein?»

«Für eine Frau!», sagte er.

Sie lächelte. «Das ist meistens so, wenn ein Mann Blumen kauft. Für die Ehefrau, für Ihre Mutter, für die Freundin? Zum Hochzeitstag? Zur Versöhnung? Oder einfach so?»

«Für eine Kollegin zum Geburtstag.»

«Und wie viel wollen Sie ausgeben?»

Wieder konnte er sich nicht entscheiden. «Zehn?», fragte er unsicher.

Als die Verkäuferin die Augenbrauen hob, erhöhte er auf fünfzehn.

«Und eilig haben Sie's wahrscheinlich auch noch?»

«So ist es.»

«Wie wär's dann mit einem von unseren Gute-Laune-Sträußen? Die sind bunt und freundlich und sehen nach was aus. Die werden im Moment gerne genommen.»

«Geben Sie mir zwei.»

«Hat noch eine Kollegin Geburtstag?»

Statt zu antworten, legte er dreißig Euro auf den Tresen und bedankte sich.

Ein paar Minuten später betrat er das Weiße Haus. Einen der Blumensträuße hatte er im Auto liegen lassen, den anderen hielt er in der Hand. Er öffnete die Tür zum Zimmer seiner Sekretärin. Elvira sah ihn an, öffnete ungläubig den Mund, dann bekam sie einen Lachanfall.

«Robert ... entschuldige. Ich glaub's nicht ...»

Marthaler ließ die Arme sinken. Er wusste nicht, was los war. Elvira hatte Tränen in den Augen. Sie stand auf, kam zu ihm und schob ihn – immer noch kichernd wie ein Schulmädchen – ins Zimmer. Sie schloss die Tür und zeigte auf den Boden. Dort standen nebeneinander fünf Blumenvasen. In jeder steckte ein Gute-Laune-Strauß. Sie alle sahen vollkommen gleich aus.

«Jetzt verstehe ich, was die Verkäuferin gemeint hat», sagte Marthaler. «Sie hat gesagt, dass diese Blumen im Moment gerne genommen werden. Trotzdem wünsche ich dir alles Gute!»

Elvira wischte sich die Tränen von den Wangen. «Setz dich an deinen Schreibtisch und mach die Augen zu. Warte, bis ich zurück bin und dir sage, dass du sie wieder aufmachen sollst.»

«Elvira, bitte! Auch wenn du Geburtstag hast, wir haben keine Zeit für Spielchen ...»

«Keine Widerworte. Mach, was ich dir sage, es dauert nicht lang.»

Marthaler wartete. Zwei Minuten später war seine Sekretärin zurück, in der einen Hand eine Tasse Kaffee, in der anderen einen Teller mit Kuchen.

«Du hast nicht etwa ...»

«Joghurttorte mit Himbeeren. Aber sag nur, wenn du nicht willst, dann trag ich sie wieder raus. Es findet sich bestimmt ein Abnehmer.»

Elvira wusste, dass er nicht würde widerstehen können. Es gab keine Süßspeise, die ihr Chef lieber mochte als ihre selbst gebackenen Torten. Sie stellte den Teller auf seinen Schreibtisch und reichte ihm den Kaffee. «In der Post liegt ein Brief von Manfred Petersen. Lies ihn erst, wenn du deinen Kuchen gegessen hast. Sonst verschlägt es dir womöglich den Appetit.»

Während Elvira das Büro verließ und die Tür hinter sich schloss, nahm Marthaler eine erste Gabel von der Torte. Mit der anderen Hand blätterte er den Poststapel durch. Er zog den Brief seines Kollegen heraus und begann zu lesen: «Lieber Robert, liebe Kollegen der MK I, hiermit bitte ich um eine Beurlaubung auf unbestimmte Zeit. Es hat sich etwas ereignet, über das ich im Moment nicht reden kann, das ich Euch aber beizeiten erklären werde. Sollte man meiner Bitte nicht nachkommen wollen, dürft Ihr dieses Schreiben als eine fristlose Kündigung auffassen. Mit freundlichen Grüßen, Euer Manfred Petersen.»

Ansatzlos begann Marthaler zu schreien. «Verdammt, Elvira, was soll das?» Er sprang auf und riss die Tür zum Vorzimmer auf. «Wo ist Petersen? Ich will ihn sofort sprechen! Schaff ihn mir herbei!»

Elvira machte eine bedauernde Geste. «Er ist nicht zu erreichen. Der Brief kam mit der Post.»

Marthaler stürmte auf den Gang. «Kerstin!», brüllte er. «Sofort in mein Büro!»

Kurz darauf stand Kerstin Henschel vor Marthalers Schreibtisch. Sie sah ihn schweigend an. Als er sich ein wenig beruhigt hatte, begann sie zu sprechen: «So nicht, Robert! Egal, was geschehen ist, ich verbitte mir diesen Ton. Wir sind nicht auf dem Kasernenhof. Und auch, wenn du mein Vorgesetzter bist, habe ich ein Recht darauf, dass man normal mit mir spricht. Und jetzt erzähl, was du von mir willst.»

Er reichte ihr das Schreiben. Sie las es durch und schüttelte den Kopf. Dann las sie ein zweites und drittes Mal.

«Kannst du mir sagen, was das zu bedeuten hat?», fragte Marthaler.

Sie schwieg eine Weile. Sie setzte an, etwas zu sagen, brach aber wieder ab.

«Kerstin, bitte. Wenn du etwas weißt, sag es. Niemand kann einfach seinem Dienst fernbleiben und nachträglich um Beurlaubung bitten. Nach Lage der Dinge muss ich Petersen rausschmeißen.»

«Ich weiß nicht, was geschehen ist», sagte sie schließlich, «aber ich ahne es.»

«Dann sag mir, was du ahnst.»

«Aber versprich mir, dass du nichts von dem, was du jetzt erfährst, gegen ihn verwendest.»

«Das kann ich dir nicht versprechen», erwiderte Marthaler, «aber du weißt, dass ich Petersen immer wohlgesonnen war. Schließlich war ich es, der darauf gedrängt hat, dass er in unsere Abteilung kommt.»

«Manfred hat sich in den letzten Wochen sehr verändert. Er war gutgelaunt, aber gleichzeitig aufgekratzt und nervös. Oft war er müde und unkonzentriert; es kam mir vor, als würde ihn die Arbeit nicht mehr interessieren. Zweimal ist er sogar am Schreibtisch eingeschlafen. Es war ziemlich offensichtlich, dass er sich nachts herumgetrieben hat. Wir haben uns kaum noch gesehen. Jedes Mal, wenn ich vorgeschlagen habe, etwas gemeinsam zu unternehmen, hatte er eine andere Ausrede.»

«Kerstin, bitte, komm zur Sache», ermahnte Marthaler seine Kollegin.

«Nein, Robert. Entweder du nimmst dir jetzt die Zeit und hörst zu, oder du erfährst nichts von mir. Es ist auch für mich nicht ganz einfach, über all das zu reden.»

«Also gut. Ich verspreche es. Erzähl weiter!»

«Du weißt, dass wir für eine Weile zusammen waren. Ich hatte damals nicht gerade sonnige Zeiten hinter mir. Manfred und ich haben uns sehr gemocht. Anfangs lief es auch ganz gut. Aber irgendwann hat er aufgehört, mit mir zu schlafen.»

«Weil er nicht mehr wollte?»

«Doch, er wollte. Schon, weil er Angst hatte, dass sonst unsere Beziehung kaputtgeht. Aber er konnte nicht mehr.»

«Er wurde impotent?»

Kerstin lachte. «Jedenfalls bei mir. Und andere Beziehungen hatte er nicht, da bin ich mir ziemlich sicher. Gleichzeitig war er ungeheuer eifersüchtig. Er belauerte mich und wollte mir nicht nur den Umgang mit anderen Männern, sondern auch mit meinen Freundinnen verbieten. Er wollte mich für sich haben. Schließlich hat er mich so bedrängt, dass ich die Notbremse gezogen habe. Wir haben uns getrennt. Das heißt: Ich habe Schluss gemacht.»

«Und danach habt ihr euch ständig angegiftet. Das haben hier alle mitbekommen.»

«Ja, das blieb nicht aus. Ich hab den Kontakt zu ihm erst mal auf das Nötigste beschränkt. Ich wollte Abstand gewinnen. Natürlich hab ich ab und zu einen Mann kennengelernt, aber ohne dass sich was Festes daraus entwickelt hätte. Ich behielt es für mich, und damit war alles in Ordnung. Bei ihm aber lief gar nichts. Er bemühte sich auch nicht darum.»

«Vielleicht hat er sich noch immer Hoffnungen auf dich gemacht», sagte Marthaler und schob sich die letzte Gabel seiner Joghurttorte in den Mund.

«Nein, das glaube ich nicht», erwiderte Kerstin Henschel. «Er schien sogar erleichtert zu sein, dass es aus war zwischen uns. Langsam entspannte sich die Lage. Wir begannen, uns auch außerhalb des Dienstes wieder zu treffen. Wir verabredeten, über zwei Dinge nicht zu reden: über Liebe und Sex. Das war die Bedingung unserer Freundschaft. Und so hat es funktioniert. Wir sind zusammen essen gegangen, waren im Kino und im Konzert, und manchmal haben wir sogar nebeneinander im selben Bett geschlafen, ohne dass einer von uns Anstalten gemacht hätte, den anderen zu berühren. Es war die perfekte platonische Freundschaft – ohne Streit, ohne Missverständnisse, und die meiste Zeit sogar ohne Missstimmungen.»

«Hört sich fast an wie: zu schön, um wahr zu sein», sagte Marthaler.

«Warte … Es gab eine Ausnahme, einen richtigen Krach: Eines Abends kamen wir aus dem *Eldorado* und wollten noch was trinken. Wir hatten uns Wim Wenders' ‹Buena Vista Social Club› angeschaut. Wir hatten den Film beide schon vorher gesehen, uns beiden hatte er gefallen. Es konnte nichts schiefgehen; alles war wunderbar. Weil die meisten Kneipen voll waren, schlug ich das *Central* in der Elefantengasse vor, das er nicht kannte. Wir setzten uns an die Bar, aber als er merkte, dass dort viele Schwule verkehrten, rastete er aus: Wie ich ihn in einen solchen Schuppen mitschleppen könne, dass er keine Lust habe, sich von irgendwelchen Schwuchteln angrabschen zu lassen, dass er die Tunten hasse wie nichts sonst, und so weiter … Na ja, es waren die normalen Bullensprüche, die wir alle kennen, die ich von ihm aber nicht erwartet hatte. Ich erteilte ihm eine ziemlich heftige Lektion in Sachen Toleranz, und damit war der Abend gelaufen …»

«Kerstin, bitte …», ermahnte sie Marthaler.

«Warte. Hab noch ein wenig Geduld. Ich bin gleich so weit … Gut, wir beschlossen wohl beide, den Vorfall zu vergessen; also ging alles weiter wie bisher: Kino, Konzerte, Kochen. Bis vor ein paar Wochen – bis das passierte, was ich vorhin erwähnt habe. Manfred wurde zunehmend fahriger, wirkte wie bekokst und machte im Dienst immer mehr Fehler. Er entzog sich mir, ohne zu sagen, warum. Letzte Woche hab ich ihn mir vorgeknöpft. Ich wollte wissen, was mit ihm los ist.»

Kerstin Henschels Wangen waren gerötet, ihre Zöpfe zitterten. Marthaler merkte, dass sie Schwierigkeiten hatte zu reden.

«Also?», fragte er.

«Er sagte, er habe jemanden kennengelernt.»

«Damit musstest du rechnen.»

«Ja, natürlich. Aber er sagte, er habe einen Mann kennengelernt.»

Jetzt war es Marthaler, der schluckte. «Du meinst, er, der gerade noch so geschimpft hatte …»

«Ja. Ich hätte gleich hellhörig werden sollen. Seine Abwehr war zu heftig gewesen. Wer so gegen die Schwulen wütet, hat am Ende oft doch was für sie übrig, will sich aber nicht dabei erwischen lassen. Das Ganze war eigentlich ziemlich durchsichtig. Das sah er natürlich auch selbst. Er ist überrascht worden von seinen Neigungen.»

«Aber kann das denn sein», fragte Marthaler, «dass jemand in Petersens Alter erst erkennt, dass er homosexuell ist?»

«Sieht ganz so aus», sagte Kerstin Henschel. «Jedenfalls gab er mir zu verstehen, dass er seit einiger Zeit in der schwulen Subkultur verkehre und dass er seine ersten Erfahrungen gesammelt habe, die durchaus nicht unangenehm seien.»

«Trotzdem verstehe ich nicht, dass er deshalb einfach seinen Job hinwirft.»

«Tut er ja auch nicht wirklich. Er hofft ja, dass er eine Gnadenfrist bekommt. Aber er ist vollkommen durch den Wind. Er hat einen Mann kennengelernt mit ziemlich viel Geld. Und wie es aussieht, hat sich Manfred ernsthaft verliebt. Jedenfalls glaubt er das. Anscheinend ist er bereit, alles auf eine Karte zu setzen. Ein wenig kann ich ihn sogar verstehen.»

Marthaler sah sie fragend an.

«Ich weiß nicht, was ich machen würde, wenn mir jetzt der Märchenprinz begegnen würde. Wenn er zu mir sagen würde: Schatz, ich hab Geld, mach dir keine Sorgen, ich hol dich da raus. Raus aus dieser Bullenscheiße. Mit all der Gewalt auf den Schulhöfen. Mit den einsamen Rentnern, die sterben und dann wochenlang in ihren Wohnungen liegen, ohne dass es jemand merkt. Mit den toten Junkies auf den Bahnhofstoiletten. Mit den Babyleichen in irgendwelchen Mülltonnen oder Kühltruhen. Und mit fünf Mordopfern auf einem Boot am Mainufer.»

«Kerstin, das ist nicht dein Ernst. Du würdest nicht den Dienst quittieren …»

«Ich weiß es nicht. In letzter Zeit gibt es immer häufiger Momente, in denen ich Lust habe, nochmal was anderes zu machen. Aber es geht jetzt nicht um mich. Es geht um Manfred. Ich glaube, er hat Angst. Vor seinen Eltern, vor dir, vor mir, vor Sven und Kai, vor dem ganzen Gerede. Er meint, sein Glück gefunden zu haben, und er will nicht, dass es irgendwer in Frage stellt. Vor allem hat er wohl Angst vor sich selbst.»

«Und was sollen wir jetzt tun? Ich kann diesen Brief nicht einfach auf sich beruhen lassen. Wir können nicht warten, bis er sich bequemt, hier wieder aufzutauchen.»

Kerstin Henschel überlegte. «Das Beste wäre, er würde sich wenigstens erst mal krankschreiben lassen. Dann hätte er Zeit gewonnen.»

«Aber um ihm das vorzuschlagen, müssten wir ihn erreichen.»

«Gib mir einen Tag, Robert. Ich versuche, ihn irgendwo zu erwischen. Vielleicht wissen seine Eltern, wo er ist – obwohl ich das eher bezweifle.»

«Entschuldige, Kerstin, wir sind keine Sozialstation. Deine Arbeitskraft wird hier gebraucht. Nicht nur, dass Manfred uns bei unseren Ermittlungen fehlt, jetzt willst du dich auch noch als sein Kindermädchen betätigen. Dafür haben wir keine Zeit.»

«Nur einen Tag, Robert, bitte. Das sind wir Manfred schuldig.»

Kerstin Henschel war jetzt aufgestanden und zur Tür gegangen.

«Vierundzwanzig Stunden», sagte Marthaler, «keine Minute länger. Wir sehen uns gleich im Besprechungsraum. Trommel die anderen bitte zusammen.»

Vierzehn Kerstin Henschel hatte gerade Marthalers Büro verlassen, als Elvira den Kopf zur Tür hereinstreckte.

«Charlotte hat schon dreimal aus dem Präsidium angerufen. Sie fragt, wo du bleibst. Sie wollen mit der Pressekonferenz beginnen … Und ich will endlich nach Hause und Geschenke auspacken!»

Marthaler schaute auf die Uhr und bekam einen Schrecken. Es war bereits Viertel nach sechs. Er hatte jedes Zeitgefühl verloren. Er hatte Charlotte von Wangenheim versprochen, spätestens um 17.45 Uhr im Präsidium zu sein, um die nächsten Schritte zu besprechen und eine Erklärung für die Journalisten vorzubereiten.

«Nein, das geht nicht. Sag ihr, dass ich hier nicht weg kann. Sie müssen ohne mich auskommen. Ich werde mich morgen bei ihr melden. Vielleicht auch heute Abend noch.»

Seine Sekretärin verdrehte die Augen. «Kannst du ihr das nicht selbst sagen? Sie ist sowieso schon sauer, dass du nicht pünktlich warst.»

Marthaler sah sie flehend an: «Elvira, dieses eine Gespräch noch, ja? Dann kannst du Feierabend machen.»

Er wartete, bis seine Sekretärin die Tür hinter sich geschlossen hatte, dann wählte er die Nummer seiner Wohnung. Tereza meldete sich nach dem zweiten Klingeln.

«Robert?», fragte sie, als dürfe es niemand anderes sein. Ihre Stimme klang müde, fast ein wenig bang.

«Ja», sagte er. «Ich bin's.»

«Schön.»

«Wie geht es dir?»

Sie zögerte mit ihrer Antwort. Er merkte, wie er nervös wurde. Das war es, was er am Telefonieren hasste, dass man gezwungen war, unentwegt zu reden, dass man keine Pausen machen durfte. Dass jede Unterbrechung zu Missverständnissen führte.

«Tereza, wie geht es dir?», fragte er noch einmal.

«Danke», sagte sie schließlich.

«Danke, gut? Oder danke, schlecht?»

«Ich freue mich, deine Stimme zu hören.»

«Was ist mit dir?», fragte er. «Du klingst so ... anders.»

«Ja.»

Er versuchte zu verstehen, was ihr «Ja» zu bedeuten hatte. Wollte sie fragen: «Ist das wahr? Klinge ich wirklich anders?» Oder wollte sie sagen: «Ja, ich klinge anders, weil etwas anders ist»?

«Leider weiß ich nicht, wann ich nach Hause komme. Wir haben gleich noch eine Besprechung. Du hast vielleicht gehört, was passiert ist ...»

«Ja, habe ich mir gedacht. Alle haben gehört davon. Es ist fürchterbar.»

«Willst du mir sagen, warum du heute Morgen geweint hast?»

Wieder schwieg sie eine Weile. «Lass uns reden. Nicht jetzt. Irgendwann, wenn du wirkliche Zeit hast.»

«Tereza!»

«Ja?»

«Liebst du mich noch?»

«...»

«Tereza? Bist du noch da?»

«Ja. Lass uns reden. Ich bin müde.»

Dann legte sie auf.

Als Marthaler den Konferenzraum betrat, hielt Kai Döring den *City-Express* in die Höhe. Es war eine vierseitige Sonderausgabe, die am Nachmittag erschienen und überall in der Stadt verkauft worden war. In riesigen roten Buchstaben verkündete das Titelblatt: «Türken-Amok in Frankfurt – Fünf Unschuldige abgeschlachtet.»

Marthaler winkte ab: «Verschon uns mit diesem Mist», sagte er. «Wir haben Wichtigeres zu tun».

«Es ist mal wieder ein Bild von dir drin», sagte Döring.

«Es ist immer ein Bild von mir drin. Und es ist nie sehr vorteilhaft. Also bitte, pack dieses Drecksblatt wieder ein oder wirf es am besten gleich dorthin, wo es hingehört.»

Döring zögerte. «Aber du weißt, was diese Schlagzeile bedeutet. Sie legen die Vermutung nahe, dass Erkan Önal der Täter war. Dass er die fünf Leute auf seinem Boot erschossen und dann versucht hat, sich selbst das Leben zu nehmen.»

«Aber das ist kompletter Unsinn. Önal ist aus einiger Entfernung von hinten in den Oberkörper geschossen worden. Er ist eindeutig ein Opfer. Was auch immer er sonst mit der Sache zu tun hat, man wollte ihn umbringen.»

«Vielleicht wussten das die Leute vom *City-Express* noch nicht.»

«Ja», sagte Marthaler, «oder sie wollten es nicht wissen.»

«Jedenfalls kam eben die Nachricht, dass auf eine türkische Fleischerei im Bahnhofsviertel ein Brandanschlag verübt wurde. Und im Riederwald sind drei Mädchen mit Kopftüchern von betrunkenen Fußballfans angegriffen worden. Alle drei mussten sich in ärztliche Behandlung begeben. Es handelte sich zwar um Iranerinnen, aber das war den Tätern vermutlich egal.»

«Verdammter Mist. Wieso verbietet man dieses Hetzblatt nicht endlich?», sagte Marthaler.

«Oder wir müssen eine bessere Pressepolitik machen», sagte Sven Liebmann.

Marthaler schaute seinen Kollegen an. «Was soll das heißen, Sven? Willst du damit sagen, dass wir schuld daran sind, dass die einen solchen Mist zusammenschreiben? Dass *ich* daran schuld bin?»

«Ob es uns passt oder nicht, die Hälfte unserer Arbeit ist Öffentlichkeitsarbeit. Wir müssen steuern, *was* und *wie* über uns berichtet wird. Wir müssen darauf achten, dass die Medien uns gewogen sind. Andernfalls haben wir sie auf dem Hals.»

«Für all das haben wir im Präsidium eine eigene große Abteilung. Das ist nicht unser Job.»

«Aber die Redakteure wollen keine vorgedruckten Erklärungen, die ihnen unsere Presseabteilung gibt. Sie wollen Frontberichterstattung. Sie wollen *uns*. Sie wollen Leute wie Oliver Frantisek.»

Marthaler schaute sich um. Ihm gegenüber saßen die beiden Kollegen aus Nordhessen – Kurt Delius und Horst Becker. Sie wirkten beide nervös. Man merkte ihnen an, dass ihnen die Arbeit hier noch fremd war. Sie hatten rote Gesichter und rutschten auf den Stuhlflächen hin und her. Obwohl sie bei ihrer Vorstellung extra betont hatten, dass sie keine Zwillinge waren, bewegten sie sich nahezu synchron. Links von Marthaler hatten Sven Liebmann und Kai Döring Platz genommen. Zu seiner Rechten saß Kerstin Henschel und neben ihr Oliver Frantisek – auf dem Stuhl, den normalerweise Manfred Petersen benutzte.

Frantisek ruhte unbeweglich wie ein Berg auf seinem Platz. Ihm war nicht anzumerken, dass gerade über ihn gesprochen worden war. Ihm war gar nichts anzumerken; sein Gesicht wirkte vollkommen ausdruckslos. Marthaler fragte sich, ob dem Mann bewusst war, wie überheblich sein Schweigen wirkte.

«Wie auch immer», sagte Marthaler, «die heutige Pressekonferenz findet ohne uns statt. Lasst uns endlich anfangen. Ist inzwischen klar, wer die Leichen in *Sultans Imbiss* entdeckt hat?»

Döring winkte ab. «Ja, ein junger Gemüsehändler. Er hat am frühen Morgen in der Großmarkthalle eingekauft und wie jeden Tag die von Erkan Önal bestellten Waren zum Boot gebracht. Der Mann hat seine Kisten ausgeladen und gemerkt, dass die Tür zum Passagierraum nicht verschlossen war. Als er hineingeschaut und gesehen hat, was passiert ist, hat er die Eins-Eins-Null angerufen, dann ist er zusammengebrochen. Er steht noch immer unter Schock. Seine Frau ist Krankenschwester; sie betreut ihn. Ich habe die beiden zu Hause aufgesucht.»

«Wie sieht es aus mit seinem Alibi?»

«Der Mann geht früh ins Bett, weil er früh aufstehen muss. Er gibt an, dass er bereits gegen neun Uhr vor dem Fernseher eingeschlafen sei. Seine Frau bestätigt das. Natürlich ist das kein felsenfestes Alibi, aber … vergiss es, Robert. Der Mann hat die Toten entdeckt, sonst hat er nichts damit zu tun.»

«Gut, dann lasst uns jetzt zu den Opfern kommen. Über Erkan Önal haben wir schon gesprochen. Wenn er überlebt, wird es Tage, wenn nicht Wochen dauern, bis er vernehmungsfähig ist. Wir dürfen von ihm also keine Hilfe erwarten. Was ist mit den anderen? Hat sich jemand um das ältere Ehepaar gekümmert?»

Marthaler war aufgestanden. Er nahm ein Stück Kreide und schrieb den Namen des jungen Türken an die Tafel. Dahinter machte er ein Fragezeichen.

«Elfriede Waibling aus Dietzenbach», sagte Kerstin Henschel. «Sie lebte alleine in einer Dreizimmerwohnung in einem gepflegten Hochhaus in der Tulpenstraße. Ihr Mann war lange krank und ist vor sieben Jahren gestorben. Ich habe mit einigen Nachbarn gesprochen, die alle vollkommen geschockt waren, als sie erfuhren, dass die Frau unter den Opfern ist. Sie galt als freundlich, umgänglich, kontaktfreudig. Sie hat auf der Stadtverwaltung gearbeitet und bezog eine gute Pension. Sie war nicht wohlhabend, hatte aber ihr Auskommen. Sie hinterlässt einen Sohn und eine Tochter, die beide verheiratet sind und ebenfalls in Dietzenbach wohnen. Mit der Tochter habe ich geredet … na ja, wenn man es denn so nennen will. Die Frau war kaum in der Lage zu sprechen. Ich habe noch während unseres Gesprächs einen Arzt kommen lassen, der ihr eine Beruhigungsspritze gegeben hat. Ich war zwei Stunden dort, herausbekommen habe ich trotzdem so gut wie nichts. Jedenfalls hatte die Tochter keine Ahnung, wer der Mann war, mit dem Elfriede Waibling zusammen auf dem Boot war. Den Namen Franz Helmbrecht hatte sie nie gehört.»

«Gab es Feindschaften? Probleme? Konflikte? Irgendwelche alten Geschichten?», fragte Marthaler.

«Nichts. Absolut gar nichts. Sieht man mal davon ab, dass sie sich mit ihrem Schwiegersohn wohl nicht allzu gut verstanden hat. Ich werde dranbleiben, aber das Ganze wirkt ziemlich sauber.»

«Und was ist mit dem Sohn? Hast du mit ihm reden können.»

Kerstin Henschel schüttelte den Kopf. «Er ist auf Dienstreise in den USA und hat seine Frau und die beiden kleinen Kinder mitgenommen. Es wird versucht, sie dort ausfindig zu machen.»

«Und was ist mit dem Mann, mit dem Elfriede Waibling zusammen war, Franz Helmbrecht?»

«Darüber kann Sven uns berichten.»

«Viel ist es nicht, was ich habe», sagte Liebmann, «aber immerhin mehr als nichts. Franz Helmbrecht wohnte in der Siedlung Goldstein, in einem dieser kleinen Einfamilienhäuser, die Ende der zwanziger Jahre in Nachbarschaftshilfe erbaut wurden. Als ich an dem Haus ankam und geklingelt habe, hat mir eine Frau geöffnet, die dort einmal in der Woche putzt. Sie stammt aus Thailand und spricht wenig deutsch. Immerhin hat sie mir erzählt, dass Helmbrecht ihr für die nächsten drei Wochen freigegeben hat, da er vorhatte, in Urlaub zu fahren. Er lebte ebenfalls alleine und war seit vier Jahren Witwer. So bescheiden das Haus von außen wirkt, innen war es ziemlich nobel eingerichtet. Ich habe die Putzfrau gebeten, mir den Schlüssel auszuhändigen, dann habe ich sie nach Hause geschickt.»

«Um was zu tun?», fragte Kerstin Henschel.

Sven Liebmann lächelte. «Um mich im Haus umzuschauen. Aber, bevor ihr jetzt anfangt zu schreien: Ja, ich habe die Staatsanwaltschaft angerufen und um Rückendeckung gebeten. Also … alles in Ordnung!»

«Gut! Dann weiter, berichte», drängte Marthaler.

«Ich habe ein wenig in Helmbrechts Unterlagen gestöbert. Er hatte ein kleines, aber ziemlich gut laufendes Bauunternehmen, das er vor zehn Jahren verkauft hat. Ihm gehörten einige Häuser, die vermietet waren. Er selbst ist wohl immer in seinem Elternhaus wohnen geblieben. Ich habe ein Sparbuch gefunden, das ein Guthaben von über zweihunderttausend Euro verzeichnet. Interessant waren einige Briefe, die ich bei ihm gefunden habe. Tatsächlich waren Helmbrecht und Elfriede Waibling befreundet. Sie kannten sich seit gut zwei Jahren, und aus den Briefen geht hervor, dass er seine Freundin heiraten wollte. Sie war keineswegs abgeneigt, zögerte aber noch und schlug erst mal einen gemeinsamen Urlaub vor. ‹Danach werden wir weitersehen›, schrieb sie. Diesen Urlaub wollten die beiden morgen antreten.»

«Das erklärt den großen Geldbetrag, den Helmbrecht bei sich trug», sagte Kai Döring.

Marthaler schaute misstrauisch in die Runde. «Und von all dem soll Elfriede Waiblings Tochter nichts gewusst haben?»

Kerstin Henschel hob die Schultern: «Offensichtlich nicht. Jedenfalls hat sie kein Wort darüber gesagt.»

«Und was schließen wir daraus?», hakte Döring nach.

«Warte, Kai!», sagte Sven Liebmann. «Helmbrecht hat

einen Sohn; sein Name ist Michael. Auch von ihm habe ich ein paar Briefe gefunden. Er hat von der Beziehung seines Vaters gewusst, und er hat ihm deswegen Vorwürfe gemacht. Und jedes Mal ging es in diesen Briefen um Geld. Er hat seinen Vater angebettelt. Wie es aussieht, steckte der Bursche in Schwierigkeiten.»

«Du meinst, er hätte ein Motiv gehabt?»

«Das sehe ich so. Wenn er von den Heiratsplänen seines Vaters wusste, hat er einen großen Teil seines Erbes davonschwimmen sehen.»

Döring wiegte ungläubig den Kopf: «Und um die Hochzeit zu verhindern, bringt er fünf Leute um?»

«Kommt drauf an, wie groß dieses Erbe insgesamt ist. Und kommt drauf an, wie sehr er selber in der Klemme steckt. Michael Helmbrecht wohnt übrigens in der Heidestraße. Dort betreibt er in einem Hinterhof eine Autowerkstatt. Leider habe ich ihn nicht angetroffen. Ein Nachbar beklagte sich, dass er dort vorwiegend am späten Abend arbeite. Dieser Nachbar war es auch, der Helmbrecht junior einmal angezeigt hat, weil der ihn mit einem Hammer bedroht habe. Ich hab mal ins System geschaut: Tatsächlich gilt Michael Helmbrecht als gewalttätig. Ihn zur Fahndung auszuschreiben, wäre wohl noch zu früh, aber auf jeden Fall ist er eine *person of interest.*»

Marthaler verdrehte die Augen. Sven Liebmann hatte seit seiner Ausbildung eine gewisse Vorliebe nicht nur für den Sprachgebrauch, sondern auch für die Methoden der amerikanischen Polizei. Er war für ein halbes Jahr beim Los Angeles Police Department gewesen und hatte dort seine ersten Mordfälle bearbeitet. Jetzt überlegte Marthaler, ob er seinen jüngeren Kollegen darauf hinweisen sollte, dass es nicht dasselbe war, ob man in Frankfurt oder in einer nordamerikanischen Millionenstadt ermittelte. Er schaute sich um und sah, dass die anderen ihn angrinsten. Sie warteten nur darauf, dass er zu seiner Predigt ansetzte. Also winkte er ab und schrieb stattdessen

Michael Helmbrechts Namen an die Tafel. «Okay», sagte er, «*person of interest*. Wir werden uns den Kerl näher ansehen. Aber jetzt machen wir erst mal weiter. Was ist mit dem Staatssekretär und seiner Begleiterin? Hat sich darum schon jemand gekümmert?»

Von Oliver Frantisek kam ein fast unmerkliches Nicken. Als er anfing zu sprechen, tauschten die restlichen Kollegen erstaunte Blicke. Erst jetzt fiel ihnen auf, dass sie ihn bislang noch kaum hatten reden hören. Seine Stimmlage war deutlich höher, als sein Körperbau erwarten ließ. Hätten sie ihn nicht gesehen, sie hätten glauben können, es spräche eine Frau zu ihnen. Es war, als hörte man einen Bären mit der Stimme einer Amsel. Marthaler hoffte, dass niemand anfangen würde zu lachen. Frantiseks Bericht kam im Telegrammstil.

«Susanne Melzer und Gottfried Urban. Ich habe die Kolleginnen und Kollegen der beiden im Innenministerium befragt. Kaum ein Zweifel, dass sie ein Verhältnis hatten. Und zwar seit so vielen Jahren, dass er schon wieder die Nase voll von ihr hatte. Susanne Melzer hatte für letzte Nacht ein Doppelzimmer im *Marriott* in der Hamburger Allee gebucht. Die beiden sind am Nachmittag getrennt voneinander dort angekommen, haben ihr Gepäck aufs Zimmer gebracht und haben dann wohl miteinander geschlafen.»

«Und unser Superbulle saß auf der Bettkante, oder wie dürfen wir uns das vorstellen?», fragte Kai Döring.

Oliver Frantisek schaute nicht einmal in Dörings Richtung, sondern fuhr ungerührt mit seinem Bericht fort: «Laut Aussagen des Hotelpersonals hing etwa eine Stunde lang ein ‹Bitte-nicht-stören›-Schild an der Zimmertür. Anschließend hat Gottfried Urban das Hotel wieder verlassen. Ich habe den Taxifahrer ausfindig gemacht, der ihn ins Bahnhofsviertel gefahren hat. Urban habe ihm gesagt: ‹Madame Etepetete hab ich hinter mir, jetzt brauche ich noch was Dreckiges von der Straße.›»

«Das soll Urban geäußert haben? Wörtlich?»

«So hat es der Taxifahrer wiedergegeben. Er hat vor dem Bordell in der Elbestraße gewartet, dann hat er Urban zurück ins *Marriott* gebracht. Mit Urbans Frau habe ich gesprochen; sie schien alles zu wissen – oder zumindest zu ahnen. Hat sich arrangiert, wirkte keineswegs unglücklich. Die beiden hatten seit Jahren getrennte Schlafzimmer, sind aber auf allen Empfängen gemeinsam aufgetaucht und auch zusammen in Urlaub gefahren – gelegentlich mit der Familie des Innenministers, wie wir wissen.»

«Und was ist mit der Assistentin?»

«Über Susanne Melzer gibt es nichts. Sie hat zehn Stunden am Tag gearbeitet und sich dann in ihrer Wohnung verkrochen. Keine Freunde, wenig Bekannte, engere Verwandtschaft nicht vorhanden. Sie hatte eine Katze, die jetzt in der Nachbarschaft untergebracht ist. Ihre Arbeit und der Staatssekretär waren ihr Lebensinhalt. Ein trauriges, kurzes Leben. Das ist alles, was ich habe.»

Marthaler konnte seine Bewunderung nicht verhehlen. Oliver Frantisek hatte innerhalb kürzester Zeit so viele Informationen über den Staatssekretär und dessen Assistentin zusammengetragen wie nur möglich. Und er hatte einen äußerst präzisen Bericht darüber abgeliefert. Allerdings hatte er kein einziges Mal in die Runde geschaut. Während der ganzen Zeit hatte sein Blick auf der Tischplatte geruht.

Marthaler begann an seiner Einschätzung des Kollegen zu zweifeln. Vielleicht war Frantisek gar kein hochmütiger, vielleicht war er sogar ein scheuer, unsicherer Mensch, dem die Rolle, die ihm seine Vorgesetzten zugedacht hatten, nicht behagte.

Fünfzehn Plötzlich hörten sie vom Gang eine laute Stimme. Kurz darauf öffnete Carlos Sabato die Tür und hob einen riesigen, gusseisernen Schmortopf in die Höhe.

«Platz da», rief er, «hier kommt Futter für die Gendarmen.»

Er stellte den Bräter in die Mitte des Tisches und nahm den Deckel ab. Sofort breitete sich der Geruch gebratener Würste im Besprechungszimmer aus.

«Die hat Elena gerade gebracht. Chorizo bis zum Abwinken, in Sidra gedünstet! Und für die Vegetarier gibt's einen Laib Manchego.»

Sabato ging erneut auf den Gang und kam kurz darauf mit Brot, Käse und Oliven zurück. Dann brachte er noch vier Flaschen spanischen Apfelwein.

Alle schienen aufzuatmen. Die Unterbrechung, die der Kriminaltechniker ihnen bescherte, kam zur rechten Zeit. Marthaler spürte, wie er sich ein wenig entspannte. Carlos Sabato war derjenige unter seinen Kollegen, mit dem er am längsten zusammenarbeitete und zu dem er im Laufe der Jahre das engste Verhältnis entwickelt hatte. Keiner kritisierte ihn so oft und so deutlich wie Sabato, zugleich gab es niemanden, auf dessen Urteil Marthaler größeren Wert legte.

Als die Erste Mordkommission vor Jahren vom neuen Polizeipräsidium ins Weiße Haus umgezogen war, hatte Sabato darauf bestanden, sein Domizil ebenfalls in die Günthersburgallee zu verlegen. Zusammen mit seinen Kollegen hatte er sich im Keller des alten Bürgerhauses sein Labor eingerichtet. Einerseits suchte er die Nähe zu den Ermittlern, andererseits lehnte er es immer wieder ab, mit den Einzelheiten eines Falles behelligt zu werden. Er wollte nicht wissen, von wem die Spuren stammten, die er untersuchte. «Ob das Blut vom Opfer oder vom Täter stammt, ist mir egal», hatte er einmal gesagt. Erst nach und nach hatte Marthaler begriffen, dass es sich dabei nicht um den Zynismus eines Naturwissenschaftlers handelte, sondern dass sich Sabato auf diese Weise seine Unabhängigkeit bewahrte. Nur so konnte sich der Kriminaltechniker ein Urteil bilden, das unbeeinflusst war davon, wen seine Kollegen für schuldig oder unschuldig hielten.

«Warum ist Elena nicht mit reingekommen?», fragte Marthaler.

«Zu viele Bullen», erwiderte Sabato. «Sie sagt, wenn so viele Polizisten zusammensitzen, werde sie nervös. Sie habe dann sofort das Gefühl, etwas ausgefressen zu haben. Aber sie lässt grüßen und fragt, wann du mit Tereza mal wieder zu uns in den Garten kommst. Ich soll dich nicht eher aus den Fängen lassen, bis du mir einen Termin genannt hast.»

Marthaler wiegte den Kopf. «Ja, nichts lieber als das. Aber lass uns diese Sache erst überstanden haben. Dann rufe ich Elena an. Versprochen!»

Sabato hob die Brauen und schaute Marthaler misstrauisch an. «Alles in Ordnung?», fragte er leise. «Mit Tereza und dir?»

«Was soll denn sein?», entgegnete Marthaler. «Hörst du wieder die Flöhe husten?»

«So ähnlich», sagte Sabato. Dann wandte er seinen Blick ab und fischte sich seine dritte Paprikawurst aus dem Schmortopf.

Während sie aßen und tranken, sah Marthaler an die Tafel. Untereinander standen die Namen der Opfer und einiger Leute, die im Laufe des Tages bereits vernommen worden waren:

Erkan Önal, Frankfurt / Ehefrau
Elfriede Waibling, Dietzenbach / Tochter / Sohn?
Franz Helmbrecht, Goldstein (Sohn: Michael Helmbrecht!)
Gottfried Urban, Staatssekretär, Wiesbaden / Ehefrau
Susanne Melzer, seine Assistentin, Hofheim

Marthaler schaute auf die Uhr. Es war bereits kurz vor halb zehn. Doch obwohl sie alle müde und erschöpft waren, war an Feierabend noch lange nicht zu denken. Die Liste war noch nicht vollständig, und es gab noch vieles, das sie bedenken mussten. Er drängte darauf, weiterzumachen.

«Kurt Becker und Horst Delius, was ist mit euch? Haben eure Befragungen etwas ergeben?»

Die beiden schauten sich an.

«Es ist umgekehrt.»

«Was ist umgekehrt?», fragte Marthaler.

«Ich heiße Kurt Delius.»

«Und ich Horst Becker.»

«Mist», sagte Marthaler. «Das wird mir noch öfter passieren. Es sind mir schon jetzt entschieden zu viele neue Namen, mit denen wir in diesem Fall zu tun haben. Also, was könnt ihr berichten?»

«Nicht viel. Wir haben die Anwohner befragt und sind in den umliegenden Museen gewesen, wo wir mit den Angestellten gesprochen haben.»

«Niemand hat die Tat beobachtet.»

«Keiner hat die Schüsse gehört.»

«Jemand hat erzählt, dass eine Frau mit einem grünen Opel ihm den Parkplatz weggenommen hat. Als wir nachgefragt haben, stellte sich heraus, dass auch ein Mann am Steuer gesessen haben könnte. Ein anderer hat sich von zwei Jugendlichen belästigt gefühlt. Wieder jemand anderer glaubt, mehrmals einen grauen Lieferwagen gesehen zu haben.»

«Eine Putzfrau aus dem Filmmuseum berichtet, sie habe ein Paar bemerkt, das sich heftig gestritten hat. Der Mann habe die Frau am Arm gezogen. Als sie sich gewehrt hat, habe er sie geschlagen. Eine Beschreibung der beiden gibt es nicht. Es sei zu dunkel gewesen.»

«Habt ihr auch nach dem Mann gefragt, von dem Önal seiner Frau berichtet hat?», fragte Kerstin Henschel. «Der Mann, der am Nachmittag lange auf der Bank gesessen haben soll.»

Die beiden nickten gleichzeitig.

«Darauf haben wir uns konzentriert, als wir gemerkt haben, dass wir keine direkten Zeugen finden», sagte Kurt Delius. Dann machte er eine Pause.

«Und?»

«Gesehen hat ihn niemand. Aber einer der Museumsleute hat erzählt, dass gestern zwischen 18.00 Uhr und 18.30 Uhr ein Fotoshooting in der Nähe von *Sultans Imbiss* stattgefunden hat. Wir konnten den Fotografen ausfindig machen.»

Wieder folgte eine Pause.

«Gut. Und weiter?», mahnte Kerstin Henschel.

«Er war gerade dabei, die Fotos zu entwickeln», sagte Horst Becker. «Wir haben sie uns angeschaut. Es ist ein Mann zu sehen, aber er wendet sich ab. Er ist nicht zu erkennen. Es sieht so aus, als habe er darauf geachtet, dass sein Gesicht nicht fotografiert wird.»

«Trotzdem brauchen wir diese Fotos», sagte Marthaler.

«Wir bekommen sie morgen Vormittag.»

«Gut. Sonst noch was?»

«Das Ganze hat uns auf eine Idee gebracht», sagte Delius.

«Nämlich?»

«Sicher gab es außer unserem Fotografen noch viele andere Leute, die an diesem Nachmittag geknipst oder gefilmt haben. Wir dachten, man sollte die Zeitungen bitten, einen Aufruf zu veröffentlichen, dass diese Bilder und Filme bei uns abgeliefert werden, sodass wir sie dann sichten können. Vielleicht haben wir Glück, und es ist etwas dabei.»

«Ja», sagte Marthaler, «eine gute Idee. Nur leider ist die Pressekonferenz sicher seit zwei Stunden zu Ende. Es ist zu spät, um diese Bitte an die Journalisten weiterzugeben.»

Wieder schauten sich die beiden an. Nun lächelten sie.

«Das haben wir in die Wege geleitet. Wir haben Charlotte von Wangenheim gebeten, das zu tun. Sie wollte sich darum kümmern. Sie hat auch gesagt, dass heute Nacht noch die Technische Abteilung ins Haus kommt, um hier im ersten Stock eine Zentrale einzurichten, wo die Hinweise aus der Bevölkerung gesammelt werden sollen. Die Telefone im Präsidium stehen wohl schon jetzt nicht mehr still.»

«Sehr gut», sagte Marthaler. «Wenn es sonst nichts mehr gibt, lasst mich noch berichten, was ich heute getan habe.»

Er stand auf, ging erneut an die Tafel und schrieb zwei weitere Namen auf:

Joachim Morlang / Barbara Pavelic

Dann erzählte er, wie er den Namen des fünften Todesopfers herausgefunden hatte. Obwohl die Konzentration unter den Ermittlern im Verlauf der letzten Stunde erheblich nachgelassen hatte, hörten jetzt alle wieder aufmerksam zu. Als er von der Beziehung des ehemaligen Anwalts und der Tänzerin erzählte, war die Spannung im Raum fast körperlich zu spüren.

«Morlang scheint sich für keine Gaunerei zu schade gewesen zu sein. Wir müssen herausfinden, welche Geschäfte er in den letzten Wochen gemacht hat, mit wem er Kontakt hatte. Ich habe Schilling gebeten, ein paar seiner Leute zu schicken, die das Haus in Petterweil auseinandernehmen sollen. Ich hoffe, dass das heute Abend geschehen ist. Mit ein wenig Glück haben wir morgen die ersten Ergebnisse.»

«Der Name Pavelic kommt mir bekannt vor», sagte Sven Liebmann. «Kann es sein, dass wir mal einen Kunden hatten, der so hieß?»

«Ja. Wir hatten vor Jahren einen Stipe Pavelic am Haken.

Wir wollten ihn wegen Mädchenhandels und fahrlässiger Tötung drankriegen. Wir mussten ihn laufenlassen. Es dürfte sich mit einiger Sicherheit um den Ex-Mann unserer Tänzerin handeln ... Aber es gibt noch etwas anderes, was ich euch erzählen muss. Barbara Pavelic erwähnte, dass Morlang gestern Abend auf Önals Boot verabredet war. Mit einer Frau. Sie sagte, er wollte sich dort mit einer Französin treffen.»

Niemand rührte sich. Es herrschte völlige Stille. Alle schauten Marthaler erwartungsvoll an.

«Was ist? Seid ihr eingeschlafen? Mehr weiß ich nicht. Joachim Morlang war mit einer Französin verabredet. Das ist alles.»

Schließlich ergriff Kerstin Henschel das Wort: «Aber Robert, ist dir klar, was du sagst? Damit hätten wir womöglich das letzte Teil von unserem Puzzle. Die Französin ist die Frau, die mit Morlang am selben Tisch gesessen hat. Von der wir bislang nichts hatten als ihr Besteck und ein paar Spuren von Lippenstift an ihrem Glas. Das hat mir Schilling am Nachmittag bestätigt. Die Frau ist verschwunden. Zurückgeblieben sind fünf Tote und ein Schwerverletzter. Möglicherweise haben wir mit ihr eine Verdächtige.»

«Und damit eine schwere Belastung der deutsch-französischen Freundschaft», sagte Sabato.

Für einen Moment entlud sich die Spannung in einem Lachen. Selbst Oliver Frantisek konnte sich ein Lächeln nicht verkneifen. Und wieder hatte Marthaler den Verdacht, dem Mann Unrecht getan zu haben. Zumal er vorhin beobachtet hatte, dass Frantisek, bevor er anfing zu essen, die Augen geschlossen, die Hände gefaltet und ein stilles Gebet gesprochen hatte.

«Damit wäre der Mann auf der Bank aus dem Schneider», sagte Kai Döring.

Sven Liebmann schnaubte. «Das könnte dir so passen», gab er zurück. Eine Bemerkung, die nicht alle im Raum ver-

stehen konnten und die Liebmann schnell versuchte zu über-
spielen, um seinen Kollegen nicht in Verlegenheit zu bringen:
«Nee, Leute, ihr glaubt doch nicht im Ernst, dass die Morde
das Werk einer Frau waren.»

«Und warum nicht?», fragte Kerstin Henschel. «In der
Kriminalgeschichte hat es immer wieder Mörderinnen gegeben, die genauso kaltblütig getötet haben wie die Männer.
Denkt an die Belgierin Marie Alexandrine Becker. Ich glaube,
es waren elf Opfer. Oder Marianne Nölle, der ‹Todesengel
von Köln›: sieben Tote. Dann diese Kanadierin, die zusammen mit ihrem Mann mehrere Mädchen entführt und verge-
waltigt hat. Wie hieß sie noch ...?»

«Kerstin, Gnade! Wir glauben dir, dass es Frauen gibt, die
den brutalsten Männern an Brutalität nicht nachstehen. Aber
erspar uns jetzt weitere Beispiele.»

«Okay, aber vielleicht hat Kai ja sogar recht, und dieser
Mann auf der Bank ist ein Hirngespinst, auf das wir uns gerne
eingelassen haben, weil wir nichts haben, weil er unser Stroh-
halm ist. Die Wahrheit ist: Wir schwimmen mal wieder. Wir
stochern im Nebel. Nennt es, wie ihr wollt.»

Marthaler merkte, dass er gegensteuern musste. Er wollte
nicht, dass sich schon jetzt, am Anfang ihrer Ermittlungen,
Resignation breitmachte.

«Wir haben gerade mal die erste Runde unserer Befragungen hinter uns», sagte er. «Wir haben eben erst an der Oberfläche gekratzt. Dafür haben wir schon eine ganze Menge. Immerhin gibt es einige mögliche Motive. Lasst es uns einmal
durchspielen: Erkan Önal hat vielleicht doch etwas mit dem
Heroin zu tun, das Schilling auf dem Boot gefunden hat.
Zweite Möglichkeit: Michael Helmbrecht sah sein Erbe ge-
fährdet. Dritte These: Bei Gottfried Urbans Frau könnte es
Eifersucht gewesen sein. Bei Joachim Morlang wissen wir es
noch nicht. Aber auch Barbara Pavelic zieht einen Nutzen aus
dem Tod ihres Lebensgefährten. Mal ehrlich, das ist nicht we-

nig, wenn man bedenkt, dass das Verbrechen vor nicht einmal vierundzwanzig Stunden geschehen ist.»

Die anderen schwiegen. Marthalers Worte schienen sie wenig beeindruckt zu haben. Endlich ergriff Sven Liebmann das Wort:

«Robert, es ist nett, dass du uns aufmuntern willst. Du hast ja auch recht: Wenig ist das nicht. Das Gegenteil ist der Fall: Mir ist das alles schon jetzt zu viel. Vor allem: Mir ist das alles zu dünn. Ich habe Angst, dass wir uns verlieren. Die Motive, die du genannt hast, sind Motive für einen Mord. Aber eben für *einen*, nicht für fünf. Nicht für ein solches Verbrechen. Das passt nicht zusammen.»

«Walter Schilling ist überzeugt, dass dort gestern Abend etwas aus dem Ruder gelaufen ist. Da ist etwas passiert, was nicht geplant war. Vielleicht sollte nur einer der fünf sterben. Das Ganze ist eskaliert.»

«Und was, wenn es doch so war, wie der *City-Express* geschrieben hat? Wenn es ein Amoklauf war? Wenn der Täter es auf niemanden persönlich abgesehen hatte? Oder im Gegenteil auf alle? Wenn er irgendeine Wut in sich hatte, die er loswerden wollte?» Es war Horst Becker, der die Fragen gestellt hatte. Unsicher schaute er sich um. Er hatte Angst, sich mit seiner These zu weit vorgewagt zu haben. Marthaler wartete ab, was passierte.

Als niemand reagierte, meldete sich Kurt Delius zu Wort: «Und was würde das ändern?»

«Alles», sagte Becker. «Wir kämen nicht weiter mit unseren Ermittlungen im Umfeld der Opfer, weil der Täter sie gar nicht kannte. Und wir müssten damit rechnen, dass er versucht, an einem anderen Ort wieder zu töten. Das ist die Frage, die sich die Zeitungsleute stellen: ‹Wann schlägt der Irre wieder zu?›»

«Entschuldige, Horst, aber das ist Unsinn», sagte Delius. «Er hat gerade so viele Kugeln benutzt, wie er unbedingt brauchte. Da hat niemand wild um sich geschossen. Der Mann hat seine Tat ebenso effizient wie ökonomisch ausgeführt.»

«Oder die Frau», sagte Kerstin Henschel.

«Oder die Frau.»

«Ich denke, Kurt hat recht», schaltete sich nun Sven Liebmann ein. «Da war nicht die Spur eines Affektes. Der Kerl hat keines seiner Opfer gehasst. Er hat geschossen, um sie zu töten. Ohne jedes Gefühl von Rache oder Wut. Ohne *irgendein* Gefühl.»

«Was ist eigentlich mit der Tatwaffe? Gibt es schon irgendwelche Erkenntnisse?»

Sofort stiegen die anderen auf Kai Dörings Frage ein. Offensichtlich waren sie froh, über etwas reden zu können, das nicht allein auf Spekulationen beruhte. Marthaler sah Carlos Sabato an. Aber der zuckte entschuldigend mit den Schultern.

«Was meint ihr, warum ich euch Wurst und Käse spendiert habe? Weil ich sonst nichts bieten kann. Einer von Schillings Leuten hat mir vorhin die Patronenhülsen vorbeigebracht. Ich habe sie mit allem verglichen, was ich kenne. Es gibt keine Übereinstimmungen. Ich habe eine solche Munition noch nie gesehen. Ich habe nicht den Hauch einer Ahnung, aus was für einer Waffe sie abgefeuert wurde.»

Es war Sabato anzumerken, wie unangenehm ihm sein Eingeständnis war. Er zog einen kleinen Plastikbeutel aus seiner Jackentasche und legte ihn auf den Tisch. Sven Liebmann schaute sich die Hülsen an, dann schüttelte er den Kopf und reichte sie weiter. Auch die anderen waren ratlos. Niemand schien eine Vorstellung zu haben, zu welcher Art Waffe sie gehörten.

Am längsten schaute sich Oliver Frantisek die Asservate an. Er öffnete den Beutel, dann zögerte er und sah in Sabatos Richtung: «Darf ich?», fragte er.

Sabato signalisierte Zustimmung. Frantisek nahm eine der

Hülsen heraus, studierte sie nochmals eingehend, dann hielt er sie hoch und zeigte sie herum.

«Hier», sagte er, «seht ihr: eine haarfeine Linie. Die Munition stammt aus einer *Desert Eagle*. Aus der *Mark VII* mit dem Sechs-Zoll-Lauf. Es gibt keinen Zweifel.»

«Ich kenne die *Mark VII*», erwiderte Sabato. «Trotzdem habe ich niemals solche Patronenhülsen gesehen.»

«Stopp!», sagte Marthaler. «Wir sind keine Waffenexperten. Erklärt uns also, wovon ihr sprecht. Und erklärt es bitte so, dass es alle verstehen.»

Sabato nickte. «Die *Desert Eagle* ist eine halbautomatische Pistole, die seit Anfang der achtziger Jahre von einer israelischen Firma gebaut wird. Anfang der Neunziger hat Magnum eine Lizenz gekauft und stellt sie seitdem in den USA her. Die *Mark VII* ist eines der drei Modelle, die es von der *Desert Eagle* gibt. Obwohl sie als Dienstwaffe für den Polizeieinsatz eigentlich zu schwer und zu groß ist, sieht man sie immer wieder in amerikanischen Fernsehserien. Warum sich unser großer Kollege allerdings so sicher ist, dass es sich dabei um die Tatwaffe handelt, muss er euch selbst erläutern.»

«Okay», sagte Oliver Frantisek. «Im Jahr 2001 wurde eine Spezialedition der *Mark VII* aufgelegt. Zwei amerikanische Ingenieure haben sie entwickelt und ihr eine eigene Signatur verpasst. Die beiden Männer heißen Wexler und Wayne. Sie haben den Lauf ein wenig verändert und ihr eine spezielle Munition mitgegeben. Dadurch hat sich die Durchschlagskraft noch einmal erhöht. Dass eine Patrone aus der *Wexler & Wayne* abgefeuert wurde, lässt sich unter anderem an dieser haarfeinen Einkerbung auf der Hülse erkennen. Die Linie ist wie eine Art Tätowierung, vollkommen unverwechselbar.»

Die anderen schauten Frantisek mit großen Augen an. Zum ersten Mal schien ihr Misstrauen einer Art Bewunderung zu weichen. Kerstin Henschel zwinkerte Frantisek aufmunternd zu, was dieser mit einem dankbaren Blick quittierte.

«Gut», sagte Marthaler. «Das sind endlich einmal erfreulich exakte Informationen. Die Frage ist nur, ob wir sie für unsere Ermittlungen nutzen können. Werden wir dadurch Rückschlüsse auf den Täter ziehen können?»

«Ich denke, es ist ein erster Schritt», sagte Frantisek. «Diese spezielle Version der *Desert Eagle* ist lediglich in einer Auflage von eintausend Stück gebaut worden. Achthundert Exemplare blieben auf dem amerikanischen Markt. Zweihundert hat die MILAD bestellt; das ist die Antidrogen-Einheit der französischen Nationalpolizei. Allerdings sind sie dort nie angekommen. Der Transport wurde im März 2002 auf dem Weg vom Flughafen in die Innenstadt von Paris überfallen. Die vollständige Ladung wurde samt Munition geraubt und ist seitdem verschwunden. Bei dieser Aktion starben zwei Sicherheitsbeamte. Die Täter konnten unerkannt entkommen. Die Großfahndung blieb ohne Ergebnis. Soweit ich weiß, ist die Sache nie aufgeklärt worden.»

«Aber es muss doch Spuren, Hinweise, Zeugen gegeben haben», sagte Sven Liebmann. «Irgendwo müssen die Waffen doch gelandet sein.»

«Ja. Man müsste sich erkundigen. Man müsste sich die Liste der Verdächtigen nochmal anschauen. Dass es sich bei der unbekannten Frau vom Boot um eine Französin handelt, wird wohl ein Zufall sein ...»

«Oder auch nicht», sagte Marthaler. «Egal. Auf jeden Fall sollten wir umgehend mit den Kollegen in Paris Kontakt aufnehmen und hören, was aus den Ermittlungen geworden ist. Vielleicht lohnt es sich, der Sache nochmal nachzugehen. Jedenfalls haben wir jetzt das lose Ende eines Fadens, an dem wir ziehen können. Würdest du das übernehmen, Oliver?»

«Ja», sagte Frantisek, «gerne. Aber nur, wenn wir jetzt Schluss machen. Ich muss ins Bett. Ich fühle mich wie ein welkes Salatblatt.»

Sechzehn Als Marthaler eine Viertelstunde später sein Büro verließ, waren die anderen bereits gegangen. Er kehrte noch einmal in den Besprechungsraum zurück, schaltete alle Lampen aus, dann schloss er die Eingangstür von außen ab. Auf dem Bürgersteig blieb er stehen und atmete durch. Noch immer war es warm, aber wenigstens kam jetzt ein wenig Wind auf. Das Viertel war ruhig und dunkel. Nur vereinzelt sah man in den umliegenden Häusern noch ein paar Lichter.

Dann hörte er ein unterdrücktes Lachen. Auf der anderen Straßenseite sah er einen Mann und eine Frau unter einem Baum stehen. Es sah so aus, als würde sich der Mann zu der Frau hinabbeugen, als würden sich ihre Köpfe berühren. Es waren Kerstin Henschel und Oliver Frantisek. Sie schienen Marthaler nicht zu bemerken.

Marthaler dachte an Tereza. Er war beunruhigt über das, was sie vorhin am Telefon gesagt hatte. Und mehr noch über das, was sie nicht gesagt hatte. Auf seine Frage, ob sie ihn noch liebe, hatte sie nicht geantwortet. Sie war ihm ausgewichen. Er fragte sich, was mit ihr los war, ob sich etwas verändert hatte zwischen ihnen, ohne dass es ihm aufgefallen war. Er kam zu keinem Ergebnis.

Als sie sich kennengelernt hatten, waren sie beide vorsichtig gewesen. Er selbst hatte damals noch tief um Katharina getrauert. Kurz nach ihrer Hochzeit war seine Frau von einem Bankräuber angeschossen worden, zwei Wochen später war sie auf der Intensivstation der Marburger Uniklinik gestorben, ohne das Bewusstsein wiedererlangt zu haben.

Jahre später war Tereza der erste Mensch gewesen, zu dem

Marthaler wieder Vertrauen gefasst hatte. Langsam waren sie aufeinander zugegangen. So wie es war, hatte es ihnen beiden gefallen; keiner hatte das Tempo erhöhen, keiner den anderen zu etwas drängen wollen. «Lass das Leben entscheiden», hatte Tereza damals gesagt. Sie war nach Madrid gegangen, wo sie ihr Studium als Kunsthistorikerin beendet und als Reiseführerin gearbeitet hatte. Erst als sie zurückkam, hatten sie einander näher kennengelernt.

Am Anfang hatte es viele Missverständnisse zwischen ihnen gegeben, was nicht nur daran lag, dass Tereza in Prag aufgewachsen war und Marthaler in der nordhessischen Provinz. Manchmal war es ihm so vorgekommen, als seien sie in zu vielen Dingen zu unterschiedlich, um auf Dauer zusammenbleiben zu können. Dann wieder gab es Momente, in denen sie einander so nah waren, dass sie sich wortlos verstanden. Inzwischen konnte und wollte sich Marthaler ein Leben ohne Tereza nicht mehr vorstellen. Sie arbeiteten beide viel, umso mehr genoss er die Stunden, die sie füreinander Zeit hatten. Er schlief gerne neben ihr ein und wachte gerne neben ihr auf. Er ging gerne mit ihr ins Kino, er redete gerne mit ihr, er ließ sich gerne die Bilder ihrer Lieblingsmaler erklären. Und er mochte es, wenn sie schweigend beisammensaßen, ohne dass es auch nur eine Sekunde peinlich wurde.

Und jetzt hatte er Angst. Zum ersten Mal seit Jahren hatte er das Gefühl, sie nicht zu verstehen, nicht zu wissen, was in ihr vorging und was sie wollte. Vielleicht wusste sie es selbst nicht. Es war nichts passiert. Es hatte weder eine Verstimmung noch einen Streit gegeben. Trotzdem hatte sie heute Morgen geweint. Und sich vorhin am Telefon auf eine Weise geäußert, die er nicht zu deuten wusste. Er merkte, wie sich seine Gedanken im Kreis drehten. Ohne mit ihr zu reden, würde er die Wahrheit nicht erfahren. Aber heute Abend war es bereits zu spät für ein Gespräch. Wenn er nach Hause kam, würde Tereza längst schlafen.

Sein Wagen stand auf der gegenüberliegenden Straßenseite. Marthaler startete den Motor und schaltete die Scheinwerfer ein. Dann fuhr er los. Als er die rote Ampel an der Burgstraße erreicht hatte, fiel ihm ein, was Sven Liebmann gesagt hatte: dass Michael Helmbrecht in der Heidestraße in einem Hinterhof eine Autowerkstatt betreibe und mit Vorliebe am späten Abend arbeite. Marthaler knipste die Innenbeleuchtung an und schaute in sein Notizbuch, wo er Helmbrechts Adresse und Telefonnummer notiert hatte. Er überquerte die Kreuzung, fuhr an dem sardischen Restaurant vorbei in die Wiesenstraße und bog dann nach rechts in die Heidestraße. Noch einmal sah er im Licht einer Straßenlaterne Kerstin Henschel und Oliver Frantisek. Sie hatten einander untergehakt und überquerten zwanzig Meter vor ihm die Fahrbahn. Dann verschwanden sie in der Dunkelheit.

Zweimal stoppte Marthaler den Wagen, um nach den Hausnummern zu schauen. Dann hatte er die Adresse gefunden. Es war ein altes Mietshaus, hinter dem sich ein großer Garagenhof befand. Daneben der leere Kundenparkplatz eines Supermarktes. Er wendete und parkte am Rand der Zufahrt. Einen Moment blieb er sitzen und schaute hinaus in die Nacht. Er ließ die Scheibe herunter und lauschte. Außer dem leisen Rauschen der Stadt war nichts zu hören.

Dann stieg er aus und näherte sich dem Garagenhof. Ganz am Ende sah er unter einem der zweiteiligen Holztore einen schmalen Streifen Licht. Langsam ging er darauf zu. Als er nahe genug war, hörte er ein Geräusch. Ein leises, metallisches Hämmern, dann ein Schaben wie von einer Feile. Marthaler zog seine kleine Taschenlampe hervor und leuchtete das hölzerne Garagentor ab. Hinter einer Plastikfolie war ein mit Reißzwecken befestigtes, handgeschriebenes Schild zu lesen: «Michael Helmbrecht – Gebrauchtwagen und Kfz-Reparaturen. Alle Fahrzeugtypen.»

Marthaler überlegte, ob er einen Streifenwagen anfordern

sollte. Dann entschied er sich anders. Er ging zurück zu seinem Auto, setzte sich auf den Fahrersitz und wählte die Nummer von Helmbrechts Mobiltelefon. Nach einer halben Minute meldete sich eine Männerstimme.

«Ja?»

«Herr Helmbrecht, sind Sie in Ihrer Werkstatt?»

Kurze Zeit herrschte Schweigen.

«Wer ist da?», fragte Helmbrecht.

«Kriminalpolizei. Mein Name ist Marthaler. Sie wissen, was mit Ihrem Vater geschehen ist.»

«Was wollen Sie?»

«Ich möchte mit Ihnen sprechen! Ich möchte Sie bitten, Ihre Werkstatt zu verlassen.»

«Was soll die Scheiße? Ich hab keine Zeit. Ich hab zu arbeiten.»

«Bitte kommen Sie raus. Sonst werde ich Sie vorladen müssen.»

«Vergiss es, du Arsch. Mach, was du willst.»

Die Verbindung wurde unterbrochen.

Angestrengt schaute Marthaler in Richtung der Werkstatt. Nichts geschah. Er merkte, dass er einen Fehler gemacht hatte. Wenn Helmbrecht wirklich etwas mit den Morden zu tun hatte, war er jetzt vorgewarnt.

Dann wurde das Garagentor geöffnet. Das Licht aus dem Inneren fiel als gelbes Dreieck auf den dunklen Hof. Kurz darauf erschien die Silhouette eines großen Mannes. Michael Helmbrecht schaute sich um. Er hielt etwas in der Hand, einen großen Gegenstand. Aber Marthaler konnte nicht erkennen, was es war. Als der Mann niemanden bemerkte, ging er wieder zurück und schloss das Tor von innen.

Marthaler gähnte. Seine Erschöpfung war so tief, dass er das Gefühl hatte, seit vielen Nächten nicht geschlafen zu haben. Er war müde und aufgedreht zugleich. Mit jeder Minute, die er länger arbeitete, stieg die Gefahr, dass er mehr Fehler machte.

Trotzdem wollte er einen weiteren Versuch unternehmen.

Wieder wählte er Helmbrechts Nummer. Diesmal meldete sich niemand. Marthaler beschloss zu warten, was geschehen würde. Sollte sich der andere nicht innerhalb der nächsten fünf Minuten zeigen, würde Marthaler den Kriminaldauerdienst benachrichtigen und Helmbrecht mit aufs Präsidium nehmen lassen. Dort würde man ihn in eine Arrestzelle stecken und morgen Vormittag vernehmen.

Nach zwei Minuten fielen Marthaler die Augen zu. Kurz darauf war er bereits fest eingeschlafen.

In seinem Traum stand Marthaler in einem riesigen, grauen Büro. Darin ein langer Tisch, an dem zwei Männer saßen, die sich immer wieder in stillem Einverständnis anschauten. Vor dem Schreibtisch zwei hüfthohe Pfosten aus Messing, die mit einer dicken, roten Kordel verbunden waren. Er musste davor stehen bleiben. Man war freundlich, schien aber auch besorgt zu sein. Während wie in einem Kaufhaus aus einem Lautsprecher Waren angepriesen wurden, reichte man ihm einen Umschlag. Erwartungsvoll schauten ihn die beiden Männer an. Er zog ein Bild hervor und schaute es an. Obwohl er nicht erkannte, was er sah, erfüllte es ihn mit so tiefem Ekel, dass er es fallen ließ. Dann hörte er hinter sich die Stimme von Tereza. Er war erleichtert, sie in seiner Nähe zu wissen. Sie redete leise und beschwörend auf ihn ein, aber er konnte sie nicht verstehen, da sie tschechisch sprach. Als er sich zu ihr umdrehen wollte, um sie zu begrüßen, war sie verschwunden.

Dann explodierte etwas über Marthalers Kopf.

Für einen Moment schien sein Herz auszusetzen, dann begann es wie rasend zu klopfen. Er brauchte ein paar Sekunden, um zu wissen, wo er war. Wie erstarrt saß er hinter dem Steuer seines Dienstwagens. Er öffnete die Lider nur halb. Aus dem Augenwinkel konnte er erkennen, dass in der Dunkelheit jemand neben der Fahrertür stand. Michael Helmbrecht war doch noch aus seiner Werkstatt gekommen. Er hatte den in seinem Wagen schlafenden Marthaler gefunden und mit der Faust auf das Autodach geschlagen.

Marthaler tat, als habe er nichts davon bemerkt, als würde er immer noch schlafen. Ohne den restlichen Körper zu bewegen, hob er seine linke Hand und legte sie auf den Türgriff. Er atmete ein paar Mal durch.

Dann stieß er die Tür mit einem Ruck auf und warf sich mit seinem vollen Gewicht dagegen.

Michael Helmbrecht stöhnte auf. Er taumelte und ließ sich zu Boden fallen. Mit beiden Händen hielt er sein rechtes Schienbein umklammert. Mit einem Satz sprang Marthaler aus dem Wagen. Dann packte er Helmbrecht von hinten und legte den Arm um dessen Hals.

«Eine Bewegung und ich drücke zu», keuchte Marthaler. Noch immer saß ihm der Schreck so tief in den Gliedern, dass er kaum zu sprechen vermochte.

«Verdammt.» Der andere wimmerte. «Verdammt nochmal, du hast mir das Bein gebrochen.»

Marthaler zog seine Dienstwaffe aus dem Holster. Ohne sie zu entsichern, richtete er sie auf Helmbrechts Kopf: «Steh auf! Stell dich mit dem Rücken zu mir an den Wagen! Und wehe, du muckst.»

Als der andere versuchte aufzustehen, brüllte er wie ein verletztes Tier. Marthaler stand jetzt zwei Meter entfernt. Er sah, dass in den umliegenden Häusern einige Lichter angingen. Jemand öffnete ein Fenster. «Was soll der Krach da unten?», rief eine Frauenstimme.

«Holen Sie die Polizei!», rief Marthaler. «Wählen Sie den Notruf, schnell!»

Helmbrecht lag noch immer auf dem Boden. Er wand sich vor Schmerzen. Wahrscheinlich stimmte es, wahrscheinlich hatte Marthaler ihm das Schienbein gebrochen.

«Wo waren Sie gestern Abend?»

«Ich brauche einen Arzt, verdammt nochmal.»

«Sie bekommen einen Arzt. Aber erst will ich eine Antwort auf meine Frage. Wo sind Sie gestern in den Stunden vor Mitternacht gewesen?»

«Was soll der Mist? Was geht's dich an, wo ich war? Ich war in meiner Werkstatt.»

«Zeugen?»

«Scheiße, Zeugen. Natürlich gibt es Zeugen. Es waren zwei Kunden da.»

«Namen?»

«Die Namen kannst du dir an den Hut stecken. Deine grünen Kollegen waren nämlich auch da. Weil die Alte aus dem Vorderhaus sich wieder beschwert hat. Frag sie! Sie hat die ganze Zeit am Fenster gestanden.»

Im selben Moment bog ein Streifenwagen in die Zufahrt. Das Blaulicht war eingeschaltet. Die beiden Polizisten stiegen aus. Als sie Marthalers Pistole sahen, griffen sie zu ihren Dienstwaffen.

Marthaler hielt seine Marke hoch. «Kripo, Mordkommission», rief er. «Der Mann hier ist vorübergehend festgenommen. Schafft ihn ins Präsidium. Er verbringt die Nacht bei uns. Morgen früh wird er vernommen.»

Eine halbe Stunde später betrat Marthaler seine Wohnung im Großen Hasenpfad. Vorsichtig öffnete er die Tür zum Schlafzimmer. Tereza lag in ihrem Bett und schlief. Er ging in die Küche, nahm eine Flasche Bier aus dem Kühlschrank, entfernte den Kronkorken und nahm einen ersten Schluck im Stehen.

Im Wohnzimmer ging er zum Regal, zog die CD mit Rory Gallaghers «Irish Tour» heraus und wählte seinen Lieblingstitel, den er seit vielen Jahren nicht mehr gehört hatte: «Million Miles away», das Lied eines Mannes, der sich so einsam fühlt wie ein Stück Treibholz im Wasser. Jetzt summte Marthaler mit, als Gallaghers traurige Stimme leise aus den Lautsprechern drang. Als das Stück zu Ende war, drückte er die Wiederholtaste.

Er ließ sich in den Sessel fallen und schloss die Augen. Was ist nur mit mir los, dachte Marthaler. Ich habe einen Beruf, in dem ich ausreichend Geld verdiene. Ich bin gesund. Ich habe Kollegen, mit denen ich mich im Großen und Ganzen gut verstehe. Nebenan liegt die Frau, die ich liebe. Mir geht es besser als neunzig Prozent aller anderen Menschen. Trotzdem bin ich traurig.

Ich bin traurig, aber ich bin nicht einmal mehr in der Lage zu weinen. Etwas hat sich geändert, und ich weiß nicht, was. Ich komme nicht einmal mehr dazu, darüber nachzudenken. Vielleicht sind es die Toten. Ihre Zahl steigt von Jahr zu Jahr. Und jetzt sind noch einmal fünf dazugekommen. Zu viele, um für jeden Einzelnen das Mitgefühl aufbringen zu können, das er verdient hätte. Aber jeder neue Tatort hinterlässt Spuren, die nicht mehr zu beseitigen sind. Auch wenn die Erinnerung mit der Zeit verblasst und durch neue Verbrechen überdeckt wird: Die alten Spuren bleiben.

Es hatte immer wieder Zeiten gegeben, in denen Marthaler die Zumutungen seines Berufs so groß erschienen waren, dass er kurz davor gewesen war, zu kündigen. Trotzdem war er geblieben. Weil er wusste, dass es vielen Kollegen ähnlich ging, und weil es immer jene waren, die er am meisten schätzte. Weil er nicht wollte, dass sein Platz von jemandem besetzt wurde, der seinen Beruf nur als Job betrachtete, von einem jener routinierten Karrieristen, wie sie in den letzten zehn Jahren immer häufiger in den Reihen der Polizei zu finden waren. Und weil er nicht wusste, was er sonst hätte tun sollen. Weil er inzwischen oft das Gefühl hatte, dass er von den Jahren als Ermittler zu sehr geprägt worden war, um noch einen anderen Beruf ausüben zu können. «Einmal Bulle, immer Bulle», hatte Carlos Sabato vor einiger Zeit zu Marthaler gesagt. Und Marthaler fürchtete, dass sein Freund damit recht hatte. Dass sie alle schon nicht mehr in der Lage waren, ein Leben zu führen, das nach anderen Regeln als denen des Polizeiapparates verlief.

Marthaler trank den letzten Schluck von seinem Bier. Er stand aus seinem Sessel auf und schlurfte müde ins Bad. Als er sich ausgezogen und die Zähne geputzt hatte, löschte er die Lampen und schlich ins Schlafzimmer. Terezas linke Hand lag auf seinem Kopfkissen. Er schob sie vorsichtig beiseite, legte sich hin und schlief augenblicklich ein.

Irgendwann in der Nacht spürte er eine Berührung. Er versuchte, sie in seinen Traum einzubauen, bis er merkte, dass Tereza ihn von hinten umfasst hielt und seine Brust streichelte.

«Wie viel Uhr ist es?», fragte er, als er endlich wach genug war, um sprechen zu können.

«Bald kommt Morgen», flüsterte sie und drückte sich enger an ihn.

Nach einer Weile rückte er von ihr ab und legte sich auf den Rücken. «Wollen wir reden?», fragte er. «Willst du mir jetzt sagen, was los ist? Gestern am Telefon, da hast du …»

Weiter kam er nicht. Tereza hatte ihre rechte Hand auf seinen Mund gelegt. «Nein, jetzt nicht.»

Wieder kam sie ein Stück näher. Als sie sicher war, dass er nicht weitersprechen würde, begannen ihre Fingerspitzen, seine Lippen zu umkreisen. Dann fuhr sie ihm mit dem Zeigefinger über den Hals, zog eine Linie über das Brustbein bis zum Nabel und massierte nun leicht die Innenseiten seiner Oberschenkel. Leise stöhnte er auf.

Er wandte sich ihr zu und begann nun ebenfalls, sie zu streicheln.

Sie liebten sich lange, heftig und wortlos. Am Ende lagen sie wieder Seite an Seite und hielten sich bei den Händen, beide schwitzend und mit schwerem Atem.

«Meine Güte», sagte Marthaler nach einer Weile, «das war schön.» Als Tereza nicht reagierte, merkte er, dass sie bereits wieder eingeschlafen war. Dann fielen auch ihm die Augen zu.

Siebzehn Bevor Valerie die Augen aufschlug, versuchte sie ihre Hände zu bewegen. Wieder hatte sie geschlafen. Und wieder wusste sie nicht, wie viel Zeit vergangen war. Sie öffnete den Mund. Mit der Zunge fuhr sie sich über die trockenen Lippen. Mehrmals atmete sie tief ein und wieder aus. Die Luft war feucht und muffig. Aber Valerie war nicht mehr geknebelt. Man hatte ihr die Fesseln abgenommen. Sie konnte ihre Arme und Beine bewegen. Sie lebte.

Einen Moment empfand sie etwas wie Dankbarkeit. Wer auch immer ihr das angetan hatte, er hatte sie leben lassen. Er wollte sie nicht töten. Jedenfalls noch nicht jetzt.

Am Donnerstagvormittag war sie zum Gare de l'Est gefahren, um sich eine Fahrkarte zu kaufen und den nächsten Zug nach Frankfurt zu nehmen. Schon am Nachmittag sollte sie dort einen Mann treffen, der sie angerufen und sich als Rechtsanwalt vorgestellt hatte, der einen kleinen, deutschen Musikverlag vertrete. Herr Morlang hatte sie am Telefon immer wieder beschworen, dass er unbedingt der Erste sein müsse, mit dem sie über das Manuskript der Partitur in Verhandlungen trete. *Das Geheimnis einer Sommernacht.* Sie hatte es ihm versprochen, aber sogleich betont, dass es noch zahlreiche weitere Interessenten gebe.

Die Abfahrt aus Paris hatte sich immer weiter verzögert. Auf der Bahnstrecke hatte sich ein Unfall ereignet, und erst am Nachmittag waren die Gleise wieder freigegeben worden. Sie hatte Achim Morlang angerufen und ihr Treffen auf den späten Abend verschoben. Während der Fahrt hatte sie fast ununterbrochen telefoniert. Immer wieder liefen in der Redaktion neue Anfragen ein. Ihr Terminkalender für die nächsten Tage war bereits bis auf die letzte Minute gefüllt.

Als sie in Frankfurt ankam, hatte sie gerade noch Zeit, ihr Gepäck ins Hotel zu bringen. Dann rief sie ein Taxi und ließ sich zu *Sultans Imbiss* bringen. Aus Paris war sie es gewohnt, dass jede Fahrt durch die Stadt unendlich lange dauerte. Jetzt wunderte sie sich, dass sie ihr Ziel bereits nach zehn Minuten erreicht hatte.

Als sie das Restaurantboot betrat, sah sie am Ende des kleinen Gastraums einen Mann sitzen, der ihr zuwinkte. Herr Morlang begrüßte sie freundlich. Er war ein rundlicher Mann mittleren Alters, und er lächelte unentwegt. Obwohl er ein wenig ungepflegt wirkte, war er ihr sofort sympathisch. Ein paar Minuten lang tauschten sie Belanglosigkeiten aus, dann kam der junge Wirt und fragte nach ihrer Bestellung. Da sie beide so spät keine große Mahlzeit mehr essen wollten, bestellten sie eine Platte mit gemischten türkischen Vorspeisen.

«Was möchten Sie trinken?», fragte Herr Morlang.

«Ein Glas Rotwein wäre nicht schlecht», sagte sie.

«Eine gute Idee», antwortete er. «Aber Sie müssen ihn auswählen, Sie sind die Französin. Erkan wird Ihnen zeigen, was sein Weinkeller zu bieten hat.»

Der Wirt hatte ihr zugezwinkert und sie gebeten, ihm zu folgen.

Dann war etwas passiert.

Sie war gerade von ihrem Platz aufgestanden, als ein dunkelgekleideter Mann das Boot betreten hatte. Seine Augen waren hinter einer merkwürdigen großen Brille verborgen, die fast aussah wie ein kleines Fernglas. Er hatte eine Pistole in der Hand. Er war geradewegs auf sie zugekommen. Valerie hatte gelacht. Das Ganze hatte so albern ausgesehen, dass sie es einen Moment lang für einen Scherz gehalten hatte. Herr Morlang war aufgestanden und hatte sich in die Mitte des Gangs gestellt.

«Was soll das?», hatte er gefragt.

Dann waren zwei Schüsse gefallen. Achim Morlang war blutend zu Boden gegangen.

Was anschließend geschehen war, wusste sie nicht. Erkan hatte die Tür zum vorderen Teil des Bootes geöffnet und sie in den kleinen Vorratsraum gezerrt. Sie hatte sich in die Ecke zwischen ein paar Eimer verkrochen, hatte sich auf den Boden gekauert, die Augen geschlossen, das Gesicht der Wand zugekehrt und gehofft, dass ihr nichts passieren würde. Sie hatte unterdrückte Schreie gehört, wieder Schüsse und ein lautes Stöhnen. Vor allem aber erinnerte sie sich daran, wie sie selbst vor Angst gewimmert hatte. Dann herrschte Stille. Als sie die Augen öffnete, war es dunkel auf dem Boot gewesen. Alle Lampen waren ausgeschaltet.

Nichts hatte sich geregt. Sie hatte das Geräusch des Wassers gehört, das gegen die Bootswand schwappte und ab und zu ein Auto, das auf der Straße vorüberfuhr. Als sie sich hatte umdrehen wollen, hatte sie bemerkt, dass jemand hinter ihr stand. Sie hatte einen Luftzug gespürt. Dann war es gewesen, als ob ihre Schädeldecke platzen wollte.

Wie lange war das alles her? Ein paar Stunden? Einen Tag? Zwei Tage? Sie hatte jedes Zeitgefühl verloren.

Erst jetzt öffnete sie die Lider. Ihre Augen brannten. Sie lag auf dem Rücken. Unter ihr eine Matratze, die nach Moder roch. Das Erste, was sie sah, war über ihrem Kopf die fleckige Betondecke, unter der zwei dicke, braune Rohre entlangführten.

Valerie hatte starke Kopfschmerzen. Sie fasste sich an die Schläfe und spürte die große Schwellung. Dann drehte sie sich auf die Seite. Der Raum war groß und nur spärlich beleuchtet. Ein Fenster schien es nicht zu geben. Sie entdeckte die kleine Lampe über der Tür, ein gläsernes Oval hinter einem Drahtgitter. Dann wandte sie sich um und schaute zum gegenüberliegenden Ende des Raums. Noch eine Tür mit einer ebensolchen schwachen Lampe darüber. Als sie versuchte aufzustehen, wurde ihr schwarz vor Augen. Ihre Beine gaben nach.

Nach einer Minute versuchte sie es erneut. Mit beiden Händen stützte sie sich am rauen Putz der Wand ab. Ihre Knie zitterten. Vorsichtig setzte sie einen Fuß vor den anderen und machte sich daran, den Raum zu inspizieren.

Plötzlich zuckte sie vor Schreck zusammen. Sie war gegen eine Plastikflasche mit Mineralwasser gestoßen, die jetzt über den Boden rollte.

Man hat mir Wasser gebracht, damit ich nicht verdurste, dachte sie. Was auch immer man von mir will, man will mich lebend. Sie bückte sich, hob die Flasche auf, drehte den Verschluss auf und roch an dem Inhalt. Dann nahm sie einen Schluck.

Sie schaute sich um. Außer der Matratze – sie dachte: *meiner* Matratze –, einem alten Waschbecken und einer ebenso alten Toilettenschüssel war der Raum leer. Die rechte der beiden Türen war verriegelt. Es war eine schwere Tür aus rostfarbenem Metall mit einem großen Hebel. Sie legte ihr Ohr an das Metall und lauschte. Es war nichts zu hören. Außer den Geräuschen, die sie selbst verursachte, herrschte vollkommene Stille.

Valerie durchquerte den Raum und versuchte es auf der anderen Seite. Auch die zweite Tür war verschlossen. Hinter ihr war ebenfalls kein Laut zu vernehmen. Sie ballte ihre rechte Hand zur Faust und hämmerte gegen das Metall. Als der Lärm, den sie selbst verursacht hatte, verhallt war, rief sie um Hilfe. Sie hatte keine Hoffnung, dass man sie hören würde.

Sie überlegte, in was für einem Raum sie sich befand. Für einen Keller war er zu groß. Vielleicht handelte es sich um eine Art Lagerhalle. Oder um eine alte Fabrik. Aber warum sollte man eine Fabrik ganz ohne Fenster bauen? Und hätte es dann statt der Türen nicht große Tore geben müssen? Trotzdem hatte sie das Gefühl, schon einmal in einem solchen Raum gewesen zu sein.

Dann erinnerte sie sich. Vor einigen Jahren hatte sie eine Reportage über die Maginot-Linie geschrieben, jene Befestigungsanlage, die sich über die gesamte Länge der deutsch-französischen Grenze erstreckte. Nach den Erfahrungen des Ersten Weltkrieges hatte die Regierung in Paris das riesige Bauvorhaben in Auftrag gegeben, das die Franzosen vor einem neuerlichen Angriff ihrer deutschen Nachbarn hatte schützen sollen. Valerie war ins Elsass gefahren, wo sie eines der alten unterirdischen Forts besichtigt und dessen ehemaligen Kommandanten interviewt hatte. Ähnlich wie hier, in ihrem Gefängnis, hatte es auch dort ausgesehen. Und es hatte genauso gerochen: feucht, muffig und nach verrostetem Metall.

Jetzt war sie sich sicher: Sie befand sich in einem Bunker. Unter der Erde. Man hat mich in einen Bunker gesperrt, und niemand weiß, wo ich bin, dachte sie. Nicht einmal ich selbst weiß, wo dieser Bunker sich befindet. In einer Stadt? Im Wald? In Deutschland oder Frankreich? Und selbst, wenn ich es wüsste, hätte ich keine Möglichkeit, Hilfe zu holen.

Achtzehn Das Geräusch kam aus weiter Ferne. Und es wiederholte sich in gleichmäßigen Abständen immer wieder. Dann war es ruhig.

Aber schon nach kurzer Zeit hörte Marthaler es erneut. Endlich begriff er, dass es sein Telefon war. Langsam wurde er wach. Er schlug die Augen auf. Durch den Spalt zwischen den beiden Hälften des Vorhangs drang helles Sonnenlicht in den Raum. Tereza war bereits aufgestanden.

Er fuhr sich mit den Händen durchs Gesicht und schaute auf den kleinen Funkwecker, der neben ihm auf dem Nachttisch stand und den er vergessen hatte zu programmieren. Es war Viertel nach zehn. Er hatte so gründlich verschlafen wie seit Jahren nicht mehr. Mit einem Satz sprang er aus dem Bett.

Er ging ins Wohnzimmer und zog das Telefon unter der aufgeschlagenen *Rundschau* hervor, die Tereza dort gestern hatte liegen lassen. Er drückte den grünen Empfangsknopf, vergaß aber, sich zu melden.

«Robert, bist du dran?»

«Mama, ja, entschuldige. Ich bin gerade erst aufgewacht. Ich bin noch ganz ...»

«Soll ich später nochmal ...»

«Nein, lass nur. Es ist schön, deine Stimme zu hören. Wie geht es euch?»

Er merkte, dass seine Mutter zögerte.

«So weit ganz gut», sagte sie.

Sofort war Marthaler alarmiert. Seine Eltern klagten nie. Er war es gewohnt, sich keine Gedanken um sie machen zu müssen. Sie waren gesund, und sie waren das glücklichste Paar, das er kannte.

«So weit?», fragte er. «Also geht es euch nicht gut?»

«Wir haben uns Sorgen um dich gemacht. Ich habe schon ein paar Mal versucht, dich anzurufen, aber dich nie erreicht. Wir haben gelesen, was passiert ist.»

«Ja», sagte er.

«Bist du in Gefahr?»

«Nein, Mama, ich bin nicht in Gefahr. Es ist nur sehr viel Arbeit. Und ich bin spät ins Bett gekommen.»

«Der das gemacht hat ...»

«Ja?»

«Wer so etwas macht», sagte seine Mutter, «das ist nicht einfach ein Mörder, oder?»

«Ein Mörder ist er schon. Aber ich glaube, ich weiß, was du meinst ...»

«Ich meine, das ist ein durch und durch böser Mensch. Für so jemanden gibt es überhaupt keine Grenzen.»

«Ja», sagte Marthaler, «das ist zu befürchten.»

«Werdet ihr ihn bald haben?»

Marthaler wollte seiner Mutter keine Antwort geben, wie er sie den Journalisten gegeben hätte. Er wollte sie nicht mit Floskeln abspeisen. Also blieb ihm nur, die Wahrheit zu sagen: «Ich weiß es nicht, Mama. Ich weiß es wirklich nicht.»

«Du passt auf dich auf, ja ...? Und wie geht es Tereza?»

Marthaler schwieg einen Moment zu lange.

«Sie ist schon weg. Sie hat viel zu tun.» Kaum hatte er diese beiden Sätze gesagt, schon ahnte er, dass sie das Misstrauen seiner Mutter hatten wecken müssen.

«Robert, du machst doch keinen Unfug? Du behandelst sie doch gut, oder?»

«Ja, das tue ich. Aber ich habe das Gefühl, dass wir uns mal wieder aussprechen müssen.»

«Mach keinen Fehler», ermahnte ihn seine Mutter noch einmal. «Du wirst nicht jünger. Ein so gutes Mädchen wirst du so leicht nicht wieder finden.»

«Ich weiß, Mama. Ich arbeite dran.»

«Vielleicht solltet ihr endlich heiraten. Vielleicht fehlt ihr das. Frauen sind da anders …»

«Mama, bitte!»

«Ist gut. Ich bin ja schon still. Ich wollte nur hören, ob es dir gut geht. Ich soll schön von Papi grüßen.»

«Danke. Gib ihm einen Kuss von mir … Und bei euch ist wirklich alles in Ordnung?»

«Du meldest dich mal. Ja?»

«Versprochen!», sagte er wie immer.

Zehn Minuten brauchte Marthaler für seine Morgenwäsche. Während des Telefonats mit seiner Mutter hatte er zwei Scheiben Brot aus dem Tiefkühlfach genommen und in den Toaster gesteckt. Jetzt fluchte er, als er merkte, dass er vergessen hatte, neue Orangenmarmelade zu kaufen. Dann wollte er sich einen Espresso kochen, stellte aber fest, dass die Kaffeebohnen ebenfalls aufgebraucht waren.

Verdammter Mist, dachte er, wie soll man arbeiten, wenn man nicht einmal mehr dazu kommt, ordentlich zu frühstücken.

Er schnallte das Holster mit seiner Pistole um, zog sein Jackett über, steckte seinen Schlüsselbund ein und verließ die Wohnung. Als die Haustür hinter ihm ins Schloss fiel, überlegte er, wo er in der Nacht den Dienstwagen abgestellt hatte. Es fiel ihm nicht ein. Er erinnerte sich, dass er keinen Parkplatz in der Nähe des Hauses gefunden hatte, dass er mehrere Runden durch die umliegenden Straßen gefahren war. Aber wo er schließlich ausgestiegen war, das hatte er vergessen.

Einen Moment dachte er daran, sein Fahrrad aus dem Keller zu holen, erinnerte sich aber, dass er noch immer nicht dazu gekommen war, den Schlauch des Hinterreifens zu flicken. Er beschloss, zu Fuß ins *Lesecafé* zu gehen und von dort aus die U-Bahn zu nehmen. Er lief den Großen Hasenpfad hinab und überquerte die Mörfelder Landstraße. Bevor er den Durchgang zum Südbahnhof erreichte, sah er neben dem Schaufenster einer Bäckerei eine Frau auf dem Boden sitzen. Sie hatte dunkle Haare und trug einen langen Rock. In ihren Armen lag ein Kleinkind, das zu schlafen schien. Die Frau reckte den Passanten ihre Hand entgegen und bat mit klagendem Ton um ein wenig Geld. Neben ihr lag ein Pappschild mit der Aufschrift: «Hunger, bitte, danke!» Marthaler kramte in seiner Hosentasche, förderte eine Zwei-Euro-Münze zutage und legte sie der Frau auf die Handfläche. Eine Sekunde später war das Geld bereits verschwunden. Er zwang sich, der Frau in die Augen zu schauen, und wünschte ihr einen schönen Tag, aber ihr Blick blieb verdeckt. «Danke, danke, danke», sagte sie, und auch diese Worte hörten sich an wie ein Klagelied, das ebenso gut an niemanden wie an die ganze Welt gerichtet sein konnte.

In der alten Bahnhofshalle war es kühl. Die Wände waren mit grünen und türkisfarbenen Kacheln bedeckt. Am Zeitungskiosk kaufte Marthaler eine Schachtel Mentholzigaretten und eine Rolle mit Pfefferminzbonbons.

«Ihr Bild war in der Zeitung», sagte der Verkäufer, der sich in seinen rechten Augenwinkel eine Knastträne hatte tätowieren lassen. «Habt ihr den Türken schon geschnappt?»

Kurz war Marthaler versucht, den Mann am Kragen zu packen und aus seiner Luke zu zerren. Am liebsten hätte er ihn angeschrien. Stattdessen schüttelte er den Kopf und ging wortlos davon. Er nahm sich vor, seine Zigaretten künftig woanders zu kaufen.

Als er auf den Diesterwegplatz trat, merkte er, wie warm es bereits war. Zwei Rentner, die neben ihm gingen, stöhnten über die Hitze. Nicht weit entfernt stand eine Gruppe Schülerinnen, die sich gegenseitig mit Wasser aus bunten Plastikflaschen erfrischten. Immer wieder hörte man eines der Mädchen kreischen.

Marthaler überquerte den Platz und lief in die Diesterweg-straße. Fünf Minuten später bog er in eine Toreinfahrt und be-trat den Innenhof des *Lesecafés*. Während ihres Studiums hatte Tereza hier eine Zeit lang als Bedienung gearbeitet, und hier hatte Marthaler sie kennengelernt. Da das Städel-Museum nicht weit war, verbrachte sie inzwischen oft ihre Mittagspause in seinem alten Stammcafé; und manchmal, wenn er freihatte, trafen sie sich hier, um gemeinsam eine Kleinigkeit zu essen.

Als die Kellnerin ihn sah, winkte sie ihm zu: «Ich bin gleich bei dir», rief sie.

Carola war im Laufe der Jahre zu Terezas bester Freundin geworden. Mehrmals in der Woche trafen die beiden sich, te-lefonierten oft lange miteinander, und wenn sie zusammen waren, konnte es passieren, dass sie einander irgendetwas ins Ohr flüsterten und anschließend zu kichern begannen wie pu-bertierende Teenager. Obwohl er Carola ebenfalls mochte, erwischte sich Marthaler gelegentlich dabei, wie er mit einem Anflug von Eifersucht auf die große Vertrautheit der beiden Frauen reagierte. Immerhin war er klug genug, Tereza nichts davon spüren zu lassen.

«Ah, der vielbeschäftigte Herr Hauptkommissar», sagte Carola in schnippischem Ton, als sie jetzt auf ihn zukam.

Marthaler sah sie prüfend an. «Haben wir uns nicht bisher geduzt? Bist du schlecht gelaunt? Hab ich dir was getan?»

Carola hob die Brauen. Dann schüttelte sie den Kopf. «Lass gut sein! Vergiss es! Willst du was bestellen?»

«Ja», sagte er, «kannst du mir rasch ein Käsebrötchen und einen Cappuccino machen? Aber es muss schnell gehen; ich hab nicht viel Zeit.»

«Alles andere hätte mich gewundert», sagte Carola und trabte davon.

«Was soll das, Robert?»

«Was soll was?»

Marthaler stand im Türrahmen des Besprechungsraums und schaute in die Runde.

Charlotte von Wangenheim war aufgestanden und hatte die Fäuste in die Hüften gestemmt. Ihr Gesicht war gerötet.

«Wieso warst du gestern Abend nicht auf der Pressekonferenz? Wieso schickst du Elvira vor, um dich zu entschuldigen? Wo bleibst du? Was machst du?»

«Ich habe verschlafen», sagte er. «Ich habe gestern neunzehn Stunden gearbeitet und heute Morgen weder einen Wecker noch ein Telefon gehört.»

«Und wieso rufst du dann nicht an, um zu sagen, dass du später kommst?»

«Weil ich nicht noch mehr Zeit verlieren wollte.»

«Was ist der Unterschied zwischen einem Polizisten und einem Schimpansen?», fragte Charlotte.

Alle schauten ihre Chefin ratlos an. Als niemand reagierte, gab sie die Antwort selbst: «Es ist wissenschaftlich erwiesen, dass Schimpansen kommunizieren können.»

Marthaler war der einzige, dem nicht zum Lachen zumute war. «Soll das heißen, du wirfst mir vor …?»

«Ich werfe dir vor, dass du dich vor der Pressekonferenz gedrückt hast, dass du dich nicht an unsere Absprache gehalten hast. Und ich bitte dich, dir die Alleingänge abzugewöhnen. Im Übrigen wollte ich einen Witz erzählen, sonst nichts.»

«Gut», sagte Marthaler und setzte sich auf einen der freien Plätze am Tisch. «Du hast einen Witz erzählt, und es haben alle gelacht. Dann könnt ihr mir jetzt vielleicht sagen, ob es Neuigkeiten gibt.»

«Allerdings», sagte Charlotte, «es gibt Neuigkeiten, aber keine erfreulichen: Gegen dich liegt eine Anzeige wegen schwerer Körperverletzung vor.»

«Noch ein Witz?»

«Ganz und gar nicht. Und ich denke, du weißt sehr wohl, worum es geht.»

Diesmal lachte außer Marthaler niemand. «Nee, Leute. Doch nicht Helmbrecht, oder? Der Typ hat sich durch die Dunkelheit angeschlichen und dann mit der Faust aufs Autodach gehauen. So fest, so laut, dass ich kurz davor war, einen Infarkt zu bekommen. Dann habe ich die Fahrertür geöffnet ...»

Charlotte schnitt ihm das Wort ab: «Die Einzelheiten kannst du dir für die Verhandlung sparen. Er sagt, dass du ihm das Schienbein zertrümmert und dich dann geweigert hast, einen Arzt zu holen.»

«Ich kann mir denken, was der Typ sagt. Und es ist mir vollkommen egal. Habt ihr ihn bereits vernommen?»

«Dazu müssten wir ihn erst mal vorladen.»

«Aber Michael Helmbrecht sitzt in einer unserer Arrestzellen im Präsidium.»

«Sitzt er nicht.»

«Ich habe ihn heute Nacht festnehmen lassen, Charlotte.»

«Und heute Morgen war sein Anwalt da und hat ihn wieder rausgeholt. Es gab keinerlei Grundlage, ihn weiter festzuhalten. Der Anwalt ist übrigens ein Freund unseres Innenministers. Die beiden haben früher in derselben Kanzlei gearbeitet.»

«Verdammter Mist», sagte Marthaler.

«Nein. Das Ganze ist vollkommen in Ordnung. Helmbrecht hat ein Alibi für die Tatnacht. Es gibt zwei Polizisten, die einer Beschwerde wegen Ruhestörung nachgegangen sind und ihn zur fraglichen Zeit ...»

«Das weiß ich alles. Aber er hatte ein Motiv, die Hochzeit seines Vaters zu verhindern. Er muss den Mord nicht selbst ausgeführt haben. Er gehört in den Kreis der Verdächtigen.»

«Robert, das glaubst du selbst nicht. Wenn einer aus dem Schneider ist, dann ist es Michael Helmbrecht.»

Marthaler antwortete nicht. Er hatte Angst, sich zu verrennen. Wahrscheinlich hatte Charlotte von Wangenheim recht.

«Das Problem ist, dass der Innenminister nur auf einen Fehler von dir gewartet hat. Du hast ihm eine Steilvorlage geliefert. Er verlangt, dass du vom Dienst suspendiert wirst. Er sagt, ein Polizist, der eine Anzeige wegen schwerer Körperverletzung am Hals hat, kann nicht weiter im Amt bleiben.»

Marthaler hatte die Augen geschlossen. Er schüttelte den Kopf. «Leute, was ist das bloß für eine Hühnerkacke? Ich will nicht mehr. So können wir doch nicht arbeiten, wenn bei allem, was wir tun, einer von außen reinquatscht.»

«Ich habe mit Eissler gesprochen», sagte Charlotte.

Marthaler senkte den Kopf wie ein Delinquent, der das Urteil ahnt und keine Möglichkeit mehr sieht, es abzuwenden. «Und?», fragte er leise.

«Der Polizeipräsident steht hinter dir. Genau wie ich. Du bleibst im Dienst.»

Marthaler atmete durch. Er überlegte, ob er sich bedanken sollte, ließ es aber bleiben.

Charlotte von Wangenheim war aufgestanden und packte ihre Unterlagen ein.

«Ich muss jetzt los», sagte sie. «Es gibt eine Krisensitzung beim Chef des LKA. Es wird nichts dabei rauskommen. Aber einer muss ja die Drecksarbeit machen. Egal …»

Sie nickte in die Runde, dann verließ sie den Raum. Wenige Sekunden später öffnete sie noch einmal die Tür.

«Wisst ihr, was der Unterschied zwischen einer Batterie und unserem Innenminister ist?»

«Nun sag schon!»

«Die Batterie hat auch eine positive Seite.»

Neunzehn Marthaler stieg in den Keller des Weißen Hauses, wo Carlos Sabato und seine Mitarbeiter ihre Arbeitsplätze hatten. Die Tür zu Sabatos Labor war verschlossen. Marthaler klopfte, dann betrat er den Raum, ohne darauf zu warten, dass man ihn hereinbat.

Der Kriminaltechniker stand mit dem Rücken zur Tür vor einem schmalen Regal, das von seiner massigen Gestalt fast vollständig verdeckt wurde. Er hatte einen großen Kopfhörer aufgesetzt und bewegte seinen Körper zu einer Musik, die nur er hören konnte. Gleichzeitig blätterte er in einem riesigen Buch.

Marthaler bewunderte die leichtfüßige Eleganz, mit der Sabato trotz seiner Leibesfülle zu tanzen verstand. Ein verhalten-charmanter Tanz, den der korpulente Naturwissenschaftler ganz für sich alleine aufführte. Er brauchte keine Zuschauer. Und ganz offensichtlich wollte er auch keine Zuschauer.

Um seinen Freund nicht in Verlegenheit zu bringen, verließ Marthaler das Labor wieder, schloss die Tür von außen und klopfte noch einmal, diesmal sehr viel lauter. Kurz darauf hörte er Sabatos dröhnende Stimme.

«Herein, verdammt nochmal.»

«Carlos, entschuldige ...»

«Robert, du Trampeltier, ich habe gerade ein wenig Musik gehört ...»

«Ja», sagte Marthaler, «ich nehme an, du lauschst wieder den Kampfliedern der spanischen Arbeiterklasse.»

Sabatos Eltern hatten als junge Leute auf Seiten der Republikaner im Spanischen Bürgerkrieg gekämpft, hatten später im Untergrund gearbeitet und waren Mitte der fünfziger Jahre nach Deutschland geflohen, um ihrer Verhaftung durch die Polizei des Generals Franco zu entgehen. Bis heute war Carlos stolz auf diese Tradition seiner Familie, welche, wie er sagte, zu hundert Prozent aus Staatsfeinden bestand. Als ihn Marthaler einmal gefragt hatte, wie er eine solche Haltung mit seinem Beruf als Polizeibeamter vereinbaren könne, hatte der Kriminaltechniker geantwortet, dass er nicht für den Staat arbeite, sondern für die Leute, die in ihm lebten.

Jetzt lachte Sabato. «Von wegen Arbeiterklasse …» Er setzte seinen Kopfhörer ab und stülpte ihn Marthaler über die Ohren.

«Und?», fragte er nach einer Weile. «Gefällt's dem Hauptkommissar?»

Marthaler grinste: «Stevie Wonder», sagte er. «*Sir Duke*. Nummer-eins-Hit im Jahr … warte, wann war das …? Ich schätze 76 oder 77.»

Sabato grunzte zufrieden. «Exacto! Prüfung bestanden!» Er schaltete die Musik aus und zeigte auf den freien Stuhl neben seinem Schreibtisch. «Du darfst dich setzen.»

Dann schaute er Marthaler lächelnd an. «Und? Wie fühlt man sich?»

«Wie soll ich mich fühlen?»

«Na komm, jetzt tu nicht so! Wollen wir ein Gläschen Veterano trinken?»

«Entschuldige, Carlos, aber ich verstehe wirklich nicht. Und du weißt genau, dass ich tagsüber keinen Alkohol vertrage.»

Sabatos Blick zeigte Misstrauen und Irritation: «Aber du hast inzwischen mit Tereza gesprochen, oder?»

Marthaler wurde ungehalten. «Verdammt nochmal, was soll das alles? Was habt ihr nur alle mit Tereza? Es ist wahr, es gibt im Moment ein paar Unstimmigkeiten zwischen uns. Was eigentlich los ist, weiß ich nicht. Tereza verhält sich widersprüchlich. Sie will mit mir reden, aber sie tut es nicht. Sie will damit warten, bis ich mehr Zeit habe. Aber ich habe im Moment keine Zeit. Und ich weiß noch nicht einmal, wann ich wieder Zeit haben werde. Ich weiß nicht, ob sie mir einen Heiratsantrag machen oder ob sie sich von mir trennen will. Du kannst dir also vorstellen, dass ich selbst ein wenig durcheinander bin. Meine Gedanken und Gefühle spielen verrückt … Trotzdem muss ich mich jetzt auf anderes konzentrieren.»

Marthaler wunderte sich über sich selbst. Er hatte über Dinge gesprochen, über die er normalerweise nicht sprach. Dennoch war er froh, es getan zu haben.

Sabato hielt seinem Freund beide Handflächen entgegen. Er wollte Marthaler beschwichtigen. «Okay», sagte er. «Lass gut sein. Entschuldige, wenn ich dir zu nahe getreten bin. Das war nicht meine Absicht. Dann sag also, was du willst. Schließlich muss es einen Grund geben, wenn du in meine Katakomben hinabsteigst. Oder hast du ein neues Kochrezept für mich?»

Marthaler lachte. «Nein. Ich will mit dir über den Fall reden. Ich brauche deinen Rat. Ich habe den Eindruck, dass wir uns heillos verheddern. Schon jetzt haben wir eine solche Fülle von Namen und Informationen, dass wir umherirren wie in einem Labyrinth. Wenn erst die Hinweise aus der Bevölkerung hinzukommen, wenn wir mit unseren Befragungen fortfahren und wenn ihr die Spuren ausgewertet habt, wird das Ganze so unübersichtlich werden, dass niemand mehr in der Lage ist, alle Einzelheiten zu bedenken. Ich habe das Gefühl, dass wir uns konzentrieren müssen, aber ich weiß nicht, worauf.»

Sabato hatte die Brauen gehoben. «Und das sagst ausgerechnet du, der immer dagegen ist, sich zu früh festzulegen. Du bist es doch, der sonst darauf besteht, so lange wie möglich nach allen Seiten zu ermitteln.»

Marthaler schwieg.

«Gut», fuhr Sabato fort, «ich verstehe, was du meinst. Und mir geht es ähnlich. Es kommt mir vor, als würden wir im Dunkeln tappen. Als sei da jemand, der genau das will. Und immer, wenn wir glauben, ein Licht zu sehen, ist es ein Irrlicht. All die möglichen Motive, die ihr bisher bedacht habt, kommen mir lächerlich vor. Es kann nicht sein, dass jemand ein solches Verbrechen begeht, weil er verhindern will, dass sein Vater wieder heiratet. Auch ein Beutelchen mit Heroin ist kein Grund. Und dass ein verheirateter Staatssekretär mit seiner Assistentin schläft und hinterher noch zu einer Prostituierten geht, ist vielleicht nicht der Normalfall, aber, mal ehrlich, wenn es deshalb jedes Mal ein solches Gemetzel gäbe ...»

Sabato verstummte. Marthaler wartete, dass der Kriminaltechniker weitersprach und einen Schluss aus seinen Bedenken zog.

«Also?»

«Ich weiß nicht. Das Ganze ist größer. Größer, als wir alle im Moment noch ahnen. Entweder es gibt etwas, das wir übersehen haben, oder etwas, das wir noch gar nicht wissen.»

«Aber was könnte das sein?»

«Es gibt zwei Möglichkeiten. Entweder steckt eine riesengroße politische Sauerei dahinter. Dann müssten wir das Motiv im Innenministerium suchen. Oder aber Kerstin hat recht.»

«Inwiefern?», fragte Marthaler.

«Sie meint, dass der Schlüssel zu dem Ganzen die Französin ist.»

«Und was meinst du?»

«Kerstin ist eine kluge Frau und eine gute Ermittlerin. Ich denke, sie weiß, was sie sagt.»

«Wobei wir noch nicht einmal wissen, ob die Frau, von der wir sprechen, wirklich aus Frankreich kommt», gab Marthaler zu bedenken. «Außer der Aussage der Tänzerin haben wir dazu nichts.»

«Du kannst davon ausgehen, dass diese Aussage stimmt», sagte Sabato. «Die Lippenstiftspuren, die Schillings Leute auf dem Boot sichergestellt haben, stammen von einem Produkt, das exklusiv für eine Parfümerie hergestellt wird, von der es nur ungefähr dreißig Filialen gibt – alle in Paris und der näheren Umgebung. Das hat die Analyse eindeutig ergeben …»

«Und das habt ihr so schnell herausgefunden?», fragte Marthaler.

Sabato lächelte zufrieden. «Warte, das ist noch nicht alles. Auf dem Tisch, an dem die Frau saß, stand ein Aschenbecher. In diesem Aschenbecher hat die Spurensicherung eine zerknüllte Quittung aus einem Zugrestaurant gefunden. Aufgrund der ausgedruckten Uhrzeit und der Kennnummer sind wir weitergekommen. Dieser Zug ist gestern nach langen Verzögerungen am späten Nachmittag aus Paris abgefahren.»

«Dann können wir also annehmen, dass die Frau direkt aus Paris gekommen ist, um sich hier mit Joachim Morlang zu treffen. Irgendwie muss sie vom Bahnhof zum Main gekommen sein. Wahrscheinlich mit einem Taxi. Und wahrscheinlich hat sie ein Hotel gebucht, in dem sie übernachtet hat.»

«Oder auch nicht.»

Marthaler schaute Sabato fragend an.

«Es gibt noch mehr», fuhr der Kriminaltechniker fort. «Wir haben an einem Glas und am Besteck die Fingerabdrücke der Französin gesichert. Dieselben Fingerabdrücke finden sich aber noch an einer anderen Stelle auf dem Boot. Es gibt im vorderen Teil eine Art Abstellraum. Dort scheint sich die Frau ebenfalls aufgehalten zu haben. Ihre Abdrücke waren überall zu finden. Außerdem lag in dieser Kammer eine leere Weinflasche, an der ein Büschel Frauenhaar klebte. An den Haarwurzeln befanden sich kleine Anhaftungen von Kopfhaut. Ich wette, wenn ihr die Frau findet, wird sie am Kopf eine Verletzung aufweisen, zumindest eine kleine.»

«Also war sie in einen Kampf verwickelt.»

«Sieht danach aus», antwortete Sabato. «Wahrscheinlich hat man ihr die Flasche auf den Kopf gehauen. Am Flaschenglas wurden die Fingerabdrücke Erkan Önals gesichert. Allerdings waren diese Abdrücke stark verwischt. Jemand hat nach ihm diese Flasche angefasst, jemand, der Handschuhe trug.»

«Also gehst du davon aus, dass sie nicht die Täterin ist. Und dass sie lebt.»

«Richtig. Wenn der Schlag mit der Flasche gut platziert war, dürfte sie allerdings für eine Weile bewusstlos gewesen sein. Vielleicht hat der Täter sie weggeschafft. Jedenfalls hat er sie nicht wie die anderen an Ort und Stelle umgebracht. Und das muss etwas zu bedeuten haben. Aber frag mich nicht, was.»

«Gute Arbeit», sagte Marthaler.

«Danke gnädigst», erwiderte Sabato.

«Ich frage mich nur, warum ich das alles nicht schon früher erfahren habe. Warum ich erst zufällig in dein Verlies kommen muss, um auf den Stand der Ermittlungen gebracht zu werden.»

Einen Moment starrte Sabato seinen Freund ungläubig an, dann begann er zu brüllen: «Bist du noch ganz bei Trost? Drei Mal war ich heute Morgen bei Elvira und hab nach dir gefragt. Jedes Mal hieß es, der Hauptkommissar ist noch nicht da. Seit sechs Uhr bin ich schon wieder im Labor, während du wahrscheinlich noch geschlafen hast. Und dann kommst du Depp und …»

Marthaler lachte. «Es sollte ein Scherz sein, Carlos. Wahrscheinlich bin ich nur deshalb mit dir befreundet, weil du auf alles reinfällst. So dumm kann ein Spruch überhaupt nicht sein, dass du ihn nicht ernst nehmen würdest. Ich glaube, du bist der einzige Mensch, den ich kenne, der noch nie gemerkt hat, wenn ich einen Witz gemacht habe.»

Und das waren exakt dieselben Worte, die Sabato einmal zu Marthaler gesagt hatte.

Marthaler wollte gerade die Tür zu seinem Vorzimmer öffnen, als ihm Kerstin Henschel entgegenkam.

«Los, Robert. Komm mit nach oben. Es scheint Neuigkeiten zu geben.»

Als sie ins Weiße Haus umgezogen waren, hatte man ihnen die unteren beiden Stockwerke als Domizil der Ersten Mordkommission zur Verfügung gestellt. Was eigentlich als Provisorium geplant gewesen war, war längst zu einer festen Bleibe geworden. Während sich im Erdgeschoss die Büros befanden, hatten sie die ehemalige Mietwohnung im ersten Stock dazu benutzt, um ihre Akten zu lagern. Seit heute war dort die Telefonzentrale untergebracht. Die Leute der Technischen Abteilung hatten in der Nacht Leitungen verlegt, Computer aufgestellt und Telefone angeschlossen.

«Charlotte von Wangenheims Aufruf an die Presse war ein voller Erfolg», sagte Kerstin Henschel. «Seit die Hotline freigeschaltet ist, sind schon Hunderte von Hinweisen eingegangen.»

«Oh Gott», sagte Marthaler. «Und wer soll das alles bearbeiten?»

«Ich weiß nicht. Es sitzen gute Leute an den Telefonen. Und wir haben sie vorbereitet. Sie sammeln alles, geben aber nur das an uns weiter, was einigermaßen vielversprechend ist. Und die Spinner werden gleich aussortiert. Trotzdem wird es eine Menge Arbeit sein.»

«Was ist eigentlich mit den Bildern, von denen Becker und Delius berichtet haben? Die dieser Fotograf am Mainufer gemacht hat?», fragte Marthaler.

«Der Mann hat sich nicht mehr gemeldet», antwortete Kerstin Henschel. «Und zu erreichen ist er auch nicht. Wahrscheinlich hat er es einfach vergessen.»

Die Tische in dem Raum waren zu einem U angeordnet. Drei Männer und zwei Frauen saßen auf ihren Stühlen und telefonierten. Sie alle hatten Headsets auf und tippten während der Gespräche auf ihren Computertastaturen. Sobald einer von ihnen ein Telefonat beendete, blinkte die Signallampe an der Anlage erneut. Sie notierten Namen, Rufnummern und Adressen, dann nahmen sie die Aussagen der Anrufer entgegen.

Kerstin Henschel gab ihnen ein Zeichen, dass sie ihre Arbeit unterbrechen sollten. Zuletzt telefonierte noch eine der Frauen. Als auch sie das Gespräch beendet hatte, war es für einen Moment vollkommen ruhig.

«Was passiert mit den Anrufern, die es jetzt versuchen?», fragte Marthaler.

«Es läuft ein Band», sagte einer der Männer. «Die Leute werden darauf hingewiesen, dass unsere Anlage überlastet ist, dass sie es aber auf jeden Fall noch einmal versuchen oder ihre Nummer hinterlassen sollen.»

Erst jetzt erkannte Marthaler den Kollegen. Es war ein kleiner, untersetzter Beamter, mit dem er schon gelegentlich zusammengearbeitet hatte. Er hieß Rainer Thielicke und war einer der Ermittler gewesen, die versucht hatten, den Mord an dem kleinen Tristan Brübach aufzuklären. Der Junge war im März 1998 in einem Tunnel im Frankfurter Stadtteil Höchst von Kindern tot aufgefunden worden. Der Täter hatte dem Dreizehnjährigen die Kehle durchtrennt und ihm große Muskel- und Gewebestücke vom rechten Bein abgeschnitten. Außerdem waren dem Jungen seine Hoden entnommen worden. Der Mord hatte eine der größten Polizeiaktionen der Kriminalgeschichte ausgelöst. Eine der Spuren hatte nach Tschechien geführt, eine andere nach Frankreich. Obwohl der Mörder einen blutigen Fingerabdruck hinterlassen hatte, blieb die Suche nach ihm erfolglos. Der Abdruck war in den Datenbanken von über siebzig Ländern abgeglichen worden. Trotzdem wurde man nicht fündig. Der Täter war bislang nicht gefasst. Rainer Thielicke war einer der Beamten, die damals als erste am Tatort gewesen waren. Er hatte in den Monaten danach oft Tag und Nacht gearbeitet. Er war nicht der einzige Ermittler, den der Fall Tristan zermürbt hatte. Als die große Sonderkommission aufgelöst wurde, hatte sich Thielicke in den Innendienst versetzen lassen. Jetzt leitete er die Telefonermittlungen.

«Gut», sagte Marthaler. «Habt ihr schon was für uns?»

Thielicke war aufgestanden. Er nahm einen Stapel Papier von seinem Tisch und kam damit auf Henschel und Marthaler zu.

«Hier», sagte er. «Das ist die Ausbeute des heutigen Vormittags. Wir tippen unsere Gesprächsnotizen direkt in den Rechner, dann drucken wir sie aus. Das hier sind ungefähr fünfzig Protokolle. Es sind die Hinweise, von denen wir denken, ihr solltet ihnen rasch nachgehen. Die anderen haben wir aussortiert; trotzdem müsst ihr sie euch ansehen, sobald ihr Zeit habt. Ihr seid die Fachleute, ihr kennt den Fall; und wir wollen nicht schuld sein, wenn ein Hinweis übersehen wird.»

Marthaler nickte. «Dann lass uns nach nebenan gehen, damit die anderen hier weiterarbeiten können.»

Zu dritt setzten sie sich im Nebenzimmer an einen Tisch.

«Ich weiß nicht, ob Robert heute schon die Zeitungen gelesen hat ...», sagte Kerstin Henschel und schaute ihren Kollegen grinsend an.

«Kerstin, du weißt, dass ich verschlafen habe. Wie oft wollt ihr das Eingeständnis noch hören? Nein, ich habe noch nicht in die Zeitung geschaut.»

«Okay. Charlotte hat gestern Abend die Presseleute darum gebeten, einen Aufruf zu veröffentlichen, in dem die Bevölkerung um Mithilfe gebeten wird. Es sollen sich alle melden, die vorgestern in der Nähe des Tatortes waren. Jeder, der dort fotografiert oder gefilmt hat, wird aufgefordert, sich mit uns in Verbindung zu setzen und uns seine Aufnahmen zur Verfügung zu stellen. Es wird nach Zeugen gesucht, die den unbekannten Mann auf der Bank gesehen haben. Außerdem hat sie nochmal besonders auf den grauen Lieferwagen hingewiesen.»

«Auf welchen grauen Lieferwagen?», fragte Marthaler.

«Becker und Delius waren bei ihren Befragungen darauf gestoßen, dass ein Zeuge mehrmals einen solchen Wagen in der Nähe des Tatorts gesehen haben will.»

«Gut. Dann soll Rainer uns jetzt berichten.»

«Bleiben wir gleich bei diesem Wagen. Tatsächlich gibt es mehrere Anrufer, die einen geschlossenen Kleinlaster gesehen haben wollen. Ein Kennzeichen hat sich allerdings niemand gemerkt. Auch bei der Marke haben wir freie Auswahl. Einige haben ihn als einen weißen VW-Transporter, andere als einen cremefarbenen Mercedes beschrieben. Immerhin gibt es eine Zeugin, der das Auto gleich zweimal aufgefallen ist – einmal gegen Mittag auf der Schweizer Straße, als sie mit ihrem Fahrrad unterwegs war, und Stunden später in der Metzlerstraße. Beim ersten Mal habe ein dunkelgekleideter Mann am Steuer gesessen, der sie fast überfahren habe.»

«Trotzdem hat sie sich das Nummernschild nicht gemerkt, als sie den Lieferwagen wiedergesehen hat?»

«Nein. Stattdessen ist ihr ein Aufkleber aufgefallen, der auf der rechten Hecktüre angebracht war: ein gelbes Warndreieck mit rotem Rand; in der Mitte ist die Silhouette eines Elchs abgebildet. Ihr kennt das alle. Dadurch hat sie den Wagen wiedererkannt.»

«Ja, mit diesen Aufklebern kommen viele Urlauber aus Skandinavien nach Hause», sagte Kerstin Henschel.

«Jedenfalls solltet ihr die Frau nochmal eingehend befragen», sagte Rainer Thielicke und tippte auf das Papier, das vor ihm lag. «Hier ist alles, was ihr braucht: Name, Adresse, Telefonnummer. Die anderen Protokolle, die sich auf den Kleinlaster beziehen, habe ich hinten drangeheftet. Schaut sie halt durch.»

«Dann weiter», drängte Marthaler. «Wenn wir das alles durcharbeiten wollen, müssen wir uns ranhalten.»

«Der Mann auf der Bank ist ebenfalls ein paar Zeugen aufgefallen. Ein Jogger, der zwischen der Gerbermühle und dem Holbeinsteg hin- und hergelaufen ist, will ihn gleich zweimal gesehen haben. Einmal auf dem Hin- und einmal auf dem Rückweg. Einen Moment lang habe er geglaubt, es handele sich um einen Bekannten, dann habe er seinen Irrtum erkannt.»

«Kann er den Mann beschreiben?», fragte Marthaler.

«Er meint, er könne es versuchen. Ich denke, ihr solltet alle, denen der Unbekannte aufgefallen ist, bitten, bei der Erstellung eines Phantombildes zu helfen. Dann wird sich zeigen, was ihre Aussagen wert sind.»

«Das werden wir tun», sagte Kerstin Henschel.

«Als Nächstes haben wir die Aussage einer alten Frau. Sie geht jeden Tag mit ihrem Hund am Mainufer spazieren. Sie habe sich geärgert, weil der Mann ausgerechnet auf der Bank gesessen hatte, auf der sie normalerweise Rast macht.»

«Aber es gibt doch wahrscheinlich Hunderte Bänke dort unten ...»

«Vielleicht nicht Hunderte, aber viele. Die alte Dame erzählte aber, dass ihr Hund immer vorauslaufe bis genau zu dieser Bank, wo er dann sein Leckerchen bekomme. Das habe er auch vorgestern gemacht. Allerdings habe dort dieser Mann gesessen. Der Hund habe am Hosenbein des Mannes geschnüffelt, worauf dieser wütend geworden sei. ‹Nehmen Sie gefälligst Ihren Köter weg› habe er zu der Dame gesagt.»

«Sehr gut», sagte Marthaler. «Das heißt, er hat deutsch gesprochen. Das ist eine Information, die wir bislang noch nicht hatten.»

«Deutsch mit einem leicht südländischen Akzent.»

Marthaler machte eine wegwerfende Handbewegung. «Einen südländischen Akzent hören alle Zeugen.»

Thielicke reichte den zweiten Stapel mit Protokollen an Kerstin Henschel weiter. «Genau. Alle weiteren Aussagen sind etwas unspezifischer, aber trotzdem nicht unwichtig. Seht zu, was ihr draus macht … Kommen wir also zu den Film- und Fotofreunden. Zweiunddreißig Zeugen haben sich gemeldet, die zur fraglichen Zeit in der Nähe von *Sultans Imbiss* Aufnahmen gemacht haben. Ihr dürft davon ausgehen, dass es im Laufe des Tages noch wesentlich mehr werden. Ich habe das Gefühl, dass die Leute das Gucken verlernen, weil sie stattdessen unentwegt Bilder machen.»

«Was uns in diesem Fall nur recht sein kann», entgegnete Kerstin Henschel.

«Einverstanden. Wir haben die Knipser und Videoten allerdings nicht gefragt, was auf den Aufnahmen zu sehen ist. Das wäre zu umständlich geworden. Wir haben lediglich die Kontaktdaten notiert. Der Rest ist euer Ding. Ihr werdet wohl nicht umhinkommen, das gesamte Material zu sichten. Da es sich in einigen Fällen um Touristen handelt, die nur eine begrenzte Zeit in Frankfurt verbringen, solltet ihr euch damit beeilen.»

«Sonst noch was?», fragte Marthaler.

«Eine Sache noch», sagte Thielicke. «Ich habe mir mal angeschaut, welche Meldungen um die Tatzeit herum auf unseren Dienststellen eingegangen sind. Dabei ist mir eine Sache aufgefallen … Ich weiß nicht, ob sie wirklich von Bedeutung ist …»

Thielicke machte eine Pause, als sei er nicht sicher, ob er die Ermittler mit seiner Entdeckung behelligen dürfe.

«Mist», sagte Kerstin Henschel. «Darauf hätten wir selbst kommen können. Wir hätten längst bei den Revieren rumfragen müssen. Also, erzähl …»

«Auf dem 9. Polizeirevier ist vorgestern am späteren Abend ein Mann vorbeigekommen, um einen Unfall zu melden. Er hat beobachtet, wie auf der Schweizer Straße, Ecke Schaumainkai ein Taxi in einer Hauseinfahrt angehalten hat.»

«Also in unmittelbarer Nähe des Tatorts.»

«Ja. Eine Frau ist ausgestiegen, hat die Straße überquert

und ist zum Mainufer hinuntergelaufen. Der Taxifahrer hat noch einen Moment bei eingeschalteter Innenbeleuchtung in seinem Wagen gesessen und offensichtlich etwas notiert. Als er zurückstieß, hat er ein parkendes Fahrzeug gerammt. Dabei sei das rechte Rücklicht des Taxis zu Bruch gegangen. Aber statt sich um den Schaden zu kümmern, ist der Taximann einfach weggefahren.»

Marthaler horchte auf. Er merkte, wie sich seine Kopfhaut spannte. Er war sicher, dass die Information, die Rainer Thielicke ihnen gerade gegeben hatte, von großer Bedeutung für die weiteren Ermittlungen war.

«Sehr gut», sagte er. «Dann müssen wir jetzt die Taxizentralen abklappern, um herauszufinden, welcher Wagen um die fragliche Zeit zum Schaumainkai gefahren ist und ein kaputtes Rücklicht hat. Das sollte einigermaßen rasch zu erledigen sein.»

«Nein, das müsst ihr nicht. Der Zeuge hatte sich die Nummer des Taxis notiert. Wahrscheinlich haben die Kollegen vom Revier in der Hans-Thoma-Straße bereits Kontakt mit dem Übeltäter aufgenommen.»

«Ist das alles?», fragte Marthaler.

«Ja. Fürs Erste. Aber macht euch auf umfangreiche Nachlieferungen gefasst. Die Aussagen der Zeugen, die zwar in der Nähe des Tatorts waren, denen aber nichts aufgefallen ist, habe ich in einem eigenen Ordner gesammelt. Darauf könnt ihr zurückgreifen, wenn euch irgendwann gar nichts mehr einfällt. Was ich euch nicht wünsche.»

Marthaler merkte, dass Rainer Thielicke mit der letzten Bemerkung auf seine eigenen Erfahrungen beim Fall Tristan anspielte. Offensichtlich hatte er, wie so viele seiner damaligen Kollegen, die Niederlage noch immer nicht verkraftet.

«Und wo fangen wir jetzt an?», fragte Kerstin Henschel, als sie gemeinsam mit Marthaler die Treppe zum Erdgeschoss hinabstieg. Sie hielt die drei Stapel mit den Aussageprotokollen hoch. «Wie sollen wir das alles bewältigen?»

«Nimm du das bitte in die Hand», sagte Marthaler. «Ich hänge mich sofort an diese Taxi-Geschichte. Wenn wir Glück haben, kommen wir dadurch endlich unserer mysteriösen Französin ein Stück näher. Schnapp du dir alle verfügbaren Kollegen und fangt mit den Befragungen der Zeugen an.»

Kerstin war abrupt stehen geblieben: «Wenn du mir sagst, welche Kollegen überhaupt verfügbar sind.»

«Döring und Liebmann sind da, oder?»

«Und? Wer noch?», fragte sie.

«Becker und Delius?»

«Die können helfen, mehr aber nicht.»

«Was ist überhaupt mit Manfred Petersen? Hast du ihn erreicht?», fragte Marthaler.

«Elvira sagt, es sei eine Krankmeldung von ihm in der Tagespost gewesen.»

«Gut … Gut, aber schlecht. So fehlt uns zwar seine Arbeitskraft, aber wir müssen ihn wenigstens nicht rausschmeißen. Jedenfalls nicht sofort.» Dann schaute Marthaler seiner Kollegin direkt in die Augen. «Und wo ist Oliver Frantisek?»

Kerstin senkte den Blick und zögerte einen Moment. Marthaler sah, dass sie rot geworden war. «Robert, ich weiß, dass du uns gestern Abend gesehen hast. Ich … Wir sind noch …»

«Nein. Ich will nichts hören. Ich will nur wissen, was er macht.»

«Er wollte kurz nach Hause fahren, um sich dann auf den Weg nach Köln zu machen. Dort findet eine internationale Konferenz über Waffenschmuggel in Europa statt. Oliver will dort am Nachmittag einen französischen Kollegen treffen, der damals die Suche nach diesen geraubten Pistolen geleitet hat. Wie hießen sie noch gleich?»

«*Desert Eagle*», sagte Marthaler und wunderte sich selbst,

dass er den Namen der Waffe nicht bereits wieder vergessen hatte.

«Ja, *Desert Eagle*. Du hast Oliver selbst den Auftrag gegeben, nochmal nachzuforschen, du erinnerst dich?»

«Ich erinnere mich», sagte Marthaler. «Dann ruf bitte Charlotte an. Sie soll dir so viele Leute geben, wie du brauchst. Schließlich haben wir das Versprechen unseres Innenministers, dass uns jede Hilfe gewährt wird. Jetzt soll er zeigen, dass er mehr kann als Sonntagsreden halten und sich in unsere Angelegenheiten mischen.»

Zwanzig Marthaler stieg auf die Rückbank des Taxis, das mit laufendem Motor vor dem Weißen Haus in der Günthersburgallee auf ihn wartete.

«Ich suche einen Kollegen von Ihnen, Hans-Jürgen Zingler. Können Sie herausfinden, wo er sich gerade befindet, ohne dass er etwas davon erfährt?»

Marthaler hatte die Nummer des gesuchten Taxis auf einen Zettel geschrieben, den er dem Fahrer zusammen mit einem Zwanzig-Euro-Schein reichte.

Der Mann schaute ihn einen Moment misstrauisch an, dann grinste er: «Kein Problem, wenn Sie mich nicht verraten.»

Während der Fahrer über Funk Kontakt mit seiner Zentrale aufnahm, wählte Marthaler die Nummer Walter Schillings. Der Chef der Spurensicherung meldete sich sofort. «Robert, du bist echt ein Witzbold. Wir wissen vor Arbeit nicht ein und aus, dann drängst du mich, auch noch dieses Haus in Petterweil auseinanderzunehmen, und wenn man dir die Ergebnisse mitteilen will, bist du nicht zu erreichen.»

«Jetzt bin ich da, und du kannst mir alles erzählen.»

«Ja. Toll. Wir haben Joachim Morlangs Computer beschlagnahmt. Aber wenn wir alles, was sich darauf an Daten befindet, durchforsten wollen, werden wir Wochen, wenn nicht Monate brauchen. Wenn wir das ausdrucken, haben wir Zehntausende Seiten Papier.»

«Vielleicht müssen wir ja gar nicht alles lesen.»

«Wenn wir nicht wissen, wonach wir suchen, werden wir wohl nicht umhinkönnen, das zu tun. Der Kerl hat über die letzten beiden Jahrzehnte Informationen über Hunderte von Leuten gesammelt. Das Meiste scheint schmutzige Wäsche zu sein. Er hat Unterlagen und Fotos von Politikern gespeichert, die in illegale Geschäfte verwickelt sind. Er hat Aussagen von Prostituierten gesammelt, zu deren Kundschaft bekannte Bank- und Wirtschaftsleute gehören. In seinem Computer ist nahezu jeder verewigt, der in Frankfurt Rang und Namen oder wenigstens Geld hat. Selbst hochrangige Kirchenleute haben ihre eigenen Dossiers. Noch dazu ist das Ganze in einer saumäßigen Ordnung. Wie der Kerl sich in seinen unzähligen Dateien selbst zurechtgefunden hat, ist mir ein Rätsel. Du kannst davon ausgehen, dass der Typ ein professioneller Erpresser war.»

«Okay. Aber jetzt ist er tot», sagte Marthaler. «Was schlägst du also vor?»

«Auf jeden Fall müssen wir das Material der Staatsanwaltschaft übergeben. Sollen die sich damit herumschlagen und anschließend entscheiden, in welchen Fällen ermittelt werden muss.»

«Dann müssen wir uns auf seine Telefone konzentrieren. Habt ihr da etwas herausbekommen? Mich interessiert vor allem der Kontakt zu der Französin.»

«Nächstes Problem», sagte Schilling. «Seinen Festnetzanschluss hat der Kerl kaum benutzt, und wenn, dann nur für harmlose Gespräche. Es gibt zwar eine Mobilfunknummer, die wir ihm zuordnen können, aber mit dem zugehörigen Handy telefoniert offensichtlich jemand, den wir nicht kennen.»

«Was hat das zu bedeuten?»

«Du weißt, was ein Handypool ist?»

«Nein», antwortete Marthaler, «klär mich auf!»

«In der Unterwelt ist es üblich, dass dreißig oder vierzig Leute ihre Handys untereinander tauschen. Meist geschieht das anonym. Keiner weiß, wer das Telefon benutzt, das er selbst angemeldet hat. So wird es für uns nahezu unmöglich, auf die Telefondaten zuzugreifen, die wir brauchen. Das heißt, wir erwischen immer erst mal den Falschen.»

«Verdammt», fluchte Marthaler. «Und so was ist erlaubt?»

Schilling lachte. «Ob erlaubt oder nicht, ist den Herrschaften ziemlich egal. Ihnen geht es um Verschleierung. Im Zweifelsfall behaupten sie, ihr Mobiltelefon verloren und den Verlust noch nicht bemerkt zu haben. Und bis wir das ganze Geflecht aufgedröselt haben, ist es meist zu spät.»

«Das heißt: So kommen wir nicht weiter.»

«Das heißt es», sagte Schilling.

Marthaler beendete das Gespräch. Er schaute aus dem Beifahrerfenster, ohne etwas zu sehen. Er dachte über das nach, was Schilling erzählt hatte. So war es immer. Kaum hatten sie eine Möglichkeit gefunden, die Machenschaften der Unterwelt zu überwachen, schon hatten die Kriminellen neue Methoden entwickelt, die Ermittler zu foppen. Er hatte das Gefühl, dass sie immer einen Schritt hinterherhinkten. Es war wie im Märchen von «Hase und Igel». Immer waren die Ganoven schon «all dor».

«Wo fahren wir hin?», fragte er den Taxichauffeur.

«Wir sind gleich da. Zingler steht mit seinem Wagen vor dem Hauptbahnhof. Wir fahren an ihm vorbei, und ich zeige Ihnen den Mann unauffällig. Dann fahren wir weiter, und Sie steigen an der Südseite aus.»

Inmitten des Pulks der anderen Taxis, die vor dem Bahnhof auf Kundschaft warteten, stand Zingler neben seinem Wagen und las Zeitung. Marthaler näherte sich von der Beifahrerseite. Er bemerkte, dass der Wagen zwar noch eine Beule aufwies, dass das Rücklicht aber bereits repariert war. Als er die Wagentür öffnete, begannen die weiter vorne stehenden Fahrer zu protestieren. Marthaler zeigte seine Marke und setzte sich auf den Beifahrersitz.

«Was soll das?», fragte Zingler, der den Kopf zur Tür hereingestreckt hatte.

«Setzen Sie sich!»

Murrend nahm der Mann hinter dem Steuer Platz. «Wenn Sie wegen der Sache in der Schweizer Straße kommen … das ist bereits erledigt», sagte er. «Ich hab mich mit dem Halter des anderen Fahrzeugs geeinigt.»

«Das interessiert mich nicht», sagte Marthaler. «Mich interessiert die Frau, die Sie gefahren haben. Ich will, dass Sie mir die Frau beschreiben. Ich will wissen, wo sie eingestiegen ist.»

Zingler lachte. «Wenn Sie wüssten, wie viele Gäste ich jeden Tag fahre … Keine Ahnung …»

Marthaler beugte sich zu dem Mann hinüber. «Hören Sie», sagte er leise. «Sie haben vorgestern eine Frau ans Mainufer gefahren, in die Nähe jener Stelle, an der kurz darauf ein fünffacher Mord geschehen ist. Und Sie wollen mir erzählen, dass Sie sich daran nicht erinnern?»

«Wenn ich es Ihnen doch sage. Ich kann mir nicht jeden Fahrgast merken.»

Als Marthaler zu brüllen begann, zuckte der Mann zusammen: «Wollen Sie, dass wir die Taxizentrale auseinandernehmen? Sollen wir Ihre Unterlagen durchforsten? Wollen Sie, dass ich Sie vorlade und zu einer Aussage zwinge?»

Zingler war blass geworden. Eine halbe Minute sah er schweigend aus dem Fenster. «Ich bin nicht selbst gefahren», sagte er schließlich.

«Sondern.»

«Ein Fidschi.»

«Ein was?», fragte Marthaler.

«Ein Vietnamese. Er fährt den Wagen, wenn ich keine Zeit habe. Die Räder müssen rollen.»

«Und dieser Vietnamese hat auch einen Namen?»

«Ich nenne ihn Hotschi.»

«Hotschi?»

«Ja, wie Ho Chi Minh.»

«Und Hotschi hat wahrscheinlich weder eine Arbeits- noch

eine Aufenthaltserlaubnis. Und bekommt einen Hunger-
lohn.»

Zingler zuckte mit den Schultern.

«Und wo wohnt dieser Hotschi? Verdammt, Mann, reden
Sie!»

«In Preungesheim», sagte Zingler.

«Dann bringen Sie mich da jetzt hin», sagte Marthaler.
«Und zwar, ohne dass Sie das Taxameter einschalten.»

Während sie in den Norden der Stadt fuhren, sagte Marthaler
kein Wort. Hinter der Friedberger Warte bogen sie nach links
in die Homburger Landstraße. Nach einiger Zeit kamen sie an
dem riesigen Gelände der Justizvollzugsanstalt vorbei. Der
Mann, der Hotschi genannt wurde, wohnte in einem der zahlreichen Siedlungshäuser auf der Rückseite der hohen Gefäng-
nismauern.

Zingler parkte den Wagen am Straßenrand.

«Und jetzt?», fragte er.

«Sie gehen vor! Sie klingeln und sorgen dafür, dass Hotschi
nicht abhaut. Stellen Sie mich als einen Freund vor. Oder besser: Stellen Sie mich als jemanden vor, der einen Auftrag für
ihn hat. Sollte irgendetwas schieflaufen, werde ich Sie hoch-
gehen lassen. Ist das klar?»

Zingler brummte. Er stieg aus und ging auf die Haustür
eines der Wohnblocks zu. Marthaler schaute auf das Klingelschild. Es standen ausnahmslos ausländische Namen darauf.

Die Wohnung befand sich im zweiten Stock. Ein kleines
Mädchen öffnete die Tür. Es war barfuß und hatte lange
dunkle Haare. Auf dem Boden im Flur spielten zwei weitere
Kinder. Aus allen Zimmern hörte man Stimmen. Eine junge
Frau kam aus der Küche und begann sofort, auf die beiden
Gäste einzureden. Ihre Hände waren mit Teig und Mehl ver-
schmiert.

«Das ist Hotschis Frau», sagte Zingler.

Marthaler brauchte eine Weile, bis er merkte, dass die Frau versuchte, deutsch mit ihnen zu sprechen. Trotzdem begriff er nichts von dem, was sie sagte. Durch die geöffnete Küchentür sah er ein altes Paar am Tisch sitzen. Die beiden schauten ihn mit ängstlichen Augen an. Marthaler lächelte und sagte guten Tag. Sofort begannen die Alten mit den Köpfen zu wackeln.

«Mein Gott, wie viele Leute wohnen denn hier?»

«Mal neun, mal zehn, mal mehr. Auf siebzig Quadratmetern», sagte Zingler. «Alles Fidschis.»

Sie warteten, bis die junge Frau ihre Hände von dem klebrigen Teig befreit und ihrem Mann Bescheid gesagt hatte. Dann wurden sie in eines der Zimmer gebeten.

Hotschi saß auf einem Stuhl am Fenster und schaukelte ein schlafendes Baby auf dem Schoß. Er war ein schlanker, kleiner Mann mit einem freundlichen Gesicht und schmalen Händen. Er begrüßte die beiden Gäste in fast akzentfreiem Deutsch und lud sie im selben Atemzug ein, gemeinsam mit der Familie zu essen.

Marthaler merkte, dass er Zinglers Hilfe nicht brauchte. Als dieser ansetzte, etwas zu sagen, brachte er ihn mit einer Handbewegung zum Schweigen: «Sie können gehen, Herr Zingler, ich komme hier alleine zurecht. Sollte ich Sie nochmal brauchen, weiß ich ja, wo Sie zu finden sind.»

Marthaler wartete, bis der Taxifahrer die Wohnung verlassen hatte. Dann wandte er sich an den Vietnamesen, der ihn erwartungsvoll anschaute. «Ich bin Kriminalpolizist, aber Sie brauchen keine Angst zu haben. Ihre Aufenthaltsgenehmigung interessiert mich nicht. Ich brauche nur ein paar Informationen von Ihnen.»

Hotschis Gesicht wurde ernst. Mit dem Handrücken fuhr er dem Baby über die Wange.

«Ich weiß, dass Sie einen Unfall hatten. Aber die Sache ist bereits erledigt. Es geht um die Frau, die Sie an diesem Abend gefahren haben. Ich wüsste gerne, ob Sie mit ihr gesprochen haben. Was können Sie mir über sie sagen? Wo ist sie eingestiegen?»

Hotschi überlegte eine Weile. «Ist die Frau ermordet worden?», fragte er schließlich.

«Das wissen wir nicht», sagte Marthaler. «Jedenfalls ist sie verschwunden. Und wir müssen sie dringend finden. Das heißt, wenn es sich bei Ihrem Fahrgast überhaupt um die Person handelt, die wir suchen.»

«Sie ist Französin», sagte Hotschi. «Ich habe mit ihr französisch gesprochen.»

Marthaler atmete durch. Das war es, was er gehofft hatte. Endlich ließ seine Anspannung ein wenig nach.

«Gut», sagte er. «Dann ist sie es.»

«Sie kam direkt aus Paris. Sie ist am Bahnhof bei mir in den Wagen gestiegen.»

«Was haben Sie mit ihr geredet?»

«Nicht viel, die Fahrt war nicht lang. Sie hat mir erzählt, dass sie nach Frankfurt gekommen ist, um irgendetwas zu verkaufen. Sie sprach von Noten. Ich habe es nicht richtig begriffen. Sie sagte immer wieder das Wort Offenbach. Ich dachte, ich soll sie dort hinbringen. Dass wir dort noch hinfahren. Aber sie wollte nur zum Schaumainkai.»

«Und Sie sind direkt vom Hauptbahnhof nach Sachsenhausen gefahren?»

«Nein. Zuerst haben wir an ihrem Hotel Halt gemacht. Sie hatte ein Zimmer im *Nizza*, in der Elbestraße. Ein schönes, freundliches Hotel in einem hässlichen, schmutzigen Viertel.»

Marthaler nickte. «Ich kenne das *Nizza*. Erzählen Sie weiter!»

Hotschi schaute Marthaler an. «Sonst gibt es nichts. Sie hat ihre Tasche ins Hotel gebracht. Dann sind wir weitergefahren nach Sachsenhausen. Sie ist ausgestiegen, hat die Straße überquert und ist die Treppe zum Main hinuntergestiegen. Ich habe ihr nachgeschaut. Sie ist eine schöne Frau. Dann habe ich das Rücklicht kaputt gefahren.»

«Denken Sie bitte nochmal nach! Jede Einzelheit ist wichtig für uns. Hat die Frau sonst noch irgendetwas gesagt? Hat sie vielleicht erwähnt, mit wem sie sich in Frankfurt treffen wollte?»

«Nein.»

«Oder wie lange sie bleiben wollte?»

«Nein.»

«Hat sie gesagt, was sie von Beruf ist?»

«Nein.»

Marthaler sah ein, dass er nicht weiterkam mit seinen Fragen. Wahrscheinlich wusste der Vietnamese wirklich nicht mehr.

«Jetzt müssen Sie mir Ihre Karte geben», sagte Hotschi.

Marthaler schaute ihn fragend an.

«Wie in den Filmen», sagte der Vietnamese. «Damit ich Sie anrufen kann, falls ich etwas vergessen haben sollte.»

Marthaler lachte. Dann kramte er eine der Visitenkarten aus der Innentasche seines Jacketts. «Hier», sagte er. «Und tun Sie es bitte wirklich, sagen Sie Bescheid, wenn Ihnen noch etwas einfällt. Und wenn Sie mir jetzt noch ein Taxi rufen würden ...»

«Ich kann Sie mit in die Stadt nehmen», sagte Hotschi. «Aber nur, wenn Sie vorher mit uns essen. Es gibt gebratenes Hähnchenfilet mit Gemüse und Knoblauch in Kokoscreme. Wir nennen es ‹Der badende Buddha›.»

Marthaler überlegte. Dann nahm er die Einladung an. «Wenn es nicht allzu spät wird ... Warum eigentlich nicht? Ja, ich esse gerne mit Ihnen. Vielen Dank.»

Hotschi hielt ihm das schlafende Baby hin. «Wenn Sie den Kleinen halten, kann ich schon anfangen, den Tisch zu decken.»

Bevor er etwas erwidern konnte, hatte Hotschi ihm den

Jungen in den Arm gelegt. Ein wenig unsicher wiegte Marthaler das Kind hin und her. Dann begann er Gefallen daran zu finden. Und plötzlich überraschte er sich dabei, wie er leise ein altes Wiegenlied summte.

«Eine Frage habe ich noch», sagte Marthaler, als Hotschi wieder ins Zimmer kam. «Haben Sie eigentlich wenigstens einen Führerschein?»

Der junge Vietnamese schaute den Polizisten geradewegs an. Statt zu antworten, setzte er ein Lächeln auf, das so breit war, wie es sein schmales Gesicht nur zuließ.

Hinter der Rezeption des *Nizza* stand eine schwarze Frau mit kurzgeschnittenen Haaren. Während er mit ihr sprach, starrte Marthaler unentwegt auf die dunkelrot geschminkten Lippen der Frau, die mit ihrer braunen Haut auf eine Weise harmonierten, dass ihm unwillkürlich das altmodische Wort «Anmut» einfiel.

«Ich suche nach einem Gast von Ihnen, nach einer Frau, die vorgestern am späteren Abend hier eingecheckt hat.»

«Wer fragt?»

«Entschuldigung», sagte Marthaler. Er zeigte seine Marke und stellte sich vor.

«Wenn Sie jetzt noch so freundlich wären, mir den Namen der Frau zu sagen.»

«Den hoffe ich, von Ihnen zu erfahren.»

«Das heißt, Sie suchen jemanden, wissen aber nicht, wen Sie suchen?»

«Das kommt in unserem Beruf leider ziemlich häufig vor», erwiderte Marthaler.

«Vorgestern hatte ich keinen Dienst. Aber ich kann nachschauen.»

«Ich bitte darum.»

Sie bückte sich, zog einen schmalen Ordner hervor und legte ihn auf den Tresen. Dann begann sie zu blättern. Marthaler sah, dass sie an jedem Finger der rechten Hand einen Ring trug.

«Ist die Frau alleine oder in Begleitung gekommen?»

«Nein, alleine.»

«Dann ist es die, die wir vermissen», sagte die Rezeptionistin.

Sie drehte den Ordner um, sodass Marthaler das Anmeldeformular lesen konnte.

Valerie Rochard
11, Place d'Aligre
75 001 Paris
France
Journaliste
14. 1. 1978

Für einen Augenblick war Marthaler so überrascht, dass er die Rezeptionistin mit einem glücklichen Lächeln anschaute.

«Die Frau hatte für zwei Nächte gebucht, ist aber nur einmal hier aufgetaucht. Sie hat ihre Tasche in ihr Zimmer gebracht, hat den Schlüssel wieder abgegeben und ist dann sofort verschwunden. Seitdem hat sie niemand mehr gesehen.»

«Und was ist mit ihrem Zimmer, kann ich es sehen?»

«Warten Sie … Zimmer 25, nein, das ist schlecht. Wir haben es vor einer Stunde neu belegt. Wir mussten es nicht einmal reinigen.»

«Trotzdem werden wir uns dort einmal umschauen müssen. Was haben Sie mit ihrer Tasche gemacht?»

«Die haben wir natürlich aufbewahrt. Wir hoffen, dass die Dame wieder auftaucht. Schließlich hat sie ihr Zimmer noch nicht bezahlt.»

«Die Tasche muss ich beschlagnahmen», sagte Marthaler. «Holen Sie sie, bitte. Hat Valerie Rochard das Zimmer erst hier gemietet oder hat sie von Paris aus gebucht?»

Die Rezeptionistin zeigte ihre weißen Zähne: «Erst Tasche holen? Oder erst nachgucken?»

«Egal», sagte Marthaler und schaute der Frau nach, die in einem der hinteren Räume verschwand. Dann wählte er die Nummer von Kerstin Henschel.

«Kerstin, ich bin im *Hotel Nizza*. Der Knoten ist geplatzt. Wir haben die Französin ... Nein, nicht sie selbst, aber ihren Namen und ihre Adresse. Schreib bitte mit ... Ja. Sie ist Journalistin, siebenundzwanzig Jahre alt. Ruft die Kollegen in Paris an. Seht zu, ob ihr irgendwas über Valerie Rochard in Erfahrung bringen könnt. Warte einen Augenblick ...»

Die Rezeptionistin hatte die Reisetasche auf den Tresen gestellt. Sie blätterte erneut in dem Ordner, dann reichte sie Marthaler einen Zettel. Es war der Ausdruck einer E-Mail.

«Kerstin, hör zu. Sie hat das Zimmer nicht selbst bestellt. Die Buchung hat der Fernsehsender *arte* vorgenommen. Wahrscheinlich ihr Arbeitgeber. Fragt dort nach, was Valerie Rochard in Frankfurt wollte. Versucht, so schnell wie möglich ein Foto von ihr zu bekommen. Und schreibt die Frau sofort zur Fahndung aus.»

Einundzwanzig Um 14.27 Uhr verließ Oliver Frantisek den fast pünktlichen ICE und betrat Bahnsteig 4 des Kölner Hauptbahnhofs. Er reihte sich in den Strom der Reisenden ein, fuhr mit der Rolltreppe hinunter in die Passage und ging in Richtung des Hauptausgangs. In einem der Presseläden kaufte er eine Zeitung und stellte fest, dass es die Morde in Frankfurt auch auf die Titelseiten der Kölner Lokalblätter gebracht hatten.

Als er den Bahnhofsvorplatz betrat, zog Frantisek sein Jackett aus und setzte seine Sonnenbrille auf. Der Himmel war blau. Vor ihm gingen zwei Mädchen in kurzen Röcken und T-Shirts. Mehrmals drehten sie sich zu ihm um. Er war es gewohnt, dass er wegen seiner Größe immer wieder Aufmerksamkeit erregte. Er lächelte den Mädchen zu, dann schnitt er eine Grimasse. Die beiden liefen kichernd davon.

Frantisek ging zu einem der Imbissstände und bestellte eine Portion Rievkoche mit Apfelmus. Dann setzte er sich auf die untersten Stufen der Treppe, die zur Domplatte hinaufführte, und nahm seine Mahlzeit ein.

Anschließend schlenderte er eine Weile durch die Einkaufsstraßen und besah sich die Schaufenster. Die modische Kleidung, die hier angeboten wurde, war ihm ausnahmslos zu klein. Am Friesenplatz fand er ein Geschäft für Übergrößen, ging hinein, durchstöberte eine Viertelstunde lang das Angebot, merkte dann aber, dass er nicht in der Stimmung war, etwas anzuprobieren, und verließ den Laden unverrichteter Dinge.

Auf dem Rückweg zum Bahnhof entdeckte er in der Auslage eines Schmucklädchens ein kleines Collier, das ihm gefiel und von dem er hoffte, dass es auch Kerstin gefallen würde. Er ging in den Laden, ließ sich das Schmuckstück als Geschenk einpacken und steckte das Päckchen wie eine Beute in die Jackentasche. Für ein paar Sekunden hatte er die Befürchtung, Kerstin könne ein solches Geschenk missverstehen, dann schob er den Gedanken beiseite.

Als er den Bahnhof wieder erreicht hatte, merkte er, dass es immer noch zwanzig Minuten zu früh war. Er beschloss, die Zeit für einen kurzen Besuch im Dom zu nutzen. Kaum hatte er das riesige Gotteshaus betreten, wurde ihm kalt. Bevor er sein Jackett wieder überzog, benetzte er seine Fingerspitzen mit Weihwasser und bekreuzigte sich. Dann kniete er sich in eine der hinteren Bänke und begann zu beten.

Als er den *Alten Wartesaal* betrat, schaute er auf die Uhr. Es war 15.25 Uhr. Kaum hatte er sich an einen der Tische gesetzt, sah er, wie ein Mann hereinkam, der sich suchend umschaute. Oliver Frantisek hob die Hand und winkte dem Mann zu.

«Oh, Sie sind aber wirklich sehr groß», sagte der Mann in einwandfreiem Deutsch, aber mit stark französischem Akzent.

«Bonjour, Monsieur Lambert», sagte Frantisek. «Ja, man erkennt sich immer.»

«Nennen Sie mich bitte Marcel. Gegen Sie komme ich mir vor wie eine halbe Portion. So sagt man doch auf Deutsch?»

Frantisek lachte. «Ja, so sagt man.»

«Bon, dann lassen Sie uns gleich beginnen. Meine Konferenz geht in einer Stunde weiter.»

Sie warteten, bis der Kellner die Getränke gebracht hatte, dann begann Marcel Lambert zu sprechen. Er war Mitglied jener Sondereinheit der französischen Polizei gewesen, die 2002 den Überfall untersucht hatte, bei dem zweihundert Pistolen der Marke *Desert Eagle* geraubt und zwei Sicherheitsleute ermordet worden waren. Vier mit Maschinenpistolen bewaffnete Motorradfahrer hatten den Transporter auf seinem Weg vom Flughafen in die Innenstadt gestoppt und sofort das

Feuer eröffnet. Die Täter hatten die Beute in einen bereitstehenden Pkw geladen und waren unerkannt entkommen.

Lambert schilderte seinem deutschen Kollegen in Kurzform den Tathergang und die Ergebnisse der anschließenden Ermittlungen. Während er aufmerksam zuhörte, machte sich Oliver Frantisek gelegentlich Notizen. Schließlich erfuhr er, dass er sich getäuscht hatte. Er hatte angenommen, dass alle geraubten Pistolen bis heute verschwunden geblieben waren.

«Es hat zwar lange gedauert», sagte Marcel Lambert. «Aber nach eineinhalb Jahren hatten wir endlich Erfolg. Im Hafen von Marseille wurde ein Schiff kontrolliert, das mit europäischen Hilfsgütern nach Gaza auslaufen sollte. In den Containern mit Kleidung, Medikamenten und Lebensmitteln fand man eine Holzkiste, in der fünfundzwanzig der gestohlenen Pistolen gefunden wurden. Ein Mitglied der Schiffsbesatzung hatte die Kiste an Bord geschmuggelt. Die Pistolen waren für die Kämpfer der islamistischen Hamas bestimmt.»

«Das heißt, die ursprünglich in Israel entwickelten Waffen wurden gestohlen, um sie im Kampf gegen Israel einzusetzen?»

«So ist es. Leider sind wir nie an die französischen Hintermänner herangekommen. Der Matrose hatte mehr Angst vor der Rache seiner Auftraggeber als vor unseren Gefängnissen. Und bedauerlicherweise haben wir die Sache erst entdeckt, als die Aktion bereits beendet war: Es hatte bereits vorher fünf gleich große Lieferungen nach Gaza gegeben. Fünf Kisten mit je fünfundzwanzig *Desert Eagle* hatte die Hamas bereits erhalten. Nachdem die Sache aufgeflogen war, hat der querschnittgelähmte Scheich Ahmad Yasin einige seiner Kämpfer vor laufender Kamera mit den Pistolen posieren lassen. Ein halbes Jahr später wurde Yasin beim Angriff eines israelischen Hubschraubers getötet. Drei Hellfire-Raketen hatten das Haus getroffen, in dem er sich mit seinen Söhnen aufhielt.»

«Wenn ich richtig rechne», sagte Oliver Frantisek, «sind

also hundertfünfundzwanzig Pistolen an die Palästinenser gegangen. Fünfundzwanzig hat die französische Polizei wieder in ihren Besitz gebracht. Bleiben noch fünfzig übrig.»

«Wir vermuten, dass ein Teil der verbleibenden Pistolen über Tschetschenien nach Afghanistan gelangt ist. Sicher sind wir nicht, aber es gab entsprechende Hinweise. Einer unserer verdeckten Ermittler hat damals so getan, als wolle er eine größere Anzahl *Desert Eagle* auf dem Schwarzmarkt verkaufen. Ich glaube, auf Deutsch nennt man das ein Scheingeschäft. Wir wollten sehen, welche Kreise überhaupt Interesse an den Waffen haben. Wir haben gehofft, über die möglichen Kunden an die tatsächlichen Anbieter zu kommen.»

«Ohne Erfolg?»

«Nicht ganz», erwiderte Marcel Lambert. «Unser Ermittler hat einen so hohen Preis für die Pistolen verlangt, dass einer der Interessenten, ein Moskauer Waffenhändler, erzählte, er habe ein wesentlich günstigeres Angebot. Während der Verhandlungen hat sich der Russe verplappert und uns den Namen einer deutschen Firma genannt. Diese Firma habe ihm zehn *Desert Eagle* zur Hälfte des von uns verlangten Preises angeboten.»

«Eine deutsche Firma? Wieso haben wir davon nie etwas erfahren?»

«Nun, wir haben den Kreis der deutschen Kollegen, die von uns unterrichtet wurden, natürlich klein gehalten. Außerdem hat uns das Bundeskriminalamt um äußerste Diskretion gebeten.»

«Ja», lachte Frantisek, «das kommt mir bekannt vor. Den einzelnen Bürger schnüffelt man aus, aber wenn es um die Interessen von Firmen geht, wird man plötzlich diskret.»

«Die *Sabana GmbH* ist nach außen hin ein sehr seriöses Unternehmen. Sie handeln mit teuerster Unterhaltungselektronik. Sie kaufen zum günstigsten Tagespreis auf dem Weltmarkt ein, rufen die Ware aber erst ab, wenn sie einen Abnehmer gefunden haben, der deutlich mehr dafür zahlt. Die Inhaber dieser Firma sind hochspezialisierte Wirtschaftsexperten.»

«Aber für ein solches Unternehmen wäre doch der Handel mit ein paar gestohlenen Pistolen ein viel zu großes Risiko», gab Oliver Frantisek zu bedenken.

«Dieser Meinung war auch der Ermittlungsrichter. Trotzdem konnten wir ihn überzeugen, einer Hausdurchsuchung zuzustimmen. Denn der Name der Firma war schon öfter in unseren Unterlagen aufgetaucht. Die Pistolen waren für die *Sabana* wahrscheinlich ein kleiner Fisch. Aber wir haben gehofft, dass ihnen dieser kleine Fisch endlich zum Verhängnis würde.»

Marcel Lambert nippte an seinem Wasser und schaute an Frantisek vorbei aus dem Fenster.

«Wir sind mit dreißig Leuten dort angerückt», fuhr er fort. «Deutsche und französische Polizisten. Der Laden war sauber. Wir haben nichts gefunden. Trotzdem sind uns bei der Aktion ein paar merkwürdige Dinge aufgefallen. Einige der Büros waren leergeräumt. Auch die Festplatten mehrerer Computer waren vor unserem Eintreffen gelöscht worden.»

«Das klingt, als hätte *Sabana* Wind von der Sache bekommen, als seien sie vor der Hausdurchsuchung gewarnt worden», sagte Frantisek.

«So ist es. Wir haben vermutet, dass der Russe seinen Fehler bemerkt und die Leute benachrichtigt hat. Wir konnten nichts machen. Trotzdem waren wir sicher, auf der richtigen Spur zu sein.»

«Und Sie meinen, es würde sich lohnen, diese Firma nochmal unter die Lupe zu nehmen?»

Der Franzose zuckte die Schultern. «Natürlich. Aber was soll ich machen? Neue Hinweise habe ich nicht. Da werden sich die deutschen Behörden auf nichts mehr einlassen. Aber wenn Sie eine Möglichkeit sehen … Ich glaube nach wie vor, dass die Firma ein einziger großer Misthaufen ist.»

«Und *Sabana* hat auch eine Adresse?»

«Sie sitzen in Kronberg. In einer kleinen, aber wunderschönen, alten Villa.»

«Im Taunus?»

«So ist es. Ganz in Ihrer Nähe, nicht wahr», sagte Marcel Lambert, der jetzt aufgestanden war, um sich von seinem Kollegen zu verabschieden. «Aber wie gesagt, die Firma gilt als ein sehr integres Unternehmen. Ihre Vorgesetzten werden nicht begeistert sein, wenn Sie versuchen sollten, die alte Akte wieder aufzuschlagen. Ich muss Sie warnen, Oliver. Es kann gut sein, dass Sie sich dabei die Finger verbrennen.»

«Dann ist es eben so», sagte Frantisek. «Wenn das der Fall ist, will ich Ihnen wenigstens vorher noch die Hand geben.»

Zweiundzwanzig Die Eingangstür des *Nizza* schloss sich hinter seinem Rücken, und Marthalers Laune hatte sich deutlich gebessert. Er trug Valerie Rochards Reisetasche und schlenderte die Elbestraße entlang, ohne auf die Junkies und Cracker zu achten, die rechts und links in den Hauseingängen hockten. Er ignorierte den Schmutz auf den Bürgersteigen und die verschmierten Scheiben der billigen Kneipen.

Vor dem *Ristorante Pescara* auf der Kaiserstraße blieb er stehen. Hier hatte er einmal mit Thea Hollmann zu Abend gegessen. Anschließend waren sie zu ihr nach Hause gegangen. Es war der jungen Gerichtsmedizinerin an diesem Tag nicht gut gegangen. Sie hatte ihm erzählt, dass sie manchmal durch die Stadt laufe und das Gefühl habe, nicht mehr dazuzugehören.

So war es Marthaler in den letzten Wochen gegangen. Oft war ihm die Melodie des Liedes von Gustav Mahler eingefallen, die dieser zu einem Gedicht Friedrich Rückerts geschrieben hatte: «Ich bin der Welt abhanden gekommen.» Das war Marthalers Gefühl gewesen. Er hatte nicht mehr dazugehört. Die Stadt und ihre Bewohner waren ihm fremd geworden; er war aus der Welt gefallen.

Als er sich jetzt umschaute, fühlte er sich seiner Umgebung wieder näher. Die alte Vertrautheit kehrte langsam zurück. Es war, wie es war. Es gab die schmutzigen und die schönen Seiten, und er war ein Teil davon. Dass die Ermittlungen im *Nizza* zu einem Erfolg geführt hatten, ermutigte ihn. Man musste viel arbeiten, aber die Arbeit war nicht vergeblich. Man konnte etwas tun.

Im Kaisersack schaute er zwei Jugendlichen zu, die mit

ihren Skateboards trainierten. Ihre weiten Hosen saßen tief auf den Hüften. Wenn ihnen eine Übung gelungen war, lachten sie und schlugen ihre Handflächen aneinander. Und manchmal warfen sie einen raschen Blick in Richtung des Schnellrestaurants, vor dessen Eingang ein paar Mädchen standen, die so taten, als bemerkten sie die Jungen nicht.

Sie spielen immer noch dasselbe Spiel, dachte Marthaler. Irgendwann sitzen sie auf den Bänken, um sich zu küssen. Sie flüstern sich Liebesschwüre ins Ohr und träumen sich die Zukunft ziemlich wolkenlos. Wie in den anderen alten Liedern, die es ja ebenfalls gab und die man auch dann noch singen würde, womöglich zu einer neuen Melodie.

Er durchquerte die B-Ebene des Hauptbahnhofs, ließ sich am Automaten eine Fahrkarte ausdrucken, fuhr mit der Rolltreppe ein weiteres Stockwerk hinab und stieg in die U-Bahn. Als eine freundliche Automatenstimme die Station «Römer» ansagte, sprang er auf. Er hatte Appetit auf ein Eis. Obwohl er wie in jedem Frühsommer versuchte, ein wenig abzunehmen, hatte er das Gefühl, sich eine Belohnung verdient zu haben.

Am Römerberg kam er ins Freie. Überall saßen Leute auf den Bänken und genossen das gute Wetter. Vor dem Justitia-Brunnen standen wie immer Gruppen von Asiaten, die sich unentwegt gegenseitig fotografierten. Und auf den Treppenstufen des Römer hielten sich eine Braut und ein Bräutigam bei den Händen, hatten die Köpfe in den Nacken gelegt und streckten ihre jungen Gesichter der Sonne entgegen.

Vor einem der Eiscafés auf dem Paulsplatz suchte Marthaler nach einem freien Tisch im Schatten. Er blätterte die Karte durch und merkte, dass er am liebsten alles bestellt hätte. Er war unentschlossen. Obwohl er sonst am liebsten Spaghetti-Eis aß, entschied er sich heute für einen Amarena-Becher, um schließlich, als die Kellnerin endlich nach seinen Wünschen fragte, ein Tartufo und einen doppelten Espresso macchiato zu verlangen. Wie immer verzehrte er sein Eis viel zu schnell.

Kurz war er in Versuchung, eine weitere Portion zu bestellen, rief aber stattdessen nach der Rechnung. Er wunderte sich über die Preise, zahlte jedoch ohne zu murren und gab ein viel zu hohes Trinkgeld.

Als Marthaler aufstand, klingelte sein Telefon. Er ging ein paar Meter weiter in Richtung Paulskirche, wo das Gedränge der Passanten weniger dicht war. Ganz in der Nähe hatte eine Limonadenfirma ihren Werbestand aufgebaut. Aus zwei kleinen Lautsprechern kam Musik. Eine Frau im roten Overall verteilte Schildkappen und Fähnchen an die Kinder.

«Ich bin's», sagte Tereza.

Marthaler merkte, wie sein Herz einen Sprung machte. Noch vor zehn Minuten hatte er selbst überlegt, sie anzurufen, hatte sich aber nicht getraut, da er fürchtete, sie bei ihrer Arbeit zu stören.

«Tereza, wo bist du?», fragte er. «Es klingt, als wärst du in Amerika.»

«Nein. Nicht Amerika. Ich bin in Prag.»

Er glaubte, sich verhört zu haben.

«Was hast du gesagt?»

«Ich bin in Prag. Ich bin zu Eltern gefahren.»

Sofort wurde Marthaler unruhig.

«Wieso in Prag? Was ... was hat das zu bedeuten? Ich denke, ihr bereitet die neue Ausstellung vor?»

Einen Moment herrschte Stille. Er hörte nur ein fernes Rauschen.

«Wir sind fertig», sagte sie. «Gestern Abend wir sind fertig geworden.»

Wieder merkte er, dass etwas nicht stimmte, dass sie zu wenig miteinander sprachen. Bislang hatten sie immer eine kleine Feier veranstaltet, wenn Tereza eines ihrer Projekte im Städel-Museum beendet hatte, waren essen gegangen oder hatten wenigstens eine Flasche Wein zusammen getrunken. Diesmal hatte sie es ihm nicht einmal erzählt. Vielleicht, weil sie keine Gelegenheit dazu gehabt hatte, weil keine Zeit dafür gewesen war. Vielleicht aber auch, weil es ihr nicht mehr wichtig war, mit ihm darüber zu reden.

«Tereza, was machst du in Prag? Warum hast du nicht gesagt, dass du fahren willst?»

«Ich wollte. Ich habe versucht, dich zu wecken. Ich habe geküsst. Aber du hast so tief geschlafen. Du hast gelegen wie toter Riese. Dann bin ich gefahren ... Ich muss denken, Robert.»

«Ja, Tereza, ich weiß. Aber warum denkst du nicht hier? Warum können wir nicht zusammen nachdenken? Es geht uns beide etwas an.»

Statt einer Antwort hörte er nur ein Knistern in der Leitung. Und dann einen lauten Knall.

«Tereza? Tereza bist du noch da?», rief er. «Was war das? Was ist passiert?»

«Ich verstehe dich nicht. Die Beziehung ist schlecht.»

Für einen Moment war Marthaler irritiert; dann begriff er.

«Du meinst die Verbindung», sagte er. «Die Verbindung ist schlecht.»

«Ja», sagte sie. «Es herrscht Ungewitter ... Robert, es ist etwas geschehen.»

Nun war er es, der schwieg. Ein Gedanke, den er seit Tagen beiseiteschob, überfiel ihn mit solcher Macht, dass er jede Hoffnung zunichtemachte. Tereza hat sich verliebt, dachte er. Sie hat einen anderen Mann. Sie will sich von mir trennen. Sie ist nach Prag gefahren, um es mir nicht ins Gesicht sagen zu müssen. Mit einem Mal kam es ihm vor, als sei die Entfernung, die zwischen ihnen lag, ein gähnender Abgrund, in den er zu stürzen drohte. Er war so verzagt, dass er Angst hatte, sich nicht länger auf den Beinen halten zu können.

«Robert?»

«Was ist geschehen?», fragte er mit tonloser Stimme.

«Ich bin schwanger, Robert.»

Terezas Stimme wurde fast völlig überdeckt von den Störgeräuschen des Funknetzes. Marthaler war sich nicht sicher, sie wirklich verstanden zu haben.

«Was hast du gesagt?», fragte er.

«Robert, ich bekomme Kind.» Ihre letzten Worte hatte sie fast geschrien.

Dann wurde die Verbindung unterbrochen.

Unbeweglich wie eine Säule stand Marthaler mitten auf dem Paulsplatz. Noch immer drückte er das Mobiltelefon an sein Ohr. Er brauchte eine halbe Minute, bis er den Sinn ihrer Worte begriffen hatte.

Dann bekam er Angst. Tereza war schwanger, ohne dass sie beide es geplant hatten. Manchmal hatte er daran gedacht, wie es wäre, wenn sie ein Kind hätten. Ab und zu hatten sie beide auch darüber gesprochen, aber immer nur im Scherz. Für ihn war es ein ferner Gedanke gewesen, den er bald wieder vergessen hatte. Jetzt mussten sie sich darauf einstellen. Er fragte sich, was aus Tereza und ihm würde. Würden sie sich durch ein Kind näherkommen oder würden sie sich voneinander entfernen? Jedenfalls würde sich ihr Leben verändern, ohne dass er es wollte.

Doch schon eine Minute später hatte sich seine Stimmung ins Gegenteil verkehrt. Plötzlich kam es ihm vor, als sei Terezas Schwangerschaft die Lösung aller Probleme. Nun war es, als würde das Glück dieser Nachricht wie ein erfrischender Regen über ihn hereinbrechen. Gerade noch hatte er an sich und seiner Liebe verzweifeln wollen, und jetzt war seine Freude so groß, dass er sie nicht zu fassen vermochte.

Aus den Lautsprechern der Limonadenfirma war ein kleiner, dummer Walzer zu hören. Davor stand eine Mutter mit ihren drei Kindern, die jedes eine der Schildkappen und ein Fähnchen überreicht bekamen. Marthalers Beine begannen, sich wie von selbst im Rhythmus der Musik zu bewegen. Die Frau im roten Overall sah ihn an und lachte. Marthaler tanzte alleine über den Paulsplatz, wie Sabato alleine in seinem Labor getanzt hatte. «Wir sind schwanger», sang er immer wieder, «wir sind schwanger.»

Er bewegte sich auf das kleinste der Kinder zu, ein etwa vierjähriges Mädchen, das ihn mit großen Augen ansah. Aus lauter Überschwang nahm er der Kleinen ihre Schildkappe ab und setzte sie sich auf den Kopf. Dann schnappte er sich auch noch das Fähnchen und winkte damit.

Sofort begann das Mädchen zu weinen.

Erschrocken, und nun schon wieder zwischen Freude und Verzagtheit schwankend, hielt Marthaler inne. Rasch versuchte er, seinen Fehler gutzumachen. Er wollte der Kleinen ihre Kappe wieder aufs Haar drücken, aber sie hatte sich bereits abgewandt und presste sich schluchzend an den Bauch ihrer Mutter. Sie wollte die Kappe nicht mehr und nicht mehr das Fähnchen.

Marthaler war ratlos.

«Entschuldigen Sie!», sagte er. «Das wollte ich nicht.» Mit hängenden Armen stand er vor der Mutter des Mädchens. Dann reichte er ihr die beiden Werbegeschenke. «Kann ich irgendetwas tun?», fragte er. Er begann in seinen Taschen zu kramen, um ein paar Münzen hervorzuziehen. «Hier», sagte er, «nehmen Sie. Kaufen Sie den Kindern ein Eis!»

«Nein», sagte die Frau, die ihrer Tochter über den Kopf streichelte. «Es ist gut. Sie wird sich wieder beruhigen. Gehen Sie einfach!»

«Ja», sagte Marthaler und nahm Valerie Rochards Tasche wieder vom Boden auf. Dann wandte er sich um. Als er sich ein paar Meter entfernt hatte, drehte er noch einmal den Kopf. «Es tut mir sehr leid. Aber Sie müssen wissen … Ich habe gerade erfahren, dass wir …»

«Ja», sagte die Frau, «Sie sind schwanger. Das habe ich gehört.» Sie lächelte Marthaler an. «Dann wünsche ich Ihnen eine gute Niederkunft.»

Dreiundzwanzig Das Konferenzzimmer im Weißen Haus war abgedunkelt und sämtliche Stühle bereits besetzt. Trotzdem drängten immer noch mehr Leute in den Raum. Mit jedem, der neu hinzukam, wurde die Luft ein wenig stickiger.

Mehr als zwanzig Beamte waren am Nachmittag ausgeschwärmt, um jene Zeugen zu befragen, die sich telefonisch gemeldet hatten. Nachdem sie die Aussagen durchgegangen waren, ohne dass sich etwas Neues ergeben hatte, wollten sie jetzt das Bildmaterial auswerten.

Als Sven Liebmann den Beamer einschaltete, wurde es still im Raum.

«Okay», sagte er. «Wir haben sämtliche Fotos und Filme, die uns von den Zeugen zur Verfügung gestellt wurden, einmal kurz angeschaut. Das meiste konnten wir sofort aussortieren: typische Hobbyaufnahmen von posierenden Kindern, eisschleckenden Ehefrauen und hechelnden Hunden. Immer wieder sehen wir den Dom, das Schauspielhaus und die Hochhäuser. Und ein paar Mal auch die Schwäne und Enten am Mainufer. Trotzdem hat fast jeder gefragt, ob es eine Belohnung gibt. Alle haben sie gehofft, zufällig unseren Mörder aufs Bild bekommen zu haben. Schauen wir uns zuerst die Fotos an.»

Als das erste Bild auf der Leinwand erschien, hörte man anerkennende Pfiffe aus dem dunklen Raum. Zu sehen waren zwei junge Frauen, beide blond, beide mit Shorts und leichten Wanderschuhen bekleidet. Sie lachten in die Kamera.

«Zwei schwedische Touristinnen, die im Haus der Jugend abgestiegen sind», sagte Liebmann. «Sie haben einen Passanten gebeten, ein paar Fotos zu machen. Im Hintergrund am rechten Bildrand sieht man ein Stück von der Bank, auf der unser Unbekannter angeblich sitzt.»

Sven Liebmann klickte die nächste Aufnahme an: «Selbes Motiv, etwas andere Perspektive.»

Sofort war ein Raunen zu vernehmen. Das Foto zeigte wieder die beiden Frauen und wieder die Bank. Jetzt sah man, dass auf der Bank jemand saß. Ein dunkelgekleideter Mann, dessen rechte Körperhälfte zu erkennen war.

«Das könnte er sein», sagte Liebmann. «Viel ist das nicht, aber ein Anfang. So, und jetzt aus derselben Serie das letzte Bild.»

Diesmal hatten die Schwedinnen ihre Arme umeinander gelegt. Beide sahen in den Himmel. Die Bank im Hintergrund war jetzt vollständig im Bild. Aber sie war leer. Der Mann war verschwunden.

«Oh, wie schön, eine Bank», rief jemand. Es folgte Gelächter.

«Ja. Der schwarze Herr ist nicht mehr da. Trotzdem erhalten wir durch das Bild eine wichtige Information. Jetzt wissen wir, dass er dort nicht die ganze Zeit gesessen hat, dass er seinen Posten gelegentlich geräumt hat … Nun eine Aufnahme, die ein paar Minuten später entstanden sein dürfte. Wir haben sie von einem Rentnerehepaar erhalten, das an diesem Nachmittag mit seiner Enkelin unterwegs war. Das Foto hat der Opa gemacht.»

Zu sehen war der Uferweg mit zahlreichen Passanten. In einiger Entfernung an einer der dicken Steinmauern der Untermainbrücke stand eine alte Frau. Sie hatte die Arme geöffnet und wartete auf ein kleines Mädchen, das ihr entgegenlief.

«Und?», fragte Kai Döring. «Was sagt uns das?»

«Wenn ihr richtig hinschaut, seht ihr oben auf der Brücke eine Gruppe Leute stehen. Links neben der Gruppe ein einzelner Mann, der uns den Rücken zukehrt. Wenn ihr mich fragt, könnte er das sein.»

«Oder du oder ich oder der Polizeipräsident.»

«Tut mir leid, Kai, wenn ich dich langweile. Ich hab die Fotos nicht gemacht, ich zeige sie euch nur.»

Marthaler wurde hellhörig. Er bemerkte zum wiederholten Mal, dass der Ton zwischen Liebmann und Döring in den letzten Tagen gereizter geworden war. Obwohl er sich nur ungern in die privaten Beziehungen seiner Mitarbeiter einmischte, beschloss Marthaler, die beiden Freunde darauf anzusprechen. Wenn sie etwas miteinander auszutragen hatten, war das ihre Sache. Dennoch sollte darunter nicht die Atmosphäre der gemeinsamen Sitzungen leiden.

«Gut», sagte Liebmann. «Verkürzen wir das Ganze. Es gibt noch eine Reihe ähnlicher Bilder: ein schwarzgekleideter Mann, oder besser: Teile von ihm, von hinten, meistens aus der Ferne, meistens unscharf. Als Fahndungsfoto taugt keine dieser Aufnahmen. Wir können noch nicht einmal sicher sein, dass es sich jedes Mal um dieselbe Person handelt. Überlassen wir die Analyse unseren Fachleuten an den Computern. Trotzdem gibt es noch ein paar Dinge, die ich euch zeigen will.»

Als Nächstes führte er ihnen einen kurzen Film vor, der mit einer Handy-Kamera gedreht war. Die Qualität war miserabel, aber alle sahen aufmerksam auf die Leinwand.

Ein junger Mann mit ärmellosem T-Shirt wiegte seinen Kopf hin und her und streckte die Zunge heraus. In der rechten Hand hielt er eine Bierflasche. Dann zog er sein T-Shirt hoch. Die Kamera umkreiste ihn, sodass man die Schlange sehen konnte, die rund um Bauch, Hüften und Rücken tätowiert war. Der Junge machte die Bewegungen einer Bauchtänzerin, sodass man den Eindruck haben konnte, die Schlange bewegte sich. Nach zehn Sekunden war der Film bereits wieder zu Ende.

Als niemand im Raum reagierte, zeigte Sven Liebmann die kurze Sequenz ein zweites Mal. Etwa nach fünf Sekunden verlangsamte er das Abspieltempo. Der Junge tanzte jetzt in Zeitlupe.

«Jetzt!», sagte er. «Achtet auf den Hintergrund rechts neben dem Schlangentänzer!»

Schemenhaft sah man den schwarzgekleideten Mann für zwei Sekunden auf seiner Bank sitzen. Zum ersten Mal sah man ihn ganz und von vorne. Trotzdem konnte man sein Gesicht nicht erkennen. Es war nicht mehr als ein heller Fleck in einer dunklen Umgebung.

«Verdammt», sagte Kerstin Henschel, «das wäre es gewesen.»

«Ja. Aber leider hatte zu diesem Zeitpunkt schon die Dämmerung eingesetzt. Das Tageslicht war bereits zu schwach, und das Objektiv des Handys hat mehr nicht hergegeben.»

«Meint ihr, da lässt sich noch etwas herausholen?», fragte Marthaler.

«Eher unwahrscheinlich», antwortete Liebmann. «Ich habe das Video einem unserer Techniker gezeigt. Er war skeptisch, will es aber versuchen.»

«Gibt es irgendwelche Schlüsse, die wir aus dem, was wir gesehen haben, ziehen können?»

«Warte, Robert. Ich bin noch nicht fertig. Wie ihr euch denken könnt, habe ich mir das Beste bis zum Schluss aufgehoben. Was ihr jetzt seht, ist mit einem wirklich guten Camcorder und mit einem lichtstarken Objektiv aufgenommen worden. Der Mann, der das Filmchen gedreht hat, hat uns am Mittag angerufen. Er und seine Frau haben vorgestern ihren fünften Hochzeitstag gefeiert. Sie wohnen und arbeiten in Seligenstadt. Beide haben sich den Nachmittag freigenommen, sind nach Frankfurt gefahren und haben sich abends ein Essen gegönnt. Glücklicherweise versteht der Mann sowohl etwas von der Technik als auch von Kameraführung.»

«Okay, Baby», hörte man Kai Döring, «spann uns nicht auf die Folter. Lass einfach abrollen.»

In Großaufnahme erschien das Gesicht einer Frau auf der Leinwand. Ein wenig verlegen lächelte sie in Richtung der Kamera. Immer wieder schlug sie die Augen nieder oder legte den Kopf zur Seite, sodass ihr eine Haarsträhne übers Gesicht fiel. Dann spitzte sie die Lippen und schickte einen Kuss in Richtung ihres Mannes. Kurz darauf streckte er seinen linken Arm aus und streichelte ihr mit dem Handrücken über die Wange.

«Fünf Jahre», sagte jemand, «und immer noch so verliebt. Nicht schlecht.»

«Ja», kam es aus einer anderen Ecke des Raums, «man könnte glatt neidisch werden.»

Dann zeigte der Film einen größeren Ausschnitt: Das Gesicht der Frau war jetzt links im Bild, von hinten näherte sich ihr ein Mann, der zwei Teller trug.

«Sag nicht, dass das Erkan Önal ist», fragte Marthaler.

«So ist es. Die beiden haben ihren Hochzeitstag in *Sultans Imbiss* ausklingen lassen. Und zwar genau an jenem Abend, als der Mord geschehen ist. Achtet bitte jetzt darauf, was Önal macht!»

Man sah, wie der Türke die Teller abstellte, und hörte, wie er seinen Gästen einen guten Appetit wünschte. Dann drehte er sich zum Fenster und schaute hinaus. Was er dort bemerkte, war auf dem Film nicht zu sehen.

«Das Video ist vom Heck aus aufgenommen. Önal schaut also nicht aufs Wasser, sondern auf den Uferweg.»

«Und?», fragte Döring. «Warum sollten wir darauf achten?»

«Ich zeige es euch nochmal», sagte Liebmann. «So … hier … Schaut euch sein Gesicht an. Önal runzelt ganz leicht die Stirn. Er wirkt besorgt. Und er schaut genau in Richtung der Bank.»

«Ja», sagte Marthaler, «das würde sich mit der Aussage von Önals Frau decken, die ja von seinem Anruf berichtet hat. Er hat ihr am Telefon erzählt, dass in der Nähe des Bootes seit Stunden ein komischer Typ herumlungerte.»

Wieder meldete sich Liebmann zu Wort: «Passt auf, was jetzt passiert!»

Die Kamera machte einen langsamen Schwenk nach rechts und folgte dem Blick Erkan Önals. Durch das Fenster des Restaurantbootes erkannte man das Mainufer. Noch immer waren Spaziergänger unterwegs. Tatsächlich sah man wieder den Mann auf der Bank sitzen. Im selben Moment, als die Kamera ihn erreichte, hob er eine Zeitung, die seinen Kopf verdeckte.

«Das darf doch nicht wahr sein», sagte Marthaler. «Es ist wie verhext.»

«Komm, du Arsch, zeig uns dein Gesicht», rief jemand aus der Dunkelheit.

«Er tut uns den Gefallen nicht», sagte Liebmann. «Auf keiner der Aufnahmen, die wir haben, ist er zu erkennen. Entweder sehen wir ihn von hinten, oder er dreht sich weg. Oder er verbirgt sich wie hier hinter einer Zeitung. Das kann kein Zufall sein. Wir müssen davon ausgehen, dass er peinlichst darauf geachtet hat, weder gefilmt noch fotografiert zu werden.»

«Also ein Profi», meldete sich Kurt Delius zu Wort.

«Jedenfalls ein umsichtiger Mensch», erwiderte Kerstin Henschel. «Dass er der Mann ist, den wir suchen, daran kann es keinen Zweifel mehr geben. Jemand, der nichts zu verbergen hat, würde sich nicht solche Mühe machen, unerkannt zu bleiben.»

Sven Liebmann unterbrach das Gespräch und bat noch einmal um Aufmerksamkeit.

«So, hier endet die erste Szene. Wir dürfen annehmen, dass die beiden Eheleute ihr Essen einnehmen. Was nun kommt, ist später aufgenommen. Unser Kameramann steht jetzt vor der Küchentür und filmt den Gastraum. Draußen ist es fast dunkel; das Innere des Bootes ist erleuchtet. Draußen auf dem Weg kommen kaum noch Leute vorbei.»

Das erste Bild zeigte einen korpulenten Mann, der von der Seite aufgenommen war. Ihm gegenüber saß eine Frau, die kurz in die Kamera schaute. Nun drehte auch der Dicke für eine Sekunde seinen Kopf, sodass man sein Gesicht sehen konnte.

«Das gibt's doch gar nicht», rief Marthaler aufgeregt, «das ist Morlang, Joachim Morlang. Dann muss die Frau die Französin sein.»

«Ja», sagte Liebmann, «die Pariser Redaktion von *arte* hat uns inzwischen ein Foto von Valerie Rochard gemailt. Es ist dieselbe Frau. Wir sehen auf diesem Film sämtliche späteren Opfer friedlich ihr letztes Essen einnehmen.»

Tatsächlich kamen gleich darauf die Köpfe von Elfriede Waibling und Franz Helmbrecht ins Bild. Die beiden Rentner saßen an ihrem Tisch und hielten einander bei den Händen. Auch sie lächelten kurz in die Kamera.

«Wenn die beiden jetzt gegangen wären, verbrächten sie heute irgendwo gemeinsam ihren Urlaub», sagte Kerstin Henschel. Dann zeigte sie auf die Leinwand. «Ah, und schaut mal, wen wir hier haben: den Staatssekretär Urban auf Dienstreise mit seiner Assistentin.»

Die nächste Einstellung zeigte Susanne Melzers Hinterkopf und einen Teil ihres Rückens. Als Gottfried Urban bemerkte, dass die Kamera auf ihn gerichtet wurde, schüttelte er den Kopf. Er hob den Zeigefinger und machte eine verneinende Geste.

«Okay», sagte Liebmann, «das waren die Aufnahmen, die unser Kameramann an Bord gemacht hat. Es gibt noch eine letzte Sequenz, die er außen aufgenommen hat. Wieder sehen wir seine Frau; sie wird von einer kleinen Filmlampe beleuchtet. Wieder sind ein paar Minuten vergangen. Die Kamera dürfte sich diesmal direkt unter der Brücke befinden. Im Hintergrund sehen wir auf der linken Seite das von innen erleuchtete Boot, rechts in der Dunkelheit erahnen wir die Bank, auf der unser Mann sitzt.»

Man sah die Gestalt der Frau am dunklen Mainuferweg stehen. Außer ihr war niemand zu sehen. Sie sagte ein paar Sätze über den schönen Tag. Es hörte sich an, als würde sie ein Tagebuch diktieren. Sie erzählte, was sie gemacht und gegessen hatte, und dass sie hoffe, die nächsten fünf Jahre würden genauso schön wie die vergangenen. Plötzlich gab es eine Bewegung am rechten Bildrand. Eine dunkle Gestalt kreuzte den Weg und ging auf das Boot zu.

«Seht ihr das», sagte Liebmann, der den Film angehalten hatte und die letzten Sekunden noch einmal wiederholte. «Das ist er. Das ist unser Mann. Schaut, was jetzt passiert.»

Der Mann betrat das Boot und blieb einen Moment stehen.

«Was macht der?», fragte Döring. «Sieht aus, als würde er sich etwas über den Kopf ziehen. Der Kerl setzt sich eine Maske auf.»

«Nein», sagte Liebmann. «Ich glaube, dass es ein Nachtsichtgerät ist. Ihr werdet gleich sehen, warum. So, jetzt erkennt man wieder eine Bewegung. Wahrscheinlich zieht er seine Pistole aus dem Holster. Man ahnt es mehr, als dass man es sieht. Nun öffnet er die Tür.»

Etwa eine Minute lang sah man nur die sprechende Frau. Das Restaurantboot lag scheinbar friedlich im Hintergrund. Der Mann war im Gastraum verschwunden und hatte die Tür hinter sich geschlossen. Dann gingen in *Sultans Imbiss* die Lichter aus. Kurz darauf war der Film zu Ende.

Im Besprechungsraum des Weißen Hauses herrschte für einen Moment atemlose Ruhe. Außer dem Lüfter des Videobeamers war nichts zu hören. Es war, als würden die Polizisten nicht glauben können, was sie gesehen hatten. Erst als sie draußen ein Auto vorbeifahren hörten, schienen die Beamten aus ihrer Starre zu erwachen.

«Rollläden hoch und Fenster auf!», rief Marthaler. «Die Luft hier drin ist zum Schneiden.»

Kerstin Henschel, die neben ihm saß, sah blass aus. «Heißt das, wir haben gerade zugesehen, wie der Mörder den Tatort betreten hat? Wir haben im selben Moment auf das Boot geschaut, als er dort fünf Leute erschossen hat?»

«Ja», sagte Sven Liebmann, «das heißt es wohl. Und das Schlimme ist, wir können nichts damit anfangen.»

«Trotzdem war es gut, das alles anzusehen», sagte Marthaler. «Immerhin wissen wir jetzt ungefähr, wie die Sache abgelaufen ist. Auch wenn wir noch keinen Namen und kein Gesicht haben. Aber eins ist sicher: Wir sind heute einen entscheidenden Schritt vorangekommen. Wir wissen, wer die Französin ist. Und auch, wenn ich das alles noch nicht richtig verstehe: Von den *arte*-Leuten haben wir erfahren, dass sie nach Frankfurt gekommen ist, weil sie etwas über die verlorengeglaubte Partitur der Jacques-Offenbach-Operette herausbekommen will. Oder weil sie diese verkaufen will.»

«Dennoch fühlt man sich wie gelähmt nach dem, was wir uns eben anschauen mussten», sagte Kerstin. «Fünf von den Leuten, die wir gesehen haben, sind tot, einer ist schwerverletzt. Und Valerie Rochard ist verschwunden. Das ist kein gutes Zeichen, Robert. Gerade noch hat sie uns in dem Film entgegengelächelt. Wir verlieren Stunde um Stunde. Und du weißt, was das bedeutet.»

«Die öffentliche Fahndung nach ihr läuft», erwiderte Marthaler. «Morgen wird es niemanden in diesem Land mehr geben, der ihr Gesicht nicht kennt. Mehr können wir im Moment nicht tun. Und deswegen schlage ich vor, dass wir für heute Schluss machen, dass wir jetzt nach Hause gehen, um uns auszuruhen. Ich bin sicher: Wir werden die Frau finden.»

«Ja», sagte Kerstin Henschel. «Fragt sich nur, ob sie dann noch lebt.»

Marthaler nickte. Dann sah er aus dem Fenster und schwieg. Plötzlich begann er zu lächeln.

«Entschuldige, Robert. Was bereitet dir daran Vergnügen?»

«Nichts», sagte Marthaler. «Gar nichts. Es ist nur so, dass Tereza schwanger ist. Wir bekommen ein Kind.»

Vierundzwanzig Eigentlich hatten sich Monsieur Hofmann und Mademoiselle Blanche darauf gefreut, am Abend in das kleine vietnamesische Restaurant zu gehen, das sie oft am Wochenende besuchten, um frittierte Frühlingsröllchen, Nudelsuppe und Hähnchenfilet in gestockter Kokossahne zu essen. Als sie jedoch am Mittag durch die Rue de Tourtille geschlendert waren, um einen Platz zu reservieren, hatten sie auf dem Zettel an der Tür gelesen, dass die *Rouleau de Printemps* wegen Krankheit geschlossen war.

«Macht nichts», hatte Mademoiselle Blanche gesagt und stattdessen bei einem der arabischen Metzger am Boulevard de Belleville ein Stück Rindfleisch gekauft, aus dem sie nun ein Bœuf Bourguignon zubereitete. Sie zerkleinerte Sellerie, Lauch und Zwiebel, warf alles in den großen Bräter, in dem das Fleisch bereits Farbe angenommen hatte, ließ das Gemüse noch einen Moment mitbraten und löschte dann alles mit Rotwein ab.

Monsieur Hofmann hatte gar nicht erst gefragt, ob er ihr zur Hand gehen solle, da er wusste, dass sie ein solches Angebot mit großer Bestimmtheit abgelehnt hätte. Bei den wenigen Malen, die sie in den vergangenen Jahrzehnten versucht hatten, gemeinsam zu kochen, waren sie sich nach kurzer Zeit so heftig in die Haare geraten, dass die Tage jedes Mal mit einer nachhaltigen Missstimmung geendet hatten. Sie schnitt die Zwiebeln nicht klein genug, er ließ das Fett zu heiß werden, und beide mochten nicht, wie der andere die Kartoffeln schälte. So hatten sie irgendwann beschlossen, dass jeder in seiner eigenen Wohnung für die Bewirtung des anderen allein zuständig war.

Darüber hinaus war Mademoiselle Blanche froh, die Zeit in der Küche für sich zu haben, da Monsieur Hofmann die letzten Tage und Nächte bei ihr verbracht hatte, um, wie er sagte, den Reportern aus dem Weg zu gehen, die an der Place Nadaud vor seiner Haustür lungerten und ihn immer wieder nach seiner Vergangenheit und nach dem *Geheimnis einer Sommernacht* befragen wollten.

Allerdings ahnte sie, dass er noch einen anderen Grund hatte, den er aber weder ihr noch sich selbst eingestehen wollte. Sein öffentliches Bekenntnis zu seiner Herkunft hatte ihn so nachhaltig erschüttert, dass er nicht alleine sein wollte, dass er der Gegenwart Mademoiselle Blanches bedurfte wie nie zuvor in den Jahren ihres Zusammenlebens. Gemeinsam waren sie vorgestern mit der Metro zur Place de Clichy gefahren, hatten den Friedhof Montmartre betreten, waren an der hingestreckten Gestalt von Alexandre Dumas, an der weißen Büste Heinrich Heines und an dem unscheinbaren Grabstein François Truffauts vorbeigekommen und hatten schließlich, nach einigem Nachfragen, auch jene Stelle gefunden, an der man Jacques Offenbach vor über hundertundzwanzig Jahren beerdigt hatte. Sie hatten sich unter dem ebenso herrisch wie schwermütig dreinblickenden Bronzekopf des Komponisten fotografieren lassen und waren dann weitergezogen ins Marais, in jenes Viertel nördlich der Seine zwischen Beaubourg und Boulevard Beaumarchais, das früher ein ausgedehntes Sumpfgebiet gewesen, später zu einer bevorzugten Wohngegend des Pariser Adels geworden war, das aber zu allen Zeiten von Juden aus der ganzen Welt bevölkert wurde und inzwischen das größte jüdische Viertel Europas war.

Sie waren an einigen Synagogen vorbeigekommen, hatten die Schaufenster der koscheren Geschäfte und Restaurants betrachtet, und schließlich hatte Monsieur Hofmann in einer grünen Holzkiste vor einem der Antiquariate ein Buch gefunden, dessen Titel so sehr seiner eigenen Stimmung entsprach, dass er es sofort zur Hand nahm, um die Inhaltsangabe zu lesen. Es hieß «Wenn die Erinnerung kommt» und stammte von einem gewissen Saul Friedländer, einem Kind deutschsprachiger Juden, dessen Familie auf der Flucht vor den Nazis nach Frankreich gekommen war.

Monsieur Hofmann war in den Laden gegangen, hatte das Buch bezahlt und noch in der Metro mit seiner Lektüre begonnen. Er hatte die halbe Nacht und den ganzen gestrigen Tag auf Mademoiselle Blanches Sofa gesessen und die Geschichte jenes Saul Friedländer gelesen, der etwa im selben Alter war wie er selbst, der unter falschem Namen in einem katholischen Internat in der Auvergne überlebt hatte, dessen Eltern aber von den Deutschen aus Frankreich deportiert und schließlich in Auschwitz ermordet worden waren.

Immer wieder setzte Monsieur Hofmann während der Lektüre sein eigenes Leben mit dem des Herrn Friedländer in Beziehung, wobei er einige Gemeinsamkeiten und viele Unterschiede feststellte, ohne dass er hätte sagen können, was ihn mehr interessierte. Als er das Buch zu Ende gelesen hatte, wurde ihm zum ersten Mal klar, dass die Journalistin Valerie Rochard recht gehabt hatte. Sein Leben würde sich verändern. Nicht alles, aber manches. Und einiges hatte sich bereits verändert. Es hatte angefangen mit dem Fernsehinterview, in dem er Dinge über sich erzählt hatte, über die nie zuvor ein Wort über seine Lippen gekommen war. Weitergegangen war es damit, dass er Christine Delaunay kennengelernt und von ihr den alten Umschlag und die Nachrichten über seinen Vater erhalten hatte. Und jetzt hatte er dieses Buch gelesen und dabei gelernt, dass es Menschen gab, denen es ähnlich ergangen war wie ihm selbst, die aber ganz andere Schlüsse daraus gezogen hatten.

Mademoiselle Blanche öffnete die Küchentür. Sofort zog der Duft von gebratenem Fleisch, von Zwiebeln, Lauch und Lorbeer durch die Wohnung. Sie stand im Türrahmen, trocknete ihre Hände an der Leinenschürze ab und lächelte ihn an.

«Was ist mit dir, du Faulpelz», rief sie. «Wenigstens den Wein könntest du öffnen.»

«Zu Befehl, mon général!», antwortete Monsieur Hofmann, erhob sich aus seinem Sessel und ging an das Büfett, um den Korkenzieher und die Flasche roten Côte de Beaune zu holen, die er vor zwei Tagen in dem Feinkostladen an der Avenue Gambetta gekauft hatte.

Während er hörte, wie Mademoiselle Blanche in der Küche die Salatsoße zubereitete, schaltete er den Fernseher ein und begann den Tisch zu decken. Als er die Teller aufgestellt, die Gläser gefüllt, die Servietten gefaltet hatte und gerade im Begriff war, die Bestecke auszurichten, hielt er plötzlich inne. Während man auf dem Fernsehschirm drei junge Musiker sah, die ein Trio für Klavier, Geige und Cello probten, lief über den unteren Rand des Monitors ein Schriftband mit einer Sondermeldung.

Monsieur Hofmann stand vor dem Fernseher und traute seinen Augen nicht. Er schüttelte den Kopf. Wahrscheinlich hatte er sich getäuscht. Er wartete einen Moment, bis die Meldung erneut erschien, dann setzte er sich in seinen Sessel und rief nach Mademoiselle Blanche.

«Komm sofort her! Du glaubst nicht, was geschehen ist.» Er wartete einen Moment, dann rief er erneut voller Ungeduld: «Was machst du denn? Nun beeil dich doch!»

Kurz darauf stand sie hinter ihm, stützte ihren Kopf auf die hohe Sessellehne und starrte nun ebenfalls auf den Bildschirm.

«Heilige Scheiße!», rief sie aus.

Monsieur Hofmann wandte sich um und sah seine Geliebte verwundert an.

Dann – als könne auch sie nicht glauben, was sie sah – las Mademoiselle Blanche den Text der Sondermeldung halblaut mit: «Im Zusammenhang mit dem fünffachen Mord in Frankfurt erreicht uns soeben folgende Nachricht: Die französische Journalistin Valerie Rochard, eine Mitarbeiterin des Fernsehsenders *arte*, wird vermisst. Die Polizei geht von einer Entführung aus. Näheres dazu in unseren Abendnachrichten.»

Mademoiselle Blanche schaltete den Fernseher aus und setzte sich an den Tisch. Schweigend sahen sich die beiden Alten an.

Monsieur Hofmann war blass geworden. Ein ums andere Mal schüttelte er den Kopf. «Und jetzt?», fragte er. «Was machen wir jetzt?»

«Ich glaube, ich brauche etwas zu trinken», sagte Mademoiselle Blanche.

Stumm hoben sie ihre Gläser und nahmen jeder einen Schluck.

«Lass uns warten», sagte sie. «Wir müssen sehen, was sie in den Nachrichten bringen. Dann können wir entscheiden, was zu tun ist.»

«Was hat sie nur gemacht?», sagte Monsieur Hofmann. «Als hätte ich sie nicht gewarnt, dort hinzufahren. Was ist das für ein Land!»

«Wollte sie dich nicht anrufen? Hast du nicht mit ihr vereinbart, dass sie sich meldet?»

«Ich war die ganze Zeit bei dir. Wie hätte sie mich erreichen sollen?»

«Heilige Scheiße aber auch.»

Mademoiselle Blanche ging zurück in die Küche, nahm das Bœuf Bourguignon vom Ofen und brachte es ins Wohnzimmer. Dann holte sie den Salat und das Baguette. Als sie sich gegenübersaßen und zu essen begannen, sah sie, dass Monsieur Hofmanns Hände zitterten.

Besorgt sah sie den alten Mann an: «Was ist mit dir, Georges?»

«Ich habe Angst», sagte er. «Ich hätte sie nicht fahren lassen dürfen.»

«Es ist nicht deine Schuld.»

«Doch», sagte er.

«Sie war es, die fahren wollte.»

«Ich hätte es ihr verbieten können. Wenn ich ihr die Partitur nicht gegeben hätte, hätte sie keinen Grund gehabt, dorthin zu fahren.»

Schweigend saßen sich die beiden Alten gegenüber und stocherten in ihrer Mahlzeit. Kurz bevor die Nachrichtensendung begann, stellte Mademoiselle Blanche den Fernseher wieder an.

Dann sahen sie das Foto von Valerie auf dem Bildschirm. Es folgten Bilder von dem kleinen Restaurantschiff auf dem Main, von dem Hotel, in dem die junge Journalistin ein Zimmer gemietet hatte, und vom Frankfurter Hauptbahnhof. Schließlich erschien ein Sprecher der Polizei, dessen Stellungnahme übersetzt wurde.

Sie erfuhren nichts Neues. Valerie Rochard war verschwunden. Niemand wusste, wo sie war. Wahrscheinlich befand sie sich in den Händen eines mehrfachen Mörders. Mademoiselle Blanche kam um den Tisch herum und legte von hinten ihre Hände auf Monsieur Hofmanns Brust.

«Ich werde fahren», sagte er. «Ich werde morgen nach Frankfurt fahren.»

«Um was zu tun?»

«Das weiß ich nicht. Aber hierbleiben kann ich jetzt nicht.»

Kurz überlegte sie, ihm diesen Entschluss auszureden. Aber sie wusste, dass es zwecklos gewesen wäre. Wenn er sich einmal entschieden hatte, würde er tun, was er für richtig hielt.

«Nicht ohne mich», sagte sie und küsste ihn auf den Kopf. «Dann komme ich mit.»

Fünfundzwanzig Am Günthersburgpark war Marthaler in die Straßenbahn Nummer 12 in Richtung Innenstadt gestiegen. Als sie am Kleinen Friedberger Platz vorbeikamen, dachte er an die junge Zahnärztin, die hier bis vor ein paar Jahren ihre Praxis gehabt hatte. Man hatte sie an einem Morgen im Winter ermordet vor ihrem Haus gefunden.

Am Börneplatz bog die Straßenbahn nach rechts in die Battonstraße. Am Willy-Brandt-Platz stieg Marthaler aus. Er wollte den Rest des Weges zu Fuß laufen. Vor dem Opernhaus standen die Besucher in Abendgarderobe und warteten auf den Beginn der Vorstellung. Manche hatten Sektgläser in den Händen, andere nutzten die Zeit, um noch eine Zigarette zu rauchen. Noch immer war die Luft warm und stickig.

Vor der Europäischen Zentralbank sah Marthaler das riesige, beleuchtete Euro-Symbol stehen. Es gab kein anderes Denkmal in der Stadt, das er so sehr verabscheute. Er fragte sich, wie jemand auf die Idee gekommen war, die Macht des Geldes auf so schamlose und zugleich hässliche Art zur Schau zu stellen. Und warum es niemanden gegeben hatte, der das verhindert hatte. Es war, als wollten die Reichen ihren Reichtum auf besonders dreiste Weise feiern. Und als wolle man den Armen zeigen, dass sie hier nichts zu melden hatten, dass Frankfurt nicht ihr Ort war. Aber vielleicht war es ja wirklich so. Vielleicht beschrieb dieses Denkmal nur die Verhältnisse in der Stadt. Und alles andere, die schönen Plätze, die es auch gab, verdeckten bloß den Widerspruch, der hier alles bestimmte.

Und dennoch: Nur weil es so war, musste es nicht richtig sein. Man musste es nicht hinnehmen.

Marthaler lief die Kaiserstraße hinauf und bog dann nach rechts in das Rotlichtviertel. Obwohl es draußen noch hell war, blinkten überall an den Bars und Bordellen die Flackerlichter. Die Türsteher lungerten auf den Bürgersteigen herum und versuchten, Kunden zu ködern. Vor ihm liefen zwei Prostituierte in kurzen Röcken. Sie waren betrunken, blieben immer wieder schwankend stehen und stützten einander, um nicht zu fallen. Beide hatten Mobiltelefone in den Händen.

Vor dem Schaufenster eines ehemaligen Sexshops, dessen Fenster mit Brettern vernagelt waren, hatte ein Mann seine Habseligkeiten um sich versammelt. Er war noch jung. Er hatte Kartons auf dem Boden ausgebreitet und bereitete sich auf die Nacht vor. Wahrscheinlich würde in Kürze eine Streife vorbeikommen und ihn vertreiben.

Vor dem *Haferkasten* blieb Marthaler stehen. Die schmutzigen Scheiben waren durch schwere, purpurfarbene Vorhänge verdeckt. Aus dem Inneren hörte man laute Musik. Er sah sich die vergilbten Fotos in dem Schaukasten an. Bilder von halbnackten Tänzerinnen, die wahrscheinlich längst nicht mehr hier arbeiteten. Oder nie hier gearbeitet hatten. Wahrscheinlich hatte der Betreiber des Ladens die Fotos der Frauen vor langer Zeit aus einer Illustrierten ausgeschnitten.

Im Eingang saß in einer engen Kabine ein vielleicht vierzigjähriger Mann. Seine Nase war gepierct, sein Gesicht wirkte verbraucht. Als er Marthaler sah, hob er ein Mikrophon und begann hineinzusprechen. Seine Stimme wurde über einen Lautsprecher auf die Straße übertragen. «Nur herbei, jungä Mann. Mir hawwe Happy Hour. Kommese, guckese: nackisch, knackisch, guuut!»

Marthaler zahlte fünfzehn Euro und bekam dafür einen Getränkegutschein. Er drückte die schwarze Pendeltür auf und ging hinein. Die Luft in dem Raum war verbraucht. Es roch nach Rauch, nach Alkohol und nach Deodorant. In der

Mitte stand eine kleine Bühne aus Holz. Als einziges Requisit gab es eine Messingstange, die zwischen Decke und Boden befestigt war. Die Bühne war leer.

An den Außenwänden gab es kleine durch Balken abgetrennte Nischen, die jeweils mit einer Bank, zwei Stühlen und einem Tisch möbliert waren. Auf jedem der Tische stand ein Töpfchen mit künstlichen Blumen und ein Aschenbecher.

Der Raum und die Bühne wurden nur von einer Lichtorgel beleuchtet, deren wechselnde Farben von einer sich drehenden Spiegelkugel reflektiert wurden. Marthalers Augen brauchten eine Weile, bis sie sich an die Dunkelheit gewöhnt hatten.

Er suchte sich eine freie Nische und setzte sich auf die Bank, sodass er die Bühne im Blick hatte. Außer ihm waren nur wenige Gäste anwesend. Nebenan saß ein einzelner Mann, der seinen Oberkörper auf den Tisch gelegt hatte. Seine Augen waren geschlossen; er schien zu schlafen.

Eine andere Nische war mit zwei jungen Asiaten belegt, die vor ihren halbvollen Gläsern saßen und sich immer wieder verschämt umschauten. Manchmal wechselten sie ein paar kehlige Laute, verstummten aber sofort, wenn sich die Kellnerin in ihre Nähe bewegte.

Auf der anderen Seite des Raums sah Marthaler zwei schlanke, große Männer in Anzügen sitzen. Wahrscheinlich waren es Banker, die hier ihren Feierabend verbrachten. Sie saßen nebeneinander mit dem Rücken zur Bühne und schienen irgendwelche Unterlagen durchzuschauen, die vor ihnen auf dem Tisch lagen. Wie sie bei dieser Beleuchtung überhaupt etwas lesen konnten, war Marthaler ein Rätsel.

Die Kellnerin kam an seinen Tisch, blieb vor ihm stehen und schaute über seinen Kopf hinweg an die dunkle Wand. Offensichtlich hatte sie weder die Absicht, ihn zu begrüßen noch ihn nach seinen Wünschen zu fragen. Auch als er ein Pils bestellte, zeigte sie keinerlei Reaktion. Sie drehte sich um, verschwand und kam bereits eine halbe Minute später zurück. Wieder blieb sie stumm, wieder sah sie ihm nicht in die Augen. Sie stellte das Glas vor ihm ab und nahm seinen Getränkegutschein. Marthaler sah, dass sie eine Perücke mit roten Locken trug. An ihrer Bluse war ein Schild befestigt mit der Aufschrift: «Nenn mich Cora!»

«Danke, Cora! Das schnellste Bier der Welt», sagte Marthaler.

«Hä?»

«Nix hä!», erwiderte er. «‹Wie bitte›, heißt es. Und: ‹Schönen guten Abend, was möchten Sie trinken? Hier kommt Ihr Bier.› Nur weil Sie in einer Bumsbude arbeiten, müssen Sie nicht sämtliche Formen der Höflichkeit ignorieren.»

«Hä?»

«Vergessen Sie's!», sagte Marthaler. «Ich möchte Barbara Pavelic sprechen.»

«Wen?»

«Barbara Pavelic.»

«Kenn ich nich.»

«Vielleicht kennen Sie sie unter dem Namen Babs.»

«Kenn ich nich.»

«Ich möchte eine Frau sprechen, die hier tanzt. Wie auch immer sie sich nennt. Eins achtzig groß, Mitte dreißig, blond gefärbtes Haar, großer Busen.»

«Kenn ich nich.»

Marthaler schlug mit der flachen Hand auf den Tisch. Eine Geste, die er sich längst hatte abgewöhnen wollen, die ihm aber immer wieder unterlief, wenn er zornig war. Erschrocken sahen die beiden Asiaten zu ihm rüber. Als er sie ebenfalls anschaute, senkten sie sofort die Blicke.

«Dann möchte ich den Geschäftsführer sprechen.»

«Is nich da.»

Obwohl er genau das hatte vermeiden wollen, zog Marthaler seine Marke und legte sie auf den Tisch. Er packte die Kellnerin am Handgelenk und drückte zu. Sie verzog keine Miene.

«Sie gehen jetzt sofort nach hinten und holen die Frau, die ich Ihnen beschrieben habe. Sagen Sie ihr, ein Freund will sie sprechen. Sagen Sie ihr, es geht um ihre Erbschaft. Und wenn Sie nicht in zwei Minuten hier ist …»

«Dann gibt es mächtigen Ärger, dann nehmen Sie mich hops, dann lassen Sie den ganzen Laden hier auffliegen … War's das? Hören Sie auf, Mann, die Leier kenn ich.»

Sie entwand sich seinem Griff und drehte sich um. Im selben Moment setzte ein neues Musikstück ein, und die erste Tänzerin betrat die Bühne.

Es war Barbara Pavelic.

Sie trug einen grünen Bikini und schwarze Stilettos. Sie war frisch geschminkt, ihr Haar war glatt gebürstet, und ihre Fingernägel schienen ebenso wie ihr Lippenstift zu fluoreszieren. Sie machte dieselben Bewegungen wie alle Tänzerinnen in allen Bars dieser Welt. Welche Musik dazu gespielt wurde, war offensichtlich egal. Sie lächelte ziellos in die Dunkelheit des Raums.

Die jungen Asiaten hielten ihre Gläser mit den Händen umfasst und starrten auf die Bühne. Die beiden Banker schienen weniger beeindruckt. Sie saßen weiter über ihren Unterlagen, und nur gelegentlich drehte einer der beiden seinen Kopf, um der Tänzerin für eine Sekunde zuzuschauen. Der Mann an Marthalers Nachbartisch schlief immer noch.

Nach einer Minute zog Barbara Pavelic langsam ihre Bikinihose aus. Erst jetzt sah Marthaler, dass sie darunter einen Stringtanga trug. Es dauerte weitere sechzig Sekunden, bis sie ihr Oberteil auf die Bühne warf. Sie hangelte sich an der Messingstange empor und ließ sich dann langsam zu Boden gleiten. Dort legte sie sich auf den Rücken, streckte ihren Oberkörper heraus und spreizte die Beine. Als sie sich auf den

Bauch wälzte, schaute sie direkt in Marthalers Richtung. Er merkte, wie ihr Lächeln für einen Moment gefror.

Sie hatte ihn erkannt.

Er nickte ihr zu, und sie hob zur Antwort kurz die Brauen, als wolle sie ihm klarmachen, dass sie sein Zeichen verstanden habe.

Als sie wieder auf den Beinen stand, war auf ihrem Gesicht keine Spur mehr von dem stummen Dialog zu sehen. Sie lächelte genauso unbeteiligt wie zuvor. Sie wiegte sich noch ein paar Mal in den Hüften, dann zog sie auch ihren Tanga aus. Jetzt hatte sie nur noch ihre Stilettos an. Drei Sekunden später verließ sie mit schaukelndem Hintern und blinzelnden Tattoos die Tanzfläche.

Die beiden Asiaten grinsten sich lange an. Als Marthaler applaudierte, lachten sie ihm zu und klatschten ebenfalls zaghaft in die Hände.

Er überlegte kurz, ob er hinter die Bühne gehen sollte, um zu verhindern, dass Barbara Pavelic durch irgendeinen Hinterausgang verschwand. Stattdessen winkte er der Kellnerin zu.

«Und? Womit kann ich dienen?», fragte sie, als er keine Anstalten machte, seine Bestellung aufzugeben.

«Oh», antwortete er, «haben Sie in der Zwischenzeit einen Benimmkurs besucht? Ich nehme noch ein Pils. Es darf auch ruhig ein wenig Schaum haben. Den zahle ich gerne mit.»

Sie schnaubte und zog ab. Auf der Bühne tanzte inzwischen ein anderes Mädchen. Es war deutlich zierlicher und wesentlich jünger als seine Vorgängerin.

Fünf Minuten später kam Barbara Pavelic an Marthalers Tisch und brachte ihm das Bier. Sie hatte wieder ihren Bikini an. Der Hauptkommissar machte sich darauf gefasst, dass die Tänzerin ihn umgehend beschimpfen würde. Stattdessen setzte sie sich neben ihn.

«Und?», fragte sie, während sie sich eine seiner Mentholzigaretten aus dem Päckchen fischte. «Sind Sie heute besser gelaunt?»

Marthaler gab ihr Feuer. Er bemerkte, dass sich ihr Ton geändert hatte. Immerhin siezte sie ihn jetzt. «Ich war nicht schlecht gelaunt, ich habe nur ...»

Sie hob die Hand zum Zeichen, dass sie seine Erklärungen nicht hören wollte.

«Sie hatten übrigens recht», sagte sie und setzte sich auf den Stuhl ihm gegenüber.

«Womit?»

«Dass ich nicht so ordinär bin, wie ich neulich versuchte zu sein.»

Marthaler nickte.

«Jedenfalls hoffe ich das», ergänzte sie lachend.

«Möchten Sie etwas trinken? Darf ich Sie einladen?»

«Ich weiß nicht, ob das klug wäre, wenn Sie ... als Polizist mich hier ...»

«Das lassen Sie meine Sorge sein», erwiderte Marthaler. «Ich zahle privat.»

Barbara Pavelic winkte der Kellnerin zu. «Dann nehme ich einen Gin Tonic.»

«Wie geht es Ihnen?», fragte Marthaler.

«Es geht», sagte sie. «Schlechter, als ich gedacht hätte. Es fehlt jemand, der immer da war. Ich hatte mich an den kleinen Stinker gewöhnt. Können Sie mir sagen, wann ich ihn unter die Erde bringen kann?»

Marthaler zuckte mit den Schultern. «Es wird noch dauern, bis die Gerichtsmediziner fertig sind. Auch wenn ich nicht weiß, was diesmal bei den Untersuchungen herauskommen soll. Aber wir werden uns bei Ihnen melden.»

«Das wäre nett», sagte sie und senkte rasch die Lider. Marthaler hatte den Eindruck, in ihrem Augenwinkel eine Träne zu sehen. «Haben Sie gehört, was geschehen ist?», fragte er.

«Wir wissen inzwischen, wer die Französin war, mit der sich Ihr … mit der sich Joachim Morlang getroffen hat.»

«Ja, ich habe vorhin ihr Foto in den Nachrichten gesehen. Ein hübsches Mädchen. Sie ist entführt worden, nicht wahr?»

«Davon müssen wir ausgehen. Sie ist Journalistin. Sie wollte mit Morlang wahrscheinlich über sehr wertvolle Noten reden. Fällt Ihnen dazu etwas ein? Hat er irgendwas in dieser Richtung erwähnt?»

Eine andere Frau hatte die Bühne betreten und begann zu tanzen. Ihre Haut war fast so dunkel wie ihr schwarzer Bikini. Ihre Augen und Zähne leuchteten. Marthaler schaute sie unverwandt an. Für einen Moment glaubte er, die junge Frau aus dem *Nizza* wiederzuerkennen.

«Gefällt sie Ihnen?», fragte Barbara Pavelic und grinste Marthaler an. «Soll ich mit meiner Antwort lieber noch warten?»

«Nein, ich dachte nur, dass ich sie heute schon mal gesehen habe, aber es war ein Irrtum. Sagen Sie, was Sie zu sagen haben.»

«Ja, mir fällt etwas dazu ein. Es gibt einen Mann, mit dem sich Morlang getroffen hat. Es ging um diese Noten. Wenn ich es richtig verstanden habe, arbeitet der Typ für einen Musikverlag. Und Achim sollte den Strohmann spielen.»

«Das verstehe ich nicht», sagte Marthaler. «Den Strohmann für wen?»

«Keine Ahnung, das hab ich auch nich kapiert. Selbst Achim hat's mir nicht erklären können. Aber er war sich seiner Sache so sicher wie schon lang nich mehr. Er hat gemeint, wir hätten ausgesorgt, wenn der Deal klappt.»

«Und das alles haben Sie gewusst, als wir das letzte Mal miteinander gesprochen haben! Und haben es mir nicht gesagt.»

Sie zuckte mit den Schultern und schwieg. In ihren Augen blitzte leiser Spott.

«Ja, schon gut», sagte Marthaler. «Unser erstes Gespräch ist nicht gerade optimal verlaufen. Aber Sie wissen, wie dieser Mann heißt und wo ich ihn finde.»

Barbara Pavelic zögerte. Ihre Lider flatterten. «Er nennt sich Werner. Ob das sein richtiger Name is, weiß ich nich.»

«Das heißt, Sie kennen ihn persönlich? Sie sind ihm bereits begegnet?»

«Achim hat sich diese Woche ein paar Mal mit ihm getroffen. Ich hatte den Eindruck, dass die beiden sich von früher kennen. Das erste Mal hab ich ihn am Mittwoch gesehen, hier im *Haferkasten*. Dann war der Typ bei uns in Petterweil. Zweimal. Einmal spät am Abend und am nächsten Vormittag gleich wieder. Das war der Tag, als die Sache auf dem Boot passiert ist.»

«Also am Donnerstag.»

Barbara Pavelic schaute Marthaler an. «Stimmt, das war erst am Donnerstag. Mir kommt's vor wie 'ne Ewigkeit. Achim war schon nach dem ersten Treffen vollkommen aufgekratzt. Als ich nach Hause kam, war er immer noch wach. Wir lagen im Bett, und er quatschte dauernd auf mich ein. Als ob er was genommen hätte. Er meinte, jetzt fängt das süße Leben an.»

«Wo wohnt der Mann? Wie kann ich diesen Werner erreichen?», fragte Marthaler.

«Wenn Sie Glück haben, kommt er in spätestens zehn Minuten hier hereinspaziert. Er weiß, dass ich dann meinen nächsten Auftritt habe.»

Marthaler schaute sie fragend an.

«Der Typ stellt mir nach. Schon als er bei uns war, hat er mir ständig Augen gemacht und versucht, mich zu betatschen. ‹Ah, Sie sind Tänzerin, Striptease, wie interessant, ein faszinierendes Milieu›, so einen Scheiß hat er gequatscht. Er muss den ganzen Tag in Schlips und Kragen rumlaufen, hat er gesagt, und dass er abends was Verruchtes braucht. Hat mir

Komplimente gemacht über meine Beine, mein beeindruckendes Dekolleté … Ein unglaublicher Schwätzer. Außerdem hat er nach Pfefferminz gerochen.»

«Aber wieso hat Morlang nicht eingegriffen, wenn er doch dabei war, als der Mann versucht hat, Sie anzubaggern?», fragte Marthaler.

Barbara Pavelic schaute ihn ungläubig an. Dann begann sie schallend zu lachen. «Na, Sie sind ja süß. Weil er meinen Job kannte. Weil er's gewohnt war, dass die Männer um mich herumscharwenzelten. Er hat gewusst, dass er nicht zimperlich sein darf.»

«Und warum glauben Sie, dass dieser Werner gleich in den *Haferkasten* kommen wird?»

«Weil er auch die letzten Abende hier war. Schon an dem Abend, als sich Achim mit der Französin getroffen hat, kam er rein, hat sich direkt vor die Bühne gepflanzt und mich angeglotzt. Als ich meinen Tanga ausgezogen hab, hat er mir eine Baccara-Rose mit seiner Visitenkarte auf den Bühnenrand gelegt. Und ich wette, dass er das auch heute wieder macht. Ich hab die Sachen gleich entsorgt.»

«Sollte er wirklich wieder kommen, tun Sie das heute Abend bitte nicht!»

Die Bühne war jetzt leer. Barbara Pavelic war aufgestanden. «Ich muss los. Oder … sonst noch was?»

«Nein», sagte Marthaler. «Oder doch, eins noch: Als ich bei Ihnen war, haben Sie mir von all dem nichts erzählt. Warum jetzt?»

«Weil der Typ mir auf die Nerven geht. Weil's nicht schlecht wär, wenn Sie ihm was anhängen können. Und weil ich Pfefferminz nicht ausstehen kann.»

Barbara Pavelic war gerade wieder auf die Bühne gekommen, als ein kleiner Mann den Raum betrat. Er war außer Atem. Er wirkte, als habe er sich beeilt. Er trug einen grauen, längst aus der Mode gekommenen Anzug. In der Hand hatte er eine abgewetzte Aktentasche und eine langstielige, rote Rose. Zielstrebig ging er auf den Platz zu, von dem aus er den besten Blick auf die Bühne hatte. Als die Kellnerin an seinen Tisch kam, reichte er ihr, ohne sie anzuschauen, seinen Getränkebon und nahm das schaumlose Bier entgegen, das man bereits für ihn gezapft hatte.

Er hatte die Aktentasche auf die Bank gestellt und hielt die Rose in der Hand. Während Barbara Pavelic ihren Auftritt zwar zu einer anderen Musik, aber mit derselben routinierten Teilnahmslosigkeit absolvierte wie beim ersten Mal, ließ er kein Auge von ihr. Wieder streifte sie ihre Bikinihose ab. Wieder machte sie die gleichen lasziven Bewegungen.

Marthaler warf einen Blick in die Runde. Der Mann am Nebentisch war aufgewacht. Er hatte seine Stellung geändert. Er saß jetzt aufrecht und hatte seinen Rücken an die Wand gelehnt. Die Bühnenshow schien ihn noch immer nicht zu interessieren. Er fasste in die Innentasche seiner Jacke, vergewisserte sich kurz, dass die Kellnerin ihn nicht beobachtete, zog einen Flachmann hervor, nahm einen tiefen Schluck und ließ die Flasche wieder verschwinden. Dann klappten ihm erneut die Augen zu, und sein Kinn sank auf die Brust.

Die beiden Banker hatten ihre Unterlagen weggepackt. Eine der Tänzerinnen hatte sich zu ihnen an den Tisch gesetzt. Sie lachten und prosteten einander zu.

Die jungen Asiaten waren verschwunden. An ihrer Stelle saß jetzt ein Paar, das sich leise zu streiten schien. Marthaler sah, wie der Mann immer wieder den Kopf schüttelte, während die Frau gestikulierte und auf ihn einredete.

Wieder warf Barbara Pavelic ihr Oberteil ab, ließ sich auf den Boden gleiten und wälzte sich kurz darauf vom Rücken auf den Bauch. Dann machte sie einen Fehler. Sie schaute kurz in Richtung des Mannes, der sich Werner nannte, dann sah sie Marthaler an und zwinkerte ihm zu.

Der Mann im grauen Anzug hatte ihren Blickwechsel bemerkt.

Marthaler beeilte sich, den Tisch des anderen zu erreichen, kam aber zu spät. Der Mann hatte seine Aktentasche gepackt und war aufgesprungen. Im nächsten Moment war er verschwunden. Im Vorbeigehen schnappte sich Marthaler die Rose, um deren oberen Teil ein Bändchen gewickelt war, an dem eine Visitenkarte hing. Als er den Ausgang erreicht hatte und auf dem Bürgersteig stand, schaute er rasch in beide Richtungen. Er sah gerade noch, wie der Mann die Fahrbahn überquerte und nach links in die Niddastraße bog.

Marthaler spurtete los. Nach kurzer Zeit war er bereits außer Atem. Rundum auf den Bürgersteigen wurde gejohlt. Tatsächlich musste es seltsam aussehen, wenn ein Mann durchs Bahnhofsviertel rannte, der von einem anderen Mann verfolgt wurde, welcher eine langstielige, rote Rose in der Hand hielt.

Als Marthaler die Kreuzung zur Karlstraße erreicht hatte, lief er direkt in eine Gruppe von Touristen, die gerade einem Reisebus entstiegen waren und sofort angefangen hatten, sich gegenseitig zu fotografieren.

Laut fluchend bahnte er sich seinen Weg.

Ohne auf den Verkehr zu achten, lief der Mann im grauen Anzug auf die Düsseldorfer Straße. Gerade hatte die Ampel auf Grün geschaltet, und der Verkehr begann wieder zu rollen. Im letzten Moment erreichte er die Straßenbahnschienen. Eine Sekunde später wäre er von den anfahrenden Autos überrollt worden.

Marthaler musste warten, bis er eine Lücke fand. Dann schlängelte er sich durch die hupenden Wagen. Er sprang auf die Gleise und hörte kurz darauf die kreischenden Bremsen der Straßenbahn. Einen Meter vor ihm war sie zum Stehen gekommen. Er sah, wie der Fahrer hinter den getönten Scheiben schimpfte. Marthaler erinnerte sich, dass ihm etwas Ähnliches vor einigen Jahren schon einmal passiert war. Damals hatte ihn ein großer, dicker Junge am Jackett gezerrt und so davor bewahrt, überfahren zu werden.

Er lief rechts am Hauptbahnhof vorbei in die Poststraße. Der Mann war nirgends mehr zu sehen. Er konnte in ein Taxi gestiegen sein, er konnte sich in einem Hauseingang versteckt haben, er konnte auch in dem unterirdischen Parkhaus Zuflucht gesucht haben, an dessen Ausfahrt Marthaler stand. Oder er hatte den Nordeingang zum Bahnhof genommen und war längst im Gewimmel der Reisenden untergetaucht. Mehrmals drehte Marthaler sich um die eigene Achse. Aber er hatte keine Chance. Das Viertel war zu unübersichtlich. Es gab zu viele Möglichkeiten. Resigniert ließ er die Arme sinken.

Dann fiel ihm die Rose ein.

Er hoffte, dass der Mann auf dem Visitenkärtchen seinen wirklichen Namen und seine echte Adresse angegeben hatte. Marthaler drehte die Blume in alle Richtungen, ohne zu finden, was er suchte. Das Bändchen hatte sich während der Verfolgungsjagd gelöst. Die Karte war verschwunden.

Dann hörte er einen Wagen mit quietschenden Reifen anfahren. Ein silberfarbener Audi TT kam aus der Ausfahrt des Parkhauses auf ihn zugerast. Marthaler sprang zur Seite. Als der Wagen seine Höhe erreicht hatte, konnte er das Gesicht des Fahrers erkennen. Es war Werner, der Mann im grauen Anzug.

Marthaler schaute dem Wagen nach. Das Nummernschild war deutlich zu lesen.

Sechsundzwanzig Als sein Mobiltelefon läutete, lag Oliver Frantisek ausgestreckt auf dem Bett eines VW California T 5, den er sich am späten Nachmittag am Kölner Melatengürtel gemietet hatte.

Aus den vier Lautsprechern drang gedämpfte Musik. Die Beach Boys sangen «Help me Rhonda». Und Frantisek sang leise mit: «Help me Rhonda, help, help me Rhonda, help me Rhonda yeah, get her out of my heart.»

Nach seinem Treffen mit Marcel Lambert war er noch einmal quer durch die Kölner Innenstadt gelaufen, bis er endlich einen Autoverleih gefunden hatte, auf dessen Hof das gewünschte Wohnmobil stand. Er hatte einen Vertrag unterschrieben, demzufolge er den Wagen drei Tage später in Frankfurt abgeben musste.

Anschließend hatte er in einem Baumarkt noch ein paar Einkäufe erledigt. Auf der A 3 war er in Richtung Südosten gefahren, hatte auf einer Raststätte in der Nähe von Limburg einen Salat gegessen und im Tankstellenshop ein wenig Verpflegung gekauft. Als er in dem Ständer am Ausgang die CD mit den erfolgreichsten Songs der Beach Boys gesehen hatte, war er noch einmal zur Kasse zurückgegangen. Frantisek war von der Autobahn abgebogen und über die Bundesstraße 8 quer durch den Taunus gefahren. In Kronberg hatte er das Wohnmobil auf einem öffentlichen Parkplatz abgestellt, dann hatte er sich einen Stadtplan gekauft, um die Straße mit der alten Villa zu finden, in der die *Sabana GmbH* ihren Sitz hatte. Anschließend hatte er den Ort wieder verlassen und war ein paar Kilometer entfernt in einen einsam gelegenen Waldweg gefahren, wo er sich ausruhen und warten wollte, bis es Nacht war.

Er drückte auf den Empfangsknopf seines Handys, hielt den Hörer ans Ohr und wartete, dass sich jemand meldete.

«Wo bist du?»

Obwohl sie noch nie miteinander telefoniert hatten, erkannte er Kerstin Henschels Stimme sofort. Jetzt ärgerte er sich, dass er sein Telefon nicht abgestellt hatte. Er freute sich, dass sie anrief, wollte ihr aber nichts erklären.

«Ich habe mir ein Wohnmobil gemietet», sagte er. «Ich bin unterwegs.»

«Du hörst Musik. Ich kenne das Stück. Wie war es in Köln? Hast du etwas herausbekommen?»

«Ja ... mal sehen ... vielleicht», sagte er.

Kerstin lachte. «Was heißt ‹mal sehen›? Hast du oder hast du nicht?»

«Ich weiß nicht.»

«Was ist mit dir», fragte sie. «Bist du nicht allein, kannst du nicht reden?»

Oliver Frantisek verfluchte sich. Statt einfach draufloszuplaudern und sie so von ihren Fragen abzulenken, reagierte er einsilbig und verstockt. Er wollte sie nicht belügen, aber er wollte ihr auch nicht die Wahrheit sagen.

«Doch, ich bin allein. Ich bin auf etwas gestoßen, aber ich möchte nicht darüber sprechen. Es ist besser, du weißt von nichts.»

«Ich verstehe», sagte sie.

«Nein, Kerstin, bitte! Es ist nicht, wie du denkst. Ich vertraue dir. Aber es gibt Sachen, die muss man alleine durchziehen oder gar nicht.»

Sie versuchte es mit einem Scherz. «Huh, wie das klingt. ‹Special Agent O.› in geheimer Mission.»

«Ja. So ähnlich.»

«Egal», sagte sie. «Ich wollte dich nicht bedrängen. Ich wollte nur deine Stimme hören. Weißt du, wann du zurückkommst?»

«Wahrscheinlich morgen.»

«Das heißt?»

«Das heißt: wahrscheinlich morgen.»

«Charlotte von Wangenheim hatte recht», sagte Kerstin Henschel.

«Was meinst du?»

«Dass Schimpansen besser kommunizieren können als manche Polizisten.»

«Kerstin, entschuldige. Ich melde mich … Und …»

«Und?»

«Ich freue mich darauf, dich wiederzusehen. Es war schön gestern Abend … gestern Nacht.»

«Ja», sagte sie, «das war es.»

Dann legte sie auf.

Oliver Frantisek schaltete die Mailbox ein und steckte das Handy in seine Jackentasche. Die Rollos an den Scheiben des Wohnmobils hatte er heruntergelassen. Er trank einen Schluck Wasser, zog sich aus und sprach im Liegen ein Nachtgebet. Dann konzentrierte er sich auf seine innere Uhr. Er versuchte, seinen chronobiologischen Rhythmus von dem eines Erwachsenen auf den eines Babys umzustellen. So würde er nicht erst in acht Stunden, sondern bereits in fünf Stunden wieder aufwachen. Bislang war es ihm immer gelungen. Zeit seines Lebens hatte er keinen Wecker gebraucht. Er schloss die Augen und war eine Minute später eingeschlafen.

Frantisek schaute auf das beleuchtete Display seiner Uhr. Es war 2.46 Uhr, Sonntagmorgen, der 5. Juni 2005. Draußen war es dunkel. Er zog sich an und setzte sich auf den Fahrersitz. Dann ließ er die Scheibe herunter und lauschte in die Nacht. Alles war vollkommen ruhig. Er startete den Motor, schaltete die Scheinwerfer ein und bog aus dem Feldweg auf die Straße. Ein paar Minuten später hatte er das Ortsschild von Kronberg erreicht. Er stellte das Wohnmobil auf denselben Parkplatz wie schon ein paar Stunden zuvor, als er die Örtlichkeiten erkundet hatte. Beim Aussteigen hörte er eine Kirchturmuhr im alten Ort dreimal schlagen. Er nahm das Werkzeug, das er am Nachmittag in Köln gekauft hatte und machte sich auf den Weg. Er hoffte, dass er das Wenigste davon brauchen würde.

Die Burgerstraße lag in einer alten, ruhigen Wohngegend zwischen Stadthalle und Ortsrand. Rechts und links der abschüssigen Fahrbahn standen kleine Villen und Einfamilienhäuser. Nirgendwo brannte ein Licht. Es gab keinen besseren Zeitpunkt, in ein Firmengebäude einzubrechen, als in der Nacht von Samstag auf Sonntag zwischen drei und vier Uhr morgens.

Die Villa der *Sabana GmbH* war schlechter gesichert, als er befürchtet hatte. Die Fenster im Erdgeschoss und im ersten Stock waren mit Rollläden verschlossen. Es gab eine Alarmanlage und Bewegungsmelder, deren Sensoren er umgehen konnte. Er kletterte auf die Mauer, die das Grundstück auf drei Seiten umgrenzte. Vorsichtig balancierend setzte er einen Fuß vor den anderen. Als er auf der Rückseite des Gebäudes angekommen war, sprang er hinunter und legte sich flach auf den Boden. Langsam robbte er auf die Hauswand zu, seinen Werkzeugkoffer hinter sich herziehend. Immer wieder hielt er inne, um zu lauschen. Er ließ kurz seine Taschenlampe aufleuchten, um sich zu orientieren. Er sah eine Treppe, die von außen in den Keller führte. Der alte Eingang, den es hier einmal gegeben haben musste, war durch eine schwere Stahltür ersetzt worden. Zu beiden Seiten der Treppe gab es je ein Kellerfenster, das mit geschwungenen Eisengittern bewehrt war, die nachträglich angebracht worden waren.

Oliver Frantisek kroch auf das rechte der Fenster zu. Auf dem Bauch liegend, hob er die Arme, packte mit beiden Händen zu und rüttelte an dem Gitter. Es saß fest. Dann kroch er auf die andere Seite der Treppe und probierte es dort.

Wieder umklammerte er das Gitter und rüttelte daran. Als

sich auch hier nichts rührte, kramte er die neuen Arbeitshandschuhe aus der Werkzeugtasche und zog sie sich über. Er legte sich auf den Rücken, schob seinen Hintern bis ganz an die Hauswand, stemmte seine Füße dagegen und griff durch seine Beine. So wurde die Muskulatur seiner Arme durch sein Körpergewicht und den Druck der Beine unterstützt. Dreimal versuchte er es vergeblich, dann spürte er durch das Leder der Handschuhe hindurch ein leichtes Knirschen, als sich das Metall der Gitterstäbe am Sand des Mörtels rieb. Oliver Frantisek hatte seinen Eingang in die Villa gefunden.

Er setzte den großen Meißel an, schlug dreimal rasch hintereinander mit dem schweren Fäustel zu, dann hielt er inne und schaute sich um.

Er wartete eine Minute, aber die Fenster der umliegenden Häuser blieben dunkel. Keiner der Nachbarn schien durch die dumpfen Schläge geweckt worden zu sein. Dann wiederholte er den Vorgang auf der anderen Seite des Gitters. Drei kurze Schläge, dann eine Pause.

Nach dem zweiten Durchgang war auf jeder Seite der Fenstereinfassung ein Brocken Sandstein aus der Wand gebrochen. Das Gitter hatte sich bereits deutlich gelockert. Noch ein paar Mal musste er daran reißen, dann brach es heraus. Wer auch immer es angebracht hatte, er hatte seinen Lohn nicht verdient.

Frantisek nahm den Glasschneider und fuhr damit auf allen vier Seiten an den Innenkanten des Fensterrahmens entlang. Dann setzte er die Saugglocke an und löste die Scheibe vorsichtig heraus. Als er versuchte, durch die entstandene Öffnung zu kriechen, merkte er, dass sie zu eng war. Noch einmal musste er sich an die Arbeit machen.

Mit einem Brecheisen gelang es ihm, den Fensterrahmen zu lösen. Zentimeter für Zentimeter hebelte er das Holz aus seiner Verankerung. Zehn Minuten später lagen die zersplitterten Leisten vor ihm auf dem Boden.

Er nahm die Taschenlampe, ließ den Rest des Werkzeugs liegen und wand sich durch die dunkle Öffnung des Fensters ins Innere des Hauses.

Frantisek zog seine Schuhe aus, stellte sie neben die Keller- treppe und streifte ein paar dünne Latexhandschuhe über. Dann ging er von Raum zu Raum. Er überprüfte, ob alle Rollläden so weit heruntergelassen waren, dass kein Licht nach außen dringen konnte. Er schaltete die Schreibtischlam- pen an und ließ an jedem Arbeitsplatz den Computer hoch- fahren. Er prägte sich die Lage und Größe der einzelnen Zimmer ein und fertigte von beiden Stockwerken eine Skizze an.

Dann ging er in die kleine Teeküche, öffnete den Kühl- schrank, nahm eine Flasche Mineralwasser heraus und trank einen großen Schluck. Er setzte sich auf einen der Stühle, fischte aus seiner Jackentasche ein Päckchen Traubenzucker, das er auf der Raststätte gekauft hatte, und steckte sich zwei der weißen Quadrate in den Mund. Er schloss die Augen, um sich zu sammeln.

Für den nächsten Durchgang nahm er sich mehr Zeit. Wie- der wanderte er von Schreibtisch zu Schreibtisch. Wenn er feststellte, dass der Computer über ein internes Netzwerk mit einem oder mehreren anderen Rechnern verbunden war oder einen Zugang zum Internet hatte, schaltete er ihn wieder aus. Einen Computer, der von außen zugänglich war, würde man nicht verwenden, um sensible Daten zu speichern.

Als er alle Arbeitsplätze kontrolliert hatte, war das gesche- hen, was er befürchtet hatte. Er hatte festgestellt, dass sie alle miteinander verbunden waren und jeder einen Zugang zum weltweiten Netz hatte. Er war sich sicher, dass er auf keinem dieser Rechner finden würde, was er suchte. Die Betreiber der *Sabana GmbH* waren vorsichtig geworden. Offensichtlich hat- ten sie sich nicht darauf verlassen wollen, vor der nächsten

Hausdurchsuchung wieder einen Tipp zu bekommen. Sie hatten ihr Glück nicht herausfordern wollen. Oder der Verdacht, den Marcel Lambert geäußert hatte, war falsch, und die Firma hatte nichts mit illegalem Waffenhandel zu tun.

Für einen Moment fürchtete Oliver Frantisek, seine Arbeit könne vergeblich gewesen sein. Entweder hatten die *Sabana*-Leute ihre illegalen Aktivitäten an einen anderen Standort verlagert, oder sie waren tatsächlich sauber und beschränkten sich auf ihren Handel mit Unterhaltungselektronik.

Oder er hatte etwas übersehen.

Er zog den Lageplan hervor, den er von der Villa angefertigt hatte, und begann ihn eingehend zu studieren. Noch einmal ging er in jeden Raum und verglich ihn mit seiner Zeichnung. Als er das letzte Büro im Obergeschoss erreicht hatte, fiel ihm etwas auf. Er merkte, dass er einen Fehler gemacht hatte. Er hatte den Raum größer gezeichnet, als er tatsächlich war. Instinktiv hatte er versucht, den Grundriss beider Stockwerke auf seiner Skizze zur Deckung zu bringen. Dabei hatten sich die Seitenverhältnisse auf seiner Zeichnung verschoben. Er war sich sicher: Es musste an dieses Büro angrenzend ein weiteres Zimmer geben, das er bisher nicht kannte.

Er klopfte die Wände ab, ohne etwas Verdächtiges feststellen zu können. Vor der linken Wand stand ein großer Bücherschrank. Als er sich mit der Schulter dagegenstemmte, um ihn zur Seite zu schieben, sah er, dass der Schrank auf vier kleinen Möbelrollen stand, die alle mit einer Bremse arretiert waren. Er löste die Bremsen und konnte den Schrank mühelos in die Mitte des Raums bewegen.

Als er die Tür sah, die dahinter zum Vorschein kam, klatschte Oliver Frantisek lautlos in die Hände. Er ging einen halben Meter zurück, hob den rechten Fuß und trat einmal mit ganzer Kraft gegen das Schloss, das sofort mit einem lauten Krachen aus seiner Verankerung brach.

«Das hätten wir», sagte er leise und betrat die kleine, höchstens zwei mal drei Meter große Kammer, in der sich nichts befand außer ein paar Regalen mit Aktenordnern, einem Stuhl und einem einfachen Tisch, auf dem ein tragbarer Computer stand, der lediglich an die Stromversorgung angeschlossen war.

Frantisek klappte das Notebook auf und drückte die Power-Taste. Dann wartete er. Als er aufgefordert wurde, seine Zugangsdaten einzugeben, schaltete er den Rechner wieder aus, zog den kleinen USB-Stick von seinem Schlüsselbund, steckte ihn in den freien Anschluss und ließ den Computer erneut hochfahren.

Auf dem USB-Speicher befand sich ein Programm, das sich *TwistDrill 12.4* nannte und das es nirgends zu kaufen gab. Frantisek hatte es von einem Kollegen des BKA bekommen: «Ich weiß nicht», hatte der gesagt, «ob es sich dabei um ein Gottesgeschenk handelt oder um Teufelswerk. Jedenfalls ist es ein Sesam-öffne-dich.»

TwistDrill war vor zwölf Jahren von einem Schüler aus der englischen Provinz entwickelt worden und kursierte seitdem im inneren Zirkel der internationalen Cracker-Szene. Das Programm konnte mit allen bekannten Betriebssystemen umgehen, überwand sämtliche Zugangssperren, knackte die meisten Codierungen und schraubte sich wie ein Bohrer in die Datensätze jeder Festplatte.

Allerdings war es nicht ganz einfach, sich die jeweils neueste Version zu beschaffen. *TwistDrill* wurde weder über das Internet noch über Mail-Anhänge verbreitet, sondern nur von Hand zu Hand weitergegeben. Alle, die in die Gnade kamen, es benutzen zu dürfen, wurden aufgefordert, an seiner Weiterentwicklung mitzuwirken. Oliver Frantisek besaß die vierte Überarbeitung der zwölften Version von *TwistDrill*, und er hoffte, dass sie aktuell genug war, ihm Zugang zu den Geheimnissen der *Sabana GmbH* zu verschaffen. Er benutzte das

Programm zum ersten Mal und war gespannt, ob es den Versprechungen des BKA-Kollegen gerecht wurde.

«So, mein kleiner Scheißer», sagte er. «Nun zeig, was du kannst.»

Dann stand er auf und ging zurück in die Teeküche, um sich einen Kaffee zu kochen und zu warten, dass *TwistDrill* seine Arbeit tat.

Als er nach einer Viertelstunde wieder nachschaute, lief auf dem Monitor die Endlosschleife eines alten Werbeclips, mit dem Boris Becker vor Jahren für einen großen Online-Anbieter geworben hatte. Der Tennisspieler saß vor seinem Computer und versuchte, mit den Tücken der modernen Technik fertig zu werden. Dann sah man sein erstauntes Gesicht und hörte ihn sagen: «Bin ich da schon drin, oder was? Ich bin drin. Das ist ja einfach.»

Frantisek grinste. Es freute ihn, dass die Entwickler von *TwistDrill* nicht nur ein effektives Programm geschaffen hatten, sondern offensichtlich auch Sinn für Humor besaßen. Er zog einen Zettel aus seiner Brieftasche, auf dem er sich die nächsten Schritte notiert hatte. Ein paar Minuten lang tippte er Zahlen- und Buchstabenkombinationen in das Keyboard, dann erschien eine Eingabemaske. Er sollte einen Suchbegriff festlegen.

Es gab nur zwei Worte, die ihm einfielen. Wenn es damit nicht funktionierte, wäre alles vergeblich gewesen. Er tippte: *DESERT EAGLE*.

Dann hielt er die Luft an. Als das Programm die nächste Meldung ausgab, wippte sein Knie nervös auf und ab: «System wird durchsucht. Decodierungstools laufen. Bitte haben Sie einen Moment Geduld!»

Er schloss die Augen und wartete. Als er sie wieder öffnete, las er, was auf dem Bildschirm stand. «Sie suchten nach: *DESERT EAGLE*. Es wurde ein Datensatz gefunden und decodiert.»

Oliver Frantisek ballte beide Hände zu Fäusten und stieß seine Arme zu einer Geste des Triumphs in die Luft. «Ja», rief er. «Gut gemacht, du kleiner Scheißer. Das reicht. Das reicht mir vollkommen.»

Siebenundzwanzig «Nein», hatte Marthaler gesagt, als er an der Ausfahrt der Tiefgarage stand und mit einer Kollegin vom Kriminaldauerdienst sprach. «Ich will nicht, dass wir nach ihm fahnden, ich will nur wissen, wie er heißt und wo er wohnt. Und ich möchte, dass Delius und Becker seine Wohnung beobachten.» Er hatte das Kennzeichen des silberfarbenen Audi TT genannt und gewartet, dass man ihm Namen und Adresse des Halters durchgab.

Der Mann im grauen Anzug hieß Werner Heubach. Er war neunundvierzig Jahre alt und wohnte im Frankfurter Bogen, einer Neubausiedlung im äußersten Norden der Stadt. Den Straßennamen hatte Marthaler noch nie gehört.

Er hatte sich alles notiert, hatte im Supermarkt unter dem Hauptbahnhof noch Espressopulver und eine Packung Toastbrot gekauft, dann war er nach Hause gefahren.

Erfolglos hatte er noch ein paar Mal Terezas Nummer gewählt, war schließlich ins Bett gegangen und fast augenblicklich eingeschlafen.

«Wir bekommen ein Kind.» Das war das Erste, was er dachte, als er am Sonntagmorgen um kurz nach sieben aufwachte. «Wir bekommen ein Kind, wir werden heiraten und uns eine größere Wohnung suchen. Am besten eine mit Garten.» Er überlegte, was sie alles anschaffen mussten. Einen Wickeltisch, ein Kinderbett, Windeln, Kindernahrung. Wenn es ein Junge wurde, wäre es womöglich gut, sofort eine Modelleisenbahn zu kaufen, um mit dem Aufbau rechtzeitig beginnen zu können. Am liebsten wäre er sofort losgefahren, um die dringendsten Einkäufe zu erledigen.

Als er in den Flur kam, sah er das Lämpchen seines Anruf-
beantworters blinken. Er hoffte, dass Tereza eine Nachricht
hinterlassen hatte, aber es war Elvira, die ihm mitteilte, dass
auf *arte* der Film über die Entdeckung der Partitur von Jacques
Offenbach wiederholt würde. Er solle ihn sich unbedingt ansehen. Marthaler schaute auf die Uhr. Er hatte noch eine
halbe Stunde Zeit, bis die Sendung begann.

Unter der Dusche begann er nach Namen für das Baby zu
suchen. Aber er merkte, dass ihm das Spiel alleine keinen Spaß
machte. Ohne Tereza würde ihm nichts einfallen. Er musste
ihr in die Augen schauen, er musste sehen, wie sie auf seine
Vorschläge reagierte, wie sie lachte, kritisch den Kopf wiegte
oder ihn mit gespielter Empörung anschaute.

Er zog sich an und ging in den Keller, um sein Fahrrad zu
holen. Er kramte in der Kiste mit dem Werkzeug, bis er die
grüne Schachtel mit dem Flickzeug gefunden hatte. Er nahm
das Rad mit nach oben und schob es ins Wohnzimmer.

Nachdem er den Fernseher eingeschaltet hatte, ging er zurück in die Küche, um sich rasch noch einen Kaffee zu kochen
und zwei Brote in den Toaster zu stecken. Als er sich in seinen
Sessel setzte, um zu frühstücken, hatte die Sendung bereits
begonnen. Ein alter Mann mit einem Strohhut ging durch die
Straßen seines Viertels in Paris. Sein Name war Georges Hofmann. Er erzählte von seinen Freunden, von seinem Leben in
Belleville und dass er früher ein kleines Varieté betrieben
habe.

Obwohl der alte Mann ihm auf Anhieb sympathisch war,
verstand Marthaler nicht, was das alles mit Jacques Offenbach
zu tun haben sollte. Er löste den Schlauch aus dem Hinterrei-
fen und pumpte ihn auf. Dann hielt er ihn gegen seine Wange,
um zu überprüfen, wo die Luft austrat. Er fand die Stelle sofort. Er raute sie auf und bestrich sie mit Klebstoff. Bevor er
den Flicken anbringen konnte, musste er warten.

Dann sah man Monsieur Hofmann im Fernsehstudio sitzen. Man merkte ihm an, wie ungewohnt die Situation für ihn war, wie unwohl er sich fühlte. Auf dem Sessel neben ihm hatte eine junge Frau Platz genommen. Marthaler erkannte sie wieder. Es war dieselbe Frau wie auf dem Foto, das man ihnen aus Paris geschickt hatte. Es war Valerie Rochard.

Als die beiden miteinander sprachen, merkte Marthaler, wie seine Aufmerksamkeit wuchs. Zugleich wurde ihm unbehaglich zumute. Dass jemand über so lange Zeit seine Kindheit, seine Herkunft und seine Eltern verleugnen konnte, war ihm nicht geheuer. Trotzdem verstand er Monsieur Hofmann. Er verstand, dass es Dinge gab, die so ungeheuerlich waren, dass man sie am liebsten ignorierte, dass man nur weiterleben konnte, wenn man versuchte, nicht an sie zu denken. Aber irgendwann ging auch das nicht mehr. Irgendwann war man gezwungen, in den Abgrund zu schauen.

Als das Interview mit Monsieur Hofmann beendet war, wurde wieder ein Film gezeigt. Der alte Mann saß auf einer Terrasse und blätterte in einem Stapel handschriftlicher Noten. Dann sah man Valerie Rochard in ein Mikrophon sprechen: «Aufgrund unserer Sendung hat sich eine Anruferin gemeldet und Monsieur Hofmann mitgeteilt, dass sie Post für ihn habe. Ein Päckchen, das sechzig Jahre brauchte, um seinen rechtmäßigen Empfänger zu erreichen. Auf dem Umschlag steht als Absender der Name von Monsieur Hofmanns Vater und das Wort ‹Auschwitz›. Was als Überraschung begann, wurde zur Sensation, als wir den Umschlag öffneten. Zutage kam das verlorengeglaubte Manuskript einer frühen Operette des weltberühmten Komponisten Jacques Offenbach. Sie trägt den Titel: *Das Geheimnis einer Sommernacht*. Ein erster Vergleich der Musikwissenschaftlerin Sandrine Foret bestätigt zweifelsfrei die Echtheit der Handschrift. Eine Entdeckung ersten Ranges, welche die Musikwelt in einige Aufregung versetzen dürfte.»

Er saß auf seinem Rad und atmete durch. Die Luft war frisch und die Straßen noch leer. Er fuhr die Friedberger Landstraße hinauf, bog nach rechts und hielt in der Rohrbachstraße vor *Harrys Backshop*. Der kleine Laden, dessen Wände mit Kinderfotos aus aller Welt geschmückt waren, hatte sich in den letzten Jahren vom Geheimtipp zur beliebtesten Bäckerei des Viertels entwickelt. Selbst jetzt, am frühen Sonntagmorgen, stand die Schlange der Kunden bis auf die Straße. Marthaler bestellte zwei der fettigen Maisbrötchen und verstaute sie in seinem kleinen Rucksack. So würde er über den Tag kommen, ohne sich um sein Mittagessen Gedanken machen zu müssen.

Er fuhr weiter auf der B 3 stadtauswärts. Hinter der Friedberger Warte überquerte er die Fahrbahn und nahm den schmalen asphaltierten Weg, der an dem Gelände der ehemaligen US-Kasernen entlangführte, dann einen Linksschwenk machte und parallel zur Autobahn verlief.

Als Marthaler die Kleingärten hinter sich gelassen hatte, öffnete sich unter ihm ein riesiges, freies Gelände, auf dem in Kürze eines der größten Neubauviertel der Stadt entstehen sollte. Aber noch sah man nur wenige Häuser, die wie bunte Farbtupfer inmitten der weiten, mit Schutt übersäten Brachflächen standen. Kein Gebäude schien dem anderen zu gleichen. Es gab Häuser, die ganz aus Holz errichtet waren, bunt angestrichene Reihenhäuser und eine kleine Siedlung mit Eigentumswohnungen, deren Innenhof man durch einen Torbogen erreichen konnte. Fast schien es, als habe man hier den Wildwuchs zum Prinzip gemacht, und Marthaler konnte nicht sagen, dass ihm das missfiel. Jedenfalls gefiel es ihm besser als die Einförmigkeit jener Siedlung, in der er gestern den jungen Vietnamesen besucht hatte, und deren Dächer man ein paar hundert Meter weiter hinter den Bäumen hervorragen sah.

Langsam radelte er die staubige Straße hinunter. Verborgen zwischen ein paar Baucontainern parkte ein anthrazitfarbener

Opel Astra, der zur Flotte der zivilen Polizeifahrzeuge gehörte. Am Steuer saß Kurt Delius. Neben ihm auf dem Beifahrersitz schlief sein Kollege Horst Becker.

Marthaler lehnte sein Rad an die Wand eines Containers. Dann klopfte er leise auf das Wagendach und wartete, dass Delius die Scheibe herunterließ.

«Und? Hat sich Heubach gezeigt?»

Delius gähnte und schüttelte den Kopf. «Nein. Nichts. Es hat sich die ganze Nacht nichts gerührt. Wir haben gestern Abend geklingelt, aber es war niemand zu Hause.»

«Und was hättet ihr gemacht, wenn er doch da gewesen wäre?»

Delius griff neben sich und hielt ein Exemplar der Zeitschrift *Wachtturm* hoch. «Wir hätten gesagt, dass wir von den Zeugen Jehovas kommen. Dann hätten wir dich angerufen.»

Marthaler grinste. Er war sich sicher, dass man den beiden die Rolle abgenommen hätte. «Wo wohnt er?»

Delius zeigte mit dem Kopf in Richtung eines einzeln stehenden Doppelhauses, von dem erst eine Hälfte bewohnt zu sein schien. Das Gebäude war mit einem stark abfallenden Pultdach versehen und die Fassade mit einer blauen Farbe angestrichen, die so stark in der Morgensonne leuchtete, dass es fast in den Augen schmerzte. Unter den außergewöhnlichen Häusern der Siedlung war dieses gewiss das auffälligste.

«Was ist überhaupt mit dem Kerl? Warum sollen wir sein Haus überwachen?»

«Er arbeitet für einen Musikverlag», sagte Marthaler. «Gemeinsam mit Morlang hat er irgendeine Sauerei im Schilde geführt. Als ich mich mit ihm unterhalten wollte, hat er das Weite gesucht. Und mich dabei fast über den Haufen gefahren.»

Auf dem Beifahrersitz begann sich Horst Becker zu räkeln. Dann schlug er die Augen auf und sah Marthaler müde an. «Was ist, bekommen wir endlich eine Ablösung?», fragte er.

Plötzlich hob Kurt Delius seine rechte Hand. «Warte! Das wird nicht mehr nötig sein!» Dann wandte er sich an Marthaler: «Los, Robert, das könnte er sein. Setz dich in den Wagen, bevor er dich sieht.»

Zwei Sekunden später saß Marthaler auf der Rückbank. Zu dritt starrten die Polizisten auf den silbergrauen Audi TT, der sich über die staubige Straße näherte. Kurz darauf hielt der Wagen vor dem blauen Haus. Eine halbe Minute lang geschah gar nichts. Dann öffnete sich die Fahrertür, und der Mann im grauen Anzug stieg aus. Er schaute sich mehrmals um, dann ging er auf den Eingang zu.

«Ist er das?», fragte Delius.

«Ja.»

«Was sollen wir machen?»

«Nichts. Wir warten einen Moment. Er soll sich erst sicher fühlen. Ich will sehen, was er vorhat. Sollte er in zehn Minuten nicht wieder rauskommen, gehe ich hin und werde mit ihm reden. Wenn er sich weigert und versucht abzuhauen, haltet ihr ihn auf. Wenn er mich reinlässt, fahrt ihr ins Weiße Haus. Ich werde schon mit ihm fertig.»

Neun Minuten später ging Marthaler los. Als er den Eingang erreicht hatte und gerade auf den Klingelknopf drücken wollte, wurde die Haustür von innen geöffnet. Mit der rechten Hand fasste Marthaler unter seiner Jacke an den Griff der Dienstwaffe, mit der linken zog er seine Marke hervor.

«Werner Heubach? Kriminalpolizei. Ich muss mit Ihnen reden.»

Der Mann zuckte vor Schreck zusammen. Für einen Moment sah es so aus, als wolle er die Tür von innen zuschlagen. Marthaler machte einen Schritt vorwärts und drängte Heubach ins Innere des Hausflurs.

«Was soll das ... Sie haben kein Recht ...»

«Sie haben zwei Möglichkeiten: Entweder wir gehen rein

und unterhalten uns. Oder ich werde Sie festnehmen und wegen versuchten Totschlags anzeigen. Und ob ich das nicht sowieso tun werde, hängt ganz davon ab, wie unser Gespräch verläuft.»

Resigniert ließ Heubach beide Schultern sinken. Erst jetzt sah Marthaler, dass er in der rechten Hand eine Reisetasche hielt.

«Wo wollten Sie damit hin?»

«Ich wollte sie zum Wagen bringen. Dann wollte ich die Hunde holen.»

«Die Hunde?», fragte Marthaler.

Plötzlich brach der Mann in ein nervöses Keckern aus. «Keine Angst», sagte er, «es sind zwei harmlose Zwergpinscher. Wunderschöne Tiere, mit herrlichen, schlanken Körpern, sie sind …»

«Und dann? Wo wollten Sie hin mit der Tasche und den Hunden?»

Werner Heubachs Gesicht verwandelte sich von einer Sekunde zur anderen in das eines trotzigen Jungen. Er ließ seine Reisetasche fallen und begann mit dem rechten Fuß auf den Boden zu stampfen. Er hatte beide Hände zu Krallen geformt und kratzte sich wie besessen über die eigenen Unterarme. Mit hoher Stimme schrie er auf Marthaler ein. «Ich reise, reise, reise. Ich bin ein freier Mensch. Ich werde euch alle ruinieren. Niemand darf mir wehtun. Sie sind ein mieser, feiger Geselle, der mir wehtun will. Ich bin ein freier Reisender. Und Sie sind ein feiger, mieser, ein bösartiger Miesling.»

Als er sah, dass Heubachs Unterarme bereits blutige Striemen zeigten, holte Marthaler aus und schlug ihm mit der rechten Hand auf die Wange.

Sofort beruhigte sich der Mann. Seine kurze Hysterie endete in einem verzagten Schluchzen. Dann ging er vor Marthaler her und bat ihn mit einer Handbewegung, ihm zu folgen.

Sie betraten einen großen, hellen Raum, in dem sich nichts

befand außer einer Couch, zwei Stühlen und einem Fernseh-gerät. Einen Bodenbelag gab es nicht. Die Möbel standen auf dem rohen Estrich. Durch die breite Fensterfront konnte man das rückwärtige Grundstück des Hauses sehen. Es bestand nur aus Erde, wucherndem Unkraut und Bauschutt.

«Setzen Sie sich!», sagte Marthaler.

«Hören Sie, ich …»

Marthaler hob noch einmal seine Rechte. «Sie sollen sich hinsetzen, verdammt nochmal!»

Heubach wich zurück, als habe er Angst, dass der Polizist ihn noch einmal schlagen könne. Dann ließ er den Kopf hängen und nahm auf einem der Stühle Platz.

«Sie wohnen hier alleine?», fragte Marthaler.

«Ja.»

«Und Sie sind der Eigentümer?»

«Ich oder die Bank, wie Sie wollen.»

«Das heißt, Ihnen ist unterwegs das Geld ausgegangen?»

Heubach seufzte. Dann begehrte er noch einmal kurz auf. «Ich weiß nicht, wieso Sie das alles fragen. Sagen Sie mir, was Sie …»

Marthaler begann zu brüllen: «Ich frage! Sie antworten! Das ist die Regel. Haben Sie das kapiert? Wenn Sie einen An-walt wollen, sagen Sie es! Wenn Sie wollen, dass ich mir einen Durchsuchungsbeschluss besorge, sagen Sie es! Dann werde ich Sie jetzt auf der Stelle ins Präsidium schaffen und in eine Arrestzelle verfrachten lassen. Wenn Sie das nicht wollen, ant-worten Sie gefälligst auf meine Fragen!»

Werner Heubach saß auf seinem Stuhl und sah zu Boden. Sein Widerstand schien gebrochen.

Plötzlich hörte man aus einem der Nebenräume ein deut-liches Fiepen.

«Was ist das?», fragte Marthaler.

«Die Hunde. Ihre Stimme hat sie nervös gemacht. Sie mö-gen es nicht, wenn man schreit.»

«Dann verhalten Sie sich so, dass ich nicht wieder schreien muss. Also: Wo waren Sie am Freitagabend zwischen zwanzig Uhr und Mitternacht?»

Werner Heubach schaute Marthaler ungläubig an. Dann schüttelte er den Kopf. «Nein», sagte er leise, «das ist nicht Ihr Ernst. Das können Sie mir nicht anhängen. Ich habe nichts mit der Sache auf dem Boot zu tun.»

«Wo waren Sie?»

Heubach starrte seine Schuhspitzen an. Seine Schultern zuckten. «Sie wissen es doch. Ich war im *Haferkasten*. Das muss sie Ihnen doch gesagt haben.»

«Wie lange waren Sie dort?»

«Ich weiß nicht. Die ganze Zeit ... ich ...»

«Das ist eine Lüge. Barbara Pavelic sagt, dass Sie da waren, aber auch irgendwann wieder gegangen sind. Sie erinnert sich nicht mehr genau, aber sie meint, dass Sie den *Haferkasten* gegen 21.45 Uhr schon wieder verlassen hatten.»

Marthaler hatte geblufft. Er hatte die Tänzerin nicht einmal danach gefragt, wie lange Heubach am Freitag in der Bar gewesen war.

«Sie täuscht sich. Ja ... ich bin irgendwann gegangen. Vielleicht um halb elf, eher noch später. Sie müssen nochmal mit ihr reden ... Sie muss sich doch erinnern.»

«Und wo waren Sie danach?»

«Ich bin nach Hause gefahren.»

«Nach Hause, natürlich. Alleine, nehme ich an. Besitzen Sie eine Waffe?»

Werner Heubach zögerte mit seiner Antwort eine Sekunde zu lange.

Marthaler war aufgestanden: «Gut, Herr Heubach, ich glaube, das reicht. Ich denke, es ist besser, wir unterhalten uns auf dem Präsidium weiter ...»

Der kleine Mann gab einen Laut von sich, der sich anhörte wie das Fiepen seiner Hunde. «Ja ... ich besitze eine Waffe. In der Nachbarschaft ist schon mehrmals eingebrochen worden. Ich habe mir eine Pistole gekauft. Aber ich habe noch nie mit ihr geschossen. Ich weiß nicht einmal, wie sie funktioniert.»

Heubachs Hände flatterten. Der Mann war nur noch ein Nervenbündel. Und Marthaler hatte ihn dort, wo er ihn haben wollte.

«Verstehen Sie doch ... ich war niemals auf diesem Boot. Ich habe nichts getan.»

Marthaler tat, als würde er ernsthaft über Heubachs Beteuerung nachdenken.

«Immerhin sind Sie geflohen, als ich mit Ihnen reden wollte. Immerhin haben Sie mich fast überfahren.»

Er wartete auf eine Reaktion des kleinen Mannes, aber es kam nichts. «Gut», sagte er schließlich, «tun wir so, als würde ich Ihnen glauben. Tun wir, als würde ich Sie für unschuldig halten. Dann erzählen Sie mir jetzt bitte, was Sie und Joachim Morlang vorhatten, was war das für ein Deal, den Sie beide durchziehen wollten?»

Heubach schien fast dankbar zu sein über die Wendung, die das Gespräch jetzt nahm.

«Es ging um die Noten. Wir wollten sie von der Französin kaufen.»

«Wollen Sie mir erzählen, dass Sie alte Handschriften sammeln?»

Heubach schaute Marthaler an, als habe er einen Idioten vor sich. Dann ließ er wieder sein nervöses Lachen hören.

«Was reden Sie denn da? Es geht nicht um Handschriften; es geht um die Aufführungsrechte.»

«Dann erklären Sie es mir so, dass ich es verstehe.»

«Ich arbeite als Justiziar für *Scholz & Beckstein*, einen Musikverlag mit Sitz in Wiesbaden. Was meinen Sie, was bei uns los war, als wir Mitte der Woche erfuhren, dass diese Offenbach-Partitur gefunden wurde. Unser Haus glich einem Ameisenhaufen. Und so hat es wahrscheinlich in den meisten

Musikverlagen ausgesehen. Die Nachricht hat bei allen Kollegen Goldgräberstimmung ausgelöst. Sofort begann ein fröhliches Rattenrennen um die Rechte. Alle wollten Kontakt zu dieser Französin aufnehmen. *Das Geheimnis einer Sommernacht* wird auf der ganzen Welt gespielt werden, so viel ist sicher. Wer auch immer die Rechte am Ende kaufen wird, es wird ihn reich machen.»

«Was heißt das in Zahlen?», fragte Marthaler. «Um wie viel Geld geht es dabei?»

Heubachs Augen leuchteten, seine Begeisterung wirkte echt. Es schien ihm Spaß zu machen, an diesem Rattenrennen teilzunehmen.

«Um Millionen», sagte er. «Sicher um einige Millionen. Je nachdem, wie gut die Operette ist und wie oft sie zur Aufführung kommt.»

«Und welche Rolle sollte Morlang spielen?»

«Ich wusste, dass die Geschäftsführer von *Scholz & Beckstein* einen Termin mit der Französin hatten. Aber wir wollten schneller sein; wir wollten auf eigene Rechnung arbeiten. Morlang sollte der Französin einen riesigen Betrag als Kaufsumme in Aussicht stellen. Einen Betrag, der alle Konkurrenten ausgestochen hätte, den wir aber niemals hätten aufbringen können. Wichtig war nur, dass Morlang ihr eine Kopie der Noten hätte abschwatzen können. Eine Kopie, die wir angeblich zu Prüfzwecken gebraucht hätten.»

Marthaler sah den kleinen Mann ratlos an. «Aber was hätte Ihnen das genutzt? Was hätten Sie mit einer solchen Kopie anfangen können?»

Heubach war aufgesprungen. Er lief jetzt in dem riesigen leeren Zimmer auf und ab.

«Alles!», rief er. «Eine Kopie war alles, was wir brauchten. Sehen Sie: Jacques Offenbach ist 1880 gestorben. Das Urheberrecht auf seine Arbeiten ist längst erloschen. Wenn aber nun ein bislang unbekanntes, altes Werk entdeckt wird, kann derjenige, der es gefunden hat, die Rechte erneut für fünfundzwanzig Jahre beanspruchen. Der Trick dabei ist allerdings, dass man das Werk auch öffentlich zugänglich macht, dass man die Noten druckt oder die Operette aufführt. Nur dann gilt man als der Entdecker.»

«Ziemlich kompliziert», sagte Marthaler.

Heubach baute sich vor ihm auf und fuchtelte mit den Armen. Offensichtlich bereitete es ihm Freude, seine Gewitztheit unter Beweis zu stellen. «Ja, und weil es nicht so ganz einfach ist, weiß kaum jemand etwas davon. Man spricht von der ‹editio princeps›, geregelt in Paragraph 71 des Urheberrechtsgesetzes. Selbst die meisten Verlage sind ahnungslos. Sie glauben, in langwierige Verhandlungen eintreten zu müssen, dabei ...»

«... dabei reicht es, sich die Noten unter den Nagel zu reißen und das Werk auf irgendeine Weise öffentlich zu machen, schon wird man zum Inhaber der Rechte.»

Heubach schenkte Marthaler ein dankbares Lächeln. «So ähnlich ... Sie haben es verstanden.»

«Trotzdem hätten Sie erklären müssen, wie Sie an die Noten gekommen sind.»

Fast genüsslich wiegte der kleine Mann seinen Kopf hin und her und fuhr sich mit der Zunge über die Lippen. «Morlang hätte mir die Kopie übergeben und wäre wieder in der Versenkung verschwunden. Ich hätte die Noten drucken lassen und rasch eine kleine Aufführung organisiert. Auf Nachfragen hätte ich behauptet, vor einiger Zeit auf einem Flohmarkt eine zweite Handschrift gekauft zu haben, die aber bedauerlicherweise bei einem Wasserschaden oder einem Zimmerbrand vernichtet worden sei.»

«Und Sie meinen, das hätte man Ihnen abgenommen?», fragte Marthaler.

«Ich weiß von einem Fall, wo es genauso gelaufen ist. Die Richter mussten es abnicken, weil man etwas anderes nicht beweisen konnte.»

Marthaler war ans Fenster getreten und schaute hinaus auf die braune Dreckwüste, die sich hinter dem Haus erstreckte. Noch einmal ging er im Kopf alles durch, was Werner Heubach ihm erzählt hatte. Dann drehte er sich zu ihm um. «Ja», sagte er. «Hört sich an, als ob es so hätte funktionieren können.»

Werner Heubach grunzte zufrieden. Er stand nun ebenfalls am Fenster und schaute nach draußen. «Es war genial. Es war nahezu genial.»

«Was man so genial nennt», sagte Marthaler. «Wenn Sie mir jetzt noch erklären können, warum Joachim Morlang und die vier anderen Leute sterben mussten?»

Heubachs Hochstimmung der letzten Minuten verflog von einer Sekunde zur anderen. Wieder duckte er sich unter Marthalers Blicken weg, wieder verlor er die Kontrolle über seinen Körper und begann zu zucken.

Allerdings wuchs in Marthaler mehr und mehr der Verdacht, dass es sich dabei um eine Taktik handelte, mit der Heubach versuchte, sich vor seiner Umgebung zu schützen. Wahrscheinlich war es ein Training, das er seit seiner Kindheit absolvierte. Weil er klein war, fühlte er sich unterlegen. Weil er sich unterlegen fühlte, machte er sich noch kleiner, in der Hoffnung, dass man ihn schon in Ruhe lassen werde, wenn er bloß schwach genug wirkte.

«Nein ... Herr Hauptkommissar. Ich ... ich ... weiß es nicht. Ich habe darüber nachgedacht. Es ergibt keinen Sinn. Niemand, der ein Interesse an den Noten hat, würde so etwas tun. Es wäre sinnlos. Wer die Operette auf diese Weise in seinen Besitz bringen würde, könnte sie niemals aufführen lassen. Es wäre genauso, als würde er ein Schuldgeständnis unterschreiben.»

«Also?»

Heubach schaute Marthaler aus seinen kleinen Augen von unten herauf an. Immer wieder zwinkerten seine Lider:

«Ich ... ich ... weiß nicht. Ich glaube, das eine hat mit dem anderen nichts zu tun. Die Partitur und die Morde, das gehört nicht zusammen. Vielleicht war es einfach ein Zufall.»

«Mein Gott, was reden Sie denn da?», herrschte Marthaler ihn an. «Was reden Sie für einen unglaublichen Müll?»

Dann ließ er den anderen stehen und ging zur Tür.

«He, wo wollen Sie hin? Was wird jetzt mit mir?», rief Heubach ihm nach.

Marthaler wandte sich noch einmal um. «Jedenfalls werden Sie fürs Erste nicht verreisen», sagte er. «Vielleicht hören Sie wieder von mir. Vielleicht aber auch nicht. Damit müssen Sie leben. Mit sich selber müssen Sie ganz alleine fertig werden.»

Achtundzwanzig Er kam an Hotschis Haus vorbei und schaute hoch zu den Fenstern im zweiten Stock, hinter denen der junge Vietnamese mit seiner großen Familie wohnte. Zwei der älteren Kinder saßen auf der Fensterbank, hatten ihre Köpfe an die Scheibe gelehnt und schauten hinunter. Obwohl er wusste, dass sie ihn nicht erkennen würden, winkte Marthaler ihnen von seinem Fahrrad aus zu.

Hinter dem Preungesheimer Gefängnis bog er ab in eine kleine Stichstraße, die den Namen Auf der Platte trug. Erst kürzlich hatte er in der Zeitung gelesen, dass es hier schon seit langer Zeit eine Gedenkstätte gab für die Widerstandskämpfer, die in dem alten Zuchthaus von den Nazis ermordet worden waren.

Er stieg vom Rad und begann die Namen zu lesen, die auf den langen Tafeln entlang der Gefängnismauer verzeichnet waren. Es waren hundert Namen, die stellvertretend an all jene erinnern sollten, die man hier umgebracht hatte, weil sie aus der Wehrmacht desertiert waren, weil sie Flugblätter verteilt oder weil sie einen Juden versteckt hatten.

Beide Hände an den Gitterstäben, schaute eine junge Frau aus dem offenen Fenster ihrer Gefängniszelle zu Marthaler hinunter. Sie hörte laute Musik und nickte ihm zu. Vielleicht bewegte sie auch nur ihren Kopf im Takt der Musik. In der Nähe sah Marthaler am Zaun eines Vorgartens ein paar Kletterrosen blühen. Er ging hin, schaute sich kurz um, knipste eine der Blüten ab und legte sie vor die Tafeln. Dann stieg er auf sein Rad und fuhr weiter.

Er kam am Bornheimer Friedhof vorbei und schickte einen stummen Gruß an Katharina, die hier beerdigt lag und der er jetzt versprach, sie zu besuchen, sobald er Zeit fand. Er würde ihr einen Brief schreiben und ihn in den Blumenstrauß stecken, den er ihr einmal im Monat mitbrachte.

Als er die Tankstelle an der Kreuzung zur Comeniusstraße erreicht hatte, schaltete die Ampel vor ihm auf Rot. Er überlegte kurz weiterzufahren, als sich aus der Gegenrichtung ein offenes Cabrio näherte, das nun ebenfalls hielt. In dem Wagen saßen zwei Männer, die lachten und sich im Reggaetakt bewegten. Dann beugten sie sich zueinander und gaben sich einen flüchtigen Kuss. Die Ampel sprang auf Grün, aber Marthaler blieb stehen. Er schaute weiter in Richtung des Cabrios, das jetzt an ihm vorüberfuhr. Marthaler erkannte den Mann auf dem Beifahrersitz. Es war Manfred Petersen.

Dann hörte er sein Mobiltelefon klingeln. Er zog es aus der Jackentasche und drückte den Empfangsknopf.

«Du glaubst nicht, was passiert ist», sagte Kerstin Henschel.

«Das könnte ich ebenfalls sagen», erwiderte er. «Gerade ist mir Manfred begegnet. Er ist nicht krank. Er ist so gesund wie du und ich.»

Kerstin Henschel schwieg einen Moment. Als sie wieder sprach, hatte sich der Ton ihrer Stimme verändert. «Das ist jetzt nicht wichtig, Robert. Lass uns später darüber sprechen. Es ist etwas passiert. Der *City-Express* hat Eva Helberger ausfindig gemacht. Du musst kommen.»

«Er hat *wen* ausfindig gemacht? Kerstin, hilf mir!»

«Eva Helberger, die Frau, die den Mann auf der Bank am Mainufer gesehen und uns schon am Donnerstag angerufen hat. Die Bekannte von Kai Döring, die plötzlich verschwunden war.»

«Oh Gott, ja. Die hatte ich fast vergessen ...»

«Robert, komm einfach her. Und beeil dich bitte!»

«Was für ein Scheiß-Beruf», sagte Marthaler, als er sein Büro im Weißen Haus betrat. «Wir bekommen ein Baby, und ich habe keine Zeit, Tereza anzurufen. Ich komme nicht einmal dazu, mich gebührend zu freuen.»

Kerstin Henschel stand vor ihm, sah ihn kurz an, dann wich sie seinem Blick aus. Sie ging an ihm vorbei und schloss von innen die Tür.

«Kerstin, was ist los?»

«Lass uns kurz reden. Wir müssen rasch über Manfred sprechen.»

Kerstin Henschel hatte ihre Stimme gesenkt. Sie war blass und wirkte bedrückt.

«Allerdings», erwiderte Marthaler. «Was er macht, ist in meinen Augen eine Sauerei. Wenn er Zeit braucht, okay. Wenn er nachdenken muss, in Ordnung. Aber er kann sich nicht krankmelden und dann mit seinem Geliebten durch die Gegend fahren. Damit bringt er nicht nur sich in Schwierigkeiten, damit brüskiert er auch uns ... Übrigens sah er nicht gerade glücklich aus. Er hat gelacht, aber er wirkte auf mich vollkommen überdreht.»

«Robert ... es gibt keine Krankmeldung.»

«Natürlich gibt es eine Krankmeldung. Sie war in der Post. Elvira hat sie ...»

«Robert, hör zu. Ich wollte mit Manfred reden. Ich habe versucht, ihn zu erreichen. Aber ich habe keine Ahnung, wo er sich herumtreibt. Ich habe eine Freundin, die Ärztin ist. Ich habe sie gebeten, eine Krankmeldung auf seinen Namen auszustellen.»

Marthaler sah seine Kollegin ungläubig an. «Du hast *was* getan? Du hast ...»

«Es war idiotisch, ich weiß. Aber du hattest mir vierundzwanzig Stunden Zeit gegeben, ihn zu erwischen. Als ich ihn nirgends auftreiben konnte, wusste ich mir nicht mehr zu helfen. Ich hatte Angst um Manfred. Ich wollte ihn decken.»

Marthaler schüttelte den Kopf. Er ruderte mit den Armen.

Einerseits war er kurz davor, Kerstin Henschel anzubrüllen. Andererseits hatte er Respekt vor ihr und dem, was sie getan hatte. Dass sie bereit gewesen war, ihre Stellung zu riskieren, um einem Freund zu helfen.

«Aber dir ist klar, dass du damit …»

«Ich habe eine Urkunde gefälscht. Ich habe dich und Elvira betrogen. Und ich kann euch nur um Verzeihung bitten.»

«Ja», sagte Marthaler zögernd. «Du wolltest etwas Richtiges und hast deshalb etwas Falsches getan.»

«Und was machen wir jetzt?»

Marthaler überlegte. «Nichts», sagte er schließlich. «Manfred wird entlassen, das ist damit klar. Aber sonst machen wir nichts. Wir vergessen das Ganze. Ich hoffe nur, dass Elvira die Krankmeldung noch nicht weitergegeben hat.»

Kerstin atmete hörbar auf. «Danke. Und jetzt lass uns ins Konferenzzimmer gehen. Die anderen warten schon.»

Als sie Marthalers Büro verließen, kam ihnen Charlotte von Wangenheim entgegen. Sie hatte eben erst das Weiße Haus betreten. Sie hielt den *City-Express* in die Höhe und schaute ihre Kollegen an: «Was ist das für eine Geschichte? Kann mir das irgendwer erklären? Wer ist diese Eva Helberger?»

Marthaler hob beide Hände: «Deswegen sind wir hier. Ich weiß so viel wie du. Oder noch weniger. Ich bin gerade erst gekommen.»

Sie hielt ihm die Zeitung entgegen. «Dann lies das bitte! Ich fürchte, es gibt Klärungsbedarf.»

«Nein», sagte er, «lass uns reingehen. Ich will, dass wir alle gemeinsam darüber reden.»

Sie setzten sich an den Konferenztisch, wo Döring und Liebmann bereits auf der einen, Delius und Becker auf der anderen Seite Platz genommen hatten. Jeder schaute den anderen an. Alle schienen darauf zu warten, dass irgendwer das Wort ergriff.

«Also», sagte Marthaler, «ich denke, es ist dringend. Irgendjemand muss anfangen.»

Schließlich war es Kai Döring, der sich in der Pflicht sah. «Heute Morgen ist eine weitere Sondernummer des *City-Express* erschienen», sagte er. «Sie machen einen Riesenaufstand. Sie haben Eva Helberger ausfindig gemacht. Sie haben mit ihr gesprochen und ein Foto von ihr veröffentlicht. Außerdem haben sie mit ihr zusammen ein Phantombild des Täters erstellt. Sie sagt, dass sie den Mann auf jeden Fall wiedererkennen würde. Damit sind die Zeitungsleute weiter als wir. Jetzt werfen sie uns schlampige Arbeit vor, weil wir den Hinweis einer Zeugin ignoriert haben.»

«Entschuldigt, aber ich verstehe gar nichts», sagte Charlotte von Wangenheim. «Ich habe die Zeitung gelesen. Aber die Geschichte mit dieser Helberger kann doch nur eine Ente sein. Ich höre den Namen zum ersten Mal.»

Alle sahen, wie sich Dörings Gesicht rötete und seine Sommersprossen zu glühen begannen.

Marthaler beschloss, ihm aus der Klemme zu helfen. «Leider nein. Es ist keine Ente. Eva Helberger hat sich am Donnerstag gemeldet und von einem verdächtigen Mann berichtet. Jetzt wissen wir, dass sie einige Stunden vor den Morden wahrscheinlich den Täter gesehen hat. Wir sind dem Hinweis nicht nachgegangen, weil die Frau drogenabhängig ist und ständig auf den Revieren anruft und unsere Leute von der Arbeit abhält. Diesmal war es anders. Diesmal hat sie offensichtlich einen Volltreffer gelandet. Wir versuchen seit Freitagmorgen, sie zu erreichen; sie ist verschwunden.»

Marthaler fürchtete, dass Charlotte von Wangenheim einen Wutanfall bekäme. Stattdessen reagierte sie gelassen. «Verstehe», sagte sie. «So etwas passiert, wenn man sich auf das Wesentliche konzentrieren muss. Dass es ein Fehler war, weiß man erst hinterher. Und dass sie das jetzt versuchen auszuschlachten, darf uns nicht kümmern. Wir machen die Arbeit, nicht die Zeitungsredakteure.»

Alle atmeten durch. Dass ihre neue Chefin anders reagiert hatte als angenommen, war ein weiterer Beweis dafür, dass sie nicht bereit war, die Ermittlungsarbeit unter der Politik leiden zu lassen.

«Dass wir jetzt ein Phantombild haben und dass es bereits veröffentlicht ist, kann uns helfen», sagte Marthaler. «Vorausgesetzt, das Bild taugt etwas. Trotzdem müssen wir so schnell wie möglich mit der Frau sprechen.»

«Dazu müssten wir wissen, wo sie ist», sagte Döring. «Wir waren vorhin nochmal bei ihrer Wohnung. Weder öffnet sie, noch geht sie ans Telefon. Sieht ganz so aus, als sei sie noch immer verreist.»

«Wenn der *City-Express* weiß, wo sie sich aufhält, werden wir es ja wohl auch in Erfahrung bringen können», erwiderte Charlotte von Wangenheim und schaute in die Runde.

Sven Liebmann schüttelte den Kopf. «In dem Artikel steht, dass sie es war, die sich an die Zeitung gewandt hat. Bei uns wird sie sich allerdings bestimmt nicht mehr melden.»

«Dann werden uns eben die Leute in der Redaktion ihren Aufenthaltsort nennen», sagte Marthaler.

Liebmann verdrehte die Augen. «Robert, du bist nicht von Anfängern umgeben. Das war natürlich das Erste, was wir heute Morgen gemacht haben, als wir die Sonderausgabe in der Hand hatten. Wir haben dort angerufen und um Auskunft gebeten.»

«Und?»

«Sie weigern sich. Sie haben gesagt, die Frau sei eine Quelle, eine Informantin, und sie gäben ihren Aufenthaltsort auf keinen Fall preis. Es war nicht mit ihnen zu reden.»

Marthaler tippte mehrmals mit dem Zeigefinger auf das Foto, das der *City-Express* von Eva Helberger veröffentlicht hatte. «Vor allem ist die Frau eine wichtige Zeugin. Sie ist die

Einzige, die den Täter gesehen hat und ihn beschreiben kann. Wir brauchen ihre Aussage, und zwar umgehend.»

«Darf ich mal?», fragte Kurt Delius und zog die Zeitung zu sich heran.

«Also, was schlägst du vor?», fragte Liebmann an Marthaler gewandt. «Sollen wir die Redaktionsräume durchsuchen? Sollen wir den Redakteur in Beugehaft nehmen? Sollen wir ihn foltern?»

Charlotte von Wangenheim klopfte mit den Fingerknöcheln auf den Tisch. «Bitte, Leute! Nicht in diesem Ton. Wir müssen nach einer anderen Möglichkeit suchen. Vielleicht kann uns diesmal der Innenminister ja wirklich mal eine Hilfe sein. Ich weiß, dass er mit dem Verleger des *City-Express* befreundet ist. Ich glaube, sie spielen zusammen Golf.»

«Gibt es eigentlich irgendeinen Schuft, mit dem er nicht befreundet ist?», fragte Kerstin Henschel, ohne eine Antwort zu erwarten.

«Ich weiß, wo Eva Helberger sich aufhält», sagte Kurt Delius.

Alle drehten sich zu ihm um und sahen ihn verwundert an.

«Jedenfalls weiß ich, wo das Foto aufgenommen wurde. Ich kenne das Haus, das man im Hintergrund sieht.»

Delius grinste. Er genoss seinen Coup.

Marthaler war aufgesprungen und hatte die Zeitung wieder an sich genommen. Auf dem Foto sah man Eva Helberger, die etwas verrutscht in die Kamera lächelte. Dahinter ein mit roten Ziegeln gedecktes Fachwerkhaus und ein Schuppen, der von einem großen Walnussbaum überragt wurde, welcher offensichtlich am Ufer eines kleinen Baches stand.

«Also, rede, wo ist das Bild gemacht worden?»

«In Haunetal», sagte Delius.

«Und wo, bitte schön, liegt Haunetal?», Marthalers Ton klang nun schon deutlich ungeduldiger.

«In der Vorderrhön, genauer gesagt zwischen Bad Hersfeld und Hünfeld.»

«Also wenigstens nicht am Ende der Welt», sagte Marthaler erleichtert. «Wie weit ist es bis dahin?»

«Hundertvierzig, hundertfünfzig Kilometer. Siehst du die ansteigende Wiese hinter dem Haus? Dort geht es zum Stoppelsberg.»

«Und du bist dir sicher? Ein Irrtum ist ausgeschlossen?»

«Ja, natürlich», erwiderte Delius fast empört. «Wir haben in dem Haus letzten Herbst ein paar Tage Urlaub gemacht. Es wird von einer Art Landkommune bewirtschaftet. Sie vermieten eine kleine Ferienwohnung. Es gibt wunderbares Bier dort, selbst gemachten Ziegenkäse, frisch gebackenes Gewürzbrot ...»

«Und du würdest den Weg dorthin finden?»

«Ich erinnere mich sogar noch an den Namen der Straße, die zu dem Haus führt. Sie heißt Ilmesmühle. Man biegt von der B 27 ab, Richtung Unterstoppel. Nach ein paar hundert Metern geht es rechts in den Wald ...»

«Los, Kurt», sagte Marthaler. «Worauf warten wir noch. Lass uns dorthin fahren!»

Delius druckste. Er sah Marthaler mit einem verlegenen Lächeln an.

«Was ist? Was hast du?»

«Meine Frau und mein Sohn kommen heute Nachmittag. Wir wollten zusammen in den Zoo gehen. Es ist Sonntag, und ich wusste nicht, dass wir ...»

Marthaler winkte ab. «Schon gut. Ich verstehe, kein Problem. Aber bevor du gehst, zeichne uns einen Plan mit der Wegbeschreibung. Kerstin, was ist mit dir?»

Auch Kerstin Henschel schien einen Moment zu zögern. Dann gab sie nach. «Ja, gut, lass uns fahren.»

Neunundzwanzig «Nehmen wir den Fünfer?», fragte Kerstin Henschel.

Marthaler grinste: «Womöglich mit Kojak?»

«Sowieso!»

«Aber nur, wenn du fährst!»

Marthaler nahm den Autoschlüssel vom Haken und warf ihn seiner Kollegin zu. Gemeinsam verließen sie das Weiße Haus. Hundert Meter weiter stand der schwarze BMW 540i am Straßenrand. Er war mit über dreihundert PS eines der schnellsten Zivilfahrzeuge, das ihnen zur Verfügung stand. Sollte der Verkehr zu dicht sein, würden sie das magnetische Blaulicht, das sie Kojak nannten, aufs Dach setzen und das versteckte Signalhorn einschalten.

Bis sie die A 5 erreicht hatten, saßen sie schweigend nebeneinander. Keiner wollte den anderen in seinen Gedanken stören.

Kerstin Henschel schien der große Wagen Spaß zu machen. Sie fuhr schnell, aber mit Umsicht. Marthaler bewunderte sie dafür, und er war froh, nicht selbst hinterm Steuer sitzen zu müssen. Obwohl er in einer Stadt aufgewachsen war, die ganz durch eine riesige Autofabrik geprägt wurde, hatte er nie ein Verhältnis zu Motoren und Karosserien entwickelt. Selbst als Kind hatte er, statt mit Modellautos zu spielen, sich lieber eine Zwille geschnitzt und damit auf Blechdosen geschossen. Und bis heute war er der Meinung, dass das Autofahren nicht die richtige Art war, sich fortzubewegen. Trotzdem war er ständig dazu gezwungen. Schon deshalb war er bemüht, immer jemanden an seiner Seite zu haben, dem es anders ging als ihm.

«Warum hast du gezögert, als ich dich gefragt habe, ob du mitkommst?», fragte er.

Kerstin Henschel brauchte einen Moment, um sich aus ihren Gedanken zu lösen. «Weil ich dachte, dass Kai die Suppe auslöffeln soll, die er uns eingebrockt hat.»

«Nur, dass Eva Helberger mit ihm bestimmt nicht sprechen will. Genauso wenig wie mit Sven», erwiderte Marthaler.

«Eben! Deswegen habe ich dann auch ja gesagt.»

«Was sagst du zu Charlottes Reaktion?»

«Du meinst, als sie von Kais Patzer erfuhr?»

«Ja.»

«Das war nobel. Sie hätte genauso gut einen Elefanten draus machen können.»

«Ja», sagte Marthaler, «im Zweifel steht sie hinter uns. Und das ist, wenn ich an Herrmann zurückdenke, immerhin eine neue Erfahrung.»

Kerstin Henschel lachte. Trotzdem hatte Marthaler den Eindruck, dass sie etwas bedrückte.

«Was ist mit dir, Kerstin?»

Sie warf einen kurzen Seitenblick auf ihren Kollegen, als wolle sie prüfen, wie seine Frage gemeint war.

«Ich mache mir Sorgen um Oliver.»

«Sorgen?»

«Ja. Ich habe ihn angerufen und gefragt, ob er etwas über die Tatwaffe herausbekommen hat. Er ist mir ausgewichen. Er wollte nicht reden. Er meinte, er müsse das alleine durchziehen. Ohne dass wir etwas davon wissen. Er klang seltsam.»

Marthaler sah aus dem Fenster. Rechts erhoben sich die beiden Bergfriede von Burg Münzenberg. In Kürze würden sie das Gambacher Kreuz passieren.

«Das ist seine Rolle», sagte Marthaler. «Wahrscheinlich kann er nicht anders arbeiten. Wir sind das Team; er ist der Libero.»

«Trotzdem würde ich gerne wissen, was du von ihm hältst.»

«Kerstin, was soll ich sagen? Genau wie du habe ich ihn vorgestern das erste Mal gesehen. Und du kennst ihn bestimmt besser. Jedenfalls ein bisschen.»

«Du musst den Eindruck haben, dass ich mit jedem neuen Kollegen gleich ins Bett gehe.»

«Unsinn. Du bist mir keine Rechenschaft schuldig. Und du weißt genau, dass ich mich in diese Dinge niemals einmische.»

«Aber du kannst mir sagen, was du von ihm hältst.»

«Ich glaube, dass ich mich in ihm getäuscht habe. Er ist verschlossen, aber nicht hochmütig. Sein Wissen ist beeindruckend. Ich bin froh, dass er an diesem Fall mitarbeitet. Bist du … hast du dich in ihn verliebt?»

Sofort bereute er seine Frage. Aber Kerstin lachte. «Das wäre wohl zu viel gesagt.»

«Aber verknallt?»

«Ja … vielleicht … Aber ich werde nicht schlau aus ihm. Er ist wahnsinnig sensibel. Ein empfindsamer Riese. Mir kommt es vor, als habe er irgendein Geheimnis, an das man nicht rühren darf.»

«Was meinst du?»

«Er redet, er scherzt, er lacht. Und dann versinkt er von einer auf die andere Sekunde in stumpfes Brüten. Ich fürchte, dass er schwermütig ist. Und davor habe ich Angst.»

«Na komm, Kerstin. Vielleicht fremdelt er einfach noch ein wenig.»

Sie schüttelte den Kopf. «Nein, das ist es nicht. Als er sein Hemd ausgezogen hat, habe ich gesehen, dass er an beiden Handgelenken Schnittnarben hat.»

«Du denkst, er hat …»

«Er hat als Jugendlicher versucht, sich das Leben zu nehmen. Wenigstens das hat er zugegeben. Aber er wollte mir nicht sagen, warum.»

«Weißt du, wo er herkommt? Hat er dir irgendwas über seine Familie erzählt?»

«Nein, auch darüber wollte er nicht sprechen.»

«Dann lass ihm Zeit. Er muss ja nicht gleich in der ersten Nacht sein Herz auf den Tisch legen. Vielleicht ist es gut, wenn du ihm Raum gibst. Zieh dich zurück, ruf ihn nicht mehr an. Gib ihm zu verstehen, dass er es ist, der auf dich zukommen muss.»

Am Hattenbacher Dreieck wechselten sie auf die A 7, die sie schon bei der nächsten Abfahrt wieder verließen. Sie durchquerten zwei kleine Dörfer und machten sich lustig über die Ortsnamen, die auf den Hinweisschildern zu lesen waren: Wehrda, Wetzlos, Stärklos, Kruspis.

Sie folgten der Beschreibung, die ihnen Delius gegeben hatte. Schließlich bogen sie von der kleinen Landstraße ab in einen Feldweg.

«Vielleicht hätten wir lieber einen Geländewagen nehmen sollen», sagte Kerstin Henschel.

Vor einem halbzerfallenen Holzgatter mussten sie halten. Marthaler stieg aus und suchte nach einer Klingel. Als er keine fand, öffnete er das Tor und winkte seiner Kollegin zu, ihm zu folgen.

Zu Fuß ging er auf das Haus zu, dessen Fachwerk man durch die dichten Blätter einiger Bäume leuchten sah. Schließlich merkte er, dass Kerstin Henschel den Motor abgestellt hatte und nun ebenfalls den Wagen verließ. Er wartete, bis sie bei ihm war.

«Mein Gott», sagte sie, «hier möchte man ja nicht tot überm Zaun hängen.»

«Delius scheint es zu gefallen.»

«Meinst du, hier gibt es schon Strom und fließendes Wasser?»

«Jedenfalls guten Käse.»

Dann standen sie vor dem Haus. «Das ist es», sagte Kerstin. «Wir sind richtig.»

Die Tür war verschlossen. Von den Bewohnern war keiner zu sehen. Marthaler ging die fünf Stufen der Steintreppe hinauf und klopfte. Niemand gab Antwort. Außer dem Rauschen des kleinen Baches und dem Wind in den Blättern war nichts zu hören.

Sie gingen um das Haus herum und sahen den nackten Mann. Er stand auf der Wiese, hatte seine dünnen Beine leicht angewinkelt und die Arme von sich gestreckt. Seine langen Haare hatte er zu einem Pferdeschwanz zusammengebunden. Marthaler hob die Brauen und warf seiner Kollegin einen Blick zu. Sie grinste.

«Was macht der da?»

«Tai Chi, nehme ich an», sagte sie.

«Und warum hat er nichts an?»

«Vielleicht eine Allergie.»

Marthaler sah sie verdutzt an.

«Ein Scherz, Robert. Ich weiß nicht, warum er nackt ist. Du kannst ihn ja fragen. Aber warum flüstern wir eigentlich?»

«Wer weiß, was passiert, wenn er erschrickt.»

Marthaler ging auf den Mann zu. Fünf Meter vor ihm blieb er stehen und räusperte sich. Langsam drehte der Mann ihm den Kopf zu. Seine Körperhaltung behielt er bei. Er zeigte keinerlei Anzeichen von Scham. Marthaler senkte den Blick.

«Regel Nummer eins: Halte den Kopf aufrecht, um deinen Geist zu entfalten», sagte der Nackte.

Hilfesuchend schaute sich Marthaler nach Kerstin Henschel um. Sie zuckte mit den Achseln.

«Regel Nummer zwei: Lockere die Ellenbogen, damit die Schultern sinken.»

«Entschuldigen Sie, wenn wir ungelegen kommen», sagte Marthaler, «wir möchten mit Eva Helberger sprechen. Können Sie uns sagen, wo sie zu finden ist?»

«Deine Bewegungen sollen fließen. Verbinde den Geist mit dem Körper», säuselte der nackte Mann.

Marthaler schüttelte resigniert den Kopf. Er drehte sich um und ging zurück zu Kerstin Henschel. «Ich weiß nicht, was er von mir will. Er steht da, als habe er ein Problem mit seiner Verdauung, aber von mir verlangt er, dass ich mich locker mache. Versuch du es, vielleicht spricht er mit dir.»

«Aber du bleibst in der Nähe», sagte sie. «Entsichere deine Pistole. Und gib mir Feuerschutz, wenn es sein muss.»

Kaum sah er Kerstin Henschel auf sich zukommen, gab der Mann seine Kampfhaltung auf. Er lächelte sie an und streckte ihr die rechte Hand entgegen. «Ich bin der Rainer», sagte er. «Und was haben wir hier für ein hübsches Pferdeschwänzchen?»

Sie ließ seine Hand in der Luft verhungern. «Selber Pferdeschwänzchen», sagte sie. «Mein Name ist Kerstin Henschel. Kriminalpolizei. Wir ermitteln in einem Mordfall. Zeigen Sie mir bitte Ihren Ausweis.»

«Ich zeig dir alles, mein Schatz, sogar meinen Ausweis. Dann musst du allerdings mit auf mein Zimmer kommen.»

Jetzt war es Marthaler, der grinste.

«Sagen Sie mir bitte, wo Eva Helberger ist.»

Der Mann machte eine lockende Bewegung mit dem Zeigefinger: «Gib mir mal dein Öhrchen. Dann werd ich dir was flüstern.»

Kerstin Henschel verdrehte die Augen. Dann neigte sie ihren Kopf und brachte das rechte Ohr in die Nähe seines Mundes, achtete allerdings sorgfältig darauf, ihn nicht zu berühren.

Marthaler schaute den beiden aus der Ferne zu. Er sah seine Kollegin nicken. Sie kicherte kurz und legte gleich darauf die flache Hand vor den Mund. Dann reichte sie dem nackten Rainer zum Abschied ihre Rechte.

«Und? Seid ihr euch einig geworden?»

«Was soll das heißen?»

«Hat er dir gesagt, wo wir sie finden?»

«Er kennt keine Eva Helberger. Er ist erst vor einer halben Stunde angekommen. Er sagt, wir sollen die Bärbel fragen.»

«Die Bärbel?»

«Kennst du nicht die Bärbel? Rainers Zuckerschnütchen. Sie sitzt in der Küche und spinnt Flachs.»

«Oh Gott, wo sind wir nur hingeraten? Gibt es hier nur Verrückte? Was hat er sonst noch gesagt?»

«Was soll er sonst noch gesagt haben?»

«Kerstin! Ihr habt geflüstert, du hast gekichert. Also hat er noch mehr gesagt.»

«Ja. Aber das möchte ich nicht wiederholen. Ich fürchte, du würdest sonst erröten.»

«Hast du gesehen, was er für einen Spitzbauch hat?», fragte Marthaler.

«Ja», sagte Kerstin Henschel, «ich habe alles gesehen.»

Sie durchquerten den sorgfältig gepflegten Kräutergarten, dann standen sie vor einer Tür auf der Rückseite des Hauses. Als er anklopfte, merkte Marthaler, dass die Tür nur angelehnt war.

«Herein», sagte eine Frauenstimme. «Herein, wenn's kein Reporter ist.»

Vor ihnen stand eine mollige Mittvierzigerin in Jeans und Bluse. Sie war barfuß, ihr Haar hatte sie hochgebunden. Offensichtlich war sie gerade dabei, den Abwasch zu erledigen. Sie wischte ihre nassen Hände flüchtig am Hosenboden ab, dann reichte sie den Neuankömmlingen ihren rechten Unterarm.

«Sind Sie die Bärbel?», fragte Kerstin Henschel. «Sie spinnen ja gar keinen Flachs.»

Die Frau sah sie fragend an. «Ach so, der Rainer. Ich hoffe, er hat Sie nicht erschreckt. Er kommt aus Königs Wusterhausen. Er ist Dozent an der dortigen Fachhochschule und bildet Finanzbeamte aus. Einmal im Jahr kommt er für zwei Wochen her. Kaum hat er seine Tasche aufs Zimmer gebracht, schon wirft er alle Klamotten von sich, rennt auf die Wiese und macht seine Übungen.»

«Haben Sie nur solche Gäste?»

Die Frau lachte. «Nein, die meisten kommen her, weil sie die Ruhe und unser Essen mögen. Im Moment sind allerdings alle ausgeflogen. Mein Mann macht eine Exkursion auf den Stoppelsberg. Wenn Sie ein bisschen früher gekommen wären …»

«Ist Eva Helberger ebenfalls auf dieser Exkursion?», fragte Marthaler.

Der Blick der Frau bekam etwas Lauerndes. «Warum fragen Sie nach Eva? Sind Sie etwa doch von der Zeitung?»

«Nein. Wir sind Kriminalpolizisten.»

«Eva ist nicht mehr da. Sie ist gestern Abend abgereist.»

«Verdammt», entfuhr es Marthaler. «Hat sie gesagt, wo sie hinwollte?»

«Die Journalisten haben ihr angeboten, sie mit nach Frankfurt zu nehmen. Sie hat das Angebot angenommen.»

«Sind Sie ganz sicher? Wir haben versucht, sie in ihrer Wohnung zu erreichen. Sie scheint nicht zu Hause zu sein. Auch ans Telefon geht niemand.»

Die Frau machte eine bedauernde Geste. «Keine Ahnung. Bei Eva weiß man nie. Sie ist … wie soll ich es nennen? Sie ist ein wenig flatterhaft.»

«Sie kennen sie gut?»

«Ja. Wir sind schon lange befreundet. Sie kommt immer her, wenn es ihr schlecht geht. Und es geht ihr leider viel zu oft schlecht.»

«Erinnern Sie sich an die Namen der Presseleute?»

«Es waren zwei. Ein Fotograf, der nichts gesagt hat. Und ein Reporter, der unentwegt geredet hat, ohne darauf zu achten, ob ihm überhaupt jemand zuhört. Ein unangenehmer Mensch.»

«Arne Grüter?»

«Ja, so hieß er.»

«Wissen Sie, ob Grüter sich bei Frau Helberger gemeldet hat? Oder war es umgekehrt?»

«Sie war es, die in der Redaktion angerufen hat. Ich habe versucht, es ihr auszureden, aber sie hat gesagt, dass sie das Geld braucht.»

Marthaler zog eine Visitenkarte hervor und legte sie auf den Tisch. «Sollte sich Eva Helberger nochmal bei Ihnen melden, rufen Sie mich bitte umgehend an. Es ist sehr wichtig.»

Als sie das Haus durch die Vordertür verließen, saß der nackte Rainer auf der Treppe. Er hatte eine kleine Katze im Arm und fuhr ihr mit einem Grasbüschel um die Schnauze.

«Was machen Sie da?», fragte Marthaler.

«Sie hat Verdauungsprobleme.»

Marthaler hatte Mühe, nicht laut loszulachen. «Sie hat *was*?»

«Verdauungsprobleme. Sie muss Gras fressen.»

«Ja. Oder es fehlt ihr die innere Harmonie.»

Marthaler und Henschel drückten sich an dem Mann vorbei. Als sie schon fast ihren Wagen erreicht hatten, rief er ihnen nach: «Herr Wachtmeister, Herr Wachtmeister!»

Marthaler drehte sich um.

«Regel Nummer zehn: Suche die Ruhe in der Bewegung und die Bewegung in der Ruhe!»

«Ja», sagte Marthaler leise, «ich werde mein Bestes geben.»

Zurück nahmen sie den Weg durch die Rhön. Kurz hinter Fulda merkte Kerstin, dass sie sich verfahren hatte.

«Mist, ich hätte auf die A 66 abbiegen müssen. Jetzt sind wir zu weit gefahren.»

«Dann lass uns eine Pause machen», sagte Marthaler. «Ich bin hungrig.»

Auf der Raststätte Uttrichshausen machten sie halt. Sie bestellten jeder eine Kleinigkeit zu essen und tranken eine Tasse Kaffee. Anschließend fuhren sie in dem kleinen Ort unter der hohen Autobahnbrücke hindurch, um über einen Wirtschaftsweg wieder die Gegenfahrbahn zu erreichen.

Den größten Teil der Strecke saßen sie schweigend nebeneinander. Als sie an Gelnhausen vorbeikamen, sahen sie rechts die hohen Türme der Marienkirche.

«Was ist mit dir, Robert?», fragte nun ihrerseits Kerstin Henschel. «Denkst du über Eva Helberger nach? Ärgerst du dich, dass wir sie verpasst haben?»

«Nein, das ist es nicht», sagte er. «So ist es doch immer. Man hat eine Spur, dann läuft man in die Irre und vergeudet Zeit. Wir werden sie schon finden. Dann wird sich zeigen, ob sie uns etwas zu sagen hat, was wir noch nicht wissen.»

«Sondern? Was ist es dann?»

«Ich denke über das Motiv nach. Mir ist es noch immer ein Rätsel, warum diese Morde geschehen sind. Und warum Valerie Rochard entführt wurde.»

«Aber wenn es doch so ist, wie du sagst, dass diese Notenhandschrift so viel Geld wert ist … Ich meine, es werden alte Frauen umgebracht, weil irgendwer die fünfzig Euro haben will, die sie in der Handtasche mit sich tragen.»

«Trotzdem. Trotzdem geht mir im Kopf herum, was dieser Mann gesagt hat, mit dem ich heute Morgen gesprochen habe, dieser Werner Heubach. Er hält es für ausgeschlossen, dass irgendwer, der an den Aufführungsrechten interessiert ist, eine solche Tat begeht. Der Mann ist ein Wirrkopf, trotzdem hat er in diesem Punkt recht. Wer auf eine solche Weise an die Noten käme, könnte sie niemals auswerten. Es wäre wie ein Schuldgeständnis. Es ergibt keinen Sinn.»

«Also?»

«Also muss es noch etwas anderes geben. Etwas, das wir noch immer nicht kennen.»

Sie passierten das Ortsschild von Frankfurt und bogen hinter dem Hessen-Center auf die Borsigallee ab, als Marthalers Mobiltelefon klingelte.

«Ich bin's, die Bärbel», sagte die Frau.

«Was ist? Hat sich Eva Helberger bei Ihnen gemeldet?»

«Nein, aber mir ist etwas anderes eingefallen. Heute Morgen hat hier in aller Frühe ein Mann angerufen. Er hat dasselbe gefragt wie Sie. Er wollte wissen, ob Eva noch hier ist.»

«Und?»

«Ich habe ihm dieselbe Auskunft gegeben. Dass sie gestern mit den Reportern zurück nach Frankfurt gefahren ist.»

«Hat der Mann seinen Namen genannt?»

«Nein. Ich weiß nicht. Vielleicht habe ich ihn auch wieder vergessen. Es war noch sehr früh. Ich bin durch das Telefon aufgewacht. Wir haben gestern bis weit nach Mitternacht mit den Gästen zusammengesessen. Ich war noch völlig verschlafen.»

«Um wie viel Uhr war das?», fragte Marthaler. «Wenigstens ungefähr.»

«Ich weiß nicht, vielleicht um halb sieben oder sieben. Meinen Sie, ich habe einen Fehler gemacht?»

«Nein», sagte Marthaler, «den Fehler haben wir gemacht.» Dann beendete er das Gespräch. Er merkte, wie seine Kopfhaut zu kribbeln begann.

«Verdammter Mist», sagte er. «Kerstin, gib Gas! Wir fahren nach Sachsenhausen. An den Schaumainkai! So schnell es geht.»

Dreißig Marthaler schaute auf seine Uhr. Es war sechs Minuten vor halb drei, Sonntagnachmittag, der 5. Juni 2005.

Kerstin Henschel hielt den Wagen am Rand der Fahrbahn an und schaltete die Warnblinkanlage ein. Beide sprangen gleichzeitig auf die Straße. Als er den Bürgersteig erreicht hatte, hörte Marthaler hinter sich das leise Klacken der Zentralverriegelung. Er stürmte auf das Haus zu und suchte das Klingelschild ab. Als er den Namen Eva Helberger nicht auf Anhieb fand, drückte er auf alle Knöpfe gleichzeitig. Kurz darauf war aus der Gegensprechanlage ein Knarzen zu hören und dann eine leise Stimme. Bevor er sich melden konnte, wurde die Tür mit einem Summen geöffnet.

«Eva Helberger, wo wohnt sie?», schrie Marthaler einen alten Mann an, der im Erdgeschoss im Treppenhaus stand.

Ohne zu antworten, zog sich der Alte erschrocken in seine Wohnung zurück.

Auch im zweiten und dritten Stock stand ihr Name an keiner Tür.

«Weiter», sagte Kerstin Henschel. «Es gibt noch eine Dachwohnung.»

Sie hatte Marthaler überholt. Zwei Sekunden später stand er schnaufend hinter ihr. Sie klingelte. Dann schlug sie mehrmals mit der flachen Hand gegen die Tür.

«Eva Helberger, sind Sie da? Öffnen Sie bitte sofort die Tür!»

Im Innern der Wohnung blieb es ruhig.

«Wir gehen rein!», stieß Marthaler hervor, dessen Herzschlag sich weiter beschleunigte.

Als er bereits Anlauf nehmen wollte, um seine Schulter gegen das Türblatt zu rammen, hielt Kerstin Henschel ihn zurück.

«Erst versuchen wir es anders», sagte sie.

Sie holte ihr Portemonnaie hervor und zog eine Scheckkarte heraus. Sie schob die Karte in den schmalen Spalt zwischen Schließblech und Rahmen und bewegte sie ein paar Mal auf und ab.

Marthaler trat einen Schritt zur Seite und zog seine Dienstwaffe.

Als Kerstin die Position des Schnappers ertastet hatte, dauerte es noch zehn Sekunden, bis die Tür aufsprang.

Vorsichtig gab Marthaler der Tür mit seiner Schuhspitze einen Schubs. Für einen Moment gingen beide Polizisten in Deckung, bevor sie einen Blick ins Innere der Wohnung wagten.

Auch Kerstin Henschel hatte jetzt ihre Pistole gezogen.

Den Boden des Wohnungsflurs bedeckten Dielen, über denen ein bunter Läufer lag. An der rechten Wand war ein Spiegel angebracht, vor dem eine niedrige Kommode stand. Daneben eine kleine Garderobe, die hinter Jacken und Mänteln verschwand. Die Deckenlampe war ausgeschaltet.

«Eva Helberger, sind Sie zu Hause?», fragte Kerstin Henschel.

Dann gab sie Marthaler ein Zeichen.

Die Nerven beider Polizisten waren bis zum Äußersten gespannt. Eine fremde Wohnungstür zu öffnen, ohne zu wissen, was oder wer sich dahinter befand, war eine der gefährlichsten Situationen, die die Polizeiarbeit mit sich brachte. Sie mussten mit allem rechnen. Auch damit, dass sich jemand in der Wohnung versteckt hielt, der eine Waffe hatte, mit der er sie im nächsten Moment angreifen würde.

Marthaler streckte seine Pistole aus, dann machte er einen Satz nach vorne und schaute hinter die Wohnungstür. Sofort drehte er sich wieder um und presste seinen Rücken dicht an die Wand. Außer seinem lauten Atem war nichts zu hören. Kerstin stand noch immer am Eingang und überwachte von dieser Position aus die Zimmertüren, um ihm im Notfall Feuerschutz geben zu können.

Als Erstes überprüfte er die winzige Küche. Mit einem Blick erfasste er, dass sie leer war. Auf dem Esstisch stand eine angebrochene Flasche Wein und ein überquellender Aschenbecher. Die offene Spülmaschine war zur Hälfte gefüllt mit schmutzigem Geschirr. Vor einer schmalen Waschmaschine lag ein Haufen benutzter Kleidungsstücke.

Dann betrat er das Wohnzimmer. Es war dunkel und nicht größer als zwölf, höchstens vierzehn Quadratmeter. Er warf einen raschen Blick hinter sich, um sicherzugehen, dass Kerstin Henschel ihm bis zur Zimmertür gefolgt war. Er ging zum Fenster und schaute nach unten. Von hier aus musste Eva Helberger den Mann auf der Bank beobachtet haben.

Man konnte den Weg sehen, die Kronen der Platanen, den Fluss und das gegenüberliegende Ufer mit den Hochhäusern. Marthaler sah die Fahrradfahrer, die Spaziergänger und Ruderer, die das schöne Wetter an diesem Sonntagnachmittag nutzten, um sich im Freien zu erholen. Das kleine Restaurantboot lag nicht mehr am Kai. Die Wasserschutzpolizei hatte es abgeschleppt. Nichts deutete darauf hin, dass hier unten vor nicht einmal drei Tagen eines der brutalsten Verbrechen in der Geschichte der Stadt geschehen war.

Als er wieder in den Flur trat, sah er Kerstin kurz an und schüttelte den Kopf.

Einen Raum musste er noch überprüfen. Die Tür war verschlossen. Er drückte den Griff herunter und stieß sie mit einer Bewegung auf.

Das Zimmer war fensterlos. Schemenhaft konnte er auf dem Boden eine Futonmatratze erkennen. Daneben die Umrisse eines Kleiderschranks.

Bevor er den Schlafraum betrat, tastete er nach dem Lichtschalter. Es waren zwei Schalter übereinander. Er knipste sie fast gleichzeitig an.

Der Futon wurde von einer schwachen Glühbirne beleuchtet. Die Bettwäsche war zerwühlt.

Dann ging hinter der gegenüberliegenden Wand eine Leuchtstoffröhre an. Durch den Spalt einer offenen Tür sah Marthaler, dass sich hinter dem Schlafzimmer das Bad befand. Nach einem kurzen Flackern wurden die weißen Wandfliesen in helles Licht getaucht. Marthaler nahm an, dass es sich um eines der typischen Frankfurter Bäder handelte, kaum mehr als eine Wanne und ein Waschbecken, die durch eine nachträglich eingezogene Wand vom Schlafzimmer abgetrennt worden waren.

Er machte einen Schritt nach vorne.

Dann stöhnte er auf.

Reflexartig schloss er die Augen.

«Mein Gott, nein!»

«Robert, was ist los?»

Es kam ihm vor, als würde Kerstin Henschels Stimme aus weiter Ferne an seine Ohren dringen.

«Kerstin, nein! Bleib, wo du bist!»

Aber sie stand schon hinter ihm. Durch einen Schritt zur Seite versuchte er noch, seiner Kollegin den Blick zu versperren. Doch jetzt sah auch sie es.

Auf dem Boden lag eine Frau. Sie hatte einen schwarzen Schlafanzug aus Kunstseide an. Es war Eva Helberger. Auch wenn ihr bleiches Gesicht nur noch eine vage Ähnlichkeit mit dem Zeitungsfoto hatte, das erst gestern aufgenommen worden war.

Sie lag auf dem Rücken, beide Arme waren abgespreizt. Ihr Kopf war seitlich nach hinten gekippt. Er war fast vollständig vom Rumpf getrennt.

Der Teppichboden unter ihr war mit Blut getränkt. Genauso ihr Schlafanzug.

Langsam ließ Marthaler seine Waffe sinken. Er schüttelte den Kopf, um das kurze Schwindelgefühl zu vertreiben.

Er drehte sich zu Kerstin um. Sie hatte sich an den Schrank gelehnt und starrte an die Zimmerdecke.

Marthalers Stimme klang heiser: «Geh nach nebenan. Ruf bitte Charlotte an. Sie soll alle benachrichtigen. Schilling muss sofort mit einem Team herkommen. Man muss die Rechtsmedizin informieren. Das Ganze muss gefilmt und fotografiert werden. Döring und Liebmann sollen sich ebenfalls bereit halten. Und schau, ob du etwas zu trinken findest. Am besten einen Schnaps.»

Kerstin war klar, dass Marthaler ihr diese Aufträge gab, um ihr die nähere Besichtigung des Tatorts zu ersparen. Sie war ihm dankbar dafür. Ohne etwas zu sagen, verließ sie den Raum.

Er schaute ihr nach und wartete, bis er sie sprechen hörte. Erst dann ging er an der Toten vorbei in das kleine Bad.

Noch einmal hielt er für einen Moment die Luft an.

Wand, Spiegel und Waschbecken waren mit großen Blutspritzern bedeckt. Auf den Bodenfliesen war eine rote Schleifspur zu sehen. Außerdem gab es blutige Abdrücke, die von Eva Helbergers nackten Füßen stammen mussten. Ein kleiner Plastikhocker war neben der Badewanne umgefallen. Auf dem Boden verteilt lag der Inhalt eines Schminktäschchens, das auf dem Hocker gestanden hatte.

Marthaler versuchte, sich vorzustellen, was passiert war. Er wollte den Ablauf der Tat in Gedanken nachvollziehen. Aber er merkte, dass er dazu noch nicht in der Lage war. Sein Herz schlug noch zu schnell, und erst allmählich normalisierte sich seine Atmung.

Dass es sich um denselben Täter handelte wie auf Erkan Önals Boot, daran bestand für Marthaler kein Zweifel. Und obwohl er diesmal eine andere Waffe benutzt hatte, gab es Gemeinsamkeiten. Wieder schien der Mann sehr gezielt vorgegangen zu sein. Er hatte gemordet, ohne zu zögern. Schnell und effektiv. Soweit man sehen konnte, wies Eva Helbergers Körper keine weiteren Verletzungen auf. Sie war mit einem einzigen Schnitt durch die Kehle getötet worden. Und auch diesmal hatte der Mörder keinerlei Versuche gemacht, seine Tat zu vertuschen. Er hatte keine Spuren beseitigt, und er hatte sich nicht bemüht, das Ganze wie einen Raubmord aussehen zu lassen. Er wollte Eva Helberger aus dem Weg räumen. Das hatte er getan, und es war ihm egal, dass diese Absicht für die Ermittler sofort erkennbar war.

Noch einen Moment blieb Marthaler stehen, um das Bild des Tatorts in seinem Gedächtnis zu speichern. Wie in einem Fotoalbum würde es sich dort zu den Bildern all der anderen Tatorte gesellen, die er im Laufe der Jahre gesehen hatte. Mehr und mehr glich sein Gedächtnis einer Gruft mit Toten, denen es verwehrt gewesen war, in Frieden zu sterben.

Als er merkte, dass Kerstin ihre Gespräche beendet hatte, ging er zu ihr ins Wohnzimmer. Sie sah aus dem Fenster und drehte sich nicht um, als er den Raum betrat. Vor ihr auf dem Tisch stand eine Flasche mit Gin. Sie hatte sich einen großen Schluck in ein Wasserglas geschenkt, das sie mit beiden Händen umfasst hielt.

«Wie armselig das alles ist», sagte sie mit tonloser Stimme.

«Was meinst du?»

«Die Wohnung dieser Frau, ihre Möbel, ihre Klamotten, ihr Leben, ihr Tod.»

«Kerstin, wir wissen nichts über sie. Vielleicht war sie trotzdem ...»

«Trotzdem *was*? Glücklich? Das glaubst du doch selbst nicht, Robert. Sie war eine arme Haut. Schau dich hier um, dann weißt du alles, was du über sie wissen musst. Hier gibt es nicht die Spur eines anderen Menschen. Kein Foto, keine zweite Zahnbürste, kein Andenken an irgendeinen glücklichen Moment.»

Marthaler wusste nicht, was er erwidern sollte. Wahrscheinlich hatte Kerstin recht. «Du meinst, dass sie einsam war.»

«Allein wie ein Stein.»

«Immerhin hat sie Bärbel gehabt, ihre Freundin.»

«Und die müssen wir jetzt anrufen, um es ihr zu sagen. Und zu fragen, ob Eva Helberger Angehörige hatte.»

«Soll ich?», fragte Marthaler.

Kerstin nickte: «Gib mir noch zwei Minuten, dann bin ich wieder an Bord.»

Es wurde sofort abgenommen. Marthaler war noch nicht so weit. Er stotterte. Aber die Frau begann von selbst zu fragen. «Haben Sie Eva erreicht?»

«Wir sind in ihrer Wohnung.»

«Also ist sie zu Hause, wie ich gesagt habe.»

Marthaler schwieg einen Moment. «Sie ist zu Hause, aber sie …»

«Aber was?»

«Es tut mir leid, Ihnen das sagen zu müssen. Ihre Freundin ist tot. Sie ist umgebracht worden.»

Eine halbe Minute lang hörte er nichts. Er wollte bereits erneut die Nummer wählen, als die Frau sich wieder meldete. «Wie lange ist es her?»

Marthaler war überrascht. Mit einer solchen Frage hatte er am wenigsten gerechnet. «Das wissen wir noch nicht. Sicher ein paar Stunden. Ich denke, dass es am frühen Vormittag passiert ist. Deshalb konnte sie nicht ans Telefon gehen. Deshalb konnte sie die Tür nicht öffnen.»

«Dann habe ich doch einen Fehler gemacht. Dann war der Mann, der hier heute Morgen angerufen hat, ihr Mörder. Ich habe dem Mörder gesagt, wo sie zu finden ist. Dann bin ich schuld, dass sie sterben musste.»

Marthaler spürte den Impuls, der Frau zu widersprechen. Aber ihm war klar, dass es nichts nützen würde. Sie machte sich Vorwürfe, genau wie Kai Döring sich neue Vorwürfe machen würde, dass er am Donnerstag nicht mit Eva Helberger hatte sprechen wollen.

«Hatte sie Angehörige?»

«Ihre Eltern sind beide tot. Ein Bruder ist vor ein paar Jahren bei einem Badeunfall vor der Küste von Neuseeland ertrunken.»

«Sonst niemand?»

«Doch. Es gibt einen Ex-Mann. Sie ist mal kurz verheiratet gewesen. Mit Wolfgang, einem Lehrer. Die beiden waren zweimal über Ostern zusammen hier.»

«Haben Sie die Adresse oder Telefonnummer von ihm? Wir müssen ihn benachrichtigen.»

«Wenn es Ihnen nichts ausmacht, würde ich das gerne übernehmen. Vielleicht ist es besser, wenn ich ihm sage, dass Eva ...»

Plötzlich hörte Marthaler ein tiefes Schluchzen. Dann begann die Frau zu weinen. So haltlos, dass sie kein Wort mehr herausbringen konnte. Er versuchte, sie zu beruhigen, aber sie weinte einfach immer weiter. Schließlich wusste er sich keinen Rat mehr. Er beendete das Gespräch.

Einunddreißig «Was ist das für ein Mist, Robert? Immer wenn wir uns begegnen, muss ich Blut von den Wänden kratzen. Kannst du mich nicht mal an einen Tatort rufen, wo ich Blümchen pflücken und Bonbonpapiere einsammeln darf? Muss es jedes Mal ein solches Schlachthaus sein?»

Walter Schilling stand im Treppenhaus vor der Wohnung Eva Helbergers und schüttelte den Kopf. Der Chef der Spurensicherung hatte seinen weißen Schutzanzug an und streifte gerade die Latexhandschuhe ab. Er gab sich keine Mühe, seine schlechte Laune zu verbergen.

«Was soll das, Walter? Warum muss ich mich eigentlich jedes Mal von dir anpampen lassen?», erwiderte Marthaler nun ebenso ungehalten. «Vielleicht darf ich dich daran erinnern, dass nicht ich diese Sauerei hier angerichtet habe; dass ich sie lediglich entdeckt habe. Außerdem riechst du nach Alkohol.»

«Und weißt du, warum? Weil ich gerade mein zweites Glas Apfelwein getrunken habe. Es ist Sonntag. Eigentlich habe ich meinen freien Tag. Wir saßen ein paar hundert Meter von hier im *Gemalten Haus* und haben die Hochzeit meines besten Freundes gefeiert, als euer Anruf kam. Nur deshalb bin ich so schnell hier.»

«Hast du mir dieselbe Geschichte nicht schon zwei Mal erzählt? Ich habe das Gefühl, dass ich dich immer bei der Hochzeitsfeier deines besten Freundes störe.»

Schilling konnte sich ein Lachen nicht verkneifen. «Ja», sagte er, «es ist ja auch schon seine dritte Ehe.»

«Dann hast du gute Chancen, beim vierten Mal in Ruhe mit ihm zu feiern.»

«Also? Was willst du wissen?»

«Hast du dir die Wohnungstür angesehen?»

«Hab ich.»

«Und?»

«Nichts und. Keine Einbruchsspuren, kein Zeichen von Gewaltanwendung.»

«Was meinst du: Wie ist der Täter reingekommen?», fragte Marthaler.

«Wie habt ihr es denn gemacht?»

«Kerstin hat eine Scheckkarte genommen und den Türschnapper zurückgedrückt.»

«Dann ist damit deine Frage beantwortet. Denn dass die Frau ihn reingelassen hat …»

«Ausgeschlossen. Dagegen spricht die Auffindesituation. Eva Helberger hat den Täter erst bemerkt, als er bereits in ihrem Schlafzimmer war … Kannst du sonst schon was sagen?»

«Ich fürchte, es wird dasselbe Spiel wie auf dem Boot. Viele Spuren, aber nichts, was uns helfen wird, den Täter zu identifizieren. Der Mann weiß, was er tut. So wie es da drin aussieht, muss der Täter einiges vom Blut seines Opfers abbekommen haben. Er wusste, dass das kein sauberer Job wird. Trotzdem hat er nicht einmal Sohlenabdrücke hinterlassen. Neben den Fußspuren des Opfers gibt es merkwürdig diffuse Abdrücke auf den Badezimmerfliesen und auf dem Boden im Schlafzimmer. Wahrscheinlich hat er seine Schuhe mit irgendwelchen Überziehern geschützt, vielleicht hat er sich einfach eine Plastiktüte drübergestreift. Und ich wette, er hat etwas Ähnliches getragen wie ich, eine Art Schutzanzug, den er hinterher rasch ausziehen und vernichten konnte.»

«Handschuhe?»

«Sowieso.»

Marthaler hatte nichts anderes erwartet. Er drehte sich um und ließ Walter Schilling im Hausflur stehen.

Aus der Tür des Schlafzimmers kam ihm Thea Hollmann entgegen. Die junge Gerichtsmedizinerin hatte einen weißen Kittel an, unter dem sie eine schwarze Jeans und dunkelrote Sportschuhe trug. In der Hand trug sie einen schweren Arztkoffer. Sie sah Marthaler mit einem schiefen Lächeln an.

«Wie geht's dir?», fragte sie.

Marthaler hob die Arme und ließ sie wieder fallen. «Was soll ich sagen? Hauptsache, du beschwerst dich nicht auch, dass wir dir zu viel Arbeit bringen.»

Damals, nach jenem Abend im *Ristorante Pescara* war Marthaler mit Thea Hollmann nach Hause gegangen. Es war ihnen beiden nicht gut gegangen. Sie hatten zu viel Wein getrunken, dann hatten sie miteinander geschlafen. Es war bei diesem einen Mal geblieben. Und Marthaler war froh, dass es bis heute keinerlei Befangenheit zwischen ihnen gab, dass sie sich im Gegenteil immer freuten, einander zu begegnen.

«Ein Giftmord wäre mir zur Abwechslung lieber», sagte Thea Hollmann. «Die Kundschaft, die wir im Moment von euch bekommen, sieht jedenfalls nicht sehr appetitlich aus.»

«Hast du schon ihre Körpertemperatur gemessen?»

«Ja. Ich habe eine Rektalmessung durchgeführt und das Ergebnis ins Nomogramm eingegeben.»

«Thea, bitte sag es nochmal: für die Welt und für mich!»

«Okay, warte.» Sie ging in die Hocke, klappte ihren Koffer auf und zog ein Notebook hervor, das nicht größer war als ein DIN-A4-Blatt. «Das Ganze ist eine Methode, die ein Kollege vom Essener Institut für Rechtsmedizin entwickelt hat, ein gewisser Professor Henssge. Ein kleines, nützliches Werkzeug, das funktioniert wie eine Umrechnungstabelle.»

Thea Hollmann saß auf dem schmalen Büfett und hatte den Computer auf ihrem Schoß. Auf dem Bildschirm erschien eine grünhinterlegte Seite mit der Überschrift «Todeszeitschätzung». Darunter einige Eingabemasken, die Marthaler nicht auf Anhieb verstand.

«Pass auf», sagte Thea Hollmann. «Hier gebe ich das Datum von heute ein: 5. 06. 2005. Gemessen habe ich ihre Körpertemperatur ziemlich exakt um 15.10 Uhr. Sie betrug noch 33,9 Grad Celsius. Für die Umgebungstemperatur nehme ich für die letzten Stunden in diesem fensterlosen Schlafzimmer mal ziemlich stabile 21 Grad an. Das Gewicht des Opfers habe ich auf 65 Kilogramm geschätzt. Da man in diesem Programm von einer nackten Leiche ausgeht, Eva Helberger aber einen dünnen Schlafanzug trug, ihr Körper also nicht ganz so schnell ausgekühlt ist, wird ein Korrekturfaktor von 1,1 in Anschlag gebracht. So – hast du gesehen, hier haben sich gerade die roten Zahlen verändert.»

Marthaler gab ein unverständliches Brummen von sich. Wie immer, wenn ihm jemand etwas vorführte, wusste er nicht, worauf er sich konzentrieren sollte: auf das, was er sah, oder auf das, was er hörte.

«Und damit hätten wir das Ergebnis», fuhr Thea Hollmann fort und schaute den Hauptkommissar erwartungsvoll an. «Ihr Tod trat knapp sieben Stunden vor meiner Messung ein. Also um circa 8.20 Uhr heute Morgen. Was sich zwar exakt anhört, aber trotzdem nur ein ungefährer Wert ist.»

«Ich bin beeindruckt. Und die Tatwaffe?»

«Robert, du bist ein Stoffel. Ich mache hier Männchen vor dir, und du verteilst nicht mal ein Zuckerstück.»

«Entschuldige. Ich lade dich gelegentlich mal wieder zum Essen ein.»

«Ins *Pescara*? Mit demselben Dessert wie damals?», fragte sie grinsend.

Er ging nicht auf ihre Anspielung ein. «Also: Was ist mit der Tatwaffe?»

«Stoffel! Also: ein sehr scharfes, sehr spitzes Messer mit einer flachen, langen Klinge … Der Täter muss große Kraft haben. Jedenfalls habe ich einen solchen Tatort noch nie zuvor gesehen.»

«Du meinst …?»

«Ich meine das Blut.»

«Hast du schon eine Vorstellung, wie es passiert sein könnte?»

Thea Hollmann schaute Marthaler an, als sei sie nicht sicher, wie viel sie ihm zumuten durfte, wie weit sie in die Details gehen sollte.

«Thea, erzähl! Du musst mich nicht schonen.»

«Ich nehme an, dass sie im Schlaf überrascht wurde.»

«Davon gehen wir aus. Der Mann ist wahrscheinlich in die Wohnung eingedrungen, während sie im Bett lag. Vielleicht hat sie ihn kommen hören. Wenn du mich fragst, sieht es so aus, als habe sie noch versucht, ins Badezimmer zu fliehen.»

«Sie muss große Angst gehabt haben. Vielleicht hat sie einen Schock bekommen. Ihr Blutdruck muss sehr hoch gewesen sein.»

«Das schließt du aus der Verteilung der Blutspritzer an den Wänden?»

«Ja. Ihr Herz hat gearbeitet wie verrückt. Der Mann ist von hinten an sie herangetreten. Mit Sicherheit hat sie versucht, sich zu wehren. Vielleicht haben wir Glück, und ich finde Gewebespuren unter ihren Fingernägeln …»

«Mach dir keine allzu großen Hoffnungen», sagte Marthaler. «Nach allem, was wir wissen, ist der Täter ein Profi. Wahrscheinlich hat er sogar ihre Gegenwehr eingeplant. Aber mach weiter …»

«Er hat sie von hinten festgehalten, wahrscheinlich hat er ihren Kopf an den Haaren in den Nacken gezerrt, sodass die Vorderseite ihres Halses sich dem Messer regelrecht entgegengewölbt hat.»

Unwillkürlich machte Marthaler die Bewegung nach, die Thea Hollmann gerade beschrieben hatte.

«Er hat das Messer hier angesetzt.» Sie tippte mit der

Spitze des Zeigefingers unter ihr linkes Ohrläppchen. «Er hat ihr einen tiefen Stich unter den Kieferknochen versetzt. Dann hat er ihr mit einem einzigen Schnitt die Kehle durchtrennt.» Jetzt zog sie ihre Fingerspitze halbkreisförmig über den eigenen Hals und machte unter dem anderen Ohrläppchen halt.

Marthaler schluckte und fuhr sich mit der Hand an den Adamsapfel.

«Muskeln, Sehnen, Nerven, Luftröhre, Speiseröhre und die Halsschlagadern waren sofort durchtrennt.»

«Das heißt, sie war auf der Stelle tot?»

«Was ein Laie so tot nennt. Ihr Herz hat noch gearbeitet. Das Ergebnis hast du gesehen. Sie ist fast vollständig ausgeblutet. Wahrscheinlich war sie aber sofort bewusstlos, da die Sauerstoffversorgung des Gehirns unterbrochen war.»

«Ist dir ein ähnlicher Fall schon mal begegnet? Kannst du irgendwelche Schlüsse ziehen aus dem, was du bislang gesehen hast?»

«Wir bekommen jedes Jahr etwa dreißig bis fünfunddreißig Kunden auf den Tisch, die durch scharfe Gewalt ums Leben kamen. Dabei handelt es sich nur bei etwa fünfzehn Prozent um Selbsttötungen. Bei allen anderen Fällen haben wir es mit Totschlag oder Mord zu tun. Dabei sind Schnittverletzungen als Todesursache allerdings selten. Meist sticht der Täter zu. Das Schneiden übernehmen die Selbstmörder.»

«Also?»

«Also: Nein, mir ist ein solcher Fall noch nie begegnet. Dennoch könnte es sich lohnen, den Modus Operandi durch euren Zentralcomputer laufen zu lassen. Vielleicht ist irgendwo schon mal etwas Vergleichbares passiert.»

«Ja», sagte Marthaler, «das werden wir machen.»

«Eine Sache geht mir noch durch den Kopf. Vielleicht liege ich völlig schief …»

«Bitte, Thea! Egal, was es ist, sag es. Es gibt nichts, was wir nicht bedenken sollten. Verwerfen können wir deinen Gedanken immer noch. Und bestimmt werde ich dich nicht auslachen.»

Trotzdem schien es der Gerichtsmedizinerin wie den meisten Naturwissenschaftlern nicht zu behagen, sich auf das Gebiet der Spekulation zu begeben.

«Weißt du, was eine Schächtung ist?»

«Soviel ich weiß, geht es dabei um die Schlachtung von Tieren. Mehr weiß ich leider nicht ...»

«Dann weißt du schon die Hauptsache. Sowohl im Judentum als auch im Islam ist das Schächten die vorgeschriebene Art, nach der ein Tier geschlachtet werden muss. In beiden Religionen ist der Genuss von Blut verboten. Es geht darum, dass das Schlachttier vor der Zubereitung und dem Verzehr möglichst rückstandslos ausblutet.»

«Du willst doch nicht etwa andeuten, dass wir es mit einem Akt von Kannibalismus zu tun haben?»

«Nein, das sicher nicht. Dafür müssten noch ein paar mehr Kriterien erfüllt sein. Trotzdem ist hier auf eine Weise getötet worden, die große Ähnlichkeit mit dieser Art des Schlachtens hat.»

«Inwiefern?»

«Das Schächten unterliegt strengen Regeln. Es muss mit einem sehr scharfen Messer ausgeführt werden. Der Schnitt darf nur am Hals ausgeführt werden. Und er darf nicht unterbrochen werden. Die Luftröhre des Tieres, seine Speiseröhre, die Halsschlagadern und die Vagus-Nerven müssen mit diesem einen Schnitt durchtrennt sein.»

«Und du meinst, dass der Täter sich mit dieser Art des Schlachtens auskennt. Dass er möglicherweise Moslem oder Jude ist?»

«Immerhin könnte es sein», sagte Thea Hollmann, machte aber sofort einen Rückzieher, als sie Marthalers skeptischen Blick sah. «Aber eigentlich wollte ich gar keine

Schlüsse ziehen. Ich wollte dir nur mitteilen, was mir aufgefallen ist.»

«Okay, aber warum sollte der Täter uns einen Hinweis auf seine Religion geben? Damit hätte er eine Spur gelegt. Obwohl wir doch wissen, dass er alles vermeidet, was uns in seine Nähe bringen könnte.»

«Und was, wenn er das Gegenteil bezweckt hat? Wenn er eine falsche Spur legen wollte?»

«Das würde schon eher passen. Oder er wollte uns ein anderes Zeichen geben. Vielleicht wollte er uns auch einfach verhöhnen.»

«Es tut mir leid, Robert. Aber das ist alles, was ich bis jetzt sagen kann. Alles andere braucht Zeit. Dass ich mich beeilen soll, musst du nicht extra betonen. Wenn es sein muss, werde ich eine Nachtschicht einlegen.»

Marthaler überlegte einen Moment. Dann schüttelte er den Kopf. «Nein. Lass dir so viel Zeit, wie du brauchst. Was auch immer du herausfindest, ich fürchte, wir werden es erst brauchen, wenn wir den Mann gefasst haben und ihn vor Gericht stellen können. Es sei denn, er hat seine Visitenkarte unter Eva Helbergers Pyjama versteckt.»

«Na, vielen Dank. Damit hast du auf charmante Weise umschrieben, dass ich meine Arbeit zwar tun muss, dass sie aber eigentlich überflüssig ist.»

Marthaler winkte ab. «Willst du auch einen Schnaps?», fragte er.

Sie gingen ins Wohnzimmer, wo Kerstin Henschel die Ginflasche auf dem Tisch hatte stehen lassen.

Stumm nahmen sie die Gläser und kippten den Inhalt hinunter.

«Wie läuft es mit Füchsel?», fragte Marthaler.

Er kannte Thea Hollmanns Lebensgefährten, der seinen Spitznamen wegen seines rotbraunen Haars erhalten hatte. Er arbeitete als Hausmeister im Zentrum der Rechtsmedizin.

Und Marthaler war es gewesen, der Thea Hollmann an jenem Abend darauf aufmerksam gemacht hatte, dass sie unter ihren Kollegen einen Verehrer hatte.

«Avec Füchsel? Très bien. Vom ersten Tag an, und immer so weiter. Er ist die Sonne meines Lebens. Auch wenn es immer noch Kollegen gibt, die es unpassend finden, dass eine Medizinerin mit einem Handwerker zusammenlebt.»

«Auf die ist gepfiffen», sagte Marthaler. «Auf jeden Fall grüß ihn von mir.»

«Das wird ihn freuen. Wer weiß, ob wir ohne dich zusammen wären. Wahrscheinlich würde ich abends immer noch alleine vor meinen Videofilmen sitzen und zu viel Rotwein trinken.»

«Und was macht ihr stattdessen?», fragte Marthaler.

«Das, Herr Kommissar, ist eine Frage, auf die ich nicht einmal vor Gericht antworten würde.»

Zweiunddreißig «Die Franzosen machen Druck», sagte Charlotte von Wangenheim, als sie eine halbe Stunde später erneut im Besprechungsraum des Weißen Hauses zusammensaßen. «Sie mutmaßen, dass wir bei unserer Jagd auf den Mörder die Suche nach der entführten Journalistin vernachlässigen. Und ich fürchte, sie haben nicht ganz unrecht.»

«Haben sie doch», widersprach Marthaler. «Ich war gerade in der Telefonzentrale. Auch nach der Veröffentlichung ihres Fotos gibt es keine Hinweise über den Verbleib der Frau. Niemand hat sie nach Donnerstagabend gesehen. Wir haben keinerlei Anhaltspunkte, wo wir sie suchen sollen. Es gibt nur einen Weg, der zu Valerie Rochard führt: Wir müssen den Mörder finden. Der Mörder ist auch ihr Entführer.»

Marthaler sah in Charlotte von Wangenheims Gesicht. Ihr Blick war leer. Sie war blass und wirkte müde. Wahrscheinlich hatte auch sie zu viel gearbeitet. Zum ersten Mal in diesen Tagen hatte Marthaler den Eindruck, dass sie ratlos war.

«Gut», sagte sie. «Wenn es nur so geht, dann geht es nur so. Aber gebt mir irgendwas. Irgendeine Erkenntnis, wer dieser Täter sein könnte. Eine Version, die ich weitergeben kann. Oder die wenigstens geeignet ist, meine eigenen Nerven zu beruhigen.»

Die Ermittler schauten sich ratlos an. Es gab wenig, was sie ihrer neuen Chefin mitteilen konnten. Auch nach dem Mord an Eva Helberger waren sie auf Spekulationen angewiesen. Marthaler versuchte zu verstehen, in welcher Situation sich Charlotte von Wangenheim befand. Sie stand zwischen den Fronten. Sie hielt ihnen die Presse vom Leib. Sie deckte sie gegenüber den Vorgesetzten. Und sie musste immer wieder taktieren, um den politischen Druck nicht zu groß werden zu lassen.

«Du musst uns noch etwas Zeit geben», sagte Marthaler. «Auch wenn sich die Ereignisse überschlagen und die Informationen immer unübersichtlicher werden, mit etwas wirklich Neuem über den Täter können wir immer noch nicht dienen.»

Er schaute in die Runde. Kerstin Henschels Gesicht hatte sich gerötet. Es schien ihr nicht leicht zu fallen, ihm öffentlich zu widersprechen, trotzdem tat sie es: «Nein, Robert. Ich bin anderer Ansicht. Allein, dass der Mann wieder zugeschlagen hat, sagt uns etwas über ihn. Auch dieser neue Mord erzählt uns eine Geschichte.»

«Bitte, Kerstin, dann erzähl uns diese Geschichte!», sagte Charlotte von Wangenheim. «Ich wäre sogar mit einer Kurzgeschichte zufrieden.»

«Das kann ich nicht. Wir müssen sie uns gemeinsam erarbeiten. Wir sind alle auf demselben Stand.»

«Aber du kannst den Anfang machen.»

«Gut. Ich werde es versuchen. Immerhin gibt uns der Täter die Information, dass er die Stadt nicht verlassen hat. Er hat am Donnerstag fünf Menschen getötet und befindet sich am Sonntag noch immer in der Nähe des Tatorts. Warum tut er das? Warum begibt er sich in Gefahr? Also stellt sich die Frage, ob er hier wohnt.»

Die anderen überlegten eine Weile. Kai Döring erhob den ersten Einwand: «Er muss nicht hiergeblieben sein. Vielleicht ist er zurückgekommen.»

«Viel Zeit hat er dafür jedenfalls nicht gehabt. Die Sonderausgabe des *City-Express* ist heute Morgen um fünf Uhr an den Verkaufsstellen gewesen, das habe ich recherchiert. Dort hat er sein Phantombild gesehen; dort hat er erfahren, dass Eva Helberger ihn bei einer Gegenüberstellung auf jeden Fall wiedererkennen würde. Ihr Tod ist gegen 8.30 Uhr eingetreten …»

«In dreieinhalb Stunden kann man eine ziemliche Strecke zurücklegen.»

«Das hieße aber, dass er die Zeitung, sofort als sie ausgeliefert wurde, gelesen hat – was einigermaßen unwahrscheinlich ist. Außerdem erscheint der *City-Express* nur im engeren Rhein-Main-Gebiet. Von weit her kann er also nicht gekommen sein.»

«Warum nicht? Jemand anderes könnte den Artikel gelesen und ihn benachrichtigt haben.»

«Daran habe ich ebenfalls gedacht», sagte Kerstin Henschel. «Aber wer sollte das gewesen sein? Jemand, der ihn zufällig auf dem Phantombild erkannt hat? Jemand, der in die Verbrechen eingeweiht ist?»

«Oder mehr noch: jemand, der ihm den Auftrag gegeben hat, diese Verbrechen zu begehen», sagte Marthaler.

«Ich weiß nicht, Robert. Ein Profi würde das nicht machen, er würde nicht drei Tage in der Nähe bleiben. Er würde umgehend abtauchen. Ein Auftragskiller würde sich in Luft auflösen. Es sei denn …»

«Es sei denn, sein Auftrag ist noch nicht erledigt», ergänzte Charlotte von Wangenheim.

Für einen Moment herrschte völlige Stille. Alle schienen sich auszumalen, was es bedeutete, wenn die Chefin der Mordkommission recht hatte. Aber niemand schien den Gedanken zu Ende führen zu wollen.

Noch einmal ergriff Kerstin Henschel das Wort.

«Außerdem stimmt es nicht: Er hat nicht so viel Zeit gehabt, wie Kai vermutet. Er hat zwischen halb sieben und sieben bei Eva Helbergers Freundin angerufen. Erst um diese Zeit hat er erfahren, dass sein nächstes Opfer nicht mehr in Haunetal ist. Also bleiben noch anderthalb bis zwei Stunden.»

Marthaler stutzte. Er hatte das Gefühl, dass sie etwas übersehen hatten. Dann sprang er auf.

«Verdammt. Wie konnte der Täter wissen, dass er in Haunetal anrufen muss? Wenn wir davon ausgehen, dass er Eva Helberger nur aus dem *City-Express* kannte, dann hat er dort, genau wie wir, das Foto gesehen, auf dem sie vor diesem Fachwerkhaus steht. Ein Haus, das überall stehen könnte.»

«Vielleicht kannte er die Gegend, vielleicht hat er ebenfalls dort Urlaub gemacht», sagte Kurt Delius.

«Kurt, bitte. Das glaubst du selbst nicht. Der Zufall wäre zu groß», erwiderte Horst Becker.

«Dann gibt es eigentlich nur eine Möglichkeit», rief Marthaler. «Er hat die Information direkt aus der Redaktion. Irgendwer dort hat geplaudert. Wahrscheinlich nicht Arne Grüter, so dumm kann er nicht sein, wahrscheinlich auch nicht der Fotograf. Aber irgendjemand hat dem Mörder den entscheidenden Hinweis gegeben. Uns gegenüber berufen sie sich auf den Informantenschutz, gleichzeitig schaffen sie es nicht, ihren Laden sauberzuhalten. Und wenn meine Vermutung stimmt, dann haben sie Eva Helberger gleich doppelt ans Messer geliefert. Ich werde das herausbekommen. Ich werde ihnen die Hölle heiß machen. Und zwar sofort.»

Marthaler war bereits auf dem Weg zur Tür und hatte seine Jacke übergezogen, als ihn Charlotte von Wangenheim zurückrief.

«Nein, Robert. Das wirst du nicht tun. Ich weiß, dass du gerne deine berüchtigte Privatfehde mit diesem Reporter austragen möchtest, aber du wirst hierbleiben. Ich möchte mit dir reden. Unter vier Augen in deinem Büro.»

Marthaler sah sie überrascht an. Er hatte nicht damit gerechnet, dass ihn jemand in seinem Furor bremsen würde. Er unternahm einen letzten Versuch: «Aber irgendjemand muss das klären. Diese Schmierfinken müssen zur Rechenschaft gezogen werden.»

«Du hast recht», sagte Charlotte von Wangenheim. «Aber ich denke, das ist jetzt die Aufgabe von Kai.»

Marthaler hatte sich an seinen Schreibtisch gesetzt. Während er auf seine Chefin wartete, begann er unkonzentriert in dem Stapel Akten zu blättern, der sogar im Lauf des Sonntags weiter angewachsen war. Es gab ein paar Telefonnotizen, die ihm Elvira hingelegt hatte, die Unterlagen aus der Gerichtsmedizin waren eingetroffen und eine Mappe mit Computerausdrucken, auf denen die neueingegangenen Hinweise aus der Bevölkerung verzeichnet waren. Irgendwann würde er sich die Zeit nehmen müssen, das alles aufzuarbeiten. Jetzt war er froh, als Charlotte von Wangenheim sein Büro betrat und er den Stapel wieder beiseiteschieben konnte.

Sie setzte sich ihm gegenüber, stellte einen leeren Aschenbecher auf den Schreibtisch, zog ein Päckchen Zigaretten hervor und hielt es ihm hin.

«Willst du?»

«Danke», sagte er.

«Aber ich darf?»

«Sicher. Ich wusste nicht, dass du rauchst.»

«Tue ich auch nicht.»

«Verstehe», sagte Marthaler. «Aber manchmal eben doch. Wie so viele hier.»

Sie schob sich eine Zigarette zwischen die Lippen, zögerte aber lange, sie anzustecken. Sie schaute aus dem Fenster. Marthaler merkte, dass sie mit sich haderte. Er wollte sie nicht drängen.

«Entschuldige, wenn mein Ton eben etwas scharf war. Im Grunde ist es mir egal, was du mit dem *City-Express* auszufechten hast. Ich wollte nur, dass du hierbleibst. Ich muss mit dir reden.»

«Schon in Ordnung», sagte Marthaler. «Wahrscheinlich ist es gut so. Wenn mir Arne Grüter in die Hände geraten wäre, hätte ich bestimmt einen Fehler gemacht.»

Wieder wartete er. Aber Charlotte machte noch immer keine Anstalten, das Gespräch zu eröffnen. Erst als sie ihre Zigarette zu Ende geraucht und im Aschenbecher ausgedrückt hatte, begann sie zu reden. «Es läuft nicht gut, nicht wahr, Robert?»

Er schaute sie lange an. Sie hatte ausgesprochen, was er dachte, was er aber niemals im Kreis seiner Kollegen sagen würde.

«Nein», sagte er, «es läuft nicht gut.»

«Was machen wir falsch?»

«Ich weiß es nicht.»

«Auch wenn Kerstin dir widersprochen hat, du hattest recht. Oft macht ein Mörder den entscheidenden Fehler, wenn er ein weiteres Mal zuschlägt. Oft verrät er uns dann etwas über sich, das zu seiner Ergreifung führt. Nicht aber im Fall Eva Helberger. Es klingt vielleicht komisch, aber dieser letzte Mord interessiert mich nicht.»

Marthaler runzelte die Stirn und sah seine Chefin fragend an.

«Versteh mich nicht falsch: Der Tod der Frau ist mir keinesfalls egal. Aber ich habe den Eindruck, es bringt uns nichts, wenn wir uns mit den Einzelheiten dieser Tat auseinandersetzen. Auch deshalb wollte ich nicht, dass du dich jetzt mit dem *City-Express* beschäftigst.»

Marthaler verstand, was sie meinte.

«Ich möchte, dass du dich aus den laufenden Ermittlungen ausklinkst», sagte sie.

«Wie stellst du dir das vor? Alle arbeiten bis zum Anschlag. Und nach dem Mord an Eva Helberger geht der ganze Marathon von vorne los. Klinken putzen bei der Nachbarschaft, Hinweise aus der Bevölkerung bearbeiten, die Ergebnisse der Spurensicherung auswerten. Ob wir wollen oder nicht, die Arbeit muss erledigt werden …»

«Genau deshalb möchte ich, dass du dich aus der Routine raushältst.»

«Was du Routine nennst, muss getan werden. Wir haben

die Erfahrung gemacht, dass wir nur so zu Ergebnissen kommen. Es ist unter anderem der Fleiß, der irgendwann zum Erfolg bei den Ermittlungen führt.»

«Robert, das weiß ich alles. Es ist dieselbe Predigt, die ich oft gehört und oft gehalten habe. Dennoch müssen wir uns etwas einfallen lassen.»

«Aber neue Ideen werden nicht in der Luft geboren. Sie entstehen bei der Arbeit oder gar nicht.»

«Wir denken zu klein. Wir sind zu dicht dran. Ich glaube, dass wir etwas übersehen haben.»

Marthaler war aufgestanden. Nun zog er doch seine Mentholzigaretten aus der Jackentasche und ließ sich von seiner Chefin Feuer geben.

«Seltsam, ja, fast dieselbe Formulierung hat Sabato benutzt», sagte er.

«Halt dich einfach mal raus aus dem Alltagsgeschäft, bitte. Ein, zwei Tage. Vielleicht bist du auch morgen Mittag schon so weit. Nimm dir ein bisschen Zeit, über den Fall nachzudenken. Setz dich auf dein Rad und fahr ein wenig durch die Gegend. Entspann dich, mach dich locker. Wir brauchen jemanden, der Abstand gewinnt und von außen auf die Geschichte schaut. Der Täter hat uns in ein Hamsterrad geschickt. Und das dürfen wir nicht zulassen. Was machen wir, wenn er morgen nochmal zuschlägt? Fangen wir dann wieder an zu rotieren? Brauchen wir dann noch mehr Leute, die den Kleinkram erledigen?»

Marthaler hob die Schultern. «Ich weiß es nicht, Charlotte. Und ich will nicht daran denken.»

«Hast du den Film über den alten Mann gesehen, über Monsieur Hofmann?»

«Habe ich.»

«Die Pariser Kollegen haben leider vergeblich versucht, ihn zu erreichen. Er scheint vor den Journalisten geflohen zu sein.»

«Was sollte er uns mitzuteilen haben? Er wirkte vollkommen ahnungslos.»

«Das meine ich nicht. Erinnerst du dich, was auf dem Umschlag stand, den er erhalten hat? Auf dem Umschlag, in dem die Partitur steckte?»

«Sein Name.»

«Ja. Und der Name seines Vaters. Und das Wort ‹Auschwitz›.»

«Und?»

«Ich weiß nicht, ob es irgendwohin führt. Aber denk einfach mal drüber nach, ob das Ganze etwas mit Auschwitz zu tun haben könnte!»

Kerstin Henschel betrat den Hausflur und tastete nach dem Lichtschalter. Die Lampe war noch immer kaputt. Sie hatte dem Hausmeister schon vor einer Woche Bescheid gesagt, aber es war noch immer nichts geschehen. Langsam stieg sie die Treppen hinauf, bis sie an ihrer Wohnungstür angekommen war. Als sie gerade den Schlüssel ins Schloss gesteckt hatte, zuckte sie zusammen. Jemand war von hinten an sie herangetreten und hatte sie am Ärmel gezupft. Sie drehte sich um und sah Manfred Petersen in der Dunkelheit stehen. Sie schaute ihn an, als sei er ein Gespenst.

«Was willst du hier? Lauerst du mir jetzt auf?»

«Entschuldige, ich wollte dich nicht erschrecken.»

«Was soll das? Was hast du hier zu suchen?»

«Kerstin, schließlich … sind wir …», sagte Petersen zögernd, dann brach er mitten im Satz ab.

«Was sind wir, Manfred? Freunde? Kollegen? Es stimmt beides nicht mehr.»

«Kerstin, bitte. Können wir nicht reingehen?»

«Können wir nicht! Wir gehen runter! Ich werde dich begleiten, um sicherzugehen, dass du nicht länger hier herumlungerst.»

Sie drängte sich an ihm vorbei und stieg die Treppen wieder hinab. Sie öffnete die Haustür und wartete, dass Petersen ins Freie ging.

«Also: Warum bist du hier?», fragte sie, als er keine Anstalten machte, sich zu entfernen.

«Ich wollte dich treffen.»

«Und?»

«Wir müssen reden.»

«Nein, müssen wir nicht. Ich weiß nicht, wie oft ich in den letzten Tagen versucht habe, dich zu erreichen. Du warst nicht zu Hause, und du bist nicht an dein Handy gegangen. Du hast alles getan, um zu verhindern, dass ich mit dir reden kann. Und jetzt will ich nicht mehr!»

«Ich weiß, dass ich mich nicht korrekt verhalten habe. Ich weiß, dass ich euch alle in Verlegenheit gebracht habe.»

«So kann man es ausdrücken, wenn man freundlich sein will. Aber ich will nicht freundlich sein. Du hast unsere Freundschaft mit Füßen getreten, du hast mein Vertrauen missbraucht, du hast gegen alles verstoßen, was mir wichtig ist.»

«Es ist, wie es ist. Ich bin schwul.»

«Und? Weiter? Wofür soll das eine Entschuldigung oder auch nur eine Erklärung sein?»

«Dass ich nicht länger Polizist sein kann.»

«Das sehe ich ganz und gar nicht so. Vielleicht ist es schwerer, ein schwuler Polizist zu sein als ein schwuler Balletttänzer oder ein schwuler Friseur. Aber auch wir brauchen Leute, die anders sind und die den Mut haben, das zu zeigen.»

«Vielleicht bin ich dazu nicht stark genug.»

«Vielleicht. Also dann …»

Sie war im Begriff, wieder ins Haus zu gehen, als Petersen seine Hand auf ihre Schulter legte.

«Nein, warte. Ich möchte …»

«Was, Manfred? Dass zwischen uns alles so bleibt, wie es war? Dass wir wieder Freunde sind?»

Petersen schaute zu Boden.

Kerstin Henschel schüttelte den Kopf. «Nein. Jedenfalls nicht jetzt. Irgendwann vielleicht wieder. Jetzt brauche ich Abstand zu dir. Und zwar eine ganze Weile.»

Wieder wandte sie sich von ihm ab. Diesmal verstand er, dass er nicht noch einen Versuch unternehmen durfte. Er ließ die Arme sinken und drehte sich um. Kerstin Henschel hörte, wie sich seine Schritte auf dem Kiesweg langsam entfernten.

Dritter Teil

Eins Der Zug aus Paris fuhr um 17.39 Uhr in den Frankfurter Hauptbahnhof ein. Monsieur Hofmann setzte seinen Strohhut auf, stieg aus und nahm den kleinen Koffer entgegen, den Mademoiselle Blanche ihm reichte. Er trug das Gepäck in der Linken und streckte ihr seine Rechte entgegen. Hand in Hand gingen sie über den Bahnsteig, wo sie von jenen Reisenden überholt wurden, die es eiliger hatten als sie. Monsieur Hofmann steuerte auf den großen Zeitschriftenladen zu, bat Mademoiselle Blanche zu warten und ging hinein. Er kaufte eine Tageszeitung und einen Stadtplan und fragte den Mann an der Kasse, wo der Taxistand sei.

Die beiden Alten durchquerten die Bahnhofshalle und betraten den großen Vorplatz. Monsieur Hofmann schaute sich um, dann schüttelte er den Kopf und lächelte seine Freundin unsicher an: «Was sagst du nun, wir sind in Frankfurt. Wer hätte das gedacht.»

Sie stiegen in ein Taxi und ließen sich ins nördliche Westend bringen. Als sie in die Liebigstraße bogen, bat Monsieur Hofmann den Chauffeur, langsamer zu fahren. Plötzlich wurde er aufgeregt. «Hier», rief er, «halten Sie! Wir sind da. Hier ist es.»

Sie standen vor einem fünfstöckigen Altbau, dem ein winziger Garten vorgelagert war. Die Fassade schien erst kürzlich einen neuen Anstrich erhalten zu haben. Das Altrosa der Wände stand in schönem Kontrast zum dunkelroten Sandstein der Fenstereinfassungen. Rechts und links standen ähnliche Häuser, alle wirkten freundlich und gepflegt.

Monsieur Hofmann lief auf dem Bürgersteig auf und ab. «Fast hätte ich es nicht erkannt. Früher war die Fassade weiß.

343

Aber so ist es schöner. Und schau nur, wie der Ahorn gewachsen ist.»

Dann legte er einen Arm um Mademoiselle Blanches Schulter und zeigte auf eines der Fenster im Erdgeschoss: «Siehst du dort, wo jetzt die Geranien stehen, das war mein Zimmer. Oft hab ich abends hinter der Scheibe gesessen und hab gewartet, dass Papa nach Hause kommt. Immer hat er seinen Hut gezogen, mich stumm gegrüßt, und dann hat er getan, als würde er an unserem Haus vorübergehen, nur, um gleich darauf umzukehren und zu warten, dass ich ihm die Haustür öffne.»

Mademoiselle Blanche sah ihn an und drückte seine Hand.

«Was ist?», fragte er. «Warum schaust du so? Du lachst mich aus, oder?»

«Nein», erwiderte sie. «Überhaupt nicht. Es gefällt mir, dich so zu sehen.»

«*Wie* zu sehen?»

«So aufgeregt, so lebendig. Es tut dir gut, dass du dich an deine Kindheit erinnerst. Was meinst du, willst du nicht einfach klingeln und fragen, ob man dich eure alte Wohnung anschauen lässt?»

Eine halbe Minute lang dachte Monsieur Hofmann nach. Seinem Mienenspiel war abzulesen, wie er das Für und Wider ihres Vorschlags abwog. Dann schüttelte er entschlossen den Kopf. «Nein, das will ich nicht. Wer weiß, wie es jetzt dort aussieht. Lieber möchte ich es so in Erinnerung behalten, wie es war.»

Dann drehte er sich um und zeigte auf das gegenüberliegende Haus. «Dort oben im dritten Stock hab ich in jener Nacht gestanden, als die Männer kamen und meine Eltern wegbrachten.»

Mademoiselle Blanche ließ ihm Zeit. Sie wollte, dass er sich erinnerte. An das eine wie an das andere. Sie hatte sich in den vergangenen Jahrzehnten oft gewünscht, dass er mehr von sich erzählte. Manchmal war er ihr vorgekommen wie ein halber Mensch, wie ein Mann ohne Kindheit. Dennoch war ihr klar gewesen, dass sie ihn nicht drängen durfte. Dass es eine Grenze gab und dass sie nicht das Recht hatte, diese Grenze mit ihren Fragen zu überschreiten. Jetzt endlich war es so weit; endlich war er bereit.

Aus dem gegenüberliegenden Haus trat eine Frau mit einer Einkaufstasche auf die Straße, überquerte die Fahrbahn und wollte gerade in ihren Wagen steigen, als Monsieur Hofmann sie ansprach: «Entschuldigen Sie, meine Dame, wissen Sie, ob es in der Nähe ein Hotel gibt?»

Einen Moment schien die Frau sich über die umständliche Höflichkeit des alten Herrn zu amüsieren. Sie überlegte kurz. «Aber ja, natürlich», sagte sie. «Nur ein paar hundert Meter weiter gibt es ein kleines Hotel. Es soll sehr schön sein. Ich war noch nie drin, aber man hört nur Gutes. Allerdings ist es wohl nicht ganz billig.»

Monsieur Hofmann bedankte sich. Dann machten sich die beiden Alten auf den Weg.

«Na, das ist aber wirklich hübsch. Das nehmen wir», sagte er, als sie vor dem freundlich wirkenden, schmalen Bürgerhaus standen.

«Erst erkundigst du dich nach den Preisen», ermahnte ihn Mademoiselle Blanche. «Geh rein und frag. Ich warte so lange hier.»

Er betrat die kleine Eingangshalle, nahm seinen Strohhut ab und näherte sich der Rezeption, hinter der ein stämmiger dunkelhaariger Mann saß. Als dieser ihm die Zimmerpreise nannte, bekam Monsieur Hofmann einen Schrecken. «Ich will Ihnen nicht zu nahe treten», sagte er. «Aber dafür würden wir in Paris ja fast eine Woche im Hotel wohnen können.»

Der Mann hob die Brauen. «Es ist immer dasselbe mit euch Franzosen. Ihr seid verwöhnt. Eure Hotelpreise sind zu niedrig. Dafür kriegen Sie bei uns aber auch ein Frühstück, das den Namen verdient. Also?»

«Also: ja! Wir nehmen das Zimmer. Bekommen wir bei Ihnen auch ein Abendessen?»

«Leider nein. Aber es gibt genügend Restaurants in der Nähe.»

Monsieur Hofmann ging zurück zum Eingang und winkte Mademoiselle Blanche durch die geschlossene Glastür zu.

«Und?», fragte sie.

«Geschenkt ist es nicht», erwiderte er. «Aber du bist es mir wert.»

Als sie das Zimmer betraten, klatschte Mademoiselle Blanche vor Begeisterung in die Hände. «Aber das ist ja ein kleiner Salon», rief sie aus. Sie setzte sich auf den Rand des Bettes und wippte kurz auf und ab. «Als ich jung war, habe ich mir immer vorgestellt, in einem solchen Hotelzimmer meine Hochzeitsnacht zu verbringen.»

«Dann wird es ja Zeit, dass wir diesen Traum endlich wahr machen.»

«Ah, mein kleiner Schwerenöter, komm, lass dich küssen.» Sie zog ihn neben sich aufs Bett und gab ihm einen Kuss auf die Wange.

«War das schon alles, was du dir unter einer Hochzeitsnacht vorstellst?», fragte er.

«Erst wird gegessen, dann sehen wir weiter.»

Tereza hatte gerade den Terminal 1 des Frankfurter Flughafens verlassen und schaute sich nach einem Taxi um, als sie einen kleinen Schreck bekam. Jemand hatte sich ihr von hinten genähert und hielt ihr die Augen zu.

«Keine Angst!», sagte eine Männerstimme, die ihr bekannt vorkam, die sie aber nicht sofort zuzuordnen wusste. «Keine Angst, Tereza, es ist nur ein Schmetterling.»

Tereza überlegte kurz, dann ließ sie ihre Tasche fallen und drehte sich lachend um. «Ludwig? Ich kann nicht glauben!», rief sie aus. «Ein Schmetterling auf Flughafen.»

Vor ihr stand ein schlaksiger Mann mit braunem Haar, der ihr beide Arme zur Begrüßung entgegenstreckte. Sie tauschten zwei Wangenküsse aus, dann sahen sie sich lange prüfend an.

Vor zehn Jahren waren sie einander in Prag begegnet, als Tereza gerade mit ihrem Studium der Kunstgeschichte begonnen und Ludwig Dormann zwei Gastsemester auf der Akademie absolviert hatte. Schnell war der junge Mann zum Schwarm der Studentinnen geworden, hatte aber, egal, wie oft er seine Liebschaften wechselte, immer beteuert, dass er eigentlich nur Tereza begehre. Diese hatte seine Freundschaft zwar genossen, seine weiterzielenden Avancen aber stets mit einem Lachen abgewehrt. Sie wolle nicht, hatte sie gesagt, eine der zahllosen Blüten sein, die ein nimmersatter Schmetterling umflattere, bevor er kurz darauf die nächste anfliege. So waren sie eine Zeit lang ein unzertrennliches Freundespaar geblieben, ohne je das Bett geteilt zu haben. Doch so rasch sie am Anfang Vertrauen zueinander gefasst hatten, so schnell hatten sie einander am Ende aus den Augen verloren. Ludwig war nach Boston gegangen, Tereza nach Frankfurt gezogen, und mehr als ein paar Postkarten waren nicht gefolgt auf den innigen Rausch ihrer Prager Studienzeit. «Aus den Augen, aus dem Sinn» – als Tereza diese Redewendung in Deutschland zum ersten Mal gehört hatte, hatte sie sofort an Ludwig Dormann denken müssen. Aber jetzt stand er vor ihr, und es war, als seien sie nicht einen Tag getrennt gewesen.

«Weißt du, dass ich letzte Nacht von dir geträumt habe?», fragte Ludwig und schaute sie treuherzig an.

Tereza verdrehte die Augen und schüttelte lächelnd den Kopf. «Du lügst», sagte sie. «Aber du lügst noch immer charmant. Erzähl! Was suchst du hier?»

«Ich wohne seit drei Monaten in Frankfurt. Ich bin zum stellvertretenden Direktor des Museums Giersch berufen worden. Und du errätst nicht, was ich hier habe …»

Er bückte sich und griff nach einem Paket, das er zwischen seinen Beinen abgestellt hatte.

«Ein Aquarell von Max Beckmann. Ich habe es gerade ab geholt. Ein amerikanischer Offizier hat es 1945 aus der Woh nung mitgenommen, in der er einquartiert war. Jetzt liegt de Mann im Sterben und will sein Gewissen erleichtern. Weil e keine Erben gefunden hat, hat er es unserem Museum ver macht. Hast du Zeit, wollen wir zu mir fahren und das Bil anschauen? Komm, bitte, sag ja!»

Tereza dachte nach. Einerseits wollte sie so rasch wie mög lich nach Hause: Sie sehnte sich nach Marthaler, nach eine Dusche und nach ihrem Bett. Andererseits war sie neugieri auf das Aquarell und freute sich über das unverhoffte Wieder sehen mit ihrem Studienfreund, in dessen Gegenwart sie sic sofort wieder wohl fühlte.

«Nein, ich habe keine Zeit», sagte sie und sah, wie die Ent täuschung Ludwig Dormanns Miene verfinsterte. «Aber au halbe Stunde kommt nicht an!»

Lachend gab er ihr einen Kuss auf die Wange. «Dann los worauf warten wir noch? Mein Wagen steht in der Tiefga rage!»

Auf der Fahrt in die Stadt tauschten sie Erinnerungen ar ihre gemeinsamen Bekannten aus, sprachen über die Abende die sie zusammen am Ufer der Moldau und in den Kneiper der Prager Altstadt verbracht hatten und näherten sich in ihrer Unterhaltung schließlich vorsichtig der Gegenwart.

«Und die Blüten?», fragte Tereza und schaute Dormanr von der Seite an.

Ohne ihren Blick zu erwidern, hob er die Brauen. «Ach weißt du, auch Schmetterlinge werden älter ... Erzähl von dir Was machst du, wenn du keine Ausstellung vorbereitest?»

«Ich bin schwanger, Ludwig.»

Abrupt stieg Dormann auf die Bremse. Fast hätte er eine rote Ampel übersehen. Er schaute Tereza an. «Das ist schade», sagte er. «Entschuldige ... nein, es freut mich für dich. Aber es wäre mir lieber, du würdest ein Kind von mir bekommen.»

«Ludwig, bitte!»

«Ich meine es ernst, Tereza. Du bist die einzige Frau, mit der ich gerne ein Kind gehabt hätte.»

«Ludwig, hör bitte auf!»

«Ja, ich höre auf. Freust du dich? Bist du glücklich?»

Tereza zögerte einen Moment. «Ja», sagte sie dann. «Ich freue mich. Aber ich gehe mit Polizist. Und das ist nicht immer einfach.»

«Einfach ist es wohl nie», sagte Dormann. Und Tereza schloss aus seiner Antwort, dass er nicht nur älter, sondern auch reifer geworden war, und dass er Erfahrungen gemacht haben musste, die ihm seine frühere Unbeschwertheit genommen hatten.

Kurze Zeit später hatten sie das Nordend erreicht und bogen ab in die Schwarzburgstraße. Dormann bewohnte eine geräumige Altbauwohnung, in der es nach frischer Farbe roch und an deren Wänden sich die Umzugskartons stapelten.

«Du siehst selbst», sagte er, «meine Sachen sind gerade erst gekommen. Ich habe bis vorige Woche im Hotel gewohnt. Wir können nur in die Küche gehen oder ins Schlafzimmer.»

«Ludwig, ich habe eilig. Lass uns das Bild anschauen, dann ich muss los!»

«Okay, okay, ich habe verstanden.»

Dormann legte das Paket auf den Küchentisch und bat Tereza, Platz zu nehmen. Seine Wangen waren gerötet, als er nervös an der Verschnürung zu fingern begann. Und Tereza ließ sich von seiner Aufregung anstecken. Endlich lag das Aquarell vor ihnen.

Es war mit breiten Pinselstrichen ausgeführt und zeigte eine Strandszene: Eine junge Frau ruhte auf einem Liegestuhl. Der Kopf lag entspannt auf ihrer linken Schulter. Sie hatte die Augen geschlossen. Unter dem kurzen Rock konnte man ihr Geschlecht sehen. Neben ihr stand ein nackter Mann, dessen Gesicht unverkennbar die Züge des Künstlers trug. Die Frau hatte ihre linke Hand sachte auf den Oberschenkel des Mannes gelegt. Sein Penis reckte sich neben ihrem Kopf in die Höhe.

Tereza schlug sich kurz die Hand vor die Augen. «Ludwig, du hättest mich warnen müssen.»

«Tereza, entschuldige, ich wusste nicht, wie … drastisch das Bild ist.»

«Allerdings», sagte sie. «So kann man sagen.»

«Aber schön ist es auch», meinte Dormann.

«Ja», sagte sie und konnte sich ein Lächeln nicht verkneifen. «Es ist sehr schön. Die beiden sehen sehr zufrieden aus. Aber ich glaube, ist besser, wenn ich jetzt gehe.»

«Werden wir uns sehen?», fragte Ludwig Dormann, als er Tereza, die es jetzt sehr eilig zu haben schien, an der Wohnungstür verabschiedete.

«Ja», sagte sie. «Ich fürchte, das werden wir wollen.»

Marthaler war mit seinem Rad vom Weißen Haus durch die Stadt nach Sachsenhausen gefahren. Noch immer war es warm. Vor den Cafés und Gaststätten saßen die Leute an ihren Tischen und genossen die letzten Stunden des Wochenendes.

Als er die Steigung des Großen Hasenpfads hinter sich hatte und vor seiner Haustür stand, war er außer Atem. Er merkte, dass er wieder mehr Sport treiben musste. Er nahm sich vor, so bald wie möglich ein paar Tage freizunehmen und mit Tereza ins Elsass zu fahren, wo sie tagsüber wandern und sich abends mit einem guten, aber nicht zu schweren Essen belohnen würden.

Als er das Rad in den Keller gebracht hatte und die Treppe zu seiner Wohnung hinaufstieg, hielt er plötzlich inne. Er benerkte den strengen Geruch im Treppenhaus. Es roch nach den Ausdünstungen eines ungepflegten Menschen. Dann erinnerte er sich an den Obdachlosen, dem er schon zweimal in der Nähe des Hauses begegnet war. Es war derselbe Geruch. Der Mann musste im Hausflur gewesen sein. Oder er hielt sich noch immer hier auf. Marthaler lauschte. Er hatte den Mann schon fast wieder vergessen gehabt, und jetzt war er wieder da.

Er ging an seiner Wohnungstür vorbei und stieg weiter hinauf ins letzte Stockwerk. Es war niemand zu sehen.

«Hallo, ist hier jemand?», rief er.

Aber alles blieb ruhig.

Als er seine Wohnung betrat, steckte er den Schlüssel von innen ins Schloss und drehte ihn zweimal herum.

Er ging an den kleinen Schreibtisch im Wohnzimmer und schaltete seinen Computer ein.

Dann holte er das Telefon und wählte Terezas Nummer. Es meldete sich nur die Mailbox. «Wo bist du? Wann kommst du?», fragte er. Und dann nach einer kurzen Pause: «Ich liebe dich. Ich möchte dich sehen. Komm bald zurück.»

Er holte sich ein Glas Wein und setzte sich vor den Rechner. Er wählte sich ins Internet ein und schaute auf die Maske der Suchmaschine, die er als Startseite festgelegt hatte.

Dann tippte er das Wort «Auschwitz» und wartete auf die Ergebnisse. Es wurden über neun Millionen Treffer gemeldet. Lange starrte er auf den Bildschirm, ohne etwas zu tun.

In der Schule hatten sie oft über die Zeit des Nationalsozialismus gesprochen. Er erinnerte sich noch an das nervöse Gelächter, das im Klassenraum entstanden war, als die Lehrer ihnen Bilder von den halbverhungerten Menschen und von den Leichenbergen in Birkenau zeigten. Im Deutschunterricht hatten sie Anna Seghers' Roman «Das siebte Kreuz» gelesen, der von der Flucht eines Lagerhäftlings erzählte.

Marthaler hatte das meiste wieder vergessen. Es war, al weigere sich sein Gedächtnis, ihn auf Dauer mit den grausa men Einzelheiten zu belasten. Geblieben war ein leises Unbe hagen und ein diffuses Schuldgefühl. Mehrmals hatte er sic bereits mit Kollegen angelegt, wenn einer von ihnen einen Ju denwitz erzählte oder, wie es auch schon vorgekommen wa die Existenz der Gaskammern bezweifelte. Und erst kürzlic hatte man ein Verfahren gegen zwei Polizisten eingeleitet, wei sich herausgestellt hatte, dass sie die Texte von Nazi-Lieder sammelten und sich stolz in SS-Uniform hatten fotografiere lassen. Beide waren als Personenschützer für ein prominente Mitglied der Jüdischen Gemeinde eingesetzt gewesen.

Aber auch er selbst wich dem Thema aus. Wenn in der Zei tung aus Anlass eines Jahrestages eine Dokumentation übe die Jahre zwischen 1933 und 1945 erschien, blätterte er weiter Wenn irgendwo der Vortrag eines Überlebenden angekündig wurde, hatte er an diesem Abend anderes vor. Er bezweifelt nichts von den Dingen, die damals geschehen waren, trotzden reagierte er wie die meisten Menschen: Er wollte es nicht s genau wissen. Er wollte sich nicht mit den schrecklichen Bil dern und Geschichten belasten. Er war dafür, dass man di Kinder und Jugendlichen über die Verbrechen aufklärte, abe er war der Meinung, dass seine eigenen Kenntnisse ausreich ten.

Jetzt merkte er, dass er allenfalls eine vage Ahnung hatte Da er nicht wusste, wo er anfangen sollte, klickte er einfac den ersten Link an. Es war die Seite der Gedenkstätte Ausch witz-Birkenau. Von hier aus arbeitete er sich weiter vor. Bin nen kurzem hatte er das Gefühl, als habe man ihn in die Höll gestoßen.

Manchmal wollte er sich weigern zu glauben, was er las, s ungeheuerlich waren die Geschehnisse. Dann erfuhr er, das dies eine Reaktion war, die den überlebenden Häftlingen of begegnet war. Als sie versucht hatten, von ihren Erlebnisse m Lager zu erzählen, verspottete man sie. Man lachte sie aus. Es hieß, Auschwitz habe sie verrückt gemacht. Selbst bei ihren Freunden stießen sie auf Misstrauen.

Zum ersten Mal erfuhr Marthaler von den jüdischen Sonderkommandos. Sie bestanden aus Häftlingen, die gezwungen wurden, den SS-Leuten bei der Ermordung Hunderttausender Deportierter zu helfen. Sie mussten die Todgeweihten in die Entkleidungsbaracken und zu den Gaskammern begleiten, mussten später den Toten die Haare abschneiden und die Goldzähne herausbrechen, um die Leichen dann in den Krematorien und auf den Scheiterhaufen zu verbrennen, die zurückgebliebenen Knochen zu zerstampfen und zusammen mit der Asche in die Weichsel zu kippen. Oftmals entdeckten die Mitglieder der Sonderkommandos vor den Türen der Gaskammern ihre eigenen Angehörigen, die im Glauben gelassen wurden, man würde sie einer gründlichen Reinigung unterziehen und dann zu einem Arbeitseinsatz schicken.

Wenn die Zahl der Selektierten zu klein war, um mit ihnen eine der Gaskammern zu füllen, entschied man sich dafür, sie zu erschießen. Ein Häftling erzählte folgende Geschichte: «Einer der Lagerärzte hatte eine Gruppe von etwa zwanzig kranken Frauen als nicht mehr einsatzfähig eingestuft. Sie wurden auf den Platz vor den Gruben getrieben. Die SS-Männer, die dort ihren Dienst versahen, waren bereits angetrunken. Sie töteten die Frauen nicht wie sonst mit Genickschüssen, sondern indem sie ihre Opfer als Zielscheiben benutzten. Eine Frau warf sich im letzten Moment schützend über ihr Baby, das sie im Arm mit sich trug. Die Mutter war nach ein paar Schüssen tot, aber ihr Kind blieb unversehrt. Einer der SS-Leute ging hin, trat dem Baby auf den Hals und warf es dann – es lebte noch immer – in die brennende Grube.»

Marthaler lehnte sich zurück. Auf dem Bildschirm war das Bild einer Frau zu sehen, die mit ihren Kindern die Lagerstraße entlangging. Obwohl keines der Gesichter auf dem

Foto zu erkennen war, hatte Marthaler den Eindruck, nie zuvor etwas so Verlorenes gesehen zu haben.

Er schloss die Augen und schüttelte den Kopf. Das wird nicht wieder gut, dachte er. Egal, wie viel Zeit seitdem vergangen ist, egal, wie viel Zeit noch vergehen wird, das kann niemals wieder gut werden.

Als er hörte, dass jemand am Schloss seiner Wohnungstür hantierte, schreckte er aus seinen Gedanken auf. Er wusste nicht, wie lange er so gesessen hatte. Er ging in den Flur und lauschte. Dann vernahm er ein zaghaftes Klopfen.

«Wer ist da?», fragte er leise.

Er hörte Terezas Stimme: «Robert? Bist du da?»

Er drehte den Schlüssel im Schloss und öffnete die Tür. Tereza sah ihn mit großen Augen an. Neben ihr stand ihre Reisetasche.

Wortlos zog er sie an sich und nahm sie in den Arm. Er legte den Kopf auf ihre Schulter und wiederholte ein ums andere Mal ihren Namen.

Zaghaft löste sie sich aus seiner Umklammerung. «Komm», sagte sie, «lass uns reingehen.»

Er nahm ihre Tasche und wandte seinen Kopf ab. Er wollte nicht, dass sie seine Tränen sah. Dann ging er in die Küche, um ihr ein Glas zu holen.

«Was ist mit dir?», fragte sie, als sie sich im Wohnzimmer gegenüberstanden. «Und was ist das da?» Sie zeigte auf das Foto, das noch immer auf dem Monitor des Computers zu sehen war.

«Nichts. Ich bin einfach ein bisschen durcheinander.» Er beeilte sich, den Bildschirm auszuschalten. «Ich habe noch gearbeitet. Und ich freue mich, dass du da bist. Ich habe versucht, dich anzurufen …»

«Ja, ich bin mit Flugzeug gekommen, und die Telefon war aus … Aber warum … was ist mit deine Augen?»

Er schüttelte den Kopf. «Es ist nichts. Es ist nur gerade alles ein bisschen viel.»

Sie trat einen Schritt näher und lächelte ihn an. Sie streichelte ihm über die Wange. «Dann komm erst mal bei dich», sagte sie.

«Zu dir!», sagte Marthaler. «Es heißt: Komm erst mal zu dir.»

«Jawohl, du Schlauwisser.»

«Besserwisser?»

«Nein, das meine ich nicht. Ich glaube, das Wort heißt Schlaumüller.»

«Ach so, nein, du meinst: Schlaumeier.»

Sie lachte. «Egal, Hauptsache, du gibst mir endlich Kuss.»

«Ja», sagte er und nahm ihr Gesicht in beide Hände. «Ja, das wird das Beste sein. Du bist das Beste, was mir gerade passieren konnte.» Dann küsste er sie zaghaft auf den Mund.

«Hast du schon vergessen?», fragte sie, als er ihr Wein einschenkte.

«Was soll ich vergessen haben?»

«Dass ich Baby bekomme. Ich darf nicht Wein trinken.»

«Entschuldige ... ich ... Aber wie sollte ich das vergessen haben. Es ist das Schönste, was mir seit langem widerfahren ist. Und wann werden wir ...?»

«Im Januar.» Dann sah sie ihn misstrauisch an. «Wirklich? Freust du dich wirklich?»

«Was soll das, Tereza? Wieso sollte ich mich nicht darüber freuen? Ich kann mich nicht erinnern, je so glücklich gewesen zu sein. Auch wenn sich manches ändern wird.»

«Aber du hast so Sachen gesagt ... über die Kinder ...»

«Wovon redest du?»

«An dem Morgen, als ich dir sagen wollte, hast du so geschimpft auf diese Benni, die dir die Münze gestohlen hat. Du hast ihn eine Miststück genannt und gesagt, wie sehr du kleine Blagen hasst.»

Marthaler schaute sie sprachlos an. Langsam begann er zu begreifen.

«Und deswegen hast du geweint? Deshalb bist du weggefahren?»

Sie senkte den Kopf, um seinem Blick auszuweichen.

«Tereza, das ist nicht dein Ernst. Ich war wütend auf den Jungen. Ich hatte schlecht geschlafen. Dann hat Sven mich rausgeklingelt. Und deshalb nimmst du an, ich würde mich nicht freuen?»

Noch immer schaute sie vor sich auf den Tisch. «Ja. Aber es war noch anderes …»

Sofort stieg neue Unruhe in ihm auf. Er wartete, dass sie weitersprach, aber seine Geduld reichte nicht aus. «Was noch? Was war sonst noch?»

«Ich musste denken. Über mich und über dich. Und über das, was ist, wenn wir Kind haben.»

«Was gibt es da nachzudenken? Ich verstehe dich nicht.»

«Ich wusste nicht mehr, ob es richtig ist, wenn ich ein Kind habe mit einen Polizist, der so …»

«Der so … *was*, Tereza? Rede!»

«Der so in sich ist, wenn er arbeitet.»

Marthaler dachte nach. Er wusste sofort, was sie meinte. Es war dasselbe, was sie ihm schon öfter vorgeworfen hatte. Dass er bei jedem neuen Fall alles um sich herum vergaß, dass er sich vergrub in seine Arbeit und unaufmerksam wurde, für alles, was nichts damit zu tun hatte.

«Und deshalb weißt du nicht, ob du mit mir ein Kind haben willst?»

Sie wiegte den Kopf. «Mit dir schon, aber ich weiß nicht, ob mit einen Polizist.»

Marthaler merkte, wie ernst es ihr war. Er wusste, dass es nicht ausreichen würde, ihr Besserung zu versprechen, dass er sie nicht einfach beschwichtigen durfte. Zu oft hatte er das bereits getan, als dass sie daran noch glauben würde.